# OEUVRES

## COMPLETES

### DE

# VOLTAIRE.

FRÉDÉRIC II.

# OEUVRES

## COMPLETES

### DE

# VOLTAIRE.

## TOME SOIXANTE-QUATRIEME.

―――――

DE L'IMPRIMERIE DE LA SOCIÉTÉ LITTÉRAIRE-
TYPOGRAPHIQUE.

1 7 8 5.

# LETTRES

## DU PRINCE ROYAL

## DE PRUSSE

### ET

## DE M. DE VOLTAIRE.

*Correſp. du roi de P... &c.*     Tome I.  A  .

# AVERTISSEMENT

## DES EDITEURS.

CETTE correfpondance entre les deux hommes les plus extraordinaires peut-être que la nature ait produits fur le trône et dans les lettres, eft une des parties les plus piquantes de cette nouvelle édition : elle commence en 1736 et finit en 1778. Nous ne préviendrons pas les réflexions que cette lecture fera naître : pour qu'elle foit intéreffante, il fuffit qu'elle puiffe fervir à faire mieux connaître deux grands hommes.

L'un des deux, fans doute, eft bien connu, comme roi ; par fa politique hardie et fage, où fon habileté confifte fur-tout à n'être jamais fin ; par des victoires qu'il n'a dues fouvent qu'à lui feul ; par fon génie dans l'art militaire, qui l'a élevé peut-être au-deffus de tous les généraux ; par l'exemple unique en Europe, depuis *Charlemagne* et *Guflave-Vafa*, d'un prince qui gouverne réellement par lui-même toutes les affaires d'un grand Etat.

On connaît tout ce qu'il a fait pour la légiflation et l'adminiftration de fon pays. Des politiques ont blâmé quelques-uns de fes principes en ce genre, en le plaignant de les avoir

A 2

crus néceſſaires. Mais ſi le prince eſt connu, l'homme eſt preſque ignoré : et c'eſt l'homme qu'on voit dans ces lettres, ſur-tout dans celles qu'il a écrites pendant ſa retraite de Remusberg. Le prince qui les dictait à vingt-quatre ans ne pouvait que devenir un grand roi : et l'on ſent que le philoſophe qui prenait plaiſir à s'enfoncer dans les ténèbres de la métaphyſique de *Wolf*, dans le temps qu'il apprenait de M. de *Voltaire* l'art ſi difficile, pour un français même, de faire des vers français, ne ſe ferait occupé que du ſoin de gouverner et d'éclairer ſes ſujets, ſi le ſort, en le plaçant à la tête d'une puiſſance naiſſante et encore faible, ne l'eût forcé de combattre pour ſa propre indépendance.

Ces lettres renferment de plus des leçons qui feront peut-être utiles aux ſouverains, parce qu'ils les recevront d'un de leurs égaux. Un prince peut rougir d'être éclairé ſur ſes intérêts et ſur ſes devoirs par un philoſophe qui n'a que du génie et de bonnes intentions ; mais aucun ne dédaignera d'apprendre quelque choſe du vainqueur de Dreſde et de Liſſa.

# NOTICE

## SUR LE ROI DE PRUSSE,

## PAR M. DE VOLTAIRE.

*FRÉDÉRIC*, roi de Pruffe, né le 24 janvier 1712.

Les uns l'appellent *Frédéric III*, parce que fon aïeul et fon père fe nommaient auffi *Frédéric*. Les autres le nomment *Frédéric II*, parce que fon père était moins connu fous le nom de *Frédéric* que fous celui de *Guillaume*. Mais il n'y a point de conteftation fur le titre de *grand* qu'on lui donne communément en Europe.

Il faut l'envifager fous plufieurs afpects différens.

Comme guerrier, on eft convenu que *Frédéric* et *Maurice* comte de Saxe, ont été les plus habiles capitaines de ce fiècle : tous deux comparables aux plus illuftres des fiècles paffés.

*Frédéric* a eu fur *Maurice* l'avantage d'être roi, et celui de pouvoir lever et difcipliner des troupes à fon choix; avantage que rien ne peut compenfer. Tous deux fe font fignalés par des marches favantes, par des victoires, par des fiéges.

*Frédéric* a furmonté plus de difficultés que *Maurice*, ayant eu à combattre plus d'ennemis : tantôt les Autrichiens, tantôt les Français et les Ruffes. Son père avait augmenté jufqu'à foixante-fix mille hommes

A 3

ſes troupes qui n'étaient auparavant qu'au nombre de vingt mille. Le nouveau roi, dès ſa première campagne, eut plus de quatre-vingts mille hommes, et en eut enſuite juſqu'à cent quarante mille.

Sa première bataille fut celle de Molwitz en Siléſie, le 10 d'avril 1741.

Le roi ſon père avait formé et diſcipliné ſon infanterie; mais la cavalerie avait été négligée, auſſi fut-elle battue. L'infanterie rétablit l'ordre et remporta la victoire. *Frédéric* depuis ce jour diſciplina lui-même ſa cavalerie, et la rendit une des meilleures de l'Europe.

Ce ne fut dans cette guerre contre la maiſon d'Autriche qu'un enchaînement de victoires. Celle de Czaſlaw ſur la rivière de Crudemka près de l'Elbe, le 17 mai 1742, fut une des plus célèbres. Le roi à la tête de ſa cavalerie ſoutint long-temps l'effort de celle d'Autriche, et enfin la diſſipa. Sa conduite ſeule fit le ſuccès de cette journée.

La bataille de Fridberg gagnée contre les Autrichiens et les Saxons, le 4 juin 1745, lui fit encore plus d'honneur, au jugement de tous les militaires. On prétend qu'il écrivit au roi de France alors ſon allié : *J'ai acquitté à vue la lettre de change que vous avez tirée ſur moi de votre camp de Fontenoi.*

La victoire remportée auprès de Prague, le 6 mai 1757, fut de toutes la plus brillante. Mais il acquit une autre eſpèce de gloire bien plus rare, en publiant de vive voix et par écrit, que ſi quelques ſemaines après il perdit la bataille de Kolins, ce ne fut pas la faute de fes troupes, mais la fienne. Il avait attaqué avec trop d'opiniâtreté un corps inattaquable.

Enfin, fans compter un grand nombre d'autres actions où il commanda toujours en perfonne, on connaît la bataille de Rosbak, où il défit prefqu'en un moment une armée trois fois auffi forte que la fienne, mais commandée par un général autrichien qui choifit malheureufement pour le combattre le terrain le plus défavorable, malgré les reprefentations des officiers français.

Au fortir de cette bataille il court à l'autre extrémité de l'Allemagne; et au bout d'un mois il remporte la bataille décifive de Liffa, qui le mit au-deffus de tous les événemens, comme au-deffus des plus grands capitaines de fon fiècle.

Dans toutes fes expéditions il porta toujours l'uniforme de fes gardes: vêtu, nourri, couché comme eux; donnant tout à l'art de la guerre, rien au fafte ni même à la nature.

En qualité de roi, fi l'on veut confidérer fon gouvernement intérieur, on verra qu'il fut le légiflateur de fon pays, qu'il réforma la jurifprudence, abolit les procureurs, abrégea tous les procès, empêcha les fils de famille de fe ruiner, bâtit des villes, plus de trois cents villages, et les peupla; encouragea l'agriculture et les manufactures: magnifique dans les jours d'appareil, fimple et frugal dans tout le refte.

A 4

Si l'on veut regarder en lui les talens qui diſ-
tinguent l'homme dans quelque condition qu'il
puiſſe naître, on ſera étonné qu'il ait cultivé tous
les arts : la meilleure hiſtoire ſans contredit qu'on
ait de Brandebourg eſt la ſienne ; il a compoſé des
vers français remplis de penſées juſtes et utiles ; il
a été un excellent muſicien ; et il n'a jamais parlé dans
la converſation ni de ſes talens ni de ſes victoires.

Il a daigné admettre à ſa familiarité les gens de
lettres, et ne les a jamais craints. Si dans cette
familiarité il s'eſt élevé quelques nuages, il leur a
fait ſuccéder le jour le plus ſerein et le plus doux.

# LETTRES

## DU PRINCE ROYAL

# DE PRUSSE

### ET

# DE M. DE VOLTAIRE.

## LETTRE PREMIERE.

### DU PRINCE ROYAL.

A Berlin, 8 d'augufte.

MONSIEUR,

QUOIQUE je n'aie pas la fatisfaction de vous connaître perfonnellement, vous ne m'en êtes pas moins connu par vos ouvrages. Ce font des tréfors d'efprit, fi l'on peut s'exprimer ainfi, et des pièces travaillées avec tant de goût, de délicateffe et d'art, que les beautés en paraiffent nouvelles chaque fois qu'on les relit. Je crois y avoir reconnu le caractère de leur ingénieux auteur qui fait honneur à notre fiècle et à l'efprit humain. Les grands - hommes modernes vous auront un jour l'obligation, et à vous uniquement, en cas que la difpute à qui d'eux ou des anciens la préférence eft due vienne à renaître, que vous ferez pencher la balance de leur côté.

Vous ajoutez à la qualité d'excellent poëte une infinité d'autres connaiſſances qui à la vérité ont quelqu'affinité avec la poëſie, mais qui ne lui ont été appropriées que par votre plume. Jamais poëte ne cadença des penſées métaphyſiques : l'honneur vous en était réſervé le premier. C'eſt ce goût que vous marquez dans vos écrits pour la philoſophie, qui m'engage à vous envoyer la traduction que j'ai fait faire de l'accuſation et de la juſtification du ſieur *Wolf*, le plus célèbre philoſophe de nos jours, qui, pour avoir porté la lumière dans les endroits les plus ténébreux de la métaphyſique, et pour avoir traité ces difficiles matières d'une manière auſſi relevée que préciſe et nette, eſt cruellement accuſé d'irréligion et d'athéiſme. Tel eſt le deſtin des grands hommes ; leur génie ſupérieur les expoſe toujours aux traits envenimés de la calomnie et de l'envie.

Je ſuis à préſent à faire traduire le *Traité de Dieu, de l'ame et du monde*, émané de la plume du même auteur. Je vous l'enverrai, Monſieur, dès qu'il ſera achevé ; et je ſuis ſûr que la force de l'évidence vous frappera dans toutes ſes propoſitions qui ſe ſuivent géométriquement, et connectent les unes avec les autres comme les anneaux d'une chaîne.

La douceur et le ſupport que vous marquez pour tous ceux qui ſe vouent aux arts et aux ſciences, me font eſpérer que vous ne m'exclurrez pas du nombre de ceux que vous trouvez dignes de vos inſtructions. Je nomme ainſi votre commerce de lettres, qui ne peut être que profitable à tout être penſant. J'oſe même avancer, ſans déroger au mérite d'autrui, que dans l'univers entier il n'y aurait pas d'exception à faire de ceux dont vous ne pourriez être le maître. Sans vous prodiguer un encens indigne de vous être offert, je peux vous dire que je trouve des beautés fans nombre dans vos ouvrages. Votre Henriade me charme et triomphe heureufement de la critique peu judicieufe que l'on en a faite. La tragédie de Céfar nous fait voir des caractères foutenus; les fentimens y font tous magnifiques et grands; et l'on fent que *Brutus* eft ou romain ou anglais. Alzire ajoute aux grâces de la nouveauté, cet heureux contrafte des mœurs des fauvages et des européans. Vous faites voir par le caractère de *Gufman* qu'un chriftianifme mal entendu, et guidé par le faux zèle, rend plus barbare et plus cruel que le paganifme même.

*Corneille*, le grand *Corneille*, lui qui s'attirait l'admiration de tout fon fiècle, s'il reffufcitait de nos jours, verrait avec étonnement, et peut-être avec envie, que la tragique déeffe vous prodigue avec profufion les faveurs dont elle était avare envers lui. A quoi n'a-t-on pas lieu de s'attendre de l'auteur de tant de chefs-d'œuvre? Quelles nouvelles merveilles ne vont pas fortir de la plume qui jadis traça fi fpirituellement et fi élégamment le Temple du Goût?

C'eft ce qui me fait défirer fi ardemment d'avoir tous vos ouvrages. Je vous prie, Monfieur, de me les envoyer et de me les communiquer fans réferve. Si parmi les manufcrits il y en a quelqu'un que, par une circonfpection néceffaire, vous trouviez à propos de cacher aux yeux du public, je vous promets de le conferver dans le fein du fecret, et de me contenter d'y applaudir dans mon particulier. Je fais

—— malheureufement que la foi des princes eft un objet peu refpectable de nos jours; mais j'efpère néanmoins que vous ne vous laifferez pas préoccuper par des préjugés généraux , et que vous ferez une exception à la règle en ma faveur.

Je me croirai plus riche en poffédant vos ouvrages, que je ne le ferai par la poffeffion de tous les biens paffagers et méprifables de la fortune, qu'un même hafard fait acquérir et perdre. L'on peut fe rendre propres les premiers, s'entend vos ouvrages, moyennant le fecours de la mémoire , et ils nous durent autant qu'elle. Connaiffant le peu d'étendue de la mienne , je balance long-temps avant de me déterminer fur le choix des chofes que je juge dignes d'y placer.

Si la poëfie était encore fur le pied où elle fut autrefois, favoir que les poëtes ne favaient que fredonner des idylles ennuyeufes , des églogues faites fur un même moule , des ftances infipides, ou que tout au plus ils favaient monter leur lyre fur le ton de l'élégie , j'y renoncerais à jamais : mais vous anoblifsez cet art, vous nous montrez des chemins nouveaux et des routes inconnues aux *** et aux *Rouffeaux.*

Vos poëfies ont des qualités qui les rendent refpectables et dignes de l'admiration et de l'étude des honnêtes gens. Elles font un cours de morale où l'on apprend à penfer et à agir. La vertu y eft peinte des plus belles couleurs. L'idée de la véritable gloire y eft déterminée; et vous infinuez le goût des fciences d'une manière fi fine et fi délicate, que quiconque a lu vos ouvrages refpire l'ambition

ET DE M. DE VOLTAIRE.

de fuivre vos traces. Combien de fois ne me fuis-je
pas dit ? malheureux, laiffe-là un fardeau dont le 1736.
poids furpaffe tes forces : l'on ne peut imiter *Voltaire*,
à moins que d'être *Voltaire* même.

C'eft dans ces momens que j'ai fenti que les avantages de la naiffance et cette fumée de grandeur dont
la vanité nous berce ne fervent qu'à peu de chofe,
ou pour mieux dire à rien. Ce font des diftinctions
étrangères à nous-mêmes et qui ne décorent que
la figure. De combien les talens de l'efprit ne leur
font-ils pas préférables ! Que ne doit-on pas aux
gens que la nature a diftingués par ce qu'elle les a
fait naître ! Elle fe plaît à former des fujets qu'elle
doue de toute la capacité néceffaire pour faire des
progrès dans les arts et dans les fciences ; et c'eft aux
princes à récompenfer leurs veilles. Eh ! que la gloire
ne fe fert-elle de moi pour couronner vos fuccès ! Je
ne craindrais autre chofe, finon que ce pays peu
fertile en lauriers n'en fournît pas autant que vos
ouvrages en méritent.

Si mon deftin ne me favorife pas jufqu'au point
de pouvoir vous poffeder, du moins puis-je efpérer
de voir un jour celui que depuis fi long-temps j'admire de fi loin, et de vous affurer de vive voix que
je fuis avec toute l'eftime et la confidération due à
ceux qui, fuivant pour guide le flambeau de la
vérité, confacrent leurs travaux au public,

MONSIEUR,

votre affectionné ami,

FÉDÉRIC, P. R. de Pruffe. (*)

(*) Le roi de Pruffe a toujours figné *Fédéric*, qui eft plus doux à
prononcer que *Frédéric*.

# LETTRE II.

## *DE M. DE VOLTAIRE.*

A Paris, le 26 auguste.

MONSEIGNEUR,

1736. —— IL faudrait être infenfible pour n'être pas infiniment touché de la lettre dont V. A. R. a daigné m'honorer. Mon amour propre en a été trop flatté ; mais l'amour du genre humain que j'ai toujours eu dans le cœur, et qui, j'ofe dire, fait mon caractère, m'a donné un plaifir mille fois plus pur quand j'ai vu qu'il y a dans le monde un prince qui penfe en homme, un prince philofophe qui rendra les hommes heureux.

Souffrez que je vous dife qu'il n'y a point d'homme fur la terre qui ne doive des actions de grâce au foin que vous prenez de cultiver par la faine philofophie une ame née pour commander. Croyez qu'il n'y a eu de véritablement bons rois que ceux qui ont commencé comme vous, par s'inftruire, par connaître les hommes, par aimer le vrai, par détefter la perfécution et la fuperftition. Il n'y a point de prince qui en penfant ainfi ne puiffe ramener l'âge d'or dans fes Etats. Pourquoi fi peu de rois recherchent-ils cet avantage ? Vous le fentez, Monfeigneur ;

c'eſt que preſque tous ſongent plus à la royauté qu'à
l'humanité : vous faites préciſément le contraire. 1736.
Soyez ſûr que ſi un jour le tumulte des affaires et la
méchanceté des hommes n'altèrent point un ſi divin
caractère, vous ſerez adoré de vos peuples et chéri
du monde entier. Les philoſophes dignes de ce nom
voleront dans vos Etats ; et comme les artiſans
célèbres viennent en foule dans le pays où leur art
eſt plus favoriſé, les hommes qui penſent viendront
entourer votre trône.

L'illuſtre reine *Chriſtine* quitta ſon royaume pour
aller chercher les arts ; régnez, Monſeigneur, et que
les arts viennent vous chercher.

Puiſſiez-vous n'être jamais dégoûté des ſciences
par les querelles des ſavans ! Vous voyez, Monſeigneur, par les choſes que vous daignez me mander,
qu'ils ſont hommes pour la plupart comme les
courtiſans même. Ils ſont quelquefois auſſi avides,
auſſi intrigans, auſſi faux, auſſi cruels ; et toute la
différence qui eſt entre les peſtes de cour et les peſtes
de l'école, c'eſt que ces derniers ſont plus ridicules.

Il eſt bien triſte pour l'humanité que ceux qui ſe
diſent les déclarateurs des commandemens céleſtes,
les interprêtes de la Divinité, en un mot les théologiens, ſoient quelquefois les plus dangereux de tous ;
qu'il s'en trouve d'auſſi pernicieux dans la ſociété
qu'obſcurs dans leurs idées ; et que leur ame ſoit
gonflée de fiel et d'orgueil à proportion qu'elle eſt
vide de vérités. Ils voudraient troubler la terre pour
un ſophiſme, et intéreſſer tous les rois à venger par
le fer et par le feu l'honneur d'un argument *in ferio*
ou *in barbarâ*.

Tout être penfant qui n'eft pas de leur avis eft un athée ; et tout roi qui ne les favorife pas fera damné. Vous favez, Monfeigneur, que le mieux qu'on puiffe faire, c'eft d'abandonner à eux-mêmes ces prétendus précepteurs et ces ennemis réels du genre humain. Leurs paroles, quand elles font négligées, fe perdent en l'air comme du vent ; mais fi le poids de l'autorité s'en mêle, ce vent acquiert une force qui renverfe quelquefois le trône.

Je vois, Monfeigneur, avec la joie d'un cœur rempli d'amour pour le bien public, la diftance immenfe que vous mettez entre les hommes qui cherchent en paix la vérité, et ceux qui veulent faire la guerre pour des mots qu'ils n'entendent pas. Je vois que les *Newton*, les *Leibnitz*, les *Bayle*, les *Locke*, ces ames fi élevées, fi éclairées et fi douces, font ceux qui nourriffent votre efprit, et que vous rejetez les autres alimens prétendus que vous trouveriez empoifonnés ou fans fubftance.

Je ne faurais trop remercier V. A. R. de la bonté qu'elle a eue de m'envoyer le petit livre concernant M. *Wolf.* Je regarde fes idées métaphyfiques comme des chofes qui font honneur à l'efprit humain. Ce font des éclairs au milieu d'une nuit profonde ; c'eft tout ce qu'on peut efpérer, je crois, de la métaphyfique. Il n'y a pas d'apparence que les premiers principes des chofes foient jamais bien connus. Les fouris qui habitent quelques petits trous d'un bâtiment immenfe, ne favent ni fi ce bâtiment eft éternel, ni quel en eft l'architecte, ni pourquoi cet architecte a bâti. Elles tâchent de conferver leur vie, de peupler leurs trous, et de fuir les animaux deftructeurs qui

les

les pourfuivent. Nous fommes les fouris ; et le divin
architecte qui a bâti cet univers n'a pas encore, que    1736.
je fache, dit fon fecret à aucun de nous. Si quelqu'un
peut prétendre à deviner jufte, c'eft M. *Wolf.* On
peut le combattre, mais il faut l'eftimer : fa philofophie eft bien loin d'être pernicieufe ; y a-t-il rien
de plus beau et de plus vrai que de dire, comme il
fait, que les hommes doivent être juftes, quand
même ils auraient le malheur d'être athées?

La protection qu'il femble que vous donnez,
Monfeigneur, à ce favant homme, eft une preuve
de la juftefse de votre efprit et de l'humanité de vos
fentimens.

Vous avez la bonté, Monfeigneur, de me promettre de m'envoyer le *Traité de* DIÉU, *de l'ame et du
monde.* Quel préfent, Monfeigneur, et quel commerce ! L'héritier d'une monarchie daigne du fein de
fon palais envoyer des inftructions à un folitaire !
Daignez me faire ce préfent, Monfeigneur ; mon
amour extrême pour le vrai eft la feule chofe qui
m'en rende digne. La plupart des princes craignent
d'entendre la vérité, et ce fera vous qui l'enfeignerez.

A l'égard des vers dont vous me parlez, vous
penfez fur cet art auffi fenfément que fur tout le refte.
Les vers qui n'apprennent pas aux hommes des vérités
neuves et touchantes ne méritent guère d'être lus :
vous fentez qu'il n'y aurait rien de plus méprifable
que de pafser fa vie à renfermer dans des rimes des
lieux communs ufés, qui ne méritent pas le nom
de penfées. S'il y a quelque chofe de plus vil, c'eft
de n'être que poëte fatirique et de n'écrire que pour
décrier les autres. Ces poëtes font au Parnafse ce

que font dans les écoles ces docteurs qui ne favent

que des mots, et qui cabalent contre ceux qui écrivent des chofes.

Si la Henriade a pu ne pas déplaire à V. A. R. j'en dois rendre grâce à cet amour du vrai, à cette horreur que mon poëme infpire pour les factieux, pour les perfécuteurs, pour les fuperftitieux, pour les tyrans et pour les rebelles. C'eft l'ouvrage d'un honnête homme; il devait trouver grâce devant un prince philofophe.

Vous m'ordonnez de vous envoyer mes autres ouvrages : je vous obéirai, Monfeigneur ; vous ferez mon juge, et vous me tiendrez lieu du public. Je vous foumettrai ce que j'ai hafardé en philofophie ; vos lumières feront ma récompenfe : c'eft un prix que peu de fouverains peuvent donner. Je fuis fûr de votre fecret ; votre vertu doit égaler vos con- naiffances.

Je regarderais comme un bonheur bien précieux celui de venir faire ma cour à V. A. R. On va à Rome pour voir des églifes, des tableaux, des ruines et des bas-reliefs. Un prince tel que vous mérite bien mieux un voyage; c'eft une rareté plus merveil- leufe. Mais l'amitié, qui me retient dans la retraite où je fuis, ne me permet pas d'en fortir. Vous penfez, fans doute, comme *Julien*, ce grand homme fi calomnié, qui difait que les amis doivent toujours être préférés aux rois.

Dans quelque coin du monde que j'achève ma vie, foyez fûr, Monfeigneur, que je ferai conti- nuellement des vœux pour vous, c'eft-à-dire, pour le bonheur de tout un peuple. Mon cœur fera au

rang de vos fujets ; votre gloire me fera toujours chère. ⸺
Je fouhaiterai que vous reffembliez toujours à vous- 1736.
même , et que les autres rois vous reffemblent.

Je fuis avec un profond refpect ,

De V. A. R.

le très-humble , &c.


# LETTRE III.

## *DU PRINCE ROYAL.*

Ce 9 de feptembre.


MONSIEUR ,

C'EST une épreuve bien difficile pour un écolier
en philofophie que de recevoir des louanges d'un
homme de votre mérite. L'amour propre et la préfomption , ces cruels tyrans de l'ame qui l'empoi-
fonnent en la flattant , fe croient autorifés par un
philofophe , et, recevant des armes de vos mains ,
voudraient ufurper fur ma raifon un empire que je
leur ai toujours difputé. Heureux fi en les convain-
cant et en mettant la philofophie en pratique , je
puis répondre un jour à l'idée , peut-être trop
avantageufe, que vous avez de moi !

Vous faites , Monfieur, dans votre lettre le portrait
d'un prince accompli, auquel je ne me reconnais
point. C'eft une leçon habillée de la façon la plus

B 2

ingénieufe et la plus obligeante ; c'eſt enfin un tour artificieux pour faire parvenir la timide vérité juſqu'aux oreilles d'un prince. Je me propoſerai ce portrait pour modèle, et je ferai tous mes efforts pour me rendre le digne diſciple d'un maître qui ſait ſi divinement enſeigner.

Je me ſens déjà infiniment redévable à vos ouvrages ; c'eſt une ſource où l'on peut puiſer les ſentimens et les connaiſſances dignes des plus grands hommes. Ma vanité ne va pas juſqu'à m'arroger ce titre ; et ce ſera vous, Monſieur, à qui j'en aurai l'obligation ſi j'y parviens.

Et d'un peu de vertu ſi l'Europe me loue,
Je vous la dois, Seigneur, il faut que je l'avoue.

Je ne puis m'empêcher d'admirer ce généreux caractère, cet amour du genre humain qui devrait vous mériter les ſuffrages de tous les peuples : j'oſe même avancer qu'ils vous doivent autant et plus que les Grecs à *Solon* et à *Lycurgue*, ces ſages légiſlateurs dont les lois firent fleurir leur patrie, et furent le fondement d'une grandeur à laquelle la Grèce n'aurait jamais aſpiré ni oſé prétendre ſans eux. Les auteurs ſont les légiſlateurs du genre humain ; leurs écrits ſe répandent dans toutes les parties du monde ; et étant connus de tout l'univers, ils manifeſtent des idées dont les autres ſont empreints. Ainſi vos ouvrages publient vos ſentimens. Le charme de votre éloquence eſt leur moindre beauté ; tout ce que la force des penſées et le feu de l'expreſſion peuvent produire d'achevé quand ils ſont réunis, s'y trouve. Ces véritables beautés charment vos lecteurs, elles les touchent : ainsi tout un monde respire bientôt cet amour du genre humain que votre heureufe impulfion a fait germer en lui. Vous formez de bons citoyens, des amis fidèles, et des fujets qui abhorrant également la rébellion et la tyrannie, ne font zélés que pour le bien public. Enfin c'eft à vous que l'on doit toutes les vertus qui font la fureté et le charme de la vie. Que ne vous doit-on pas ?

Si l'Europe entière ne reconnaît pas cette vérité, elle n'en eft pas moins vraie. Enfin fi toute la nature humaine n'a pas pour vous la reconnaiffance que vous méritez, foyez du moins certain de la mienne. Regardez déformais mes actions comme le fruit de vos leçons. Je les ai enfin reçues, mon cœur en a été ému, et je me fuis fait une loi inviolable de les fuivre toute ma vie.

Je vois, Monfieur, avec admiration que vos connaiffances ne fe bornent pas aux feules fciences : vous avez approfondi les replis les plus cachés du cœur humain, et c'eft là que vous avez puifé le confeil falutaire que vous me donnez en m'avertiffant de me défier de moi-même. Je voudrais pouvoir me le répéter fans ceffe, et je vous en remercie infiniment, Monfieur.

C'eft un déplorable effet de la fragilité humaine que les hommes ne fe reffemblent pas à eux-mêmes tous les jours : fouvent leurs réfolutions fe détruifent avec la même promptitude qu'ils les ont prifes. Les Efpagnols difent très-judicieufement : *Cet homme a été brave un tel jour.* Ne pourrait-on pas dire de même

B 3.

des grands hommes, qu'ils ne le font pas toujours, ni en tout?

Si je défire quelque chofe avec ardeur, c'eft d'avoir des gens favans et habiles autour de moi. Je ne crois pas que ce foit des foins perdus que ceux qu'on emploie à les attirer : c'eft un hommage qui eft dû à leur mérite, et c'eft un aveu du befoin que l'on a d'être éclairé par leurs lumières.

Je ne puis revenir de mon étonnement, quand je penfe qu'une nation cultivée par les beaux arts, fecondée par le génie et par l'émulation d'une autre nation voifine ; quand je penfe, dis-je, que cette même nation fi polie et fi éclairée ne connaît point le tréfor qu'elle renferme dans fon fein. Quoi! ce même *Voltaire* à qui nos mains érigent des autels et des ftatues eft négligé dans fa patrie, et vit en folitaire dans le fond de la Champagne! C'eft un paradoxe, c'eft une énigme, c'eft un effet bizarre du caprice des hommes. Non, Monfieur, les querelles des favans ne me dégoûteront jamais du favoir ; je faurai toujours diftinguer ceux qui aviliffent les fciences, des fciences mêmes. Leurs difputes viennent ordinairement ou d'une ambition démefurée et d'une avidité infatiable de s'acquérir un nom, ou de l'envie qu'un mérite médiocre porte à l'éclat brillant d'un mérite fupérieur qui l'offufque.

Les grands hommes font expofés à cette dernière forte de perfécution. Les arbres dont les fommets s'élèvent jufqu'aux nues, font plus en butte à l'impétuofité des vents que les arbriffeaux qui croiffent fous leur ombrage. C'eft ce qui du fond des enfers fufcita les calomnies répandues contre *Defcartes* et

contre *Bayle*; c'eſt votre ſupériorité et celle de M. *Wolf*
qui révoltent les ignorans, et qui font crier ceux
dont la préſomption ridicule voudrait perdre tout
homme dont l'eſprit et les connaiſſances effacent
les leurs. Suppoſez pour un moment que de grands
hommes s'oublient juſqu'à s'acharner les uns contre
les autres, doit-on pour cela leur retrancher le titre
de *grands* et l'eſtime que l'on a pour eux, fondée
ſur tant d'éminentes qualités? Le public d'ordinaire
ne fait point de grâce; il condamne les moindres
fautes; ſon jugement ne s'attache qu'au préſent; il
compte le paſſé pour rien : mais on ne doit pas
imiter le public dans cette façon de juger les hommes
d'un mérite ſupérieur. Je cherche des hommes ſavans,
d'honnêtes gens; mais enfin ce ſont des hommes que
je cherche; ainſi je ne dois pas m'attendre à les
trouver parfaits. Où eſt le modèle de vertu exempte
de tout blâme? Il eſt reſté dans l'entendement du
créateur; et je ne crois pas qu'il nous en ait encore
donné de copie. Je déſire qu'on ait pour mes défauts
la même indulgence que j'ai pour ceux des autres.
Nous ſommes tous hommes, et par conſéquent
imparfaits : nous ne différons que par le plus ou le
moins; mais le plus parfait tient toujours à l'humanité par un petit coin d'imperfection.

Pour les frélons du Parnaſſe, quand ils m'étour-
diſſent de leurs querelles, je les renvoie à la préface
d'Alzire où vous leur faites, Monſieur, une leçon
qu'ils ne devraient jamais perdre de vue, et à laquelle
on ne peut rien ajouter.

A l'égard des théologiens, il me ſemble qu'ils ſe
reſſemblent tous, de quelque religion et de quelque

1736.

nation qu'ils foient ; leur deffein eft toujours de s'arroger une autorité defpotique fur les confciences ; cela fuffit pour les rendre perfécuteurs zélés de tous ceux dont la noble hardieffe ofe dévoiler la vérité ; leurs mains font toujours armées du foudre de l'anathême, pour écrafer ce fantôme imaginaire d'irréligion qu'ils combattent fans ceffe, à ce qu'ils prétendent, et fous le nom duquel en effet ils combattent les ennemis de leur fureur et de leur ambition. Cependant, à les entendre, ils prêchent l'humilité, vertu qu'ils n'ont jamais pratiquée. Les miniftres d'un Dieu de paix qu'ils fervent d'un cœur rempli de haine et d'ambition ; leur conduite fi peu conforme à leur morale, ferait à mon gré feule capable de décréditer leur doctrine.

Le caractère de la vérité eft bien différent. Elle n'a befoin ni d'armes pour fe défendre ni de violence pour forcer les hommes à la croire ; elle n'a qu'à paraître ; et dès que fa lumière a diffipé les nuages qui la cachaient, fon triomphe eft affuré.

Voilà, je crois, des traits qui défignent affez les eccléfiaftiques pour leur ôter, s'ils les connaiffaient, l'envie de nous choifir pour leurs panégyriftes. Je connais affez qu'ils n'ont que des défauts, ou plutôt des vices, pour me croire obligé en confcience à rendre juftice à ceux d'entre eux qui la méritent. *Defpréaux*, dans fa fatire contre les femmes, a l'équité d'en excepter trois dans Paris, dont la vertu était fi reconnue, qu'elles étaient à l'abri de fes traits. A fon exemple, je veux vous citer deux pafteurs, dans les Etats du roi mon père, qui aiment la vérité, qui font philofophes, et dont l'intégrité et la candeur méritent qu'on ne les confonde pas dans la multitude. Je dois ce témoignage à la vertu de MM. *Beaufobre* et *Reinbec*.

Il y a un certain vulgaire dans la même profeffion qui ne vaut pas la peine qu'on defcende jufqu'à s'inftruire de fes difputes. Je leur laiffe volontiers la liberté d'enfeigner leur religion , et au peuple celle de la croire ; car mon caractère n'eft point de forcer perfonne ; et ce même caractère qui me rend le défenfeur de la liberté , me fait haïr la perfécution et les perfécuteurs. Je ne puis voir, les bras croifés, l'innocence opprimée : il y aurait, non de la douceur, mais de la lâcheté et de la timidité à le fouffrir.

Je n'aurais jamais embraffé avec tant de chaleur la caufe de M. *Wolf* , fi je n'avais vu des hommes , qui pourtant fe difent raifonnables , porter leur aveugle fureur jufqu'à fe répandre en fiel et en amertume contre un philofophe qui ofe penfer librement, par la feule raifon de la diverfité de leurs fentimens et des fiens : voilà l'unique motif de leur haine. Le même motif leur fait exalter la mémoire d'un fcélérat , d'un perfide , d'un hypocrite , par cela feulement qu'il a penfé comme eux.

Je fuis charmé de voir , Monfieur , le témoignage que vous rendez aux quatre plus grands philofophes que l'Europe ait jamais portés. Leurs ouvrages font des tréfors de vérité ; il eft bien fâcheux qu'il s'y trouve des erreurs. La diverfité de leurs fentimens fur la métaphyfique nous fait voir l'incertitude de cette fcience, et les bornes étroites de notre entendement. Si *Newton* , fi *Leibnitz* , fi *Locke* , ces génies fupérieurs , ces gens dont l'efprit était accoutumé à penfer toute leur vie, n'ont pu entièrement fecouer le joug des opinions pour parvenir à des connaif-fances certaines, à quoi peut s'attendre un écolier en philofophie tel que moi?

M. *Wolf* fera très-flatté de l'approbation dont vous honorez fa métaphyfique : elle la mérite en effet ; c'eft un des ouvrages les plus achevés en ce genre. Il y a plaifir à fe foumettre aux yeux d'un juge auquel les beaux endroits et les faibles n'échap-pent point.

Je fuis fâché de ne pouvoir accompagner ma lettre de la traduction de cette métaphyfique dont je vous ai envoyé une efpèce d'extrait, et que je vous ai promife toute entière. Vous favez, Monfieur, que ces fortes d'ouvrages ne font pas petits, et qu'ils fe font fort lentement. Je fais copier cependant ce qui eft achevé, et j'efpère de le joindre à la première de mes lettres.

J'accompagne celle-ci de la logique de M. *Wolf*, traduite par le fieur *Defchamps*, jeune homme né avec affez de talent : il a l'avantage d'avoir été difciple de l'auteur, ce qui lui a procuré beaucoup de facilité dans fa traduction. Il me paraît qu'il a affez heureu-fement réuffi : je fouhaiterais feulement pour l'amour de lui qu'il corrigeât et abrégeât l'épître dédicatoire dans laquelle il me prodigue l'encens à pleines mains. Il aurait infiniment mieux trouvé fa place dans un prologue d'opéra au fiècle de *Louis XIV*.

Ce n'eft point uniquement en faveur de la Henriade, feul poëme épique qu'aient les Français, que je me déclare ; mais en faveur de tous vos ouvrages : ils font généralement marqués au coin de l'immortalité.

C'eft l'effet d'un génie univerfel et d'un efprit bien
rare que de foutenir dans une élévation égale tant **1736.**
d'ouvrages de genres différens. Il n'y avait que vous,
Monfieur, permettez-moi de vous le dire, qui fuffiez
capable de réunir dans la même perfonne la profondeur d'un philofophe, les talens d'un hiftorien,
et l'imagination brillante d'un poëte. Vous me faites
un plaifir infini et bien fenfible en me promettant de
m'envoyer tous vos ouvrages. Je ne les mérite que
par tout le cas que j'en fais.

Les monarques peuvent donner des tréfors, des
royaumes mêmes, et tout ce qui peut flatter l'avarice,
l'orgueil et la cupidité des hommes ; mais toutes
ces chofes reftent hors d'eux, et loin de les rendre
plus éclairés qu'ils ne le font, elles ne fervent ordinairement qu'à les corrompre. Le préfent que vous me
promettez, Monfieur, eft de tout un autre ufage. On
trouve dans fa lecture de quoi corriger les mœurs et
éclairer fon efprit. Bien loin d'avoir la folle préfomption de m'ériger en juge de vos ouvrages, je me
contente de les admirer : le but que je me propofe dans
mes lectures eft de m'inftruire. Ainfi que les abeilles,
je tire le miel des fleurs, et je laiffe les araignées con-
vertir les fleurs en venin.

Ce n'eft point par ma faible voix que votre
renommée, déjà fi bien établie, peut s'accroître ;
mais du moins fera-t-on obligé d'avouer que les
defcendans des anciens Goths et des peuples Vandales, les habitans des forêts d'Allemagne favent
rendre juftice au mérite éclatant, à la vertu, et aux
talens des grands hommes de quelque nation qu'ils
foient.

Je fais, Monfieur, à quel chagrin je vous expoferais fi j'avais l'indifcrétion de communiquer les ouvrages manufcrits que vous voudrez bien me confier. Repofez-vous, je vous fupplie, fur mes engagemens à ce fujet ; ma foi eft inviolable.

Je refpecte trop les liens de l'amitié pour vouloir vous arracher des bras d'*Emilie* : il faudrait avoir le cœur dur et infenfible pour exiger de vous un pareil facrifice; il faudrait n'avoir jamais connu la douceur qu'il y a d'être auprès des perfonnes que l'on aime, pour ne pas fentir la peine que vous cauferait une telle féparation. Je n'exigerai de vous que de rendre mes hommages à ce prodige d'efprit et de connaiffances. Que de pareilles femmes font rares !

Soyez perfuadé, Monfieur, que je connais tout le prix de votre eftime, mais que je me fouviens en même temps d'une leçon que me donne *la Henriade*.

C'eft un poids bien pefant qu'un nom trop tôt fameux.

Peu de perfonnes le foutiennent, tous font accablés fous le faix.

Il n'eft point de bonheur que je ne vous fouhaite, et aucun dont vous ne foyez digne. Cirey fera déformais mon Delphes, et vos lettres, que je vous prie de me continuer, mes oracles. Je fuis, Monfieur, avec une eftime fingulière,

votre très-affectionné ami, FÉDÉRIC.

# LETTRE IV.

## DE M. DE VOLTAIRE.

Novembre.

MONSEIGNEUR,

J'AI versé des larmes de joie en lisant la lettre du 9 septembre dont V. A. R. a bien voulu m'honorer; 1736. j'y reconnais un prince qui certainement fera l'amour du genre humain. Je suis étonné de toute manière; vous parlez comme *Trajan*, vous écrivez comme *Pline*, et vous parlez français comme nos meilleurs écrivains. Quelle différence entre les hommes ! *Louis XIV* était un grand roi, je respecte sa mémoire; mais il ne parlait pas aussi humainement que vous, Monseigneur, et ne s'exprimait pas de même. J'ai vu de ses lettres : il ne savait pas l'orthographe de sa langue. Berlin sera sous vos auspices l'Athènes de l'Allemagne, et pourra l'être de l'Europe. Je suis ici dans une ville, où deux simples particuliers, M. *Boërhaave* d'un côté, et M. *s'Gravefende* de l'autre, attirent quatre ou cinq cents étrangers : un prince tel que vous en attirera bien davantage; et je vous avoue que je me tiendrais bien malheureux, si je mourais avant d'avoir vu l'exemple des princes et la merveille de l'Allemagne.

Je ne veux point vous flatter, Monseigneur, ce serait un crime ; ce serait jeter un souffle empoisonné fur une fleur ; j'en fuis incapable : c'eft mon cœur pénétré qui parle à V. A. R.

J'ai lu la logique de M. *Wolf* que vous avez daigné m'envoyer ; j'ofe dire qu'il eft impoffible qu'un homme qui a les idées fi nettes, fi bien ordonnées, faffe jamais rien de mauvais. Je ne m'étonne plus qu'un tel prince aime un tel philofophe. Ils étaient faits l'un pour l'autre. V. A. R. qui lit fes ouvrages peut-elle me demander les miens ? Le poffeffeur d'une mine de diamans me demande des grains de verre : j'obéirai, puifque c'eft vous qui ordonnez.

J'ai trouvé en arrivant à Amfterdam qu'on avait commencé une édition de mes faibles ouvrages. J'aurai l'honneur de vous envoyer le premier exemplaire. En attendant, j'aurai la hardieffe d'envoyer à V. A. R. un manufcrit que je n'oferais jamais montrer qu'à un efprit auffi dégagé des préjugés, auffi philofophe, auffi indulgent que vous l'êtes, et à un prince qui mérite parmi tant d'hommages, celui d'une confiance fans bornes. Il faudra un peu de temps pour le revoir et le tranfcrire, et je le ferai partir par la voie que vous m'indiquerez. Je dirai alors :

*Parve, fed invideo, fine me, liber, ibis ad illum.*

Des occupations indifpenfables et des circonftances dont je ne fuis pas le maître, m'empêchent d'aller moi-même porter à vos pieds ces hommages que je vous dois. Un temps viendra peut-être où je ferai plus heureux.

Il paraît que V. A. R. aime tous les genres de littérature. Un grand prince a foin de tous les ordres

de l'Etat ; un grand génie aime toutes les fortes
d'étude. Je n'ai pu dans ma petite fphère que faluer
de loin les limites de chaque fcience ; un peu de
métaphyfique, un peu d'hiftoire, quelque peu de
phyfique, quelques vers ont partagé mon temps :
faible dans tous ces genres, je vous offre au moins
ce que j'ai.

Si vous voulez, Monfeigneur, vous amufer de
quelques vers en attendant de la philofophie, *carmina,*
*poffumus donare.* J'apprends que le fieur *Thiriot* a l'honneur de faire quelques commiffions pour V. A. R.
à Paris. J'efpère, Monfeigneur, que vous en ferez
très-content. Si vous aviez quelques ordres à donner
pour Amfterdam, je ferais bien flatté d'être votre
*Thiriot* de Hollande. Heureux qui peut vous fervir,
plus heureux qui peut approcher de vous !

Si je ne m'intéreffais pas au bonheur des hommes,
je ferais fâché de vous voir deftiné à être roi. Je
vous voudrais particulier ; je voudrais que mon ame
pût approcher en liberté de la vôtre ; mais il faut
que mon goût céde au bien public.

Souffrez, Monfeigneur, qu'en vous je refpecte
encore plus l'homme que le prince ; fouffrez que de
toutes vos grandeurs, celle de votre ame ait mes
premiers hommages ; fouffrez que je vous dife encore
combien vous me donnez d'admiration et d'efpérance.

Je fuis, &c.

# LETTRE V.

## DU PRINCE ROYAL.

A Remusberg, ce 7 de novembre.

MONSIEUR,

—— JE suis infiniment sensible à l'honneur que vous me
1736. faites de placer mon nom à la tête du bel ouvrage
que vous venez de m'envoyer. (\*) La matière qu'il
renferme et la façon dont vous la tournez m'est si
avantageuse, que je suis obligé d'avouer que l'on ne
peut mieux confier le soin de sa renommée qu'entre
vos mains. Les devoirs d'un roi sage et éclairé, le
code du pape et des sept cardinaux, et l'histoire de
la pédante érudition du roi *Jacques* d'Angleterre,
sont certes des traits de maître. Sans que je m'étende
à faire l'anatomie du reste de cet ouvrage, qui est
une des pièces les plus achevées que j'ai vues de
ma vie ; je vous en fais mes remercîmens sincères,
me trouvant heureux de l'avoir occasionné.

Je souhaiterais, Monsieur, de pouvoir vous
témoigner ma reconnaissance, par une épître en vers
qui fût digne de vous être adressée. Mais comme les
étoiles se cachent en la présence du soleil, dont la
brillante lumière efface et ternit leur faible lueur ;
ainsi je fais imposer silence à ma verve novice et
désavouée des Muses, quand il s'agit de vous écrire.

(\*) Epître au P. R. de Prusse : volume d'*Epîtres*.

Je

Je fais que vos ouvrages n'ont aucun prix; ils portent en eux leur récompenfe, qui eft l'immortalité. J'efpère cependant que vous voudrez accepter, comme une marque de mon fouvenir, le bufte de *Socrate*, (*) que je vous envoie en faveur de ce qu'il fut le plus grand homme de la Gréce, et le maître qui forma *Alcibiade.* Fefant abftraction de ce dont la calomnie le noircit, je pourrais le mettre en parallèle avec vous; mais craignant de bleffer votre modeftie, fi je vous difais fur ce fujet le tiers de ce que je penfe, je me contenterai de le dire à toute la terre, qui me fervira d'organe pour faire parvenir jufqu'à vous les fentimens d'eftime et d'admiration avec lefquels je fuis à jamais, Monfieur, votre très-affectionné ami, FÉDÉRIC.

1736.

(*) Ce bufte formait une pomme de canne, en or.

# LETTRE VI.

## *DU PRINCE ROYAL.*

A Remusberg, le 13 de novembre.

— 1736.

VOLTAIRE, ce n'eſt point le rang et la puiſſance,
Ni les vains préjugés d'une illuſtre naiſſance,
Qui peuvent procurer la ſolide grandeur :
Du vulgaire ignorant telle eſt ſouvent l'erreur;
Mais un homme éclairé tient en main la balance;
Lui ſeul fait diſtinguer le vrai de l'apparence :
Il n'eſt point ébloui par un trompeur éclat;
Sous des titres pompeux il découvre le fat;
Et d'illuſtres aïeux ne compte point la ſuite,
Si vous n'héritez d'eux leurs vertus, leur mérite.

Il eſt d'autres moyens de ſe rendre fameux,
Qui dépendent de nous et ſont plus glorieux :
Chacun a des talens dont il doit faire uſage,
Selon que le deſtin en régla le partage.
L'eſprit de l'homme eſt tel qu'un diamant précieux,
Qui ſans être taillé ne brille point aux yeux.
Quiconque a trouvé l'art d'anoblir ſon génie,
Mérite notre hommage en dépit de l'envie.
Rome nous vante encor les ſons de Corelli;
Le Français prévenu fredonne avec Lulli;
L'Enéide immortelle, en beautés ſi fertile,
Tranſmet juſqu'à nos jours l'heureux nom de Virgile;
Carrache, le Titien, Rubens, Bonnarotti,
Nous ſont auſſi connus que l'eſt Algarotti,

Lui dont l'art du compas et le calcul excède
Le favoir tant vanté du célèbre Archimède.
On refpecte en tous lieux le profond Caffini;
La façade du louvre exalte Bernini;
Aux mânes de Newton tout Londre encore encenfe ;
Henri, le grand Colbert, font chéris dans la France;
Et votre nom fameux par de favans exploits,
Doit être mis au rang des héros et des rois.

Monfieur, vous favez, fans doute, que le caractère dominant de notre nation n'eft pas cette aimable vivacité des Français. On nous attribue en revanche le bon fens, la candeur, et la véracité de nos difcours. Ce qui fuffit pour vous faire fentir qu'un rimeur du fond de la Germanie n'eft pas propre à produire des impromptus ; la pièce que je vous envoie n'a pas non plus ce mérite.

J'ai été long-temps en fufpens fi je devais vous envoyer mes vers ou non, à vous l'*Apollon* du Parnaffe français, à vous devant qui les *Corneille* et les *Racine* ne fauraient fe foutenir. Deux motifs m'y ont pourtant déterminé : celui qui eût furement diffuadé tout autre, c'eft, Monfieur, que vous êtes vous-même poëte, et que par conféquent vous devez connaître ce défir infurmontable, cette fureur que l'on a de produire fes premiers ouvrages : l'autre, et qui m'a le plus fortifié dans mon deffein, eft le plaifir que j'ai de vous faire connaître mes fentimens à la faveur des vers, ce qui n'aurait pas eu la même grâce en profe.

Le plus grand mérite de ma pièce eft, fans contredit, de ce qu'elle eft ornée de votre nom ;

C 2

mon amour propre ne m'aveugle pas jufqu'au point de croire cette épître exempte de défauts. Je ne la trouve pas digne même de vous être adreffée. J'ai lu, Monfieur, vos ouvrages et ceux des plus célèbres auteurs, et je vous affure que je connais la différence infinie qu'il y a entre leurs vers et les miens.

Je vous abandonne ma pièce ; critiquez, condamnez, défapprouvez-la, à condition de faire grâce aux deux vers qui la finiffent. Je m'intéreffe vivement pour eux : la penfée en eft fi véritable, fi évidente, fi manifefte, que je me vois en état d'en défendre la caufe contre les critiques les plus rigides, malgré la haine et l'envie, et en dépit de la calomnie.

Je fuis, &c. FÉDÉRIC.

# LETTRE VII.

## DU PRINCE ROYAL.

A Remusberg, ce 3 de décembre.

MONSIEUR,

J'AI été agréablement furpris en recevant aujourd'hui votre lettre avec les pièces dont vous avez bien voulu l'accompagner. Rien au monde ne m'aurait pu faire plus de plaifir, n'y ayant aucuns ouvrages dont je fois auffi avide que des vôtres. Je fouhaiterais feulement que la fouveraineté que vous m'accordez en qualité d'être penfant me mît en état de vous donner des marques réelles de l'eftime que j'ai pour vous, et que l'on ne faurait vous refufer.

1736.

J'ai lu la Diſſertation ſur l'ame que vous adreſſez au père *Tournemine*. (\*) Tout homme raiſonnable qui ne peut croire que ce qu'il peut comprendre, et qui ne décide pas témérairement ſur des matières que notre faible raiſon ne ſaurait approfondir, ſera toujours de votre ſentiment. Il eſt certain que l'on ne parviendra jamais à la connaiſſance des premières cauſes. Nous qui ne pouvons pas comprendre d'où vient que deux pierres frappées l'une contre l'autre donnent du feu, comment pouvons-nous avancer que DIEU ne ſaurait réunir la penſée à la matière? Ce qu'il y a de ſûr, c'eſt que je ſuis matière et que je penſe. Cet argument me prouve la vérité de votre propoſition.

Je ne connais le père *Tournemine* que par la façon indigne dont il a attaqué M. *Beauſobre* ſur ſon hiſtoire du manichéiſme. Il ſubſtitue les invectives aux raiſons; faible et groſſière reſſource qui prouve bien qu'il n'avait rien de mieux à dire. Quant à mon ame, je vous aſſure, Monſieur, qu'elle eſt bien la très-humble ſervante de la vôtre. Elle ſouhaiterait fort qu'un peu plus dégagée de ſa matière, elle pût aller s'inſtruire à Cirey;

> A cet endroit fameux où mon ame révère
> Le ſavoir d'Emilie, et l'eſprit de Voltaire :
> Oui c'eſt là que le Ciel, prodiguant ſes faveurs,
> Vous a doué d'un bien préférable aux grandeurs.
> Il m'a donné du rang le frivole avantage;
> A vous tous les talens : gardez votre partage.

(\*) Cette Diſſertation eſt imprimée dans les *Mélanges littéraires*, tome III, page 45.

C 3

Ce n'eſt pas à vous, Monſieur, que je dirai tout ce que je penſe des pièces que vous venez de m'envoyer. L'ode remplie de beautés ne contient que des vérités très-évidentes ; l'épître à *Emilie* eſt un merveilleux abrégé du ſyſtême de M. *Newton ;* et *le Mondain*, aimable pièce qui ne reſpire que la joie, eſt, ſi j'oſe m'exprimer ainſi, un vrai cours de morale. La jouiſſance d'une volupté pure eſt ce qu'il y a de plus réel pour nous dans ce monde. J'entends cette volupté dont parle *Montagne*, et qui ne donne point dans l'excès d'une débauche outrée.

J'attends la *Philoſophie de Newton* avec grande impatience : je vous en aurai une obligation infinie. Je vois bien que je n'aurai jamais d'autre précepteur que M. de *Voltaire*. Vous m'inſtruiſez en vers, vous m'inſtruiſez en proſe ; il faudrait un cœur bien revêche pour être indocile à vos leçons.

J'attends encore *la Pucelle*. J'eſpère qu'elle ne ſera pas plus auſtère que tant d'autres héroïnes qui ſe ſont pourtant laiſſées vaincre par les prières et les perſévérances de leurs amans.

J'ai reçu deux paquets de votre part : celui-ci, Monſieur, eſt le troiſième. J'ai répondu aux deux premiers. Je vous ai enſuite adreſſé des vers, et voici ma quatrième lettre dont j'attends réponſe. La raiſon de ces retardemens eſt en partie cauſée par les poſtes d'Allemagne qui vont lentement ; et d'ailleurs mes lettres font un grand détour, paſſant par Paris pour aller en Champagne. Si vous pouvez trouver quelque voie plus courte, je vous prie de me l'indiquer, je ſerai charmé de m'en ſervir.

Vous êtes trop au-deſſus des louanges pour que je

vous en donne; mais en même temps trop ami de la
vérité pour vous offenfer de l'entendre. Souffrez donc,
Monfieur , que je vous réitère toute l'eftime que j'ai
pour vous. Mes louanges fe bornent à dire que je
vous connais. Puiffe toute la terre vous connaître de
même ! Puiffent mes yeux un jour voir celui dont
l'efprit fait le charme de ma vie !

Je fuis avec une véritable confidération, Monfieur,
votre très-affectionné ami ,
FÉDÉRIC.

# LETTRE VIII.

## DU PRINCE ROYAL.

A Berlin,     décembre.

MONSIEUR,

JE vous avoue que j'ai fenti une fecrète joie de
vous favoir en Hollande, me voyant par-là plus à
portée de recevoir de vos nouvelles, quoique je
craigniffe, de la façon dont vous me marquez y
être, que quelque fâcheufe raifon ne vous eût obligé
de quitter la France et de prendre l'*incognito*. Soyez
sûr, Monfieur, que ce fecret ne tranfpirera pas par
mon indifcrétion.

La France et l'Angleterre font les deux feuls Etats
où les arts foient en confidération. C'eft chez eux
que les autres nations doivent s'inftruire. Ceux qui
ne peuvent pas s'y tranfporter en perfonne, peuvent

C 4

du moins dans les écrits de leurs auteurs célèbres puiser des connaissances et des lumières. Leurs langues par conséquent méritent bien que les étrangers les étudient, principalement la française qui, selon moi, pour l'élégance, la finesse, l'énergie et les tours, à une grâce particulière. Ce font ces motifs suffisans qui m'ont engagé à m'y appliquer. Je me sens récompensé richement de mes peines par l'approbation que vous m'accordez avec tant d'indulgence.

*Louis XIV* était un prince grand par une infinité d'endroits ; un solécisme, une faute d'orthographe ne pouvait ternir en rien l'éclat de sa réputation établie par tant d'actions qui l'ont immortalisé. Il lui convenait en tout sens de dire : *Cæsar est suprà grammaticam.* Mais il y a des cas particuliers qui ne font pas généralement applicables. Celui-ci est de ce nombre ; et ce qui était un défaut imperceptible en *Louis XIV*, deviendrait une négligence impardonnable en tout autre.

Je ne fuis grand par rien. Il n'y a que mon application qui pourra peut-être un jour me rendre utile à ma patrie ; et c'est-là toute la gloire que j'ambitionne. Les arts et les sciences ont toujours été les enfans de l'abondance. Les pays où ils ont fleuri ont eu un avantage incontestable sur ceux que la barbarie nourrissait dans l'obscurité. Outre que les sciences contribuent beaucoup à la félicité des hommes, je me trouverais fort heureux de pouvoir les amener dans nos climats reculés, où jusqu'à présent elles n'ont que faiblement pénétré ; semblable à ces connaisseurs en tableaux, qui savent les juger, qui connaissent les grands maîtres, mais qui ne

s'entendent pas même à broyer des couleurs. Je fuis
frappé par ce qui eft beau ; je l'eftime, mais je n'en
fuis pas moins ignorant. Je crains férieufement,
Monfieur, que vous ne preniez une idée trop
avantageufe de moi. Un poëte s'abandonne volontiers au feu de fon imagination ; et il pourrait fort
bien arriver que vous vous forgeaffiez un fantôme
à qui vous attribueriez mille qualités, mais qui ne
devrait fon exiftence qu'à la fécondité de votre imagination.

Vous avez lu, fans doute, le poëme d'Alaric de
M. de *Scudéri ;* il commence, fi je ne me trompe,
par ce vers :

Je chante le vainqueur des vainqueurs de la terre.

Voilà certainement tout ce que l'on peut dire ; mais
malheureufement le poëte en refte là ; et la fuperbe
idée que l'on s'était formée du héros diminue à chaque
page. Je crains beaucoup d'être dans le même cas ;
et je vous avoue, Monfieur, que j'aime infiniment
mieux ces rivières qui, coulant doucement près de
leur fource, s'accroiffent dans leur cours, et roulent
enfin, parvenues à leur embouchure, des flots femblables à ceux de la mer.

Je m'acquitte enfin de ma promeffe, et je vous
envoie par cette occafion la moitié de la métaphyfique de *Wolf :* l'autre moitié fuivra dans peu. Un
homme que j'aime et que j'eftime s'eft chargé de cette
traduction par amitié pour moi. Elle eft très-exacte
et fidelle. Il en aurait châtié le ftyle fi des affaires
indifpenfables ne l'avaient arraché de chez moi. J'ai

pris foin de marquer les endroits principaux. Je me flatte que cet ouvrage aura votre approbation : vous avez l'efprit trop jufte pour ne le pas goûter.

La propofition de l'*être fimple*, qui eft une efpèce d'atome, ou des monades dont parle *Leibnitz*, vous paraîtra peut-être un peu obfcure. Pour la bien comprendre, il faut faire attention aux définitions que l'auteur fait auparavant de l'efpace, de l'étendue, des limites et de la figure.

Le grand ordre de cet ouvrage, et la connexion intime qui lie toutes les propofitions les unes avec les autres, eft, à mon avis, ce qu'il y a de plus admirable dans ce livre. La manière de raifonner de l'auteur eft applicable à toutes fortes de fujets. Elle peut être d'un grand ufage à un politique qui fait s'en fervir. J'ofe même dire qu'elle eft applicable à tous les fujets de la vie privée.

La lecture des ouvrages de M. *Wolf*, bien loin de m'offufquer les yeux fur ce qui eft beau, me fournit encore des motifs plus puiffans pour y donner mon approbation.

J'attends vos ouvrages en vers et en profe avec égale impatience. Vous augmenterez de beaucoup, Monfieur, toute la reconnaiffance que je vous dois déjà. Vous pourriez donner vos productions à des perfonnes plus éclairées, mais jamais à aucune qui en faffe plus de cas. Votre réputation vous met au-deffus de l'éloge, mais les fentimens d'admiration que j'ai pour vous m'empêchent de me taire. Vous favez, Monfieur, que quand on fent bien quelque chofe, il eft difficile, pour ne pas dire impoffible, de le cacher. J'entrevois tant de modeftie dans la

façon dont vous parlez de vos propres ouvrages,
que je crains de la choquer, même en ne difant **1736.**
qu'une partie de la vérité.

J'avoue que j'aurais une grande envie de vous
voir et de connaître, Monfieur, en votre perfonne
ce que ce fiècle et la France ont produit de plus
accompli. La philofophie m'apprend cependant à
mettre un frein à cette envie. La confidération de
votre fanté qui, à ce qu'on m'affure, eft délicate;
vos arrangemens particuliers, joints à un motif que
vous pourriez avoir d'ailleurs pour ne point porter
vos pas dans ces contrées, me font des raifons fuffi-
fantes pour ne vous point preffer fur ce fujet. J'aime
mes amis d'une amitié défintéreffée, et je préférerai
en toutes occafions leur intérêt à mon agrément.
Il fuffit que vous me laiffiez l'efpérance de vous voir
une fois dans la vie. Votre correfpondance me tiendra
lieu de votre perfonne: j'efpère qu'elle fera plus facile
à préfent, vu la commodité des poftes.

Je vous prie, Monfieur, de m'avertir quand vous
quitterez la Hollande pour aller en Angleterre; en
ce cas vous pouvez remettre vos lettres à notre envoyé
*Bork*. Je fouffre beaucoup en voyant un homme de
votre mérite la victime et la proie de la méchanceté
des hommes. Le fuffrage que je vous donne doit,
par mon éloignement, vous tenir lieu de celui de la
poftérité. Trifte et frivole confolation! Elle a pourtant
été celle de tous les grands hommes qui avant vous
ont fouffert de la haine que les ames baffes et envieufes
portent aux génies fupérieurs. Des gens peu éclairés
fe laiffent féduire par la malignité des méchans; femblables à ces chiens qui fuivent en tout le chef de

meute, qui aboient quand ils entendent aboyer, et qui prennent fervilement le change avec lui. Quiconque eſt éclairé par la vérité ſe dégage des préjugés; il la découvre, et les déteſte; il dévoile la calomnie, et l'abhorre. Soyez ſûr, Monſieur, que ces conſidérations font que je vous rendrai toujours juſtice. Je vous croirai toujours ſemblable à vous-même. Je m'intéreſſerai toujours vivement à ce qui vous regarde; et la Hollande, pays qui ne m'a jamais déplu, me deviendra une terre ſacrée puiſqu'elle vous contient. Mes vœux vous ſuivront par-tout : et la parfaite eſtime que j'ai pour vous, étant fondée ſur votre mérite, ne ceſſera que quand il plaira au Créateur de mettre fin à mon exiſtence. Ce font les ſentimens avec leſquels je ſuis, Monſieur,

votre très-parfaitement affectionné ami...

FÉDÉRIC.

# LETTRE IX.

## DE M. DE VOLTAIRE.

A Leyde, janvier.

MONSEIGNEUR,

SI j'étais malheureux je ferais bientôt conſolé : on m'apprend que V. A. R. a daigné m'envoyer ſon portrait; c'eſt ce qui pouvait jamais m'arriver de plus flatteur après l'honneur de jouir de votre préſence. Mais le peintre aura-t-il pu exprimer dans vos traits ceux de cette belle ame à laquelle j'ai

consacré mes hommages ? J'ai appris que M. *Chambrier*
avait retiré le portrait à la poste ; mais sur le champ
madame la marquise *du Châtelet*, *Emilie*, lui a écrit
que ce trésor était destiné pour Cirey. Elle le revendique, Monseigneur ; elle partage mon admiration
pour V. A. R. ; elle ne souffrira pas qu'on lui enlève
ce dépôt précieux ; il fera le principal ornement de
la maison charmante qu'elle a bâtie dans son désert.
On y lira cette petite inscription : *Vultus Augusti, mens
Trajani.*

Apparemment, Monseigneur, que le bruit du
présent dont vous m'avez honoré a fait croire que
j'étais en Prusse. Toutes les gazettes le disent : il est
douloureux pour moi qu'en devinant si bien mon
goût, elles aient si mal deviné mes marches. Vous
ne doutez pas, Monseigneur, de l'envie extrême que
j'ai d'aller vous admirer de plus près ; mais j'ai déjà
eu l'honneur de vous mander qu'une occupation
indispensable me retenait ici. C'est pour être plus
digne de vos bontés, Monseigneur, que je suis à
Leyde ; c'est pour me fortifier dans les connaissances
des choses que vous favorisez. Vous n'aimez que les
vérités, et j'en cherche ici. Je prendrai la liberté
d'envoyer à V. A. R. la petite provision que j'aurai
faite : vous démêlerez d'un coup d'œil les mauvais
fruits d'avec les bons.

En attendant, si V. A. R. veut s'amuser par une
petite suite du *Mondain*, j'aurai l'honneur de l'envoyer
incessamment ; c'est un petit essai de morale mondaine
où je tâche de prouver avec quelque gaieté que le
luxe, la magnificence, les arts, tout ce qui fait la
splendeur d'un Etat en fait la richesse ; et que ceux

qui crient contre ce qu'on appelle *le luxe*, ne font guère que *des pauvres* de mauvaife humeur. Je crois qu'on peut enrichir un Etat en donnant beaucoup de plaifirs à fes fujets. Si c'eft une erreur, elle me paraît jufqu'ici bien agréable. Mais j'attendrai le fentiment de V. A. R. pour favoir ce que je dois en penfer. Au refte, Monfeigneur, c'eft par pure humanité que je confeille les plaifirs. Le mien n'eft guère que l'étude et la folitude. Mais il y a mille façons d'être heureux. Vous méritez de l'être de toutes : ce font les vœux que je fais pour vous, &c.

## LETTRE X.

### *DU PRINCE ROYAL.*

A Berlin,     janvier

Non, Monfieur, je ne vous ai point envoyé mon portrait ; une pareille manie ne m'eft jamais venue dans l'efprit. Mon portrait n'eft ni affez beau ni affez rare pour vous être envoyé. Un mal-entendu a donné lieu à cette méprife. Je vous ai envoyé, Monfieur, une bagatelle pour marque de mon eftime ; un bufte de *Socrate* en guife de pommeau fur une canne ; et la façon dont cette canne a été roulée, à la manière dont on roule les tableaux, aura donné lieu à cette erreur. Ce bufte, de toutes façons, était plus digne de vous être envoyé que mon portrait. C'eft l'image du plus grand homme de l'antiquité, d'un philofophe

qui a fait la gloire des païens, et qui jusqu'à nos
jours est l'objet de la jalousie et de l'envie des chrétiens. *Socrate* fut calomnié : eh! quel grand homme
ne l'est pas ? Son esprit, amateur de la vérité, revit
en vous. Aussi vous seul méritez de conserver le
buste de ce philosophe. J'espère, Monsieur, que vous
voudrez bien le conserver.

Madame la marquise *du Châtelet* me fait bien de
l'honneur de vouloir bien s'intéresser pour mon soi-
disant portrait. Elle ferait capable de me donner
meilleure opinion de moi que je n'en ai jamais eu
et que je n'en devrais avoir. Ce serait à moi de
désirer le sien. Je vous avoue que les charmes de
son esprit m'ont fait oublier sa matière. Vous trouverez peut-être que c'est penser trop philosophique-
ment à mon âge, mais vous pourriez vous tromper.
L'éloignement de l'objet et l'impossibilité de le posséder, peuvent y avoir autant de part que la philosophie. Elle ne doit pas nous rendre insensibles ni
empêcher d'avoir le cœur tendre ; elle ferait en ce
cas plus de mal que de bien aux hommes.

Il semble en effet que quelque démon familier se
soit abouché avec tous les gazetiers de Hollande pour
leur faire écrire unanimement que vous m'êtes venu
voir. J'en ai été informé par la voix publique, ce
qui me fit d'abord douter de la vérité du fait. Je
me dis que vous ne vous serviriez pas des gazetiers
pour annoncer votre voyage ; et qu'en cas que vous
me fissiez le plaisir de venir en ce pays-ci, j'en aurais
des nouvelles plus intimes. Le public me croit plus
heureux que je ne le suis. Je me tue de le détromper.
Je me sens d'ailleurs fort obligé au gazetier d'effectuer

—— en idée ce qu'il juge très-bien qui peut m'être infi-
1737. niment agréable.

Quoique vous n'ayez en aucune manière befoin
de vous perfectionner par de nouvelles études dans
la connaiffance des fciences, je crois que la converfation du fameux M. *s'Gravefende* pourra vous être
fort agréable. Il doit poffeder la philofophie de
*Newton* dans la dernière perfection. M. *Boërhaave*
ne vous fera pas d'un moindre fecours pour le
confulter fur l'état de votre fanté. Je vous la recommande, Monfieur. Outre le penchant que vous vous
fentez naturellement pour la confervation de votre
corps, ajoutez, je vous prie, quelque nouvelle attention à celle que vous avez déjà pour l'amour d'un
ami qui s'intéreffe vivement à tout ce qui vous regarde.
J'ofe vous dire que je fais ce que vous valez, et que
je connais la grandeur de la perte que tout le monde
ferait en vous : les regrets que l'on donnerait à vos
cendres feraient inutiles et fuperflus pour ceux qui
les fentiraient. Je prévois ce malheur et je le crains;
mais je voudrais le différer.

Vous me ferez beaucoup de plaifir, Monfieur, de
m'envoyer vos nouvelles productions. Les bons arbres
portent toujours de bons fruits. La Henriade et vos
ouvrages immortels me répondent de la beauté des
futurs. Je fuis fort curieux de voir la fuite du *Mondain*
que vous me promettez. Le plan que vous m'en
marquez eft tout fondé fur la raifon et fur la vérité.
En effet la fageffe du Créateur n'a rien fait inutilement dans ce monde. DIEU veut que l'homme
jouiffe des chofes créées, et c'eft contrevenir à fon
but que d'en ufer autrement. Il n'y a que les abus

et

et les excès qui rendent pernicieux ce qui d'ailleurs
eſt bon en ſoi-même.

Ma morale, Monſieur, s'accorde très-bien avec
la vôtre. J'avoue que j'aime les plaiſirs et tout ce qui
y contribue. La briéveté de la vie eſt le motif qui
m'enſeigne d'en jouir. Nous n'avons qu'un temps
dont il faut profiter. Le paſſé n'eſt qu'un rêve, le
futur eſt incertain : ce principe n'eſt point dangereux ; il faut ſeulement n'en point tirer de mauvaiſe
conſéquence.

Je m'attends que votre eſſai de morale ſera l'hiſtoire
de mes penſées. Quoique mon plus grand plaiſir ſoit
l'étude et la culture des beaux arts, vous ſavez,
Monſieur, mieux que perſonne, qu'ils exigent du
repos, de la tranquillité et du recueillement d'eſprit ;

> Car loin du bruit et du tumulte,
> Apollon s'était retiré
> Au haut d'un côteau conſacré
> Par les neuf Muſes à ſon culte.
>
> Pour courtiſer les doctes Sœurs,
> Il faut du repos, du ſilence,
> Et des travaux en abondance
> Avant de goûter leurs faveurs.

Voltaire, votre nom immortel dans l'hiſtoire,
Eſt gravé par leurs mains aux faſtes de la gloire.

Il y a bien de la témérité pour un écolier, ou pour
mieux dire à une grenouille du ſacré vallon d'oſer
croaſſer en préſence d'*Apollon*. Je le reconnais, je me
confeſſe, et vous en demande l'abſolution. L'eſtime

que j'ai pour vous me la doit mériter. Il eſt bien difficile de ſe taire ſur de certaines vérités, quand on en eſt bien pénétré, riſque à s'exprimer bien ou mal. Je ſuis dans ce cas : c'eſt vous qui m'y mettez, et qui par conſéquent devez avoir plus d'indulgence pour moi qu'aucun autre.

Je ſuis à jamais avec toute la conſidération que vous méritez, Monſieur,

votre très-affectionné ami,

FÉDÉRIC.

# LETTRE XI.

## DU PRINCE ROYAL.

A Berlin, le 14 de janvier.

MONSIEUR,

Vous me faites la plus jolie galanterie du monde. Je reçois un paquet ſous mon adreſſe, je reconnais les cachets, j'ouvre, et je trouve Mérope. Je lis, je ſuis charmé, j'admire, et je ſuis obligé d'augmenter la reconnaiſſance que je vous dois, et que je ne croyais plus ſuſceptible d'accroiſſement. Mérope eſt une des plus belles tragédies qu'on ait faites : l'économie de la pièce eſt menée avec adreſſe; la terreur croît de ſcène en ſcène; et la tendreſſe maternelle, ſubſtituée à l'amour doucereux, m'a charmé. J'avoue que la voix de la nature me paraît infiniment plus pathétique que celle d'une paffion frivole. Les vers 1737. font pleins de nobleffe, les fentimens expliqués avec dignité : enfin la conduite de la pièce, l'expreffion des mœurs, la vraifemblance, le dénouement, tout y eft auffi heureufement amené qu'on peut le défirer. Il n'y a que vous au monde qui puiffiez faire une pièce auffi parfaite que Mérope. J'en fuis charmé, j'en fuis extafié, et je ne finirais point fi ce n'était pour épargner votre modeftie.

Si je ne puis vous payer avec une même monnaie, je ne veux pas cependant ne vous point témoigner ma reconnaiffance. Je vous prie, confervez la bague que je vous envoie comme un monument du plaifir que votre incomparable tragédie m'a caufé. Si vous n'aviez jamais fait que Mérope, cette pièce fuffirait feule pour faire paffer votre nom jufqu'aux fiècles les plus reculés : vos ouvrages fuffiraient pour immortalifer vingt grands hommes, dont aucun ne manquerait de gloire.

Vous m'avez obligé fenfiblement par les attentions que vous me témoignez en toutes les occafions qui fe préfentent. Je refte toujours en arrière avec vous, et je m'impatiente de ne pouvoir pas vous témoigner toute l'étendue des fentimens pleins d'eftime avec lefquels je fuis, votre très-fidèlement affectionné ami,

FÉDÉRIC.

N'oubliez pas de faire mille amitiés de ma part à l'incomparable *Emilie*. *Céfarion* n'eft pas encore arrivé ; il faut avouer que l'amour eft un grand maître.

D 2

# LETTRE XII.

## DE M. DE VOLTAIRE.

Février.

1737.

LES lauriers d'Apollon fe fanaient fur la terre,
Les Beaux-Arts languiffaient ainfi que les vertus,
La Fraude aux yeux menteurs, et l'aveugle Plutus,
Entre les mains des rois gouvernaient le tonnerre;
La Nature indignée élève alors fa voix :
Je veux former, dit-elle, un règne heureux et jufte,
Je veux qu'un héros naiffe, et qu'il joigne à la fois
Les talens de Virgile et les vertus d'Augufte,
Pour l'ornement du monde et l'exemple des rois.
Elle dit ; et du ciel les Vertus defcendirent,
Tout le Nord treffaillit, tout l'Olympe accourut,
L'olive, les lauriers, les myrtes reverdirent,
        Et Frédéric parut.

Que votre modeftie, Monfeigneur, pardonne ce petit enthoufiafme à cette vénération pleine de tendreffe que mon cœur fent pour vous.

J'ai reçu les lettres charmantes de V. A. R. et des vers tels qu'en fefait *Catulle* du temps de *Céfar*. Vous voulez donc exceller en tout ? J'ai appris que c'eft donc *Socrate* et non *Frédéric* que V. A. R. m'a donné. Encore une fois, Monfeigneur, je détefte les perfécuteurs de *Socrate*, fans me foucier infiniment de ce fage au nez épaté.

Socrate ne m'eft rien, c'eft Frédéric que j'aime.

Quelle différence entre un bavard athénien, avec
son démon familier, et un prince qui fait les délices 1737.
des hommes et qui en fera la félicité !

J'ai vu à Amſterdam des Berlinois : *Fruere famâ*
*tui, Germanice.* Ils parlent de V. A. R. avec des tranſ-
ports d'admiration. Je m'informe de votre perſonne
à tout le monde. Je dis : *ubi eſt Deus meus? Deus tuus,*
me répond-on, a le plus beau régiment de l'Europe ;
*Deus tuus* excelle dans les arts et dans les plaiſirs ;
il eſt plus inſtruit qu'*Alcibiade*, joue de la flûte comme
*Télémaque*, et eſt fort au-deſſus de ces deux grecs ; et
alors je dis comme le vieillard *Siméon :*

Quand mes yeux verront-ils le ſauveur de ma vie ?

J'aurais déjà dû adreſſer à V. A. R. cette Philoſophie promiſe et cette Pucelle non promiſe ; mais
premièrement croyez, Monſeigneur, que je n'ai pas
eu un inſtant dont j'aie pu diſpoſer. Secondement,
cette Pucelle et cette Philoſophie vont tout droit à
la ciguë. Troiſièmement, ſoyez perſuadé que la
curioſité que vous excitez dans l'Europe, comme
prince et comme être penſant, a continuellement les
yeux ſur vous. On épie nos démarches et nos paroles ;
on mande tout, on ſait tout.

Il y a par le monde des vers charmans qu'on attribue
à *Auguſte-Virgile-Frédéric*, quand *Tournemine* dit :

Il avouera, voyant cette figure immenſe,
       Que la matière penſe.

Ce n'eſt pas V. A. R. qui m'a envoyé cela, d'où
le ſais-je ? Croyez, Monſeigneur, que tout miniſtre

étranger, quelqu'attaché qu'il vous foit et quelque aimable qu'il puiffe être, facrifiera tout au petit mérite de conter des nouvelles aux fupérieurs qui l'emploient. Cela dit, j'enverrai à Vefel le paquet que j'ofe adreffer à V. A. R. Mais permettez encore que je vous répète, comme Lucrèce à *Memmius* :

*Tantùm Relligio potuit fuadere malorum.*

Ce vers doit être la devife de l'ouvrage. Vous êtes le feul prince fur la terre à qui j'ofaffe l'envoyer. Regardez-moi, Monfeigneur, comme le fujet le plus attaché que vous ayez, car je n'ai point et ne veux avoir d'autre maître. Après cela décidez.

Je pars inceffamment de Hollande malgré moi ; l'amitié me rappelle à Cirey : on eft venu me relancer ici. Le plus grand prince de la terre eft devenu mon confident. Si donc V. A. R. a quelques ordres à me donner, je la fupplie de les adreffer fous le couvert de M. *du Breuil*, à Amfterdam, il me les fera tenir. Ils arriveront tard ; auffi dans mes complaintes de la Providence il y aura un grand article fur l'injuftice extrême de n'avoir pas mis Cirey en Pruffe. Je fuis avec la vénération la plus tendre, permettez-moi ce mot, Monfeigneur, &c.

1737.

# LETTRE XIII.

## DU PRINCE ROYAL.

A Berlin, février.

MONSIEUR,

J'AI reçu avec beaucoup de plaisir *la Défense du Mondain*, et le joli badinage au sujet de *la Mule du pape*. Chacune de ces pièces est charmante dans son genre. Le faux zèle de votre voisin le dévot représente très-bien celui de beaucoup de personnes qui, dans leur stupide sainteté, taxent tout de péché tandis qu'ils s'aveuglent sur leurs propres vices. Il n'y a rien de plus heureux que la transition du vin dont notre béat humecte son gosier séché à force d'argumenter. Le pauvre qui vit des vanités des grands, le dieu qui du temps de *Tulle* était de bois, et d'or sous le consulat de *Luculle*, &c. sont des endroits dont les beautés marchent à grands pas vers l'immortalité. Mais, Monsieur, pourrais-je vous présenter mes doutes ? C'est le moyen de m'instruire par les bonnes raisons dont vous vous servirez, sans doute.

Peut-on donner l'épithète de *chimérique* à l'histoire romaine ; histoire avérée par le témoignage de tant d'auteurs, de tant de monumens respectables de l'antiquité et d'une infinité de médailles, dont il ne faudrait qu'une partie pour établir les vérités de la

1737.

D 4

religion? Les étendards de foin des Romains me font
inconnus ; mon ignorance ne peut fervir d'excufe ;
mais , autant que je peux m'en reffouvenir , leurs
premiers étendards furent des mains ajuftées au haut
d'une perche.

Vous voyez, Monfieur, un difciple qui demande
à s'inftruire : vous voyez en même temps un ami
fincère qui agit avec franchife ; et j'efpère que votre
efprit jufte et pénétrant s'apercevra facilement que
mon amitié feule vous parle : ufez-en , je vous prie,
de même à mon égard.

J'avoue que mes réflexions font plutôt celles d'un
géomètre que les remarques d'un poëte, mais l'eftime
que j'ai pour vous , étant trop bien établie, fera toujours la même. Je fuis à jamais , Monfieur, votre
très-affectionné ami , FÉDÉRIC.

# LETTRE XIV.

## DU PRINCE ROYAL.

'A Remusberg , le 8 de février.

MONSIEUR,

NE vous embarraffez nullement du bruit qui s'eft
répandu fur la correfpondance que j'ai avec vous :
ce bruit ne nous peut faire de la peine ni à l'un
ni à l'autre. Il eft vrai que des perfonnes fuperfti-
tieufes , dont il y a tant dans ce pays, et peut-être

plus qu'ailleurs, ont été fcandalifées de ce que j'étais en commerce de lettres avec vous : ces perfonnes me foupçonnent d'ailleurs de ne point croire à la rigueur tout ce qu'elles nomment article de foi. Vos ennemis les ont fi fort prévenues par les calomnies qu'ils répandent fur votre fujet avec la dernière malignité, que ces bons dévots damnent faintement ceux qui vous préfèrent à *Luther* et à *Calvin*, et qui pouffent l'endurciffement de cœur jufqu'à ofer vous écrire. Pour me débarraffer de leurs importunités, j'ai cru que le parti le plus convenable était de faire avertir le gazetier de Hollande et d'Amfterdam qu'il me ferait plaifir de ne parler de moi en aucune façon.

Voilà, Monfieur, la vérité de tout ce qui s'eft paffé; vous pouvez y ajouter foi. Je peux vous affurer que je me fais honneur de vous eftimer, et que je tire gloire de rendre hommage à votre génie. Je confentirai même à faire imprimer tous les endroits de mes lettres où il eft parlé de vous, pour manifefter aux yeux du monde entier que je ne rougis point de me faire éclairer d'un homme qui mérite de m'inftruire, et qui n'a d'autre défaut que d'être trop fupérieur au refte des hommes. Mais vous, Monfieur, vous n'avez pas befoin d'un témoignage auffi faible que le mien pour affermir votre réputation fi bien établie par vous-même. Ce fondement eft plus noble et plus folide que celui de mes fuffrages. Dans tout autre fiècle que celui où nous vivons, je n'aurais pas interdit au fieur *Franchin* la liberté de parler de moi, et même de la façon qu'il lui aurait plu. Il ne rifquerait jamais de faire le

—— *Bajaset* au mont Saint-Michel. C'eſt une règle de
1737. la prudence ; et vous ſavez, Monſieur, qu'il faut
céder aux circonſtances et s'accommoder au temps.
Je me ſuis vu obligé de la pratiquer.

Vous avez reçu avec tant d'indulgence les vers que
je vous ai adreſſés, que je haſarde de vous envoyer
une *ode ſur l'oubli*. Ce ſujet n'a pas été traité, que je
ſache. Je vous demande, Monſieur, à ſon égard,
toute l'inflexibilité d'un maître et la ſévère rigidité
d'un cenſeur. Vos corrections m'inſtruiront ; elles
me vaudront des préceptes dictés par *Apollon* même
et l'inſpiration des Muſes.

Vous me ferez plaiſir, Monſieur, de me marquer
vos doutes ſur la Métaphyſique de *Wolf*. Je vous
enverrai dans peu le reſte de l'ouvrage. Je crois que
vous l'attaquerez par la définition qu'il fait de *l'Etre
ſimple*. Il y a une Morale du même auteur : tout y
eſt traité dans le même ordre que dans la Métaphyſique : les propoſitions ſont intimement liées les
unes avec les autres, et ſe prêtent, pour ainſi dire,
mutuellement la main pour ſe fortifier. Un certain
*Jordan* que vous devez avoir vu à Paris, en a entrepris
la traduction. Il a quitté St *Paul* en faveur d'*Ariſtote*.

*Wolf* établit à la fin de ſa Métaphyſique l'exiſtence d'une ame différente du corps ; il s'explique
ſur l'immortalité en ces termes : *L'ame ayant été créée
de* DIEU *tout d'un coup et non ſucceſſivement*, DIEU *ne
peut l'anéantir que par un acte formel de ſa volonté*. Il
ſemble croire l'éternité du monde, quoiqu'il n'en
parle pas en termes auſſi clairs qu'on le déſirerait.

Ce que l'on peut dire de plus palpable ſur ce ſujet
eſt, ſelon mes faibles lumières, que le monde eſt

éternel dans le temps, ou bien dans la fucceffion des actions; mais que DIEU qui eft hors des temps doit avoir été avant tout. Ce qu'il y a de bien fûr, c'eft que le monde eft beaucoup plus vieux que nous ne le croyons. Si DIEU de toute éternité l'a voulu créer, la volonté et le parfaire n'étant qu'un en lui, il s'enfuit néceffairement que le monde eft éternel. Ne me demandez pas, je vous prie, Monfieur, ce que c'eft qu'éternel, car je vous avoue par avance qu'en prononçant ce terme je dis un mot que je n'entends pas moi-même. Les queftions métaphyfiques font au-deffus de notre portée. Nous tâchons en vain de deviner les chofes qui excèdent notre compréhenfion; et dans ce monde ignorant la conjecture la plus vraifemblable paffe pour le meilleur fyftême.

Le mien eft d'adorer l'Etre fuprême, uniquement bon, uniquement miféricordieux, et qui par cela feul mérite mes hommages; d'adoucir et de foulager, autant que je le peux, les humains dont la miférable condition m'eft connue, et de m'en rapporter fur le refte à la volonté du Créateur qui difpofera de moi comme bon lui femblera, et duquel, arrive ce qui peut, je n'ai rien à craindre. Je compte bien que c'eft-là à peu-près votre confeffion de foi.

Si la raifon m'infpire, fi j'ofe me flatter qu'elle parle par ma bouche, c'eft d'une manière qui vous eft avantageufe: elle vous rend juftice comme au plus grand homme de France et comme à un mortel qui fait honneur à la parole.

Si jamais je vais en France, la première chofe que je demanderai ce fera: où eft M. de *Voltaire*? Le roi, fa cour, Paris, Verfailles, ni le fexe, ni les plaifirs n'auront part à mon voyage ; ce fera vous feul. Souffrez que je vous livre encore un affaut au fujet du poëme de la Pucelle. Si vous avez affez de confiance en moi pour me croire incapable de trahir un homme que j'eftime ; fi vous me croyez honnête homme, vous ne me le refuferez pas. Ce caractère m'eft trop précieux pour le violer de ma vie ; et ceux qui me connaiffent favent que je ne fuis ni indifcret ni imprudent.

Continuez , Monfieur, à éclairer le monde. Le flambeau de la vérité ne pouvait être confié en de meilleures mains. Je vous admirerai de loin, ne renonçant cependant pas à la fatisfaction de vous voir un jour. Vous me l'avez promis, et je me réferve de vous en faire reffouvenir à temps.

Comptez , Monfieur, fur mon eftime : je ne la donne pas légèrement ; et je ne la retire pas de même. Ce font les fentimens avec lefquels je fuis à jamais, Monfieur, votre très-affectionné ami,

F É D É R I C.

# LETTRE XV.

## DU PRINCE ROYAL.

Février.

MONSIEUR,

J'AI été très-agréablement furpris par les vers que
vous avez bien voulu m'adreffer ; ils font dignes de  1737.
l'auteur. Le fujet le plus ftérile devient fécond entre
vos mains. Vous parlez de moi, et je ne me reconnais
plus : tout ce que vous touchez fe convertit en or.

> Mon nom fera connu par tes fameux écrits.
> Des temps injurieux affrontant les mépris,
> Je renaîtrai fans ceffe, autant que tes ouvrages
> Triomphans de l'envie, iront d'âges en âges
> De la poftérité recueillir les fuffrages,
> Et feront en tout temps le charme des efprits.

> De tes vers immortels, un pied, un hémiftiche,
> Où tu places mon nom comme un faint dans fa niche,
> Me fait participer à l'immortalité
> Que le nom de Voltaire avait feul mérité.

Qui faurait qu'*Alexandre le grand* exifta jadis, fi
*Quinte-Curce* et quelques fameux hiftoriens n'euffent
pris foin de nous tranfmettre l'hiftoire de fa vie ? Le
vaillant *Achille* et le fage *Neftor* n'auraient pas échappé
à l'oubli des temps fans *Homère* qui les célébra. Je

—— ne fuis, je vous affure, ni une efpèce ni un candidat
de grand homme ; je ne fuis qu'un fimple individu
qui n'eft connu que d'une petite partie du continent,
et dont le nom, felon toutes les apparences, ne fervira
jamais qu'à décorer quelque arbre de généalogie, pour
tomber enfuite dans l'obfcurité et dans l'oubli. Je fuis
furpris de mon imprudence, lorfque je fais réflexion
que je vous adreffe des vers. Je défapprouve ma
témérité dans le temps que je tombe dans la même
faute. *Defpréaux* dit :

> Qu'un âne pour le moins inftruit par la nature,
> A l'inftinct qui le guide obéit fans murmure,
> Ne va point follement, de fa bifarre voix,
> Défier aux chanfons les oifeaux dans les bois.

Je vous prie, Monfieur, de vouloir bien être mon
maître en poëfie, comme vous le pouvez être en tout.
Vous ne trouverez jamais de difciple plus docile et
plus fouple que je le ferai. Bien loin de m'offenfer de
vos corrections, je les prendrai comme les marques
les plus certaines de l'amitié que vous avez pour moi.

Un entier loifir m'a donné le temps de m'occuper
à la fcience qui me plaît. Je tâche de profiter de cette
oifiveté , et de la rendre utile en m'appliquant à
l'étude de la philofophie, de l'hiftoire, et en m'amu-
fant avec la poëfie et la mufique. Je vis à préfent
comme un homme ; et je trouve cette vie infiniment
préférable à la majeftueufe gravité et à la tyrannique
contrainte des cours. Je n'aime pas un genre de vie
mefuré à la toife. Il n'y a que la liberté qui ait des
appas pour moi.

Des perſonnes peut-être prévenues vous ont fait
un portrait trop avantageux de moi. Leur amitié m'a
tenu lieu de mérite. Souvenez-vous, Monſieur, je
vous prie, de la deſcription que vous faites de la
Renommée,

> Dont la bouche indiſcrète en ſa légèreté
> Prodigue le menſonge avec la vérité.

Quand des perſonnes d'un certain rang rempliſſent
la moitié d'une carrière, on leur adjuge le prix que
les autres ne reçoivent qu'après l'avoir achevée. D'où
peut venir une ſi étrange différence ? ou bien nous
ſommes moins capables que d'autres de faire bien ce
que nous feſons, ou de vils adulateurs relèvent et
font valoir nos moindres actions.

Le feu roi de Pologne, *Auguſte*, calculait de grands
nombres avec aſſez de facilité ; tout le monde s'empreſſait à vanter ſa haute ſcience dans les mathématiques : il ignorait juſqu'aux élémens de l'algèbre.

Diſpenſez-moi, je vous prie, de vous citer pluſieurs autres exemples que je pourrais vous alléguer.

Il n'y a eu de nos jours de grand prince véritablement inſtruit que le czar *Pierre I.* Il était non-
ſeulement légiſlateur de ſon pays, mais il poſſédait
parfaitement l'art de la marine. Il était architecte,
anatomiſte, chirurgien quelquefois dangereux,
ſoldat expert, économe conſommé ; enfin, pour en
faire le modèle de tous les princes, il aurait fallu
qu'il eût eu une éducation moins barbare et moins
féroce que celle qu'il avait reçue dans un pays où
l'autorité abſolue n'était connue que par la cruauté.

On m'a affuré que vous étiez amateur de la pein-ture : c'eft ce qui m'a déterminé à vous envoyer la tête de *Socrate* qui eft affez bien travaillée. Je vous prie de vous contenter de mon intention.

J'attends avec une véritable impatience cette Phi-lofophie et ce Poëme (*) *qui mènent tout droit à la ciguë.* Je vous affure que je garderai un fecret inviolable fur ce fujet. Jamais perfonne ne faura que vous m'avez envoyé ces deux pièces, et bien moins feront-elles vues. Je m'en fais une affaire d'honneur. Je ne peux vous en dire davantage, fentant toute l'indi-gnité qu'il y aurait de trahir, foit par imprudence, foit par indifcrétion, un ami que j'eftime et qui m'oblige.

Les miniftres étrangers, je le fais, font des efpions privilégiés des cours. Ma confiance n'eft pas aveugle ni deftituée de prévoyance fur ce fujet. D'où pouvez-vous avoir l'épigramme que j'ai faite fur M. *la Croze?* Je ne l'ai donnée qu'à lui. Ce bon gros favant occa-fionna ce badinage ; c'était une faillie d'imagination dont la pointe confifte dans une équivoque affez tri-viale, et qui était paffable dans la circonftance où je l'ai faite, mais qui d'ailleurs eft affez infipide. La pièce du père *Tournemine* fe trouve dans la Biblio-thèque françaife. M. *la Croze* l'a lue. Il hait les jefuites comme les chrétiens haïffent le diable, et n'eftime d'autres religieux que ceux de la congréga-tion de Saint-Maur dans l'ordre defquels il a été.

Vous voilà donc parti de la Hollande. Je fentirai le poids de ce double éloignement. Vos lettres feront plus rares ; et mille empêchemens fâcheux concourront

(*) La Pucelle.

à

à rendre notre correspondance moins fréquente. ——
Je me servirai de l'adresse que vous me donnez du 1737.
sieur *du Breuil*. Je lui recommanderai fort d'accélérer
autant qu'il pourra l'envoi de mes lettres et le retour
des vôtres.

Puissiez-vous jouir à Cirey de tous les agrémens
de la vie ! Votre bonheur n'égalera jamais les vœux
que je fais pour vous ni ce que vous méritez. Marquez,
je vous prie, à madame la marquise *du Châtelet* qu'il
n'y a qu'elle seule à qui je puisse me résoudre de
céder M. de *Voltaire*, comme il n'y a qu'elle seule
aussi qui soit digne de vous posséder.

Quand même Cirey serait à l'autre bout du
monde, je ne renonce pas à la satisfaction de m'y
rendre un jour. On a vu des rois voyager pour de
moindres sujets, et je vous assure que ma curiosité
égale l'estime que j'ai pour vous. Est-il étonnant
que je désire voir l'homme le plus digne de l'immortalité, et qui la tient de lui-même ?

Je viens de recevoir des lettres de Berlin d'où l'on
m'écrit que le résident de l'empereur avait reçu la
Pucelle imprimée. Ne m'accusez pas d'indiscrétion.
Je suis avec toute l'estime imaginable, Monsieur,

votre très-affectionné ami,

F É D É R I C.

# LETTRE XVI.

## *DE M. DE VOLTAIRE.*

Mars.

MONSEIGNEUR,

—— Je ne fais par où commencer : je fuis enivré de
1737. plaifir, de furprife, de reconnaiffance,

*Pollio et ipfe facit nova carmina, pafcite taurum.*

Vous faites à Berlin des vers français tels qu'on
en fefait à Verfailles du temps du bon goût et des
plaifirs. Vous m'envoyez la métaphyfique de M. *Wolf,*
et j'ofe vous dire que V. A. R. a bien l'air de l'avoir
traduite elle-même. Vous m'envoyez M. de *Bork*
dans le fein de ma folitude : vous favez combien
un homme digne de votre bienveillance doit m'être
cher. Je reçois à la fois quatre lettres de V. A. R. ;
le bufte de *Socrate* eft à Cirey. Je fuis ébloui de tant
de biens ; j'ai une peine extrême à me recueillir affez
pour vous remercier.

Les grandes paffions parleront les premières : ces
paffions, Monfeigneur, font vous et les vers.

Moderne Alcibiade, aimable et grand génie,
Sans avoir fes défauts, vous avez fes vertus :
Protecteur de Socrate, ennemi d'Anitus,
Vous ne redoutez point qu'on vous excommunie.

Je ne fuis point Socrate : un oracle des Dieux
Ne s'avifa jamais de me déclarer fage,
Et mon Alcibiade eft trop loin de mes yeux.
C'eft vous que j'aimerais, vous qui feriez mon maître,
Vous contre la ciguë illuftre et fûr appui,
Vous fans qui tôt ou tard un Anitus, un prêtre,
Pourrait dévotement m'immoler comme lui.

Monfeigneur, autrefois *Augufte* fit des vers pour *Horace* et pour *Virgile ;* mais *Augufte* s'était fouillé par des profcriptions : *Charles IX* fit des vers, et même affez jolis, pour *Ronfard ;* mais *Charles IX* fut coupable d'avoir au moins permis la Saint-Barthelemi pire que les profcriptions. Je ne vous comparerai qu'à notre *Henri le grand*, à *François I.* Vous favez fans doute, Monfeigneur, cette charmante chanfon de *Henri le grand* pour fa maîtreffe :

Recevez ma couronne,
Le prix de ma valeur :
Je la tiens de Bellone,
Tenez-la de mon cœur.

Voilà des modèles d'hommes et de rois ; et vous les furpafferez. M. de *Bork* a ému mon cœur par tout ce qu'il m'a dit de V. A. R. ; mais il ne m'a rien appris.

Vous fentez bien, Monfeigneur, que j'ai dû recevoir vos lettres très-tard, attendu mon voyage. Enfin madame *du Châtelet* les a reçues avec le Socrate. Le fieur *Thiriot* aurait pu retirer le paquet à la pofte plutôt ; mais M. *Chambrier* le retira, et croyant que c'était votre portrait, il voulait comme de raifon le

—— garder. *Emilie* eft au défefpoir que ce ne foit que
1737. *Socrate*. Monfeigneur, le palais de Cirey s'eft flatté
d'être orné de l'image du feul prince que nous comptions fur la terre. *Emilie* l'attend ; elle le mérite ; et
vous êtes jufte.

Le fieur *Thiriot* a encore cru que j'allais en Pruffe.
L'éclat de vos bontés pour moi l'a perfuadé à beaucoup de monde. On inféra cette nouvelle dans les
gazettes il y a prefque un mois. Mais, Monfeigneur,
la pénétration de votre efprit vous aura fait deviner
mon caractère ; je fuis fûr que vous m'aurez rendu
la juftice d'être perfuadé que j'ai la plus extrême
envie de vous faire ma cour, mais que je n'ai eu
nullement le deffein d'y aller. Je fuis incapable de
faire une telle démarche fans des ordres précis.

La cour du roi votre père et votre perfonne,
Monfeigneur, doivent attirer des étrangers ; mais un
homme de lettres qui vous eft attaché ne doit pas
aller fans ordre.

Je ne comptais pas affurément fortir de Cirey il
y a un mois. Madame *du Châtelet*, dont l'ame eft
faite fur le modèle de la vôtre, et qui a furement
avec vous une harmonie préétablie, devait me retenir
dans fa cour que je préfère, fans héfiter, à celle de
tous les rois de la terre, et comme ami, et comme
philofophe, et comme homme libre, car

*Fuge fufpicari*
*Cujus octavum trepidavit ætas*
*Claudere luftrum.*

Un orage m'a arraché de cette retraite heureufe :
la calomnie m'a été chercher jufque dans Cirey. Je

fuis perfécuté depuis que j'ai fait la Henriade. Croi-
riez-vous qu'on m'a reproché plus d'une fois d'avoir
peint la Saint - Barthelemi avec des couleurs trop
odieufes ? On m'a appelé athée, parce que je dis que
les hommes ne font point nés pour fe détruire. Enfin
la tempête a redoublé, et je fuis parti par les confeils
de mes meilleurs amis. J'avais efquiffé les principes
affez faciles de la philofophie de *Newton* ; madame
*du Châtelet* avait fa part à l'ouvrage : *Minerve* dictait,
et j'écrivais. Je fuis venu à Leyde travailler à rendre
l'ouvrage moins indigne d'elle et de vous ; je fuis
venu à Amfterdam le faire imprimer et faire deffiner
les planches. Cela durera tout l'hiver. Voilà mon
hiftoire et mon occupation : les bontés de V. A. R.
exigeaient cet aveu.

J'étais d'abord en Hollande fous un autre nom
pour éviter les vifites, les nouvelles connaiffances
et la perte du temps ; mais les gazettes ayant débité
des bruits injurieux femés par mes ennemis, j'ai
pris fur le champ la réfolution de les confondre en
les démentant et en me fefant connaître.

Je n'ai pas encore eu le temps de lire toute la
métaphyfique dont vous avez daigné me faire préfent ; le peu que j'en ai lu m'a paru une chaîne d'or
qui va du ciel en terre. Il y a à la vérité des chaînons fi déliés, qu'on craint qu'ils ne fe rompent ;
mais il y a tant d'art à les avoir faits, que je les
admire, tout fragiles qu'ils peuvent être.

Je vois très-bien qu'on peut combattre l'efpèce
d'harmonie préétablie où M. *Wolf* veut venir, et
qu'il y a bien des chofes à dire contre fon fyftême ;
mais il n'y a rien à dire contre fa vertu et contre

—— ſon génie. Le taxer d'athéiſme, d'immoralité, enfin
1737. le perſécuter, me paraît abſurde. Tous les théologiens de tous les pays, gens enivrés de chimères
ſacrées, reſſemblent aux cardinaux qui condamnèrent
*Galilée*. Ne voudraient-ils point brûler vif M. *Wolf*,
parce qu'il a plus d'eſprit qu'eux ? Ange tutélaire
de *Wolf* et de la raiſon, grand prince, génie vaſte
et facile, eſt-ce qu'un coup d'œil de vous n'impoſe
pas ſilence aux ſots ?

Dans les lettres que je reçois de V. A. R., parmi
bien des traits de prince et de philoſophe, je remarque
celui où vous dites : *Cæſar eſt ſuprà grammaticam*. Cela
eſt très-vrai : il ſied très-bien à un prince de n'être
pas puriſte ; mais il ne ſied pas d'écrire et d'orthogra-
phier comme une femme. Un prince doit en tout
avoir reçu la meilleure éducation ; et de ce que
*Louis XIV* ne ſavait rien, de ce qu'il ne ſavait pas
même la langue de ſa patrie, je conclus qu'il fut
mal élevé. Il était né avec un eſprit juſte et ſage ;
mais on ne lui apprit qu'à danſer et à jouer de la
guitare. Il ne lut jamais : et s'il avait lu, s'il avait
ſu l'hiſtoire, vous auriez moins de Français à Berlin.
Votre royaume ne ſe ferait pas enrichi en 1686 des
dépouilles du ſien. Il aurait moins écouté le jéſuite
*le Tellier ;* il aurait &c. &c. &c.

Ou votre éducation a été digne de votre génie,
Monſeigneur, ou vous avez tout ſuppléé. Il n'y a
aucun prince à préſent ſur la terre qui penſe comme
vous. Je ſuis bien fâché que vous n'ayez point de
rivaux. Je ſerai toute ma vie, &c.

# LETTRE XVII.

## DE M. DE VOLTAIRE.

Mars.

*DELICIAE HUMANI GENERIS,*

CE titre vous eft plus cher que celui de *monfei-* —————
*gneur*, d'*alteffe royale* et de *majefté*, et ne vous eft pas 1737.
moins dû.

Je dois d'abord rendre compte à V. A. R. de mes
marches, car enfin je me fuis fait votre fujet. Nous
avons, nous autres catholiques, une efpèce de facre-
ment que nous appelons la Confirmation ; nous y
choififfons un faint pour être notre patron dans le
ciel, notre efpèce de Dieu tutélaire : je voudrais bien
favoir pourquoi il me ferait permis de me choifir
un petit dieu plutôt qu'un roi ? Vous êtes fait pour
être mon roi, bien plus affurément que S$^t$ *François
d'Affife* ou S$^t$ *Dominique* ne font faits pour être mes
faints. C'eft donc à mon roi que j'écris ; et je vous
apprends, *rex amate*, que je fuis revenu dans votre
petite province de Cirey où habitent la philofophie,
les grâces, la liberté, l'étude. Il n'y manque que le
portrait de votre majefté. Vous ne nous le donnez
point ; vous ne voulez point que nous ayons des
images pour les adorer, comme dit la fainte écriture.

E 4

J'ai vu enfin le Socrate dont V. A. R. m'a daigné faire le préfent : ce préfent me fait relire tout ce que *Platon* dit de *Socrate*. Je fuis toujours de mon premier avis :

> La Gréce, je l'avoue, eut un brillant deftin,
> Mais Frédéric eft né : tout change ; je me flatte
> Qu'Athènes quelque jour doit céder à Berlin ;
> Et déjà Frédéric eft plus grand que Socrate,

auffi dégagé des fuperftitions populaires, auffi modefte qu'il était vain. Vous n'allez point dans une églife de luthériens vous faire déclarer le plus fage de tous les hommes : vous vous bornez à faire tout ce qu'il faut pour l'être. Vous n'allez point de maifon en maifon, comme *Socrate*, dire au maître qu'il eft un fot, au précepteur qu'il eft un âne, au petit garçon qu'il eft un ignorant : vous vous contentez de penfer tout cela de la plupart des animaux qu'on appelle hommes, et vous fongez encore malgré cela à les rendre heureux.

J'ai à répondre aux critiques que V. A. R. a daigné me faire dans une de fes lettres, au fujet des anciens Romains qui dans les champs de Mars *portaient jadis du foin pour étendard*.

Le colonel du plus beau régiment de l'Europe a peine à confentir que les vainqueurs de la fixième partie de notre continent n'aient pas toujours eu des aigles d'or à la tête de leurs armées. Mais tout a un commencement. Quand les Romains n'étaient que des payfans, ils avaient du foin pour enfeignes ; quand ils furent *populum latè regem*, ils eurent des aigles d'or.

*Ovide* dans fes faftes dit expreffément des anciens
Romains :

> *Non illos cælo labentia figna movebant,*
> *Sed fua quæ magnum perdere crimen erat ;*

antithèfe affez ridicule de dire : Ils ne connaiffaient
point les fignes céleftes, ils ne connaiffaient que les
fignes de leurs armées. Il continue et dit, en parlant
de ces fignes, de ces enfeignes :

> *Illaque de fæno ; fed erat reverentia fæno*
> *Quantaque nunc aquilas cernis habere tuas.*
> *Pertica fufpenfos portabat longa maniplos :*
> *Undè maniplaris nomina miles habet.*

Voilà mes bottes de foin bien conftatées. A l'égard
des premiers temps de leur hiftoire, je m'en rapporte
à V. A. R. comme fur tous les premiers temps. Que
penfez-vous de *Remus* et de *Romulus*, fils du dieu
*Mars*? de la louve ? du pivert ? de la tête d'homme
toute fraîche qui fit bâtir le capitole ? des dieux de
Lavinium qui revenaient à pied d'Albe à Lavinium ?
de *Caftor* et de *Pollux* combattant au lac de Negillo ?
d'*Attilius Nævius* qui coupait des pierres avec un
rafoir ? de la veftale qui tirait un vaiffeau avec fa
ceinture ? du palladium ? des boucliers tombés du
ciel ? enfin de *Mutius Scævola*, de *Lucrèce*, des *Horaces*,
de *Curtius* ? hiftoires non moins chimériques que
les miracles dont je viens de parler. Monfeigneur,
il faut mettre tout cela dans la falle d'*Odin* avec
notre *fainte Ampoule*, la chemife de la Vierge, le
facré prépuce et les livres de nos moines.

J'apprends que V. A. R. vient de faire rendre
juſtice à M. *Wolf*. Vous immortaliſez votre nom ;
vous le rendez cher à tous les ſiècles en protégeant
le philoſophe éclairé contre le théologien abſurde
et intrigant. Continuez, grand prince, grand homme ;
abattez le monſtre de la ſuperſtition et du fanatiſme,
ce véritable ennemi de la divinité et de la raiſon.
Soyez le roi des philoſophes : les autres princes ne
ſont que les rois des hommes.

Je remercie tous les jours le ciel de ce que vous
exiſtez. *Louis XIV*, dont j'aurai l'honneur d'envoyer
un jour à V. A. R. l'hiſtoire manuſcrite, a paſſé les
dernières années de ſa vie dans de miſérables diſputes
au ſujet d'une bulle ridicule pour laquelle il s'inté-
reſſait ſans ſavoir pourquoi, et il eſt mort tiraillé par
des prêtres qui s'anathématiſaient les uns les autres
avec le zèle le plus inſenſé et le plus furieux. Voilà
à quoi les princes ſont expoſés : l'ignorance, mère
de la ſuperſtition, les rend victimes des faux dévots.
La ſcience que vous poſſédez vous met hors de leurs
atteintes.

J'ai lu avec une grande attention la Métaphyſique
de M. *Wolf*. Grand prince, me permettez-vous de
dire ce que j'en penſe ? Je crois que c'eſt vous qui
avez daigné la traduire : j'y ai vu des petites corrections de votre main. *Emilie* vient de la lire avec
moi.

> C'eſt de votre Athènes nouvelle
> Que ce tréſor nous eſt venu ;
> Mais Verſailles n'en a rien ſu,
> Ce tréſor n'eſt pas fait pour elle.

Cette *Emilie*, digne de *Frédéric*, joint ici fon admiration et fes refpects pour le feul prince qu'elle trouve digne de l'être; mais elle en eft d'autant plus fâchée de n'avoir point le portrait de V. A. R. Il y a enfin quelque chofe de prêt, felon vos ordres. J'envoie celle-ci au maître de la pofte de Trèves en droiture fans paffer par Paris; de-là elle ira à Vefel. Daignez ordonner fi vous voulez que je me ferve de cette voie.

Je fuis avec un profond refpect, &c.

# LETTRE XVIII.

## *DU PRINCE ROYAL.*

De Remusberg, le 7 d'avril.

MONSIEUR,

IL n'y a pas jufqu'à votre manière de cacheter qui ne me foit garant des attentions obligeantes que vous avez pour moi. Vous me parlez d'un ton extrêmement flatteur; vous me comblez de louanges; vous me donnez des titres qui n'appartiennent qu'à de grands hommes; et je fuccombe fous le faix de ces louanges.

Mon empire fera bien petit, Monfieur, s'il n'eft compofé que de fujets de votre mérite. Faut-il des rois pour gouverner des philofophes? des ignorans pour conduire des gens inftruits? en un mot, des hommes pleins de leurs paffions pour contenir les vices de ceux qui les fuppriment, non par la crainte

—— des châtimens, non par la puérile appréhenſion de
l'enfer et des démons, mais par amour de la vertu?

La raiſon eſt votre guide; elle eſt votre ſouveraine,
et *Henri le grand*, le ſaint qui vous protége. Une
autre aſſiſtance vous ferait ſuperflue. Cependant ſi je
me voyais, relativement au poſte que j'occupe, en
état de vous faire reſſentir les effets des ſentimens
que j'ai pour vous, vous trouveriez en moi un ſaint
qui ne ſe ferait jamais invoquer en vain : je commence par vous en donner un petit échantillon. Il
me paraît que vous ſouhaitez d'avoir mon portrait;
vous le voulez, je l'ai commandé ſur l'heure.

Pour vous montrer à quel point les arts ſont en
honneur chez nous, apprenez, Monſieur, qu'il n'eſt
aucune ſcience que nous ne tâchions d'anoblir. Un
de mes gentilshommes nommé *Knobelsdorf*, qui ne
borne pas ſes talens à ſavoir manier le pinceau, a
tiré ce portrait. Il ſait qu'il travaille pour vous, et
que vous êtes connaiſſeur : c'eſt un aiguillon qui
ſuffit pour l'animer à ſe ſurpaſſer. Un de mes intimes
amis, le baron de *Keiſerling* ou *Céſarion*, vous rendra
mon effigie. Il ſera à Cirey vers la fin du mois prochain. Vous jugerez, en le voyant, s'il ne mérite
pas l'eſtime de tout honnête homme. Je vous prie,
Monſieur, de vous confier à lui. Il eſt chargé de
vous preſſer vivement au ſujet de la Pucelle, de la
Philoſophie de *Newton*, de l'Hiſtoire de *Louis XIV*,
et de tout ce qu'il pourra vous extorquer.

Comment répondre à vos vers, à moins d'être
né poëte? Je ne ſuis pas aſſez aveuglé ſur moi-même
pour imaginer que j'aie le talent de la verſification.
Ecrire dans une langue étrangère, y compoſer des

vers, et qui pis eſt, ſe voir défavoué d'*Apollon*, c'en

eſt trop.

Je rime pour rimer ; mais eſt-ce être poëte,
Que de ſavoir marquer le repos dans un vers ;
Et ſe ſentant preſſé d'une ardeur indiſcrète,
Aller pſalmodier ſur des ſujets divers ?
Mais, lorſque je te vois t'élever dans les airs,
Et d'un vol aſſuré prendre l'eſſor rapide,
Je crois dans ce moment que Voltaire me guide :
Mais non, Icare tombe, et périt dans les mers.

En vérité nous autres poëtes nous promettons beaucoup et tenons peu. Dans le moment même que je fais amende honorable de tous les mauvais vers que je vous ai adreſſés, je tombe dans la même faute. Que Berlin devienne Athènes, j'en accepte l'augure ; pourvu qu'elle ſoit capable d'attirer M. de *Voltaire*, elle ne pourra manquer de devenir une des villes les plus célèbres de l'Europe.

Je me rends, Monſieur, à vos raiſons. Vous juſtifiez vos vers à merveille. Les Romains ont eu des bottes de foin en guiſe d'étendards. Vous m'éclairez, vous m'inſtruiſez ; vous ſavez me faire tirer profit de mon ignorance même.

Par quoi mon régiment a-t-il pu exciter votre curioſité ? je voudrais qu'il fût connu par ſa bravoure, et non par ſa beauté. Ce n'eſt pas par un vain appareil de pompe et de magnificence, par un éclat extérieur qu'un régiment doit briller. Les troupes avec leſquelles *Alexandre* aſſujettit la Gréce et conquit la plus grande partie de l'Aſie, étaient conditionnées bien différemment. Le fer ſeſait leur unique parure.

Ils étaient par une longue et pénible habitude endurcis aux travaux ; ils savaient endurer la faim, la soif, et tous les maux qu'entraîne après soi l'âpreté d'une longue guerre. Une rigoureuse et rigide discipline les unissait intimement ensemble, les fesait tous concourir à un même but, et les rendait propres à exécuter avec promptitude et vigueur les desseins les plus vastes de leurs généraux.

Quant aux premiers temps de l'histoire romaine, je me suis vu engagé à soutenir sa vérité ; et cela par un motif qui vous surprendra. Pour vous l'expliquer, je suis obligé d'entrer dans un détail que je tâcherai d'abréger autant qu'il me sera possible.

Il y a quelques années qu'on trouva dans un manuscrit du Vatican l'histoire de *Romulus* et de *Remus*, rapportée d'une manière toute différente de celle dont elle nous est connue. Ce manuscrit fait foi que *Remus* s'échappa des poursuites de son frère, et que pour se dérober à sa jalouse fureur, il se réfugia dans les provinces septentrionales de la Germanie, vers les rives de l'Elbe ; qu'il y bâtit une ville située auprès d'un grand lac, à laquelle il donna son nom ; et qu'après sa mort, il fut inhumé dans une île qui s'élevant du sein des eaux, forme une espèce de montagne au milieu du lac.

Deux moines sont venus ici il y a quatre ans, de la part du pape, pour découvrir l'endroit que *Remus* a fondé, selon la description que je viens d'en faire. Ils ont jugé que ce devait être Remusberg, ou comme qui dirait *Mont-Remus*. Ces bons pères ont fait creuser dans l'île de toutes parts pour découvrir les cendres de *Remus*. Soit qu'elles n'aient pas été conservées

affez foigneufement; ou que le temps qui détruit ——
tout, les ait confondues avec la terre; ce qu'il y a 1737.
de fûr, c'eft qu'ils n'ont rien trouvé.

Une chofe qui n'eft pas plus avérée que celle-là,
c'eft qu'il y a environ cent ans, en pofant les fondemens de ce château, on trouva deux pierres fur
lefquelles était gravée l'hiftoire du vol des vau-
tours. Quoique les figures aient été fort effacées, on
en a pu reconnaître quelque chofe. Nos gothiques
aïeux, malheureufement fort ignorans et peu curieux
des antiquités, ont négligé de nous conferver ces
précieux monumens de l'hiftoire, et nous ont par
conféquent laiffés dans une incertitude obfcure fur la
vérité d'un fait auffi important.

On a trouvé, il n'y a pas trois mois, en remuant
la terre dans le jardin, une urne et des monnaies
romaines; mais qui étaient fi vieilles, que le coin en
était quafi tout effacé. Je les ai envoyées à M. de
*la Croze.* Il a jugé que leur antiquité pouvait être de
dix-fept à dix-huit fiècles.

J'efpère, Monfieur, que vous me faurez gré de
l'anecdote que je viens de vous apprendre, et qu'en
fa faveur vous excuferez l'intérêt que je prends à
tout ce qui peut regarder l'hiftoire d'un des fondateurs
de Rome, dont je crois conferver la cendre. D'ailleurs
on ne m'accufe point de trop de crédulité. Si je
péche ce n'eft pas par fuperftition.

Ma foi fe défiant même du vraifemblable,
En évitant l'erreur, cherche la vérité.
Le grand, le merveilleux approchent de la fable;
Le vrai fe reconnaît à la fimplicité.

L'amour de la vérité et l'horreur de l'injustice m'ont fait embrasser le parti de M. *Wolf*. La vérité nue a peu de pouvoir sur l'esprit de la plupart des hommes ; pour se montrer, il faut qu'elle soit revêtue du rang, de la dignité et de la protection des grands.

L'ignorance, le fanatisme, la superstition, un zèle aveugle, mêlé de jalousie, ont poursuivi M. *Wolf*. Ce sont eux qui lui ont imputé des crimes, jusqu'à ce qu'enfin le monde commence d'apercevoir l'aurore de son innocence.

Je ne veux point m'arroger une gloire qui ne m'est point due, ni tirer vanité d'un mérite étranger. Je peux vous assurer que je n'ai point traduit la métaphysique de M. *Wolf* ; c'est un de mes amis à qui l'honneur en est dû. Un enchaînement d'événemens l'a conduit en Russie où il est depuis quelques mois, quoiqu'il mérite un sort meilleur. Je n'ai d'autre part à cet ouvrage que de l'avoir occasionné, et celui de la correction. Le copiste tient le reste de cette traduction : je l'attends tous les jours ; vous l'aurez dans peu.

Le souvenir d'*Emilie* m'est bien flatteur. Je vous prie de l'assurer que j'ai des sentimens très-distingués pour elle, car l'Europe la compte au rang des plus grands hommes.

Que pourrais-je refuser à *Newton* venu à la plus haute science, revêtu des agrémens, de la beauté, des charmes et des grâces de la jeunesse ?

J'envoie cette lettre par le canal du sieur *du Breuil*, à l'adresse que vous m'avez indiquée. Je crois qu'il serait bon de prendre des mesures avec le maître de poste de Trèves pour régler notre petite correspondance.

J'attendrai

J'attendrai que vous ayez pris des arrangemens
avec lui avant de me ſervir de cette voie. 1737.

Quand eſt-ce que le plus grand homme de la
France n'aura plus beſoin de tant de précautions?
Eſt-ce que vos compatriotes feront les ſeuls à vous
dénier la gloire qui vous eſt due? Sortez de cette
ingrate patrie, et venez dans un pays où vous ſerez
adoré. Que vos talens trouvent un jour dans cette
nouvelle Athènes leur rémunérateur.

> Amène dans ces lieux la foule des beaux arts,
> Fais-nous part du tréſor de ta philoſophie;
> Des peuples de ſavans ſuivront tes étendards :
> Eclaire-les du feu de ton puiſſant génie.
> Les myrtes, les lauriers, ſoignés dans ce canton,
> Attendent que, cueillis par les mains d'Emilie,
> Ils ſervent quelque jour à te ceindre le front.
> J'en vois crever Rouſſeau de fureur et d'envie.

Je viens de recevoir l'Enfant prodigue. Il eſt plein
de beaux endroits; il n'y manque que la dernière
main.

Vos lettres me font un plaiſir infini; mais je vous
avoue que je leur préférerais de beaucoup la
ſatisfaction de m'entretenir avec vous, et de vous
aſſurer de vive voix de la plus parfaite eſtime avec
laquelle je ſuis à jamais, Monſieur,

votre très-affectionné ami,<br>
FÉDÉRIC.

# LETTRE XIX.

### *DE M. DE VOLTAIRE.*

‾ . . . . . . . . . . . ‾

———— **V**OILA, Monseigneur, les réflexions que vous
1737. m'avez ordonné de faire fur cette ode (*) dont votre
Alteffe royale a daigné embellir la poëfie françaife.
Souffrez que je vous dife encore combien je fuis
étonné de l'honneur que vous faites à notre langue;
et fans fatiguer davantage votre modeftie de tout
ce que m'infpire mon admiration, je fuis venu au
détail de chaque ftrophe. Après avoir cueilli avec
votre Alteffe royale les fleurs de la poëfie, il faut
paffer aux épines de la métaphyfique.

J'admire avec votre Alteffe royale l'efprit vafte et
précis, la méthode, la fineffe de M. *Wolf*. Il me paraît
qu'il y a de la honte à le perfécuter, et de la gloire à le
protéger. Je vois avec un plaifir extrême que vous le
protégez en prince, et que vous le jugez en philofophe.

Votre Alteffe royale a fenti, en efprit fupérieur,
le point critique de cette métaphyfique, d'ailleurs
admirable. Cet être fimple dont il parle, donne naiffance à bien des difficultés. Il y a, dit-il, art. XVI,
des êtres fimples par-tout où il y a des êtres compofés. Voici fes propres paroles : " S'il n'y avait pas
" des êtres fimples, il faudrait que toutes les parties
" les plus petites confiftaffent en d'autres parties; et
" comme on ne pourrait indiquer aucune raifon

(*) Sur l'Oubli.

,, d'où viendraient les êtres compofés, auffi peu qu'on
,, pourrait comprendre d'où exifterait un nombre    1737.
,, s'il ne devait point contenir d'unités, il faut à
,, la fin concevoir des êtres fimples par lefquels les
,, êtres compofés ont exifté. ,,

Enfuite, art. LXXXI : ,, Les êtres fimples n'ont ni
,, figure ni grandeur, et ne peuvent remplir d'efpace. ,,

Ne pourrait-on pas répondre à ces affertions ?
1°. Un être compofé eft néceffairement divifible à
l'infini ; et cela eft prouvé géométriquement. 2°. S'il
n'eft pas phyfiquement divifible à l'infini ; c'eft que
nos inftrumens font trop groffiers ; c'eft que les formes
et les générations des chofes ne pourraient fubfifter,
fi les premiers principes dont les chofes font formées,
fe divifaient, fe décompofaient. Divifez, décompofez
le premier germe des hommes, des plantes, il n'y
aura plus ni hommes ni plantes. Il faut donc qu'il
y ait des corps indivifés.

Mais il ne s'enfuit pas de-là que ces premiers
germes, ces premiers principes foient indivifibles en
effet, fimples, fans étendue ; car alors ils ne feraient pas
corps, et il fe trouverait que la matière ne ferait pas
compofée de matière ; que les corps ne feraient pas
compofés de corps : ce qui ferait un peu étrange.

Que fera-ce donc que les premiers principes de la
matière ? Ce feront des corps divifibles fans doute ;
mais qui feront indivifés tant que la nature des chofes
fubfiftera.

Mais quelle fera la raifon fuffifante de l'exiftence
des corps ? Il n'y a certainement que deux façons
de concevoir la chofe : ou les corps font tels par
leur nature néceffairement, ou ils font l'ouvrage de

la volonté d'un libre, et très-libre Etre fuprême. Il n'y a pas un troifième parti à prendre. Mais dans les deux opinions, on a des difficultés bien grandes à réfoudre.

Quelle fera donc l'opinion que j'embrafferai ? celle où j'aurai, de compte fait, moins d'abfurdités à dévorer. Or, je trouve beaucoup plus de contradictions, de difficultés, d'embarras dans le fyftême de l'exiftence néceffaire de la matière : je me range donc à l'opinion de l'exiftence de l'Etre fuprême, comme la plus vraifemblable et la plus probable.

Je ne crois pas qu'il y ait de démonftration, proprement dite, de l'exiftence de cet Etre indépendant de la matière. Je me fouviens que je ne laiffais pas, en Angleterre, d'embarraffer un peu le fameux docteur *Clarke*, quand je lui difais : On ne peut appeler démonftration, un enchaînement d'idées qui laiffe toujours des difficultés. Dire que le quarré conftruit fur le grand côté d'un triangle, eft égal au quarré des deux côtés ; c'eft une démonftration qui, toute compliquée qu'elle eft, ne laiffe aucune difficulté. Mais l'exiftence d'un Etre créateur, laiffe encore des difficultés infurmontables à l'efprit humain. Donc cette vérité ne peut être mife au rang des démonftrations proprement dites. Je la crois cette vérité ; mais je la crois comme ce qui eft le plus vraifemblable ; c'eft une lumière qui me frappe à travers mille ténèbres.

Il y aurait fur cela bien des chofes à dire ; mais ce ferait porter de l'or au Pérou que de fatiguer votre Alteffe royale de réflexions philofophiques.

Toute la métaphyfique, à mon gré, contient deux

chofes : la première, tout ce que les hommes de ———
bon fens favent ; la feconde, ce qu'ils ne fauront 1737.
jamais.

Nous favons, par exemple, ce que c'eft qu'une idée
fimple, une idée compofée : nous ne faurons jamais
ce que c'eft que cet être qui a des idées. Nous
mefurons les corps ; nous ne faurons jamais ce que
c'eft que la matière. Nous ne pouvons juger de tout
cela que par la voie de l'analogie : c'eft un bâton
que la nature a donné à nous autres aveugles, avec
lequel nous ne laiffons pas d'aller et auffi de tomber.

Cette analogie m'apprend que les bêtes étant faites
comme moi, ayant du fentiment comme moi, des
idées comme moi, pourraient bien être ce que je
fuis. Quand je veux aller au-delà, je trouve un abyme ;
et je m'arrête fur le bord du précipice.

Tout ce que je fais, c'eft que, foit que la matière
foit éternelle, (ce qui eft bien incompréhenfible) foit
qu'elle ait été créée dans le temps, (ce qui eft fujet à
de grands embarras) foit que notre ame périffe avec
nous, foit qu'elle jouiffe de l'immortalité, on ne peut
dans ces incertitudes prendre un parti plus fage, plus
digne de vous, que celui que vous prenez de donner
à votre ame périffable ou non, toutes les vertus,
tous les plaifirs et toutes les inftructions dont elle eft
capable, de vivre en prince, en homme et en fage,
d'être heureux, et de rendre les autres heureux.

Je vous regarde comme un préfent que le ciel a
fait à la terre. J'admire qu'à votre âge le goût des
plaifirs ne vous ait point emporté, et je vous félicite
infiniment que la philofophie vous laiffe le goût des
plaifirs. Nous ne fommes point nés uniquement pour

—— lire *Platon* et *Leibnitz*, pour mesurer des courbes,
1737. et pour arranger des faits dans notre tête : nous
sommes nés avec un cœur qu'il faut remplir, avec des
passions qu'il faut satisfaire, sans en être maîtrisés.

Que je suis charmé de votre morale, Monseigneur!
Que mon cœur se sent né pour être le sujet du
vôtre! J'éprouve trop de satisfaction de penser en
tout comme vous.

Votre Altesse royale me fait l'honneur de me dire
dans sa dernière lettre, qu'elle regarde le feu czar
comme le plus grand homme du dernier siècle ; et
cette estime que vous avez pour lui ne vous aveugle
pas sur ses cruautés. Il a été un grand prince, un légis-
lateur, un fondateur ; mais si la politique lui doit
tant, quels reproches l'humanité n'a-t-elle pas à lui
faire ? On admire en lui le roi ; mais on ne peut
aimer l'homme. Continuez, Monseigneur, et vous
serez admiré et aimé du monde entier.

Un des plus grands biens que vous ferez aux
hommes, ce sera de fouler aux pieds la superstition
et le fanatisme ; de ne pas permettre qu'un homme
en robe persécute d'autres hommes qui ne pensent
pas comme lui. Il est très-certain que les philosophes
ne troubleront jamais les Etats. Pourquoi donc
troubler les philosophes? Qu'importait à la Hollande
que *Bayle* eût raison ? Pourquoi faut-il que *Jurieu*,
ce ministre fanatique, ait eu le crédit de faire arracher
à *Bayle* sa petite fortune ? Les philosophes ne
demandent que de la tranquillité ; ils ne veulent
que vivre en paix sous le gouvernement établi ; et
il n'y a pas un théologien qui ne voulût être le
maître de l'Etat. Est-il possible que des hommes

qui n'ont d'autre science que le don de parler sans
s'entendre et sans être entendus, aient dominé et
dominent encore presque par-tout!

Les pays du Nord ont cet avantage sur le midi
de l'Europe, que ces tyrans des ames y ont moins
de puissance qu'ailleurs. Aussi les princes du Nord
sont-ils, pour la plupart, moins superstitieux et moins
méchans qu'ailleurs. Tel prince italien se servira du
poison et ira à confesse. L'Allemagne protestante n'a
ni de pareils sots, ni de pareils monstres; et en
général je n'aurais pas de peine à prouver que les
rois les moins superstitieux ont toujours été les
meilleurs princes.

Vous voyez, digne héritier de l'esprit de *Marc-
Aurèle*, avec quelle liberté j'ose vous parler. Vous
êtes presque le seul sur la terre qui méritiez qu'on
vous parle ainsi.

# LETTRE XX.

## DU PRINCE ROYAL.

A Amatte, le 14 de mai.

MONSIEUR,

JE vous demande excuse de l'injustice que je vous
ai faite et à votre sincérité dans ma dernière lettre.
Je suis charmé de m'être trompé et de voir que vous
me connaissez assez pour vouloir relever les fautes
que j'ai faites.

F 4

Je paſſe condamnation au ſujet de mon ode. Je conviens de toutes les fautes que vous me reprochez : mais loin de me rebuter, je vous importunerai encore avec quelques-unes de mes pièces que je vous prierai de vouloir corriger avec la même ſincérité. Si je n'y profite autrement, je trouve toujours ce moyen heureux pour vous excroquer quelques bons vers.

Je paſſe à préſent à la philoſophie. Vous ſuivez en tout la route des grands génies, qui, loin de ſe ſentir animés d'une baſſe et vile jalouſie, eſtiment le mérite où ils le rencontrent et le priſent ſans prévention. Je vous fais des complimens à la place de M. *Wolf* ſur la manière avantageuſe dont vous vous expliquez ſur ſon ſujet. Je vois, Monſieur, que vous avez très-bien compris les difficultés qu'il y a ſur l'*être ſimple*. Souffrez que j'y réponde.

Les géomètres prouvent qu'une ligne peut être diviſée à l'infini ; que tout ce qui a deux côtés ou deux faces, ce qui revient au même, peut l'être également : mais, dans la propoſition de M. *Wolf*, il ne s'agit, ſi je ne me trompe, ni de lignes ni de points, il s'agit des unités ou parties indiviſibles qui compoſent la matière.

Perſonne ne peut ni ne pourra jamais les apercevoir : donc on n'en peut avoir d'idée ; car nous n'avons d'idées nettes que des choſes qui tombent ſous nos ſens. M. *Wolf* dit tout ce que l'*être ſimple* n'eſt pas ; il écarte l'eſpace, la longueur, la largeur, &c. avec beaucoup de précaution, pour prévenir le raiſonnement des géomètres qui n'eſt plus applicable à ſon être ſimple, parce qu'il n'a aucune propriété de la matière. Notre philoſophe ſe ſert de l'artifice de

St *Paul*, qui après nous avoir promenés jufque dans le fanctuaire des cieux, nous abandonne à notre propre imagination, fuppléant par le terme d'*ineffable* à ce qu'il n'aurait pu expliquer fans donner prife fur lui.

Il me femble cependant qu'il n'y a rien de plus vrai, que toute chofe compofée doit avoir des parties. Ces parties en peuvent avoir à leur tour autant que vous en voudrez imaginer. Mais enfin il faut pourtant qu'on trouve des unités ; et faute de n'avoir pas l'organe des yeux et de l'attouchement affez fubtil, faute d'inftrumens affez délicats, nous ne décompoferons jamais la matière jufqu'à pouvoir trouver ces unités.

Que vous repréfentez-vous quand vous penfez à un régiment compofé de quinze cents hommes ? Vous vous repréfentez ces quinze cents hommes comme autant d'unités ou comme autant d'individus réunis fous un même chef. Prenons un de ces hommes feul : je trouve que c'eft un être fini, qui a de l'étendue, largeur, épaiffeur, &c. que cet être a des bornes, et par conféquent une figure : je trouve qu'il eft divifible à l'infini. Pourrait-il être un être fini et infini en même temps ? Non, car cela implique contradiction. Or, comme une chofe ne faurait être et ne pas être en même temps, il faut néceffairement que l'homme ne foit pas infini : donc il n'eft pas divifible à l'infini ; donc il y a des unités qui, prifes enfemble, font des nombres compofés ; et ce font ces nombres, dès qu'ils font compofés, qu'on nomme matière.

Je vous abandonne volontiers le divin *Ariftote*, le

—— divin *Platon*, et tous les héros de la philofophie fcolaftique. C'étaient des hommes qui avaient recours à des mots pour cacher leur ignorance. Leurs difciples les en croyaient fur leur réputation ; et des fiècles entiers fe font contentés de parler fans s'entendre. Il n'eft plus permis de nos jours de fe fervir de mots que dans leur fens propre. M. *Wolf* donne la définition de chaque mot, il règle fon ufage ; et ayant fixé les termes, il prévient beaucoup de difputes qui ne naiffent fouvent que d'un jeu de mots, ou de la différente fignification que les perfonnes y attachent.

Il n'y a rien de plus vrai que ce que vous dites de la métaphyfique ; mais je vous avoue qu'indépendamment de cela, je ne faurais défendre à mon efprit, naturellement curieux, d'approfondir des myftères qui l'intéreffent beaucoup, et qui l'attirent par les difficultés qu'ils lui préfentent.

Vous me dites le plus poliment du monde que je fuis une bête. Je m'en étais bien douté un peu jufqu'à préfent ; mais je commence à en être convaincu. A parler férieufement vous n'avez pas tort ; et cette raifon, prérogative dont les hommes tirent un fi glorieux avantage, qui eft-ce qui la pofsède ? des hommes qui, pour vivre enfemble, ont été obligés de fe choifir des fupérieurs, et de fe faire des lois, pour s'apprendre que c'était une injuftice de s'entre-tuer, de fe voler, &c. Ces hommes raifonnables fe font la guerre pour de vains argumens qu'ils ne comprennent pas : ces êtres raifonnables ont cent religions différentes, toutes plus abfurdes les unes que les autres ; ils aiment à vivre long-temps, et fe plaignent de la durée du temps et de l'ennui pendant toute leur vie. Sont-ce-là les effets de cette raison qui les diftingue des brutes ?

On peut m'objecter les favantes découvertes des géomètres, les calculs de M. *Bernoulli* et de *Newton* : mais en quoi ces gens-là étaient-ils plus raifonnables que les autres ? Ils paffaient toute leur vie à chercher des propofitions algébriques, des rapports de nombres ; et ils ne tiraient aucun profit de la courte et briève durée de la vie.

Que j'approuve un philofophe qui fait fe délaffer auprès d'*Emilie* ! Je fais bien que je préférerais infiniment fa connaiffance à celle du centre de gravité, de la quadrature du cercle, de l'or potable, et du péché contre le Saint-Efprit.

Vous parlez, Monfieur, en homme inftruit fur ce qui regarde les princes du Nord. Ils ont inconteftablement de grandes obligations à *Luther* et à *Calvin*, (pauvres gens d'ailleurs) qui les ont affranchis du joug des prêtres et de la cour romaine, et qui ont augmenté confidérablement leurs revenus par la féculariíation des biens eccléfiaftiques. Leur religion cependant n'eft pas purifiée de fuperftitieux et de bigots. Nous avons une fecte de béats qui ne reffemblent pas mal aux presbytériens d'Angleterre, et qui font d'autant plus infupportables qu'ils damnent avec beaucoup d'orthodoxie et fans appel tous ceux qui ne font pas de leur avis. On eft obligé de cacher fes fentimens pour ne fe point faire d'ennemis mal à propos. C'eft un proverbe commun, et qui eft dans la bouche de tout le monde, de dire : cet homme n'a ni foi ni loi. Cela vaut feul la décifion d'un concile. On vous damne, fans vous entendre, et on vous

—————— perfécute, fans vous connaître. D'ailleurs, attaquer la
religion reçue dans un pays, c'eft attaquer dans fon
dernier retranchement l'amour propre des hommes,
qui leur fait préférer un fentiment reçu et la foi de
leurs pères à toute autre créance, quoique plus
raifonnable que la leur.

Je penfe comme vous, Monfieur, fur M. *Bayle*.
Cet indigne *Jurieu* qui le perfécutait, oubliait le
premier devoir de toute religion, qui eft la charité.
M. *Bayle* m'a paru d'ailleurs d'autant plus eftimable,
qu'il était de la fecte des académiciens qui ne fefaient
que rapporter fimplement le pour et le contre des
queftions, fans décider témérairement fur des fujets
dont nous ne pouvons découvrir que les abymes.

Il me femble que je vous vois à table, le verre à
la main, vous reffouvenir de votre ami. Il m'eft
plus flatteur que vous buviez à ma fanté, que de voir
ériger en mon honneur les temples qu'on érigeait à
*Augufte*. *Brutus* fe contentait de l'approbation de
*Caton* : les fuffrages d'un fage me fuffifent.

Que vous prêtez un fecours puiffant à mon amour
propre ! je lui oppofe fans ceffe l'amitié que vous
avez pour moi; mais qu'il eft difficile de fe rendre
juftice ! et combien ne doit-on pas être en garde
contre la vanité à laquelle nous nous fentons une
pente fi naturelle !

Mon petit ambaffadeur partira dans peu pour Cirey,
muni d'un crédit et du portrait que vous voulez
abfolument avoir. Des occupations militaires ont
retardé fon départ. Il eft comme le Meffie annoncé:
je vous en parle toujours et il n'arrive jamais. C'eft
à lui que je vous prie de remettre tout ce que vous

voudrez confier à ma difcrétion. Je fuis avec une très-parfaite eftime,

Monfieur ,

votre très-affectionné ami ,

FÉDÉRIC.

# LETTRE XXI.

## *DE M. DE VOLTAIRE.*

**Mai.**

J'AI reçu la lettre du prince philofophe, ( du 14 mai) et j'apprends qu'il y a un gros paquet pour moi entre les mains du fieur du *Breuil Tronchin* , à Amfterdam. Ce paquet eft probablement la feconde partie de la métaphyfique; tout eft de votre reffort, prince inimitable. Je fuis avec votre Alteffe royale comme un cercle infiniment petit, concentrique à un cercle infiniment grand ; toutes les lignes du cercle infiniment grand vont trouver le centre du pauvre infiniment petit; mais quelle différence de leur circonférence! J'aime tout ce que votre génie aime ; mais je touche à peine ce que vous embraffez. Je vois non-feulement le protecteur de *Wolf* , mais une intelligence égale à lui. Je vais ofer parler à cette intelligence.

Vous me faites l'honneur de me dire qu'un être tel que l'homme ne faurait être fini et infini à la fois, et que cela impliquerait contradiction : il eft vrai qu'il ne faurait être fini et infini dans le même fens; mais il peut être fini phyfiquement, et être

—— divifible à l'infini géométriquement. Cette divifion
à l'infini n'eft autre chofe que l'impoffibilité d'affigner
un dernier point indivifible; et cette impuiffance eft
ce que les hommes appellent infini en petit; de même
que l'impuiffance d'affigner les bornes de l'étendue,
eft ce que nous appelons l'infini en grand.

Par exemple, foit une unité : 1 eft fini ; mais
prenez $\frac{1}{2}$, $\frac{1}{4}$, $\frac{1}{8}$, $\frac{1}{16}$, &c. vous n'épuiferez jamais cette
férie. Il eft pourtant vrai que cette férie, une moitié,
un quart, un huitième, un feizième, prife toute
entière, eft égale à cette unité. Voilà, je crois, tout
le fecret de l'infini en petit.

De même, prenez tout d'un coup l'infini en grand ;
il eft certain que les nombres 1, 2, 4, 8, 16, 32, &c.
n'en approcheront jamais ; mais prenez tous ces
nombres à la fois, fans compter ; ils font égaux à
l'infini.

Cette méthode eft celle des géomètres ; elle eft
démontrée ; on ne peut pas en appeler.

Il n'y a donc nulle contradiction entre ces deux
propofitions : cette unité eft finie ; et la férie $\frac{1}{2}$, $\frac{1}{4}$, $\frac{1}{8}$,
égale à cette unité, eft infinie.

Ces vérités, ces démonftrations géométriques n'empêchent point du tout qu'il n'y ait des êtres indivifés
dans la nature, des êtres uns, des atômes ; fans quoi
le monde ne ferait point organifé. Il eft très-vrai que
la matière eft compofée d'indivifés ; parce qu'il faut
des êtres inaltérables pour faire des germes qui font
toujours les mêmes ; parce que les élémens des êtres
mixtes ne feraient pas élémens s'ils étaient compofés :
il eft donc très-vrai que les principes des chofes font
des fubftances, dures, folides, indivifées ; mais ces

principes font-ils pour cela indivifibles? je n'en vois
nullement la conféquence.

S'ils étaient encore divifés, cet univers ne ferait
pas tel qu'il eft; mais il eft toujours clair qu'ils
font divifibles, puifqu'ils font matière, qu'ils ont
des côtés.

Tant que les élémens du feu, de l'eau, de l'air,
feront tels qu'ils font, indivifés, ils feront les mêmes ;
la nature ne changera pas; mais l'auteur de la nature
peut les divifer.

Refte actuellement à comprendre comment, felon
M. *Wolf*, la matière ferait compofée d'êtres fimples
fans étendue; c'eft à quoi ma pauvre ame ne peut
arriver. J'attends la feconde partie de cette métaphyfique dont votre Alteffe royale daigne me faire préfent.
J'efpère que cette feconde partie me donnera des
ailes pour m'élever vers l'être fimple; ma miférable
pefanteur me rabaiffe toujours vers l'être étendu.

Quand eft-ce que j'aurai des ailes, pour aller rendre
mes refpects à l'être le moins fimple, le plus univerfel
qui exifte dans le monde, à votre Alteffe royale?

Madame la marquife *du Châtelet* attend avec impatience cet homme aimable que *Frédéric* appelle fon
ami, cet *Epheftion* de cet *Alexandre*.

Monfeigneur, je vais enfin ufer de vos bontés ;
je vais prendre la liberté de mettre en ufage votre
caractère bienfefant. Je demande inftamment une
grâce au prince philofophe.

Je m'avifai, je ne fais comment, il y a quelques
années, d'écrire une efpèce d'hiftoire de cet homme
moitié *Alexandre*, moitié dom *Quichotte*, de ce roi de
Suède fi fameux. M. *Fabrice*, qui avait été fept ans

auprès de lui, l'envoyé de France et l'envoyé d'Angleterre, un colonel de ſes troupes, m'avaient donné
des mémoires. Ces meſſieurs ont très-bien pu ſe
tromper; et j'ai ſenti combien il était difficile d'écrire
une hiſtoire contemporaine. Tous ceux qui ont vu
les mêmes événemens les ont vus avec des yeux
différens; les témoins ſe contrediſent. Il faudrait
pour écrire l'hiſtoire d'un roi que tous les témoins
fuſſent morts; comme à Rome on attend pour faire
un ſaint, que ſes maîtreſſes, ſes créanciers, ſes valets-
de-chambre ou ſes pages ſoient enterrés.

De plus, je me reproche fort d'avoir barbouillé
deux tomes pour un ſeul homme, quand cet homme
n'eſt pas vous.

J'ai honte, ſur-tout, d'avoir parlé de tant de
combats, de tant de maux faits aux hommes; je
m'en repens d'autant plus, que quelques officiers
ont dit, en parlant de ces combats, que je n'avais
pas dit vrai, attendu que je n'avais pas parlé de leurs
régimens; ils ſuppoſaient que je devais écrire leur
hiſtoire.

J'aurais bien mieux fait d'éviter tous ces détails de
combats donnés chez les Sarmates, et d'entrer plus
profondément dans le détail de ce qu'a fait le czar
pour le bien de l'humanité. Je fais plus de cas d'une
lieue en quarré défrichée, que d'une plaine jonchée
de morts.

On a commencé une nouvelle édition de mes
folies en proſe et en vers; il me ſemble que ces
folies deviendraient plus utiles, ſi je donnais un
abrégé des grandes choſes qu'a faites *Charles XII*,
et des choſes utiles qu'a faites le czar *Pierre*.

Je

Je n'ai pas de mémoires de Moscovie dans ma
retraite de Cirey. La philosophie, les belles-lettres, 1737.
la paix, la félicité y habitent; mais on n'y a aucune
nouvelle des Russes.

Je me jette aux pieds de votre Altesse royale; je la
supplie de vouloir bien engager un serviteur éclairé
qu'elle a en Moscovie, à répondre aux questions
ci-jointes. J'aurai à votre Altesse royale l'obligation
d'avoir mieux connu la vérité : c'est un commerce
rare entre des princes et des particuliers. Mais vous ne
ressemblez en rien aux autres princes : on demandera
aux autres desbiens, des honneurs; on demandera
à vous seul d'être éclairé.

*Salomon* du Nord, la reine de Saba, c'est-à-dire,
de Cirey, joint ses sentimens d'admiration aux
miens.

# LETTRE XXII.

## DE M. DE VOLTAIRE.

A Cirey, le 27 mai.

—— C'EST, fans doute, un héros, c'eft un fage, un grand
1737.   homme,
Qui fonda cet afile embelli par vos pas;
Mais cet honneur n'eft dû qu'au vrais héros de Rome,
          Rémus ne le méritait pas.
Scipion l'africain bravant fa république,
Et quittant un fénat trop ingrat envers lui,
Porta dans vos climats ce courage héroïque
Qui fefait trembler Rome et qui fut fon appui.
Cicéron dans l'exil y porta l'éloquence,
Ce grand art des Romains, cette augufte fcience
D'embellir la raifon, de forcer les efprits.
Ovide y fit briller un art d'un plus grand prix;
L'art d'aimer, de le dire, et fur-tout l'art de plaire.
Tous trois vous ont formé, leur efprit vous éclaire;
Voilà les fondateurs de ces aimables lieux.
Vous fuivez leur exemple, ils font vos vrais aïeux.
La véritable Rome eft cette heureufe enceinte,
Où les Plaifirs pour vous vont tous fe fignaler.
L'autre Rome eft tombée, et n'eft plus que la fainte;
Remusberg eft la feule où je voudrais aller.

Voilà, Monfeigneur, ce que je penfe du Mont-
Rémus; je fuis deftiné à avoir en tout des opinions
fort différentes des moines. Vos deux antiquaires à

capuchons , foi-difant envóyés par le pape pour ——
voir fi le frère de *Romulus* a fondé votre palais ,  1737.
devaient bien faire un faint de ce *Rémus*, n'en pouvant faire le fondateur de votre palais ; mais apparemment que *Rémus* aurait été auffi étonné de fe voir
en paradis qu'en Pruffe.

On attend avec impatience, dans le petit paradis
de Cirey , deux chofes qui feront bien rares en
France. Le portrait d'un prince tel que vous , et
M. de *Keyferling* , que votre Alteffe royale honore
du nom de fon ami intime.

*Louis XIV* difait un jour à un homme qui avait
rendu de grands fervices au roi d'Efpagne *Charles II*,
et qui avait eu fa familiarité : Le roi d'Efpagne vous
aimait donc beaucoup ! Ah , Sire , répondit le pauvre
courtifan, eft-ce que vous autres rois vous aimez
quelque chofe ?

Vous voulez donc, Monfeigneur, avoir toutes les
vertus qu'on leur fouhaite fi inutilement , et dont
on les a toujours loués fi mal à propos ; ce n'eft
donc pas affez d'être fupérieur aux hommes par
l'efprit comme par le rang , vous l'êtes encore par le
cœur. Vous, prince et ami ! Voilà deux grands titres
réunis qu'on a cru jufqu'ici incompatibles.

Cependant , j'avais toujours ofé penfer que c'était
aux princes à fentir l'amitié pure , car d'ordinaire
les particuliers qui prétendent être amis, font rivaux.
On a toujours quelque chofe à fe difputér ; de la
gloire, des places , des femmes, et fur-tout des faveurs
de vous autres maîtres de la terre, qu'on fe difpute
encore plus que celles des femmes, qui vous valent
pourtant bien.

Mais il me femble qu'un prince, et fur-tout un prince tel que vous, n'a rien à difputer, n'a point de rival à craindre, et peut aimer fans embarras et tout à fon aife. Heureux, Monfeigneur, qui peut avoir part aux bontés d'un cœur comme le vôtre! M. de *Keyferling* ne défire rien, fans doute. Tout ce qui m'étonne, c'eft qu'il voyage.

Cirey eft auffi, Monfeigneur, un petit temple dédié à l'amitié. Madame *du Châtelet*, qui, je vous affure, a toutes les vertus d'un grand homme, avec les grâces de fon fexe, n'eft pas indigne de fa vifite, et elle le recevra comme l'ami du prince *Frédéric*.

Que votre Alteffe royale foit bien perfuadée, Monfeigneur, qu'il n'y aura jamais à Cirey d'autre portrait que le vôtre. Il y a ici une petite ftatue de l'Amour, au bas de laquelle nous avons mis *noto Deo;* nous mettrons au bas de votre portrait *foli Principi.*

Je me fais bien mauvais gré de ne dire jamais, dans mes lettres, à votre Alteffe royale, aucune nouvelle de la littérature françaife à laquelle vous daignez vous intéreffer; mais je vis dans une retraite profonde, auprès de la dame la plus eftimable du fiècle préfent, et avec les livres du fiècle paffé; il n'eft guère parvenu dans ma retraite de nouveautés qui méritent d'aller au Mont-Rémus.

Nos belles-lettres commencent à bien dégénérer; foit qu'elles manquent d'encouragement; foit que les Français, après avoir trouvé le bien dans le fiècle de *Louis XIV*, aient aujourd'hui le malheur de chercher le mieux; foit qu'en tout pays la nature fe repofe après de grands efforts; comme les terres après une moiffon abondante.

La partie de la philosophie la plus utile aux ——
hommes, celle qui regarde l'ame, ne vaudra jamais  1737.
rien parmi nous, tant qu'on ne pourra pas penser
librement. Un certain nombre de gens superstitieux
fait grand tort ici à toute vérité. Si *Cicéron* vivait, et
qu'il écrivît *De naturâ Deorum*, ou ses Tusculanes ;
si *Virgile* disait :

> *Felix qui potuit rerum cognoscere causas :*
> *Atque metus omnes et inexorabile fatum*
> *Subjecit pedibus, strepitumque Acherontis avari !*

*Cicéron* et *Virgile* courraient grand risque ; il n'y a que
les jésuites à qui il est permis de tout dire ; et si votre
Altesse royale a lu ce qu'ils disent, je doute qu'elle
leur fasse le même honneur qu'à M. *Rollin*. Pour
bien écrire l'histoire, il faut être dans un pays libre ;
mais la plupart des français réfugiés en Hollande
ou en Angleterre, ont altéré la pureté de leur langue.

A l'égard de nos universités, elles n'ont guère
d'autre mérite que celui de leur antiquité. Les
Français n'ont point de *Wolf*, point de *Mac-Laurin*,
point de *Manfredy*, point de *s'Gravesende*, ni de
*Muschembroëk*. Nos professeurs de physique, pour la
plupart, ne sont pas dignes d'étudier sous ceux que je
viens de citer. L'académie des sciences soutient très-
bien l'honneur de la nation, mais c'est une lumière
qui ne se répand pas encore assez généralement ; chaque académicien se borne à des vues particulières :
nous n'avons ni bonne physique, ni bons principes
d'astronomie pour instruire la jeunesse ; et nous
sommes obligés en cela d'avoir recours aux étrangers.

L'opéra fe foutient parce qu'on aime la mufique; et malheureufement cette mufique ne faurait être, comme l'italienne , du goût des autres nations. La comédie tombe abfolument. A propos de comédie; je fuis très-mortifié, Monfeigneur, qu'on ait envoyé l'Enfant prodigue à votre Alteffe royale. Premièrement , la copie que vous avez n'eft point mon véritable ouvrage ; en fecond lieu, la véritable n'eft qu'une ébauche , que je n'ai ni le temps , ni la volonté d'achever, et qui ne méritait point du tout vos regards.

Je parle à votre Alteffe royale avec la naïveté qui n'eft peut-être que trop mon caractère ; je vous dis, Monfeigneur , ce que je penfe de ma nation, fans vouloir la méprifer ni la louer : je crois que les Français vivent un peu dans l'Europe fur leur crédit, comme un homme riche qui fe ruine infenfiblement. Notre nation a befoin de l'œil du maître pour être encouragée ; et, pour moi, Monfeigneur, je ne demande rien que la continuation des regards du prince *Frédéric.* Il n'y a que la fanté qui me manque, fans cela je travaillerais bien à mériter vos bontés; mais peu de génie et peu de fanté, cela fait un pauvre homme.

Je fuis avec un profond refpect, &c.

# LETTRE XXIII.

## DU PRINCE ROYAL.

A Naven, le 25 de mai.

MONSIEUR,

JE viens de munir mon cher *Céfarion* de tout ce
qu'il lui fallait pour faire le voyage de Cirey. Il vous
rendra ce portrait que vous voulez avoir abfolument.
Il n'y a que la malheureufe matérialité de mon corps
qui empêche mon efprit de l'accompagner.

1737.

*Céfarion* a le malheur d'être né courlandais; ( le
baron de *Keyferling*, fon père, eft maréchal de la cour
du duc de Courlande ) mais il eft le *Plutarque* de
cette Béotie moderne. Je vous le recommande au
poffible. Confiez-vous entièrement à lui. Il a le rare
avantage d'être homme d'efprit et difcret en même
temps. Je dirai, en le voyant partir :

> Cher vaiffeau qui portes Virgile
> Sur le rivage Athénien, &c.

Si j'étais envieux, je le ferais du voyage que *Céfarion*
va faire. La feule chofe qui me confole, eft l'idée de
le voir revenir comme ce chef des Argonautes qui
emporta les tréfors de Colchos. Quelle joie pour
moi, quand il me rendra la Pucelle, le Règne de
*Louis XIV*, la Philofophie de *Newton*, et les autres

G 4

—————— merveilles inconnues que vous n'avez pas voulu
1737. jufqu'ici communiquer au public ! Ne me privez pas
de cette confolation. Vous qui défirez fi ardemment
le bonheur des humains, voudriez-vous ne pas contribuer au mien ? Une lecture agréable entre, felon
moi, pour beaucoup dans l'idée du vrai bonheur.

Il eft jufte que vous affuriez de mes attentions
*Vénus-Newton*. La fcience ne pouvait jamais fe mieux
loger que dans le corps d'une aimable perfonne.
Quel philofophe pourrait réfifter à fes argumens ?
En fe laiffant guider par cette aimable philofophe,
la raifon nous guiderait-elle toujours ? Pour moi,
je craindrais fort les flèches dorées du petit Dieu de
Cythère.

*Céfarion* vous rendra compte de l'eftime parfaite
que j'ai pour vous : il vous dira jufqu'à quel point
nous honorons la vertu, le mérite et les talens.
Croyez, je vous prie, tout ce qu'il vous dira de ma
part ; et foyez fûr qu'on ne peut exagérer la confidération avec laquelle je fuis, Monfieur,

votre très-affectionné ami,

FÉDÉRIC.

# LETTRE XXIV.

## *DU PRINCE ROYAL.*

A Rupin, le 6 de juillet.

MONSIEUR,

Si j'étais né poëte, j'aurais répondu en vers aux —————
ftances charmantes, à votre lettre du 25 de mai; 1737.
mais des revues, des voyages, des coliques et des
fièvres m'ont tellement fatigué, que Phébus eft
demeuré inexorable aux prières que je lui ai faites
de m'infpirer fon feu divin.

Remusberg eft la feule où je voudrais aller....

Ce vers m'a caufé le plus grand plaifir du monde;
je l'ai lu plus de mille fois. Ce ferait une apparition
bien rare dans ce pays qu'un génie de votre ordre,
un homme libre de préjugés, et dont l'imagination
eft gouvernée par la raifon. Quel bonheur pourrait
égaler le mien fi je pouvais nourrir mon efprit du
vôtre, et me voir guidé par vos foins dans le chemin
du vrai bien?

Je ne vous ai donné l'hiftoire de *Rémus* que pour
ce qu'elle vaut. Les origines des nations font pour
la plupart fabuleufes; elles ne prouvent que l'antiquité des établiffemens. Mettez l'anecdote de *Rémus*
à côté de l'hiftoire de la fainte-Ampoule, et des
opérations magiques de *Merlin*.

Les antiquaires à capuchon ne feront jamais, ni

mes hiſtoriographes, ni les directeurs de ma conſcience. Que votre façon de penſer eſt différente de ces ſuppôts de l'erreur ! vous aimez la vérité, ils aiment la ſuperſtition ; vous pratiquez les vertus, ils ſe contentent de les enſeigner ; ils calomnient, et vous pardonnez. Si j'étais catholique, je ne choiſirais ni Sᵗ *François* d'Aſſiſe, ni Sᵗ *Bruno* pour mes patrons. J'irais droit à Cirey, où je trouverais des vertus et des talens ſupérieurs en tout genre à ceux de la haire et du froc.

Ces rois ſans amitié et ſans retour, dont vous me parlez, me paraiſſent reſſembler à la bûche que *Jupiter* donna pour roi aux grenouilles. Je ne connais l'ingratitude que par le mal qu'elle m'a fait. Je peux même dire, ſans affecter des ſentimens qui ne me ſont pas naturels, que je renoncerais à toute grandeur ſi je la croyais incompatible avec l'amitié. Vous avez bien votre part à la mienne. Votre naïveté, cette ſincérité et cette noble confiance que vous me témoignez dans toutes les occaſions, méritent bien que je vous donne le titre d'ami.

Je voudrais que vous fuſſiez le précepteur des princes, que vous leur appriſſiez à être hommes, à avoir des cœurs tendres, que vous leur fiſſiez connaître le véritable prix des grandeurs, et le devoir qui les oblige à contribuer au bonheur des humains.

Mon pauvre *Céſarion* a été arrêté tout court par la goutte. Il s'en eſt défait du mieux qu'il a pu, et s'eſt mis en chemin pour Cirey. C'eſt à vous de juger s'il ne mérite pas toute l'amitié que j'ai pour lui.

En prenant congé de mon petit ami, je lui ai dit : ſongez que vous allez au paradis terreſtre, à un

endroit mille fois plus délicieux que l'île de *Calypfo*,
que la déeffe de ces lieux ne le cède en rien à la beauté
de l'enchantereffe de *Télémaque*, que vous trouverez en
elle tous les agrémens de l'efprit, fi préférables à ceux
du corps ; que cette merveille occupe fon loifir par
la recherche de la vérité. C'eft là que vous verrez
l'efprit humain dans fon dernier degré de perfection,
la fageffe fans aufférité, entourée des tendres amours
et des ris. Vous y verrez d'un côté le fublime *Voltaire*,
et de l'autre, l'aimable auteur du Mondain : celui qui
fait s'élever au-deffus de *Newton*, et qui, fans s'avilir,
fait chanter *Philis*. De quelle façon, mon cher *Céfa-rion*, pourra-t-on vous faire abandonner un féjour
fi plein de charmes ? Que les liens d'une vieille amitié
font faibles contre tant d'appas !

Je remets mes intérêts entre vos mains ; c'eft à
vous, Monfieur, de me rendre mon ami. Il eft peut-
être l'unique mortel digne de devenir citoyen de
Cirey ; mais fouvenez-vous que c'eft tout mon bien,
et que ce ferait une injuftice criante de me le ravir.

J'efpère que mon petit ambaffadeur reviendra
chargé de la toifon d'or, c'eft-à-dire, de votre Pucelle
et de tant d'autres pièces à moitié promifes, mais
encore plus impatiemment attendues. Vous favez
que j'ai un goût déterminé pour vos ouvrages ; il y
aurait plus que de la cruauté à me les refufer.

Il me femble que la dépravation du goût n'eft pas
fi générale en France que vous le croyez. Les Français connaiffent encore un *Apollon* à Cirey, des
*Fontenelle*, des *Crébillon*, des *Rollin* pour la clarté
et la beauté du ftyle hiftorique ; des *d'Olivet* pour
les traductions ; des *Bernard* et des *Greffet*, dont les

1737.

——— muſes naturelles et polies peuvent très-bien remplacer
1737. les Chaulieu et les la Fare.

Si Greſſet pèche quelquefois contre l'exactitude,
il eſt excuſable par le feu qui l'emporte; plein de ſes
penſées, il néglige les mots. Que la nature fait peu
d'ouvrages accomplis! et qu'on voit peu de Voltaires!
J'ai penſé oublier M. de Réaumur, qui, en qualité de
phyſicien, eſt en grande réputation chez vous. Voilà
ce qui me paraît la quinteſſence de vos grands
hommes. Les autres auteurs ne me paraiſſent pas
fort dignes d'attention. Les belles-lettres ne ſont plus
récompenſées, comme elles l'étaient du temps de
Louis le grand. Ce prince, quoique peu inſtruit, ſe
feſait une affaire ſérieuſe de protéger ceux dont il
attendait ſon immortalité. Il aimait la gloire, et c'eſt
à cette noble paſſion que la France eſt redevable de
ſon académie et des arts qui y fleuriſſent encore.

Quant à la métaphyſique, je ne crois pas qu'elle
faſſe jamais fortune ailleurs qu'en Angleterre. Vous
avez vos bigots, nous avons les nôtres. L'Allemagne
ne manque ni de ſuperſtitieux, ni de fanatiques
entêtés de leurs préjugés, et mal-feſans au dernier
point, et qui ſont d'autant plus incorrigibles, que
leur ſtupide ignorance leur interdit l'uſage du raiſonnement. Il eſt certain qu'on a lieu d'être prudent
dans la compagnie de pareils ſujets. Un homme qui
paſſe pour n'avoir point de religion, fût-il le plus
honnête homme du monde, eſt généralement décrié.
La religion eſt l'idole des peuples; ils adorent tout
ce qu'ils ne comprennent point. Quiconque oſe y
toucher d'une main profane, s'attire leur haine et
leur abomination. J'aime infiniment Cicéron. Je

trouve dans ſes Tuſculanes beaucoup de ſentimens
conformes aux miens. Je ne lui conſeillerais pas de  1737.
dire, s'il vivait de nos jours :

Mourir peut être un mal, mais être mort n'eſt rien.

En un mot, *Socrate* a préféré la ciguë à la gêne
de contenir ſa langue ; mais je ne ſais s'il y a plaiſir
à être le martyr de l'erreur d'autrui. Ce qu'il y a de
plus réel pour nous dans ce monde, c'eſt la vie. Il
me ſemble que tout homme raiſonnable devrait
tâcher de la conſerver.

Je vous aſſure que je mépriſe trop les jéſuites pour
lire leurs ouvrages. Les mauvaiſes diſpoſitions du
cœur éclipſent en eux toutes les qualités de l'eſprit.
Nous vivons d'ailleurs ſi peu, et nous avons, pour
la plupart, ſi peu de mémoire, qu'il ne faut nous
inſtruire que de ce qu'il y a de plus exquis.

Je vous envoie par cet ordinaire l'Hiſtoire de la
Vierge de Kſenſtocem, par M. de *Beauſobre ;* j'eſpère
que vous ſerez content du tour et du ſtyle de cette
pièce. Autant que je m'y connais, je n'ai point
remarqué de fautes contre la pureté de la langue.
Il eſt vrai que la plupart des *réfugiés* la négligent
beaucoup. Il s'en trouve pourtant quelques-uns
qui, je crois, pourraient ne pas être réprouvés par
votre académie. Nos univerſités et notre académie
des ſciences ſe trouvent dans un triſte état : il paraît
que les Muſes veulent déſerter ces climats.

*Fédéric I*, roi de Pruſſe, prince d'un génie fort
borné, bon, mais facile, a fait aſſez fleurir les arts
ſous ſon règne. Ce prince aimait la grandeur et la

—— magnificence ; il était libéral jufqu'à la profufion.
1737. Epris de toutes les louanges qu'on prodiguait à
*Louis XIV*, il crut qu'en choififfant ce prince pour
fon modèle, il ne pouvait pas manquer d'être loué
à fon tour. Dans peu on vit la cour de Berlin
devenir le finge de celle de Verfailles : on imitait
tout ; cérémonial, harangues, pas mefurés, mots
comptés, grands moufquetaires, &c., &c. Soùffrez
que je vous épargne l'ennui d'un pareil détail.

La reine *Charlotte*, époufe de *Fédéric*, était une
princeffe qui, avec tous les dons de la nature, avait
reçu une excellente éducation. Elle était fille du duc
de Lunebourg, depuis électeur d'Hanovre. Cette
princeffe avait connu particulièrement *Leibnitz*, à la
cour de fon père. Ce favant lui avait enfeigné les
principes de la philofophie, et fur-tout de la métaphyfique. La reine confidérait beaucoup *Leibnitz*; elle
était en commerce de lettres avec lui, ce qui lui fit
faire de fréquens voyages à Berlin. Ce philofophe
aimait naturellement toutes les fciences; auffi les
poffédait-il toutes. M. de *Fontenelle*, en parlant de
lui, dit très-fpirituellement qu'en le décompofant,
on trouverait affez de matière pour former beaucoup
d'autres favans. L'attachement de *Leibnitz* pour les
fciences, ne lui fefait jamais perdre de vue le foin de
les établir. Il conçut le deffein de former à Berlin
une académie, fur le modèle de celle de Paris, en y
apportant cependant quelques légers changemens.
Il fit ouverture de fon deffein à la reine, qui en fut
charmée, et lui promit de l'affifter de tout fon crédit.

On parla un peu de *Louis XIV*; les aftronomes
affurèrent qu'ils découvriraient une infinité d'étoiles

dont le roi ferait indubitablement le parrain ; les
botaniftes et les médecins lui confacreraient leurs
talens, &c. Qui aurait pu réfifter à tant de genres de
perfuafion ? Auffi en vit-on les effets. En moins de
rien l'obfervatoire fut élevé, le théâtre de l'anatomie
ouvert ; et l'académie toute formée eut *Leibnitz* pour
fon directeur. Tant que la reine vécut, l'académie fe
foutint affez bien ; mais, après fa mort, il n'en fut pas
de même. Le roi fon époux la fuivit de près. D'autres
temps, d'autres foins. A préfent les arts dépériffent ;
et je vois, les larmes aux yeux, le favoir fuir de
chez nous ; et l'ignorance, d'un air arrogant, et la
barbarie des mœurs s'en approprier la place.

*Du laurier d'Apollon, dans nos ftériles champs,*
*La feuille négligée, eft déformais flétrie :*
*Dieux ! pourquoi mon pays n'eft-il plus la patrie*
*Et de la gloire et des talens ?*

Je crois avoir porté un jugement jufte fur l'Enfant
prodigue. Il s'y trouve des vers que j'ai d'abord
reconnus pour les vôtres ; mais il y en a d'autres qui
m'ont paru plutôt l'ouvrage d'un écolier que d'un
maître.

Nous avons l'obligation aux Français d'avoir fait
revivre les fciences. Après que des guerres cruelles,
l'établiffement du chriftianifme, et les fréquentes
invafions dés barbares, eurent porté un coup mortel
aux arts réfugiés de Gréce en Italie, quelques
fiècles d'ignorance s'écoulèrent, quand, enfin, ce
flambeau fe ralluma chez vous. Les Français ont
écarté les ronces et les épines, qui avaient entièrement interdit aux hommes le chemin de la gloire

qu'on peut acquérir dans les belles-lettres. N'eſt-il pas juſte que les autres nations conſervent l'obligation qu'elles ont à la France du ſervice qu'elle leur a rendu généralement ? Ne doit-on pas une reconnaiſſance égale à ceux qui nous donnent la vie , et à ceux qui nous fourniſſent les moyens de nous inſtruire ?

Quant aux Allemands , leur défaut n'eſt pas de manquer d'eſprit. Le bon ſens leur eſt tombé en partage ; leur caractère approche aſſez de celui des Anglais. Les Allemands ſont laborieux et profonds : quand une fois ils ſe ſont emparés d'une matière ils pèſent deſſus. Leurs livres ſont d'un diffus aſſommant. Si on pouvait les corriger de leur peſanteur et les familiariſer un peu plus avec les grâces , je ne déſeſpèrerais pas que ma nation ne produiſît de grands hommes. Il y a cependant une difficulté qui empêchera toujours que nous ayons de bons livres en notre langue : elle conſiſte en ce qu'on n'a pas fixé l'uſage des mots ; et , comme l'Allemagne eſt partagée entre une infinité de ſouverains , il n'y aura jamais moyen de les faire conſentir à ſe ſoumettre aux déciſions d'une académie.

Il ne reſte donc plus d'autre reſſource à nos ſavans que d'écrire dans des langues étrangères ; et , comme il eſt très-difficile de les poſſéder à fond , il eſt fort à craindre que notre littérature ne faſſe jamais de fort grands progrès. Il ſe trouve encore une difficulté qui n'eſt pas moindre que la première : les princes mépriſent généralement les ſavans ; le peu de ſoin que ces meſſieurs portent à leur habillement , la poudre du cabinet dont ils ſont couverts , et le peu

de

de proportion qu'il y a entre une tête meublée de
bons écrits, et la cervelle vide de ces feigneurs,
font qu'ils fe moquent de l'extérieur des favans,
tandis que le grand homme leur échappe. Le jugement des princes eft trop refpecté des courtifans,
pour qu'ils s'avifent de penfer d'une manière différente; et ils fe mêlent également de méprifer ceux
qui les valent mille fois. *O tempora ! ô mores !*

Pour moi, qui ne me fens point fait pour le
fiècle où nous vivons, je me contente de ne point
imiter l'exemple de mes égaux. Je leur prêche fans
ceffe que le comble de l'ignorance, c'eft l'orgueil;
et, reconnaiffant la fupériorité de vous autres grands
hommes, je vous crois dignes de mon encens; et vous,
Monfieur, de toute mon eftime : elle vous eft entièrement acquife. Regardez-moi comme un ami définté-
reffé, et dont vous ne devez la connaiffance qu'à votre
mérite. Je vous écris un pied à l'étrier, et prêt à partir.
Je ferai de retour dans quinze jours. Je fuis à jamais,

    Monfieur,

votre très-affectionné ami,

FÉDÉRIC.

1737.

# LETTRE XXV.

## *DE M. DE VOLTAIRE.*

Juillet.

MONSEIGNEUR,

1737. Je suis entouré de vos bienfaits ; M. de *Keyferling*, le portrait de votre Alteffe royale, la feconde partie de la Métaphyfique de M. *Wolf*, la Differtation de M. de *Beaufobre*, et fur-tout la lettre charmante que vous avez daigné m'écrire de Ruppin, le 6 de juillet. Avec cela on peut braver la fièvre et la langueur qui me minent ; et je m'aperçois qu'on peut fouffrir et être heureux.

Votre aimable ambaffadeur n'a plus de goutte ; nous allons le perdre ; il n'eft venu que pour fe faire regretter ; il retourne vers le prince qu'il aime et dont il eft aimé ; il laiffe à Cirey un fouvenir éternel de lui, et le règne de *Frédéric* bien établi. Il emporte mon tribut ; j'ai donné tout ce que j'avais. On dit qu'il y a eu des tyrans qui dépouillaient leurs fujets ; mais les bons fujets donnent volontiers tous leurs biens aux bons princes.

J'ai donc mis dans un petit paquet tout ce que j'ai fait de l'Hiftoire de *Louis XIV*, quelques pièces de vers qui ont été imprimées à la fuite de la Henriade, d'une manière très-fautive, quelques morceaux de

philofophie. Je me fuis dit, en fefant emballer toutes
mes penfées :

> Pauvre petit génie, oferas-tu paraître
> Devant ce génie immortel?
> Pour être digne de ton maître,
> Il faudrait être univerfel,
> Et tu n'as pas l'honneur de l'être.

Ton prince, continuai-je, aime, connaît, cultive
tous les arts, depuis la mufique jufqu'à la vraie philofophie; il connaît fur-tout le grand art de plaire;
et s'il ne joignait pas à fes vertus celle de l'indulgence, M. de *Keyferling* n'emporterait pas un fi
énorme paquet.

Enfin, Monfeigneur, vous m'avez infpiré ce que
les princes infpirent fi rarement, la confiance la plus
grande.

J'aurais bien voulu joindre la Pucelle au refte du
tribut : votre ambaffadeur vous dira que la chofe eft
impoffible. Ce petit ouvrage eft, depuis près d'un an,
entre les mains de madame la marquife *du Châtelet*,
qui ne veut pas s'en deffaifir. L'amitié dont elle
m'honore ne lui permet pas de hafarder une chofe
qui pourrait me féparer d'elle pour jamais : elle a
renoncé à tout pour vivre avec moi dans le fein de
la retraite et de l'étude : elle fait que la moindre
connaiffance qu'on aurait de cet ouvrage exciterait
certainement un orage. Elle craint tous les accidens :
elle fait que M. de *Keyferling* a été gardé à vue à
Strasbourg, qu'il le fera encore à fon paffage, qu'il
eft épié, qu'il peut être fouillé : elle fait fur-tout que

—— vous ne voudriez pas hafarder de faire le malheur de vos deux fujets de Cirey pour une plaifanterie en vers. Votre Alteffe royale trouverait ce petit poëme d'un ton un peu différent de l'Hiftoire de *Louis XIV* et de la Philofophie de *Newton ; fed dulce eft defipere in loco.* Malheur aux philofophes qui ne favent pas fe dérider le front! Je regarde l'auftérité comme une maladie : j'aime encore mieux mille fois être languiffant et fujet à la fièvre, comme je le fuis, que de penfer triftement. Il me femble que la vertu, l'étude et la gaieté, font trois fœurs qu'il ne faut point féparer : ces trois divinités font vos fuivantes ; je les prends pour mes maîtreffes.

La métaphyfique entre pour beaucoup dans votre immenfité ; je n'ai donc pas héfité de vous foumettre mes doutes fur cette matière, et de demander à vos royales mains un petit peloton de fil pour me conduire dans ce labyrinthe. Vous ne fauriez croire, Monfeigneur, quelle confolation c'eft pour madame *du Châtelet* et pour moi, de voir combien vous penfez en philofophe, et combien votre vertu détefte la fuperftition. Si la plupart des rois ont encouragé le fanatifme dans leurs Etats, c'eft qu'ils étaient ignorans, c'eft qu'ils ne favaient pas que les prêtres font leurs plus grands ennemis.

En effet, y a-t-il un feul exemple, dans l'hiftoire du monde, de prêtres qui aient entretenu l'harmonie entre les fouverains et leurs fujets ? Ne voit-on pas par-tout au contraire des prêtres qui ont levé l'étendard de la difcorde et de la révolte ? Ne font-ce pas les presbytériens d'Ecoffe qui ont commencé cette malheureufe guerre civile qui a coûté la vie à *Charles I,*

à un roi qui était honnête homme ? N'eft-ce pas un
moine qui a affaffiné *Henri III*, roi de France ?
L'Europe n'eft-elle pas encore remplie des traces
de l'ambition eccléfiaftique ? Des évêques devenus
princes, et enfuite vos confrères dans l'électorat,
un évêque de Rome foulant aux pieds les empereurs,
n'en font-ils pas d'affez forts témoignages ?

Pour moi, quand je fonge à quel point les hommes
font faibles et fous, je fuis toujours étonné que dans
les temps d'ignorance les papes n'aient pas eu la
monarchie univerfelle.

Je fuis perfuadé qu'il ne tient à préfent qu'à un
fouverain d'étouffer chez lui toutes femences de
fureur religieufe et de difcorde eccléfiaftique. Il n'y
a qu'à être honnête homme et nullement dévot :
les hommes, tout fots qu'ils font, fentent bien dans
leur cœur que la vertu vaut mieux que la dévotion.
Sous un roi dévot, il n'y a que des hypocrites ; un
roi honnête homme forme des hommes comme lui.

J'ofe ainfi penfer tout haut devant votre Alteffe royale,
car votre caractère divin m'encourage à tout. Je viens
de finir une converfation avec M. de *Keyferling* ; il a
encore enflammé mon zèle et mon admiration pour
votre perfonne. Tout mon malheur eft d'avoir une
fanté qui probablement m'empêchera d'être le témoin
du bien que vous ferez aux hommes, et des grands
exemples que vous donnerez. Heureux ceux qui
verront ces beaux jours ! D'autres verront de près
la gloire et le bonheur de votre gouvernement ; mais
moi, j'aurai joui des bontés du prince philofophe,
j'aurai eu les prémices de fa grande ame, j'aurai
été trop heureux, &c......

1737.

H 3

## LETTRE XXVI.

### *DU PRINCE ROYAL.*

A Remusberg, le 16 d'augufte.

1737.

Quoi! fans ceffe ajoutant merveilles fur merveilles,
Voltaire, à l'univers tu confacres tes veilles :
Non content de charmer par tes divins écrits,
Tu fais plus, tu prétends éclairer les efprits.
Tantôt, du grand Newton débrouillant le fyftême,
Tu découvre à nos yeux fa profondeur extrême;
Tantôt, de Melpomène arborant les drapeaux,
Ta verve nous prépare à des charmes nouveaux.
Tu paffes de Thalie aux pinceaux de l'hiftoire :
Du grand Charle et du Czar éternifant la gloire,
Tu marqueras dans peu, de ta favante main,
Leurs vices, leurs vertus, et quel fut leur deftin;
De ce héros vainqueur la brillante folie,
De ce légiflateur les travaux en Ruffie;
Et dans ce parallèle, effroi des conquérans,
Tu montreras aux rois le feul devoir des grands.

Pour moi, de ces climats habitant fédentaire,
Qui fans prévention rends juftice à Voltaire,
J'admire en tes écrits de diverfe nature,
Tous les dons dont le Ciel te combla fans mefure.
Que fi la Calomnie, avec fes noirs ferpens,
Veut flétrir fur ton front tes lauriers verdoyans,

Si, du fond de Bruxelle, un Rufus en furie, (*)
Sait lancer fon venin au fein de ta patrie :
Que mon fimple fuffrage, enfant de l'équité,
Te tienne du moins lieu de la poftérité !

Où prenez-vous, Monfieur, tout le temps pour travailler ? Ou vos momens valent le triple de ceux des autres, ou votre génie heureux et fécond furpaffe celui de l'ordinaire des grands hommes. A peine avez-vous achevé d'éclaircir la Philofophie de *Newton*, que vous travaillez à enrichir le théâtre français d'une tragédie nouvelle : et cette pièce, qui, felon les apparences, n'a pas encore quitté le chantier, eft déjà fuivie d'un nouvel ouvrage que vous projetez.

Vous voulez faire au czar l'honneur d'écrire fon hiftoire en philofophe. Non content d'avoir furpaffé tous les auteurs qui vous ont précédé, par l'élégance, la beauté et l'utilité de vos ouvrages, vous voulez encore les furpaffer par le nombre. Empreffé à fervir le genre humain, vous confacrez votre vie entière au bien public. La Providence vous avait réfervé pour apprendre aux hommes à préférer la lyre d'*Amphion*, qui élevait les murs de Thèbes, à ces inftrumens belliqueux qui fefaient tomber ceux de Jéricho.

Le témoignage de quelques vérités découvertes et de quelques erreurs détruites eft, à mon avis, le plus beau trophée que la poftérité puiffe ériger à la gloire d'un grand homme. Que n'avez-vous donc pas à prétendre, vous qui êtes auffi fidèle au culte

(*) *Roujfeau.*

H 4

—— de la vérité que zélé deſtructeur des préjugés et de la ſuperſtition ?

Vous vous attendez, ſans doute, à recevoir par cet ordinaire tous les matériaux néceſſaires pour commencer l'ouvrage auquel vous vous êtes propoſé de travailler. Quelle ſera votre ſurpriſe quand vous ne recevrez qu'une métaphyſique et des vers ! C'eſt cependant tout ce que j'ai pu vous envoyer. Une métaphyſique diffuſe et un copiſte pareſſeux ne font guère de chemin enſemble.

J'ai lu avec beaucoup d'attention votre raiſonnement géométrique et preſſant ſur les infiniment petits. Je vous avoue tout ingénument que je n'ai aucune idée de l'infini. Je crois que nous ne différons que dans la façon de nous exprimer. Je vous avoue encore que je ne connais que deux ſortes de nombres, des nombres pairs et des nombres impairs : or, l'infini étant un nombre ni pair ni impair, qu'eſt-il donc ?

Si je vous ai bien compris, votre ſentiment, qui eſt auſſi le mien, eſt que la matière, relativement aux hommes, eſt diviſible infiniment ; ils auront beau décompoſer la matière, ils n'arriveront jamais aux unités qui la compoſent. Mais, réellement et relativement à l'eſſence des choſes, la matière doit néceſſairement être compoſée d'un amas d'unités qui en ſont les ſeuls principes, et que l'auteur de la nature a jugé à propos de nous cacher. Or qui dit matière, ſans l'idée de ces unités jointes et arrangées enſemble, dit un mot qui n'a aucun ſens. La modification de ces unités détermine enſuite la différence des êtres.

M. *Wolf* eſt peut-être le ſeul philoſophe qui ait eu la hardieſſe de faire la définition de l'*être ſimple*.

Nous n'avons de connaiſſance que des choſes qui
tombent ſous nos ſens, ou qu'on peut exprimer par
des ſignes ; mais nous ne pouvons avoir de connaiſſance intuitive des unités, parce que jamais nous
n'aurons d'inſtrumens aſſez fins pour pouvoir ſéparer
la matière juſqu'à ce point. La difficulté eſt à préſent
de ſavoir comment on peut expliquer une choſe qui
n'a jamais frappé nos ſens. Il a fallu néceſſairement
donner de nouvelles définitions et des définitions
différentes de tout ce qui a rapport avec la matière.

M. *Wolf*, pour arriver à cette définition, nous y
prépare par celle qu'il fait de l'eſpace et de l'étendue.
Si je ne me trompe, il s'en explique ainſi :

　,, L'eſpace eſt le vide qui eſt entre les parties,
　,, de façon que tout être qui a des pores occupe
　,, toujours un eſpace entre eux. Or tous les êtres
　,, compoſés doivent avoir des pores, les uns plus
　,, ſenſibles que les autres, ſelon leur différente com-
　,, poſition : donc tous les êtres compoſés contiennent
　,, un eſpace. Mais, une unité n'ayant point de parties,
　,, et par conſéquent point d'interſtice ou de pores,
　,, ne peut point, par conſéquent, tenir d'eſpace. ,,

*Wolf* nomme l'étendue, la continuité des êtres.
Par exemple : une ligne n'eſt formée que par l'arran-
gement d'unités qui ſe touchent les unes les autres,
et qui peuvent ſe ſuivre en ligne courbe ou droite.
Ainſi une ligne a de l'étendue ; mais un être, un,
qui n'eſt pas continu, ne peut occuper d'étendue.
Je le répète encore ; l'étendue n'eſt, ſelon *Wolf*, que
la continuité des êtres. Un petit moment d'attention vous fera trouver ces définitions ſi vraies, que
vous ne pourrez leur refuſer votre approbation. Je

1737.

—— ne vous demande qu'un coup d'œil : il vous fuffit,
1737. Monfieur, pour vous élever non-feulement à l'*être*
*fimple*, mais au plus haut degré de connaiffance
auquel l'efprit humain peut parvenir.

Je viens de voir un homme, à Berlin, avec lequel
je me fuis bien entretenu de vous. C'eft notre miniftre
*Bork* qui eft de retour d'Angleterre. Il m'a fort
alarmé fur l'état de votre fanté : il ne finit point
quand il parle des plaifirs que votre converfation lui
a caufés. L'efprit, dit-il, triomphe des infirmités
du corps.

Vous ferez fervi en philofophe, et par des philofophes, dans la commiffion dont vous m'avez jugé
capable. J'ai tout auffitôt écrit à mon ami, en Ruffie ;
il répondra avec exactitude et avec vérité aux points
fur lefquels vous fouhaitez des éclairciffemens. Non
content de cette démarche, je viens de déterrer un
fecrétaire de la cour qui ne fait que revenir de Mofcovie, après un féjour de dix-huit ans confécutifs.
C'eft un homme de très-bon fens, un homme qui
a de l'intelligence, et qui eft au fait de leur gouvernement ; il eft de plus véridique. Je l'ai chargé de
me répondre fur les mêmes points. Je crains qu'en
qualité d'allemand, il n'abufe du privilége de diffus,
et qu'au lieu d'un mémoire il ne compofe un volume.
Dès que je recevrai quelque chofe que ce foit fur
cette matière, je le ferai partir avec diligence.

Je ne vous demande pour falaire de mes peines
qu'un exemplaire de la nouvelle édition de vos œuvres.
Je m'intéreffe trop à votre gloire pour n'être pas inftruit,
des premiers, de vos nouveaux fuccès.

Selon la defcription que vous me faites de la vue

de Cirey, je crois ne voir que la defcription et l'hif- ——
toire de ma retraite. Remusberg eft un petit Cirey,
Monfieur, à cela près qu'il n'y a ni de *Voltaire* ni
de madame *du Châtelet* chez nous.

Voici encore une petite ode affez mal tournée et
affez infipide: c'eft l'*Apologie des bontés de* DIEU. C'eft
le fruit de mon loifir que je n'ai pu m'empêcher de
vous envoyer. Si ce n'eft abufer de ces momens précieux dont vous favez faire un ufage fi merveilleux,
pourrai-je vous prier de la corriger? J'ai le malheur
d'aimer les vers, et d'en faire fouvent de très-mauvais.
Ce qui devrait m'en dégoûter, et rebuterait toute
perfonne raifonnable, eft juftement l'aiguillon qui
m'anime le plus. Je me dis: petit malheureux, tu
n'as pu réuffir jufqu'à préfent; courage, reprenons
le rabot et la lime, et derechef mettons-nous à
l'ouvrage. Par cette inflexibilité je crois me rendre
*Apollon* plus favorable.

Une aimable perfonne m'infpira dans la fleur de
mes jeunes ans deux paffions à la fois: vous jugez
bien que l'une fut l'amour et l'autre la poëfie. Ce
petit miracle de la nature, avec toutes les grâces
poffibles, avait du goût et de la délicateffe. Elle
voulut me les communiquer. Je réuffis affez en
amour, mais mal en poëfie. Depuis ce temps j'ai
été amoureux affez fouvent, et toujours poëte.

Si vous favez quelque fecret pour guérir les hommes
de cette manie, vous ferez vraiment œuvre chrétienne
de me le communiquer; finon je vous condamne à
m'enfeigner les règles de cet art enchanteur que vous
avez embelli, et qui à fon tour vous fait tant
d'honneur.

Nous autres princes, nous avons tous l'ame inté-
reffée, et nous ne fefons jamais de connaiffances que
nous n'ayons quelques vues particulières et qui
regardent directement notre profit.

Que *Céfarion* eft heureux! il doit avoir paffé des
momens délicieux à Cirey. Quels plaifirs furpaffent
en effet ceux de l'efprit! J'ai fait des efforts d'imagination furprenans pour l'accompagner; mais ni mon
imagination n'eft affez vive ni mon efprit affez délié
pour l'avoir pu fuivre. Contentez-vous, Monfieur,
de mes efforts, tandis qu'il me fuffira d'avoir converfé
avec vous par le miniftère de mon ami. Je fuis ravi
des bontés que madame *du Châtelet* témoigne à *Céfarion*.
Ce ferait un titre pour eftimer encore davantage cette
dame, fi c'était une chofe poffible.

La fageffe de *Salomon* eût été bien récompenfée, fi
la reine de Saba eût reffemblé à celle de Cirey. Pour
moi, qui n'ai l'honneur d'être ni fage ni *Salomon*,
je me trouve toujours fort honoré de l'amitié d'une
perfonne auffi accomplie que madame la Marquife.
J'ai lieu de croire que fa vue me ferait naître des
idées un peu différentes de ce que le vulgaire nomme
fageffe. Je me flatte que, comme vous avez la fatisfaction de connaître de plus près cette divinité, vous
vous fentirez quelque indulgence pour mes faibleffes,
fi faibleffe y a de trop admirer les chefs-d'œuvre de
la nature.

D'un raifonnement de philofophie, je me vois
infenfiblement engagé dans un avorton de déclaration d'amour; et, tandis que ma métaphyfique garde
le ftyle de *Wolf*, ma morale pourrait bien reffembler
un peu à celle que *Rameau* réchauffe des fons de fa
mufique.

Quant à l'amitié, je vous prie de me croire conf- ——
tant, me déterminant difficilement à donner mon 1737.
cœur, mais fefant des choix à ne me repentir jamais.
Je fuis avec l'eftime que vous méritez plus que qui
que ce foit,

Monfieur,

votre très-affectionné ami,
FÉDÉRIC.

# LETTRE XXVII.

## DU PRINCE ROYAL.

A Remusberg, le 27 d'augufte.

MONSIEUR,

CESARION m'a tranfporté en efprit à Cirey. Il
m'en fait une defcription charmante : et ce qui me
ravit au poffible, c'eft qu'il m'affure que vous fur-
paffez de beaucoup la haute idée que je m'étais faite
de vous.

Il femble que la maladie vous tienne tous les deux,
pour que le pauvre *Céfarion* ne goûte pas des plaifirs
parfaits dans cette vie. Votre fièvre me fournit
l'occafion de vous parler fur un fujet qui m'intéreffe
beaucoup ; c'eft votre fanté. Je vous prie très-inftam-
ment de ne pas trop travailler : les études et les
travaux de l'efprit minent infiniment la fanté du
corps. Vous devez vous conferver, mon amitié vous
y oblige.

Je compte pour un des plus grands bonheurs de ma vie, d'être né contemporain d'un homme d'un mérite auffi diftingué que le vôtre ; mais mon bonheur ne peut être parfait fi je ne vous pofsède, et fi je n'ai la fatisfaction de vous voir un jour. Vous m'envoyez vos ouvrages ; ils n'ont point de prix, et ne mettent aucune borne à ma reconnaiffance. Je vous prie, Monfieur, de marquer à la divine *Emilie* toute l'eftime que j'ai pour elle : je fuis pénétré de la façon dont elle a reçu mon petit plénipotentiaire. Vous avez été tous les deux dignes de mon admiration, mais à préfent vous m'enlevez le cœur.

Si j'étais envieux, je le ferais de *Céfarion*. Je fupporterais volontiers fa goutte, pour avoir vu et entendu ce qu'il vient de voir et d'entendre.

L'antiquité, en nous vantant ces merveilles du monde, nous les repréfente éloignées les unes des autres. A Cirey, on en trouve deux d'un prix bien fupérieur à ces maffes de pierre qui, d'elles-mêmes, n'avaient aucune vertu. L'efprit mâle et folide d'une femme, et le génie vif et univerfel, et toutefois réglé, d'un poëte, me paraiffent plus merveilleux.

Vous ne me devez aucune reconnaiffance de ce que je vous rends juftice. Je voudrais, Monfieur, pouvoir vous témoigner mon eftime par des marques plus réelles que des portraits. Contentez-vous de ces types, et attendez-en l'accompliffement. Je fuis à jamais, Monfieur,

votre très-affectionné ami,

FÉDÉRIC.

# LETTRE XXVIII.

## DU PRINCE ROYAL.

A Remusberg , le 27 de feptembre.

MONSIEUR,

SI j'écrivais à un ingrat , je ferais obligé de lui ————
faire comprendre, par un long verbiage, ce que c'eft   1737.
que la reconnaiffance : heureufement pour moi je ne
fuis pas dans ce cas. Ma lettre s'adreffe à un exemple
de vertu, à un homme qui m'entendra très-bien,
en lui difant fimplement que je fuis pénétré des obligations que je lui dois.

*Céfarion*, connaiffant mon empreffement pour tout
ce qui vient de vous, m'a envoyé vos deux lettres,
fe réfervant à lui-même de me remettre le refte de
vos ouvrages immortels entre les mains. S'il y a
quelque chofe qui me puiffe faire redoubler l'impatience de le revoir, c'eft le tréfor précieux dont il eft
le dépofitaire.

Vos ouvrages feront confervés comme l'étaient
ceux d'*Ariftote* par *Alexandre*. Ils ne me quitteront
jamais ; et je compte de poffeder en eux une biblio-
thèque entière. C'eft le miel que vous avez tiré des
plus belles fleurs, et qui n'a rien perdu en paffant
par vos mains.

Non, Monfieur, tant que vous vivrez, je n'enverrai
qu'à Cirey faire la quête des vérités. Je ne troublerai

1737.

point les glaçons de la nouvelle Zemble, ni les déferts arides de l'Ethiopie, pour apprendre des nouvelles de la figure du monde. Ces découvertes font certainement louables, et, loin de les blâmer, je les trouve dignes des foins de ceux qui les ont entreprifes ; mais il me femble que votre façon impartiale et judicieufe d'envifager les chofes, m'eft infiniment plus profitable. J'apprends plus par vos doutes que par tout ce que le divin *Ariftote*, le fage *Platon*, et l'incomparable *Defcartes* ont affirmé fi légèrement.

En philofophie, ce font des progrès égaux, ou de fe délivrer des préjugés, ou d'acquérir de nouvelles connaiffances. L'un éclaire, l'autre inftruit. Le plaifir le plus vif qu'un homme raifonnable puiffe avoir dans ce monde, eft, à mon avis, de découvrir de nouvelles vérités. Je m'attendais d'en faire une abondante moiffon dans votre Métaphyfique : madame *du Châtelet* m'enlève ce bien déjà poffédé, d'entre les mains de mon ami. (\*)

Quel fujet pour une élégie ! Cependant il en refta là, *car il avait l'ame trop bonne*. Ne vous attendez donc à aucun reproche. Je vous prie de vouloir feulement dire à la divine *Emilie*, que mon efprit fe plaint au fien des ténèbres qu'elle vous empêche de diffiper.

> Dans les ténèbres égaré
> D'une métaphyfique obfcure,
> J'attendais, pour être éclairé,
> Quelques mots de votre écriture.

(\*) Ce traité de Métaphyfique eft imprimé pour la première fois dans cette édition. *Philofophie*, volume I.

De

De l'aftre brillant qui nous luit,
Charmante et divine Emilie,
Voulez-vous tirer tout le fruit?
Ah! permettez, je vous en prie,
Que, dans mon paifible réduit,
Vienne cette philofophie,
Dont certes je ferai profit.

Je fuis édifié de voir revivre à Cirey les temps d'*Orefte* et de *Pilade*. Vous donnez l'exemple d'une vertu qui, jufqu'à nos jours, n'a malheureufement exifté que dans la fable.

Ne craignez point, Monfieur, que je trouble les douceurs de votre repos philofophique. Si mes mains pouvaient cimenter ou raffermir les liens de votre divine union, je vous offrirais volontiers leur minif-tère. J'ai effuyé une efpèce de naufrage dans ma vie : le ciel me préferve d'en occafionner à d'autres !

Je crois cependant avoir trouvé un expédient, moyennant lequel vous pourrez fans rifque, et fans troubler la tranquillité d'*Emilie*, fatisfaire à ma curio-fité. Ce ferait, Monfieur, de me communiquer, toutes les fois que vous me faites le plaifir de m'écrire, quelques traits de votre métaphyfique, répandus dans vos lettres. La confiance que j'ai en vous, jointe à l'ardeur de m'inftruire, vous attire ces impor-tunités. D'ailleurs, le ciel vous a doué de trop de talens pour les cacher : vous devez éclairer le genre humain ; vous n'êtes point avare de vos connaiffances ; et je fuis votre ami.

Mon correfpondant ruffien n'a pu encore me donner des nouvelles de ce que vous fouhaitez favoir.

—— J'efpère, cependant, pouvoir vous fatisfaire dans
1737. peu.

Certes, les prêtres ne vous choifiront pas pour leur
panégyrifte. Vos réflexions fur le pouvoir des eccléfiaftiques font très-juftes ; et, de plus, appuyées par
le témoignage irrévocable de l'hiftoire. Leur ambition
ne viendrait-elle pas de ce qu'on leur interdit le
chemin à tout autre vice ?

Les hommes fe font forgé un fantôme bizarre
d'auftérité et de vertu : ils veulent que les prêtres,
ce peuple moitié impofteur et moitié fuperftitieux,
adoptent ce caractère. Il ne leur eft pas permis d'aimer
ouvertement les filles et le vin ; mais l'ambition ne
leur eft pas interdite. Or l'ambition traîne feule après
elle des crimes et des défordres affreux.

Il me fouvient du finge de la reine *Cléopâtre*,
auquel on avait très-bien appris à danfer : quelqu'un
s'avifa de lui jeter des noix ; et le finge, oubliant fes
habits, la danfe, et le rôle qu'il jouait, fe jeta fur
les noix. Un prêtre fait le perfonnage vertueux, tant
que fon intérêt le comporte ; mais à la moindre occafion
la nature perce bientôt le nuage ; et les crimes et les
méchancetés qu'il couvrait des apparences de la
vertu, paraiffent alors à découvert. Il eft étonnant
que la monarchie eccléfiaftique foit établie fur des
fondemens fi peu folides.

L'autorité des prêtres du paganifme venait de leurs
oracles trompeurs, de leurs facrifices ridicules, et de
leur impertinente mythologie. C'était un conte bien
grave que celui de *Daphné* changée en laurier ; des
vierges enceintes par *Jupiter*, et qui accouchaient de
Dieux ; un *Jupiter* Dieu qui quitte le ciel, fon tonnerre

et fa foudre, pour venir fur la terre, fous la figure
d'un taureau, enlever *Europe*; la réfurrection d'*Orphée*   1737.
qui triomphe des enfers; et enfin, une infinité d'autres
abfurdités et de contes puérils, tout au plus capables
d'amufer les enfans. Mais les hommes, charmés
du merveilleux, ont de tout temps donné dans ces
chimères, et révéré ceux qui en étaient les défenfeurs.
Ne ferait-il pas permis de difputer la raifon aux
hommes, après leur avoir prouvé qu'ils font fi peu
raifonnables?

Votre philofophie me charme. Sans doute, Monfieur, tout doit tendre au bonheur des hommes. A
quoi fert, en effet, de favoir combien de temps vit
une puce, fi les rayons du foleil entrent profondément dans la mer, de rechercher fi les huitres ont
une ame ou non?

La gaieté nous rend des dieux; l'auftérité, des
diables. Cette auftérité eft une efpèce d'avarice qui
prive les hommes d'un bonheur dont ils pourraient
jouir.

Tantale dans un fleuve a foif et ne peut boire.

Sans doute que la nature, fe repentant d'avoir fait
un être trop heureux dans ce monde, vous a affujetti
à tant d'infirmités. Votre fièvre m'inquiéte et m'alarme
beaucoup. Je crains de perdre *folum hominem*, mon
maître qui m'inftruit et me guide : je crains, avec
raifon, de perdre un homme qui vaut feul plus que
toute fa nation.

La nature à force de travailler devient plus habile:
elle a formé votre cerveau fur tous les bons originaux

quelle a faits en tous les fiècles. Il eſt à craindre qu'elle ſe contente de n'avoir fait que ce chef-d'œuvre. Soyez ſûr, Monſieur, que vos jours me ſont auſſi chers et auſſi précieux que les miens propres.

> Ah ! ſi le fort cruel veut attaquer ta vie ,
> Si pour jamais enfin il veut nous féparer ,
> Ta mort de mon trépas ferait dans peu fuivie.
> Mais non : ce coup affreux peut encor ſe parer ;
> Pour ſervir l'univers, pour ſervir Emilie ,
> Pour conferver tes jours , c'eſt à moi d'expirer.

Je ſuis avec une ſincère amitié et avec toute l'eſtime que la vertu ſuprême et le mérite extorquent même aux envieux , et reçoivent en hommage des ames bien nées, Monſieur,

votre très-fidèlement affectionné ami,

FÉDÉRIC.

# LETTRE XXIX.

## DE M. DE VOLTAIRE.

Octobre.

MONSEIGNEUR,

IL eſt bien douloureux que Cirey ſoit ſi loin du trône de Remusberg. Vos bienfaits et vos ordres ſont bien long-temps en chemin. Je reçois, le 10 d'octobre, une lettre du 16 auguſte, remplie de vers et d'excellente morale , et de bonne métaphyſique , et de grands ſentimens , et d'une bonté qui enchante

1737.

mon cœur. Ah! Monseigneur, pourquoi êtes-vous prince? Pourquoi n'êtes-vous pas, du moins un an ou deux, un homme comme les autres? On aurait le bonheur de vous voir; et c'est le seul qui me manque depuis que vous daignez m'écrire. Vous êtes comme le DIEU d'*Abraham*, d'*Isaac* et de *Jacob*; vous communiquez avec les fidèles par le ministère des anges. Vous nous aviez envoyé l'ange *Césarion*, et il est trop tôt retourné vers son ciel: nous vous avons vu dans votre ambassadeur. Vous voir face à face est un bonheur qui ne nous est pas donné; c'est pour les élus de Remusberg.

Notre petit paradis de Cirey présente ses très-humbles respects à votre empyrée; et la déesse *Emilie* s'incline devant *Gott-Frédéric*. J'ai donc enfin reçu après mille détours, et cette belle lettre, l'ode et le troisième cahier de la métaphysique volfienne. Voilà, encore une fois, de ces bienfaits que les autres rois, ces pauvres hommes qui ne sont que rois, sont incapables de répandre.

Je vous dirai sur cette métaphysique, un peu longue, un peu trop pleine de choses communes, mais d'ailleurs admirable, très-bien liée et souvent très-profonde: je vous dirai, Monseigneur, que je n'entends goutte à l'être simple de *Wolf*. Je me vois transporté tout d'un coup dans un climat dont je ne puis respirer l'air, sur un terrain où je ne puis mettre le pied, chez des gens dont je n'entends point la langue. Si je me flattais d'entendre cette langue, je ferais peut-être assez hardi pour disputer contre M. *Wolf*, en le respectant, s'entend. Je nierais, par exemple, tout net la définition de l'étendue, qui est,

I 3

—————— ſelon ce philoſophe, la continuité des êtres. L'eſpace
1737. pur eſt étendu, et n'a pas beſoin d'autres êtres pour
cela. Si M. *Wolf* nie l'eſpace pur, en ce cas nous
ſommes de deux religions différentes : qu'il reſte
dans la ſienne, et moi dans la mienne. Je ſuis tolé-
rant; je trouve très-bon qu'on penſe autrement que
moi : car que tout ſoit plein ou non, ne m'importe,
et moi je ſuis tout plein d'eſtime pour lui.

Je ne peux finir ſur les remercîmens que je dois à
votre Alteſſe royale. Vous daignez encore me promettre des mémoires ſur ce que le czar a fait pour le
bien des hommes : c'eſt ce qui vous touche le plus;
c'eſt l'exemple que vous devez ſurpaſſer, et le thème
que je dois écrire. Vous êtes né pour commander à
des hommes plus dignes de vous que les ſujets du
czar. Vous avez tout ce qui manquait à ce grand
homme; et, ſur toutes choſes, vous avez l'humanité
qu'il avait le malheur de ne pas connaître.

Prince adorable, ma ſanté eſt toujours languiſ-
ſante; mais ſi je ſouhaite de vivre, c'eſt pour être
témoin de ce que vous ferez. Je déſire bien que *Lucrèce*
ait tort et que mon ame ſoit immortelle, afin d'entendre vos louanges ou là haut ou là bas, je ne ſais où;
mais ſurement, ſi j'ai alors des oreilles, elles entendront dire que vous avez rempli la deviſe de notre
petit feu d'artifice à Cirey, *ſpes humani generis.*

Enfin, pour comble de bienfaits, Monſeigneur,
vous m'envoyez une nouvelle ode de votre main.
C'eſt ainſi que *Céſar* jeune et oiſif s'occupait. Lui
et *Auguſte*, et preſque tous les bons empereurs ont
fait des vers : je citerais même les mauvais princes;
mais je ne veux pas déshonorer la poëſie.

Vous faites très-bien, grand prince, d'exercer auffi dans ce genre votre génie qui s'étend à tout : puifque vous avez fait à la langue françaife l'honneur de la favoir fi bien, c'eft un excellent moyen de la parler avec plus d'énergie que de mettre fes penfées en vers ; car c'eft l'effence des vers de dire plus et mieux que la profe. J'ai donc une feconde fois pris la liberté d'examiner très-fcrupuleufement votre ouvrage. J'ofe vous dire mon avis fur les moindres chofes. Quelque parfaite connaiffance que vous ayez de la langue françaife, on ne devine point par le génie certains tours, certaines façons de parler que l'ufage établit parmi nous. Il eft impoffible de diftinguer quelque-fois le mot qui appartient à la profe, de celui que la poëfie fouffre ; et celui qui eft admis dans un genre, de celui qui n'eft pas reçu. Je fais tous les jours de ces fautes quand j'écris en latin. Il eft vrai que votre Alteffe royale poffède infiniment mieux le français que je ne fais la langue latine ; mais enfin il y a toujours quelque petite virgule, quelques points fur les i à mettre ; et je me charge, fous votre bon plaifir, de ce petit détail.

Je joins même à mes remarques fur votre ode quelques ftances, dans lefquelles, en fuivant abfolu-ment toutes vos idées, je les préfente fous d'autres expreffions ; et je n'ai cette témérité, qu'afin que vous daigniez refondre mes ftances, fi vous daignez appli-quer vos momens de loifir à rendre votre ode parfaite. Je fais que vous avez la noble ambition de fonger à exceller dans tout ce que vous entreprenez. Vous avez tellement réuffi dans la mufique, que votre difficulté à préfent fera d'avoir auprès de vous un

I 4

—— muſicien qui vous ſurpaſſe. Nous venons d'exécuter
ici de votre muſique. Votre portrait était au-deſſus
du clavecin. Vous êtes donc fait, grand Prince,
pour enchanter tous les ſens! Ah! qu'on doit être
heureux auprès de votre perſonne, et que M. de
*Keyſerling* a bien raiſon de l'aimer! Nous avons tous
jugé, en le voyant, de l'ambaſſadeur par le prince,
et du prince par l'ambaſſadeur. Enfin, Monſeigneur,
les autres princes n'auront que des ſujets, et vous
n'aurez que des amis. C'eſt en quoi ſur-tout vous
excellez.

Je vois que le bonheur eſt rarement pur. Votre
Alteſſe royale m'écrit des lettres d'un grand homme,
m'envoie les ouvrages d'un ſage; et vous voyez que
le chemin eſt bien long pour me faire parvenir ces
treſors. M. *du Breuil* remet les paquets à un ami qui
a des correſpondances, et cela prend bien des
détours. Vous m'avez rendu avide et impatient. Je
ſuis comme les courtiſans, inſatiable de nouveaux
bienfaits. Voulez-vous, Monſeigneur, eſſayer de la
voie de M. *Thiriot*? Il me remettra les paquets par
une voie ſûre de Paris à Cirey.

Recevez, Monſeigneur, avec votre bonté ordinaire,
les ſincères proteſtations du reſpect profond, du
tendre, de l'inviolable dévouement, de l'eſtime et
de la paſſion; enfin, de tous les ſentimens avec leſquels je ſuis, &c.

# LETTRE XXX.

## DE M. DE VOLTAIRE.

**Du 24 octobre.**

MONSEIGNEUR,

L'ADMIRATION, le respect, la reconnaissance; —— souffrez que je dise encore le tendre attachement 1737. pour votre Altesse royale, ont dicté toutes mes lettres, et ont occupé mon cœur. La douleur la plus vive vient aujourd'hui se mêler à ces sentimens. Voici un extrait de la lettre que je reçois dans le moment d'un homme aussi attaché que moi à votre Altesse royale. Cet extrait parlera mieux que tout ce que je pourrais dire. (1)

Comme je n'ai aucune connaissance de ce dont il s'agit que par la lettre de M. *Thiriot*, je ne peux que montrer ici à votre Altesse royale l'accablement où je suis. Vous voyez les choses de plus près, Monseigneur, et vous seul pouvez savoir ce qu'il convient de faire. Je voudrais bien que l'auteur d'un pareil libelle fût exemplairement puni; mais probablement le mépris dû à cette infamie aura sauvé le coupable, que d'ailleurs son obscurité et sa bassesse mettent sans doute en sûreté. Peut-être le roi votre père ignore-t-il

---

(1) Comme la division du prince royal et du roi avait éclaté, il était tout simple que les ennemis de M. de *Voltaire* l'accusassent, en qualité d'ami du prince royal, de tout ce qu'on écrivait contre le roi; d'autant plus que cette calomnie pouvait nuire au prince comme à M. de *Voltaire*.

cette fottife; rarement les injures de la canaille par-
viennent-elles jufques aux oreilles des rois; et, fi
elles fe font entendre, c'eft un bourdonnement d'in-
fectes, qui eft prefque toujours négligé, parce qu'il
ne peut ni nuire ni choquer. Un coquin obfcur peut
bien faire une fatire puniffable; mais il ne peut
offenfer un fouverain. Quand un miférable eft affez
fou pour ofer faire un libelle contre un roi; ce n'eft
pas le roi qu'il outrage, c'eft uniquement le nom
de celui fous lequel il fe cache pour donner cours
à fon libelle. La clémence du roi votre père peut
pardonner au fatirique; mais fa juftice ne laifferait
pas en paix le calomniateur, s'il était connu.

Pour moi, Monfeigneur, j'avoue que je fuis auffi
fenfiblement affligé que fi on m'accufait d'avoir
manqué perfonnellement à votre Alteffe royale; et
n'eft-ce pas en effet s'attaquer à votre propre perfonne, que de manquer de refpect au roi? Peut-être
la chofe dont je vous parle eft inconnue; peut-être,
fi elle a été connue, elle a déjà le fort de tout mauvais libelle, d'être oublié bien vîte. Mais enfin j'ai
cru qu'il était de mon devoir de vous en avertir.

Je ne fonge au refte, Monfeigneur, dans les
momens de relâche que me donne ma mauvaife fanté,
qu'à me rendre un peu moins indigne de vos bontés,
en étudiant de plus en plus des arts que vous protégez, et que vous daignez cultiver vous-même. Je
regarde la vie que mène votre Alteffe royale comme
le modèle de la vie privée; mais, fi jamais vous
étiez fur le trône, les rois devraient faire alors ce
qué nous fefons à préfent, nous autres petits particuliers, prendre exemple de vous.

Madame la marquife *du Châtelet* eft auffi fenfible
à l'honneur de votre fouvenir qu'elle en eft digne. 1737.
Son ame penfe en tout comme la vôtre. Nous étions
faits pour être vos fujets. Je fuis perfuadé que fi vous
regardiez bien dans vos titres, vous verriez que le
marquifat de Cirey eft une ancienne dépendance du
Brandebourg : cela eft plus fûr que la fondation de
Remusberg par *Remus*.

Nous fommes toujours incertains fi le paquet
d'octobre, pour votre Alteffe royale, et pour votre
aimable ambaffadeur, font parvenus à votre adreffe.

Je fuis, avec le plus profond refpect, et avec
l'attachement le plus inviolable et le plus tendre, &c.

# LETTRE XXXI.

## DE M. DE VOLTAIRE.

Octobre, à Cirey.

MONSEIGNEUR,

J'ai reçu la dernière lettre dont votre Alteffe
royale m'a honoré, en date du 27 feptembre. Je
fuis fort en peine de favoir fi mon dernier paquet,
et celui qui était deftiné pour M. de *Keyferling* font
parvenus à leur adreffe; ces paquets étaient du commencement du mois d'augufte.

Vous m'ordonnez, Monfeigneur, de vous rendre
compte de mes doutes métaphyfiques : je prends la
liberté de vous envoyer un extrait d'un chapitre fur

la liberté. Votre Alteffe royale y verra au moins de la bonne foi, fi elle y trouve de l'ignorance ; et plût à Dieu que tous les ignorans fuffent au moins fincères!

Peut-être l'humanité, qui eft le principe de toutes mes penfées, m'a féduit dans cet ouvrage : peut-être l'idée où je fuis qu'il n'y aurait ni vice ni vertu ; qu'il ne faudrait ni peine ni récompenfe ; que la fociété ferait, fur-tout chez les philofophes, un commerce de méchanceté et d'hypocrifie, fi l'homme n'avait pas une liberté pleine et abfolue : peut-être, dis-je, cette opinion m'a entraîné trop loin. Mais fi vous trouvez des erreurs dans mes penfées, pardonnez-les au principe qui les a produites.

Je ramène toujours, autant que je peux, ma métaphyfique à la morale. J'ai examiné fincèrement, et avec toute l'attention dont je fuis capable, fi je peux avoir quelques notions de l'ame humaine ; et j'ai vu que le fruit de toutes mes recherches eft l'ignorance. Je trouve qu'il en eft de ce principe penfant, libre, agiffant, à peu-près comme de DIEU même : ma raifon me dit que DIEU exifte ; mais cette même raifon me dit que je ne puis favoir ce qu'il eft. En effet, comment connaîtrions-nous ce que c'eft que notre ame? nous qui ne pouvons nous former aucune idée de la lumière, quand nous avons le malheur d'être nés aveugles. Je vois donc, avec douleur, que tout ce que l'on a jamais écrit fur l'ame, ne peut nous apprendre la moindre vérité.

Mon principal but, après avoir tâtonné autour de cette ame pour deviner fon efpèce, eft de tâcher au moins de la régler ; c'eft le reffort de notre horloge. Toutes les belles idées de *Defcartes*, fur l'élafticité,

ne m'apprennent point la nature de ce reffort ;
j'ignore encore la caufe de l'élafticité : cependant
je monte ma pendule, et elle va tant bien que mal.

C'eft l'homme que j'examine. De quelques matériaux qu'il foit compofé, il faut voir s'il y a en effet
du vice et de la vertu. Voilà le point important à
l'égard de l'homme, je ne dis pas à l'égard de telle
fociété vivant fous telles lois, mais pour tout le genre
humain, pour vous, Monfeigneur, qui devez régner,
pour le bûcheron de vos forêts, pour le docteur
chinois, et pour le fauvage de l'Amérique. *Locke*, le
plus fage métaphyficien que je connaiffe, femble,
en combattant, avec raifon, les idées innées, penfer
qu'il n'y a aucun principe univerfel de morale. J'ofe
combattre ou plutôt éclaircir, en ce point, l'idée de
ce grand homme. Je conviens, avec lui, qu'il n'y a
réellement aucune idée innée ; il fuit évidemment
qu'il n'y a aucune propofition de morale innée dans
notre ame : mais de ce que nous ne fommes pas nés
avec de la barbe, s'en fuit-il que nous ne foyons pas
nés ? Nous autres habitans de ce continent, pour être
barbus à un certain âge, nous ne naiffons point avec
la force de marcher ; mais quiconque naît avec deux
pieds marchera un jour. C'eft ainfi que perfonne
n'apporte en naiffant l'idée qu'il faut être jufte ; mais
DIEU a tellement conformé les organes des hommes,
que tous, à un certain âge, conviennent de cette
vérité.

Il me paraît évident que DIEU a voulu que nous
vivions en fociété, comme il a donné aux abeilles un
inftinct et des inftrumens propres à faire le miel.
Notre fociété ne pouvant fubfifter fans les idées du

—— jufte et de l'injufte, il nous a donc donné de quoi les acquérir. Nos différentes coutumes, il eſt vrai, ne nous permettront jamais d'attacher la même idée de jufte aux mêmes notions : ce qui eſt crime en Europe fera vertu en Afie ; de même que certains ragoûts allemands ne plairont point aux gourmands de France : mais D I E U a tellement façonné les Allemands et les Français, qu'ils aimeront tous à faire bonne chère. Toutes les fociétés n'auront donc pas les mêmes lois, mais aucune fociété ne fera fans lois. Voilà donc certainement le bien de la fociété établi par tous les hommes, depuis Pékin jufqu'en Irlande, comme la règle immuable de la vertu : ce qui fera utile à la fociété, fera donc bon par tout pays. Cette feule idée concilie tout d'un coup toutes les contradictions qui paraiffent dans la morale des hommes. Le vol était permis à Lacédémone ; mais pourquoi ? parce que les biens y étaient communs ; et que voler un avare qui gardait pour lui feul ce que la loi donnait au public, était fervir la fociété.

Il y a, dit-on, des fauvages qui mangent des hommes, et qui croient bien faire : je réponds que ces fauvages ont la même idée que nous du jufte et de l'injufte. Ils font la guerre comme nous par fureur et par paffion ; on voit par-tout commettre les mêmes crimes : manger fes ennemis n'eſt qu'une céré-monie de plus. Le mal n'eſt pas de les mettre à la broche ; le mal eſt de les tuer : et j'ofe affurer qu'il n'y a point de fauvage qui croie bien faire en égor-geant fon ami. J'ai vu quatre fauvages de la Louifiane qu'on amena en France, en 1723. Il y avait parmi eux une femme d'une humeur fort douce. Je lui

1737.

demandai, par interprète, fi elle avait mangé quelquefois de la chair de fes ennemis, et fi elle y avait pris
goût ; elle me répondit qu'oui : je lui demandai fi
elle aurait volontiers tué ou fait tuer un de fes compatriotes pour le manger ; elle me répondit en fré-
miffant, et avec une horreur vifible pour ce crime.
Parmi les voyageurs, je défie le plus déterminé
menteur d'ofer dire qu'il y ait une peuplade, une
famille où il foit permis de manquer à fa parole.
Je fuis bien fondé à croire que D I E U ayant créé
certains animaux pour paître en commun, d'autres
pour ne fe voir que deux à deux très-rarement, les
araignées pour faire des toiles, chaque efpèce a les
inftrumens néceffaires pour les ouvrages qu'il doit
faire. L'homme a reçu tout ce qu'il faut pour vivre
en fociété ; de même qu'il a reçu un eftomac pour
digérer, des yeux pour voir, une ame pour juger.

Mettez deux hommes fur la terre ; ils n'appelleront
bon, vertueux et jufte, que ce qui fera bon pour
eux deux. Mettez-en quatre ; il n'y aura de vertueux
que ce qui conviendra à tous les quatre ; et fi l'un
des quatre mange le fouper de fon compagnon, ou
le bat, ou le tue, il foulève furement les autres.
Ce que je dis de ces quatre hommes, il le faut dire
de tout l'univers. Voilà, Monfeigneur, à peu-près
le plan fur lequel j'ai écrit cette métaphyfique
morale ; mais, quand il s'agit de vertu, eft-ce à
moi à en parler devant vous ?

> Les vertus font l'apanage
> Que vous reçûtes des cieux ;
> Le trône de vos aïeux,

Près de ces dons précieux,
Eſt un bien faible avantage.
C'eſt l'homme en vous, c'eſt le ſage
Qui m'aſſervit ſous ſa loi.
Ah ! ſi vous n'étiez que roi,
Vous n'auriez point mon hommage.

Jugez mes idées, grand Prince ; car votre ame eſt le tribunal où mes jugemens reſſortiſſent. Que votre Alteſſe royale me donne d'envie de vivre, pour voir un jour de mes yeux le *Salomon* du Nord ! mais j'ai bien peur de n'être pas ſi heureux que le bon vieillard *Siméon*. Nous ne paſſons point devant votre portrait ſans dire notre hymne qui commence :

Eſpérons le bonheur du monde.

J'attends votre déciſion ſur l'Hiſtoire de *Louis XIV*, et ſur les Elémens de la philoſophie de *Newton ;* ſi mes tributs ont été reçus avec bonté, j'eſpère que j'aurai des inſtructions pour récompenſe.

J'oſe ſupplier votre Alteſſe royale de daigner m'envoyer, par une voie ſûre, (et je crois que celle de M. *Thiriot* l'eſt) les mémoires que vous avez eu la bonté de me promettre ſur le czar. Cependant je ne renonce point aux vers ; je les aime plus que jamais, Monſeigneur, puiſque vous en faites. J'eſpère envoyer bientôt quelque choſe qu'on pourra repréſenter ſur le théâtre de Remusberg. Je ſuis indigné qu'on ait pû préſenter à votre Alteſſe royale le miſérable manuſcrit de l'Enfant prodigue qui eſt entre vos mains ; cela reſſemble à ma pièce comme un ſinge reſſemble à un homme.

homme. Je ne fais d'autre parti à prendre que de
l'imprimer pour me justifier.

Je n'ai point de termes pour remercier votre Altesse royale de ses bontés. Avec quelle générosité, j'ai pensé dire avec quelle tendresse, elle daigne s'intéresser à moi. Vous m'écrivez ce qu'*Horace* disait à *Mecenas*, et vous êtes le *Mecenas* et l'*Horace*. Madame la marquise *du Châtelet* qui partage mon admiration pour votre personne, et à qui vous donnez la permission de joindre ses respects aux miens, use de cette liberté. Je suis avec le respect le plus profond, et la plus tendre reconnaissance, &c.

## SUR LA LIBERTÉ.

LA question de la liberté est la plus intéressante que nous puissions examiner, puisque l'on peut dire que de cette seule question dépend toute la morale. Un aussi grand intérêt mérite bien que je m'éloigne un peu de mon sujet pour entrer dans cette discussion, et pour mettre ici sous les yeux du lecteur, les principales objections que l'on fait contre la liberté, afin qu'il puisse juger lui-même de leur solidité.

Je sais que la liberté a d'illustres adversaires. Je sais que l'on fait contre elle des raisonnemens qui peuvent d'abord séduire ; mais ce sont ces raisons mêmes qui m'engagent à les rapporter et à les réfuter.

On a tant obscurci cette matière, qu'il est absolument indispensable de commencer par définir ce qu'on entend par liberté, quand on veut en parler et se faire entendre.

J'appelle liberté le pouvoir de penſer à une choſe ou de n'y pas penſer, de ſe mouvoir ou de ne ſe mouvoir pas, conformément au choix de ſon propre eſprit. Toutes les objections de ceux qui nient la liberté ſe réduiſent à quatre principales, que je vais examiner l'une après l'autre.

Leur première objection tend à infirmer le témoignage de notre conſcience, et du ſentiment intérieur que nous avons de notre liberté. Ils prétendent que ce n'eſt que faute d'attention ſur ce qui ſe paſſe en nous-mêmes, que nous croyons avoir ce ſentiment intime de liberté; et que lorſque nous feſons une attention réfléchie ſur les cauſes de nos actions, nous trouvons, au contraire, qu'elles ſont toujours déterminées néceſſairement.

De plus, nous ne pouvons douter qu'il n'y ait des mouvemens dans notre corps qui ne dépendent point de notre volonté, comme la circulation du ſang, le battement de cœur, &c. ſouvent auſſi la colère, ou quelqu'autre paſſion violente nous emporte loin de nous, et nous fait faire des actions que notre raiſon déſapprouve. Tant de chaînes viſibles dont nous ſommes accablés prouvent, ſelon eux, que nous ſommes liés de même dans tout le reſte.

L'homme, diſent-ils, eſt tantôt emporté avec une rapidité et des ſecouſſes dont il ſent l'agitation et la violence. Tantôt il eſt mené par un mouvement paiſible dont il ne s'aperçoit pas, mais dont il n'eſt plus maître. C'eſt un eſclave qui ne ſent pas toujours le poids et la flétriſſure de ſes fers, mais qui n'en eſt pas moins eſclave.

Ce raiſonnement eſt tout ſemblable à celui-ci :

les hommes font quelquefois malades, donc ils n'ont jamais de fanté. Or qui ne voit pas, au contraire, que fentir fa maladie et fon efclavage, c'eft une preuve qu'on a été fain et libre?

Dans l'ivreffe, dans l'emportement d'une paffion violente, dans un dérangement d'organes, &c. notre liberté n'eft plus obéie par nos fens ; et nous ne fommes pas plus libres alors d'ufer de notre liberté, que nous ne le ferions de mouvoir un bras fur lequel nous aurions une paralyfie.

La liberté, dans l'homme, eft la fanté de l'ame. Peu de gens ont cette fanté entière et inaltérable. Notre liberté eft faible et bornée comme toutes nos autres facultés : nous la fortifions en nous accoutumant à faire des réflexions, et à maîtrifer nos paffions; et cet exercice de l'ame la rend un peu plus vigoureufe. Mais quelques efforts que nous faffions, nous ne pourrons jamais parvenir à rendre cette raifon fouveraine de tous nos défirs; et il y aura toujours dans notre ame, comme dans notre corps, des mouvemens involontaires : car nous ne fommes ni fages, ni libres, ni fains, que dans un très-petit degré.

Je fais que l'on peut, à toute force, abufer de fa raifon pour contefter la liberté aux animaux, et les concevoir comme des machines, qui n'ont ni fenfations, ni défirs, ni volontés, quoiqu'ils en aient toutes les apparences. Je fais qu'on peut forger des fyftêmes, c'eft-à-dire, des erreurs pour expliquer leur nature. Mais enfin, quand il faut s'interroger foi-même, il faut bien avouer, fi l'on eft de bonne foi, que nous avons une volonté; que nous avons le pouvoir d'agir, de remuer notre corps, d'appliquer

K 2

—— notre efprit à certaines penfées, de fufpendre nos
1737. défirs, &c.

Il faut donc que les ennemis de la liberté avouent
que notre fentiment intérieur nous affure que nous
fommes libres; et je ne crains point d'affurer qu'il
n'y en a aucun qui doute de bonne foi de fa propre
liberté, et dont la confcience ne s'élève contre le
fentiment artificiel par lequel ils veulent fe perfuader
qu'ils font néceffités dans toutes leurs actions. Auffi.
ne fe contentent-ils pas de nier ce fentiment intime
de la liberté ; mais ils vont encore plus loin : Quand
on vous accorderait, difent-ils, que vous avez le
fentiment intérieur, que vous êtes libre, cela ne
prouverait rien encore. Car notre fentiment nous
trompe fur notre liberté, de même que nos yeux
nous trompent fur la grandeur du foleil, lorfqu'ils
nous font juger que le difque de cet aftre eft environ
large de deux pieds, quoique fon diamètre foit
réellement à celui de la terre comme cent eft à un.

Voici, je crois, ce qu'on peut répondre à cette
objection. Les deux cas que vous comparez font fort
différens. Je ne puis et ne dois voir les objets qu'en
raifon directe de leur groffeur, et en raifon renverfée
du quarré de leur éloignement. Telles font les lois
mathématiques de l'optique, et telle eft la nature de
nos organes, que fi ma vue pouvait apercevoir la
grandeur réelle du foleil, je ne pourrais voir aucun
objet fur la terre ; et cette vue, loin de m'être utile, me
ferait nuifible. Il en eft de même des fens de l'ouïe
et de l'odorat. Je n'ai et ne puis avoir ces fenfations
plus ou moins fortes (toutes chofes d'ailleurs égales)
que fuivant que les corps fonores ou odoriférans

font plus ou moins près de moi. Ainfi DIEU ne m'a
point trompé, en me fefant voir ce qui eft éloigné 1737.
de moi d'une grandeur proportionnée à fa diftance.
Mais fi je croyais être libre, et que je ne le fuffe
point, il faudrait que DIEU m'eût créé exprès pour
me tromper; car nos actions nous paraiffent libres,
précifément de la même manière qu'elles nous le
paraîtraient fi nous l'étions véritablement.

Il ne refte donc à ceux qui foutiennent la néga-
tive qu'une fimple poffibilité que nous foyons faits
de manière, que nous foyons toujours invinciblement trompés fur notre liberté; encore cette poffibilité n'eft-elle fondée que fur une abfurdité, puifqu'il
ne réfulterait de cette illufion perpétuelle que DIEU
nous ferait, qu'une façon d'agir dans l'Être fuprême
indigne de fa fageffe infinie.

Qu'on ne dife pas qu'il eft indigne d'un philofophe de recourir ici à ce DIEU : car ce DIEU étant
une fois prouvé, comme il l'eft invinciblement, il
eft certain qu'il eft l'auteur de ma liberté fi je fuis
libre; et qu'il eft l'auteur de mon erreur fi, ayant
fait de moi un être purement paffif, il m'a donné
le fentiment irréfiftible d'une liberté qu'il m'a refufée.

Ce fentiment intérieur que nous avons de notre
liberté eft fi fort, qu'il ne faudrait pas moins, pour
nous en faire douter, qu'une démonftration qui nous
prouvât qu'il implique contradiction que nous foyons
libres. Or certainement il n'y a point de telles
démonftrations.

Joignez à toutes ces raifons qui détruifent les objections des fataliftes, qu'ils font obligés eux-mêmes
de démentir à tout moment leur opinion par leur

—— conduite : car on aura beau faire les raifonnemens les plus fpécieux contre notre liberté, nous nous conduirons toujours comme fi nous étions libres, tant le fentiment intérieur de notre liberté eft profondément gravé dans notre ame ; et tant il a, malgré nos préjugés, d'influence fur nos actions.

Forcées dans ce retranchement, les perfonnes qui nient la liberté continuent et difent : Tout ce dont ce fentiment intérieur, dont vous faites tant de bruit, nous affure, c'eft que les mouvemens de notre corps et les penfées de notre efprit obéiffent à notre volonté ; mais cette volonté elle-même, eft toujours déterminée néceffairement par les chofes que notre entendement juge être le meilleur, de même qu'une balance eft toujours emportée par le plus grand poids. Voici la façon dont les chaînons de notre chaîne tiennent les uns aux autres.

Les idées, tant de fenfation que de réflexion, fe préfentent à vous, foit que vous le vouliez ou que vous ne le vouliez pas ; car vous ne formez pas vos idées vous-même. Or, quand deux idées fe préfentent à votre entendement, comme, par exemple, l'idée de vous coucher et l'idée de vous promener ; il faut abfolument que vous vouliez l'une de ces deux chofes, ou que vous ne vouliez ni l'une ni l'autre. Vous n'êtes donc pas libre quant à l'acte même de vouloir.

De plus, il eft certain que fi vous choififfez, vous vous déciderez furement pour votre lit ou pour la promenade, felon que votre entendement jugera que l'une ou l'autre de ces deux chofes vous eft utile et convenable : or votre entendement ne peut juger

bon et convenable que ce qui lui paraît tel. Il y a
toujours des différences dans les chofes, et ces diffé- 1737.
rences déterminent néceſſairement votre jugement ;
car il vous ferait impoſſible de choiſir entre deux
chofes indiſcernables, s'il y en avait. Donc toutes
vos actions font néceſſaires, puiſque, par votre aveu
même, vous agiſſez toujours conformément à votre
volonté ; et que je viens de vous prouver, 1°. que
votre volonté eſt néceſſairement déterminée par le
jugement de votre entendement; 2°. que ce jugement
dépend de la nature de vos idées ; et enfin 3°. que
vos idées ne dépendent point de vous.

Comme cet argument, dans lequel les ennemis
de la liberté mettent leur principale force, a pluſieurs
branches, il y a auſſi pluſieurs réponſes.

1°. Quand on dit que nous ne fommes pas libres
quant à l'acte même de vouloir, cela ne fait rien
à notre liberté ; car la liberté conſiſte à agir ou ne
pas agir, et non pas à vouloir et à ne vouloir pas.

2°. Notre entendement, dit-on, ne peut s'empêcher
de juger bon ce qui lui paraît tel ; l'entendement
détermine la volonté, &c. Ce raiſonnement n'eſt fondé
que fur ce qu'on fait, fans s'en apercevoir, autant
de petits êtres de la volonté et de l'entendement, leſquels on fuppoſe agir l'un fur l'autre, et déterminer
enſuite nos actions. Mais c'eſt une mépriſe qui n'a
beſoin que d'être aperçue pour être rectifiée ; car on
fent aiſément que vouloir, juger, &c. ne font que
différentes fonctions de notre entendement. De plus,
avoir des perceptions, et juger qu'une chofe eſt vraie
et raiſonnable, lorſqu'on voit qu'elle l'eſt effectivement ; ce n'eſt point une action, mais une ſimple

K 4

paſſion : car ce n'eſt en effet que ſentir ce que nous ſentons , et voir ce que nous voyons ; et il n'y a aucune liaiſon entre l'approbation et l'action, entre ce qui eſt paſſif et ce qui eſt actif.

3°. Les différences des choſes déterminent, dit-on, notre entendement. Mais on ne conſidère pas que la liberté d'indifférence, avant le dictamen de l'entendement, eſt une véritable contradiction dans les choſes qui ont des différences réelles entre elles : car, ſelon cette belle définition de la liberté, les idiots, les imbécilles, les animaux mêmes, ſeraient plus libres que nous ; et nous le ferions d'autant plus, que nous aurions moins d'idées, que nous apercevrions moins les différences des choſes ; c'eſt-à-dire, à proportion que nous ferions plus imbécilles, ce qui eſt abſurde. Si c'eſt cette liberté qui nous manque, je ne vois pas que nous ayons beaucoup à nous plaindre. La liberté d'indifférence, dans les choſes diſcernables, n'eſt donc pas réellement une liberté.

A l'égard du pouvoir de choiſir entre des choſes parfaitement ſemblables , comme nous n'en connaiſſons point, il eſt difficile de pouvoir dire ce qui nous arriverait alors. Je ne ſais même ſi ce pouvoir ferait une perfection ; mais ce qui eſt bien certain, c'eſt que le pouvoir ſoi-mouvant, ſeule et véritable ſource de la liberté, ne pourrait être détruit par l'indiſcernabilité de deux objets : or, tant que l'homme aura ce pouvoir ſoi-mouvant, l'homme ſera libre.

4°. Quant à ce que notre volonté eſt toujours déterminée par ce que notre entendement juge le meilleur, je réponds : la volonté, c'eſt-à-dire la dernière perception ou approbation de l'entendement, car c'eft-là le fens de ce mot dans l'objection dont il s'agit ; la volonté, dis-je, ne peut avoir aucune influence fur le pouvoir foi-mouvant en quoi confifte la liberté. Ainfi la volonté n'eft jamais la caufe de nos actions, quoiqu'elle en foit l'occafion ; car une notion abftraite ne peut avoir aucune influence phyfique fur le pouvoir phyfique foi-mouvant qui réfide dans l'homme ; et ce pouvoir eft exactement le même, avant et après le dernier jugement de l'entendement.

Il eft vrai qu'il y aurait une contradiction dans les termes, moralement parlant, qu'un être qu'on fuppofe fage faffe une folie, et que par conféquent il préférera furement ce que fon entendement jugera être le meilleur ; mais il n'y aurait à cela aucune contradiction phyfique ; car la néceffité phyfique et la néceffité morale font deux chofes qu'il faut diftinguer avec foin. La première eft toujours abfolue ; mais la feconde n'eft jamais que contingente ; et cette néceffité morale eft très-compatible avec la liberté naturelle et phyfique la plus parfaite.

Le pouvoir phyfique d'agir eft donc ce qui fait de l'homme un être libre, quel que foit l'ufage qu'il en fait, et la privation de ce pouvoir fuffirait feule pour le rendre un être purement paffif, malgré fon intelligence ; car une pierre que je jette n'en ferait pas moins un être paffif, quoiqu'elle eût le fentiment intérieur du mouvement que je lui donne et lui imprime. Enfin, être déterminé par ce qui nous paraît le meilleur, c'eft une auffi grande perfection que le pouvoir de faire ce que nous avons jugé tel.

Nous avons la faculté de fufpendre nos défirs et

—— d'examiner ce qui nous femble le meilleur, afin de pouvoir le choifir : voilà une partie de notre liberté. Le pouvoir d'agir enfuite conformément à ce choix, voilà ce qui rend cette liberté pleine et entière ; et c'eft en fefant un mauvais ufage de ce pouvoir que nous avons de fufpendre nos défirs, et en fe déterminant trop promptement, que l'on fait tant de fautes.

Plus nos déterminations font fondées fur de bonnes raifons, plus nous approchons de la perfection ; et c'eft cette perfection, dans un degré plus éminent, qui caractérife la liberté des êtres plus parfaits que nous, et celle de DIEU même.

Car que l'on y prenne bien garde, DIEU ne peut être libre que de cette façon. La néceffité morale de faire toujours le meilleur, eft même d'autant plus grande dans DIEU, que fon être infiniment parfait eft au-deffus du nôtre. La véritable et la feule liberté eft donc le pouvoir de faire ce que l'on choifit de faire ; et toutes les objections que l'on fait contre cette efpèce de liberté, détruifent également celle de DIEU et celle de l'homme ; et par conféquent, s'il s'enfuivait que l'homme ne fût pas libre, parce que fa volonté eft toujours déterminée par les chofes que fon entendement juge être les meilleures, il s'enfuivrait auffi que DIEU ne ferait point libre, et que tout ferait effet fans caufe dans l'univers, ce qui eft abfurde.

Les perfonnes, s'il y en a, qui ofent douter de la liberté de DIEU, fe fondent fur ces argumens : DIEU étant infiniment fage, eft forcé, par une néceffité de nature, à vouloir toujours le meilleur ; donc toutes fes actions font néceffaires. Il y a trois réponfes à

cet argument. 1°. Il faudrait commencer par établir
ce que c'eſt que le meilleur par rapport à DIEU, et
antécédemment à ſa volonté; ce qui peut-être ne
ferait pas aiſé.

Cet argument ſe réduit donc à dire, que DIEU eſt
néceſſité à faire ce qui lui ſemble le meilleur, c'eſt-
à-dire, à faire ſa volonté : or je demande s'il y a une
autre ſorte de liberté; et ſi faire ce que l'on veut et
ce que l'on juge le plus avantageux, ce qui plaît
enfin, n'eſt pas préciſément être libre? 2°. Cette
néceſſité de faire toujours le meilleur, ne peut jamais
être qu'une néceſſité morale : or une néceſſité morale
n'eſt pas une néceſſité abſolue. 3°. Enfin, quoiqu'il
ſoit impoſſible à DIEU, d'une impoſſibilité morale,
de déroger à ſes attributs moraux, la néceſſité de
faire toujours le meilleur, qui en eſt une ſuite néceſſaire, ne détruit pas plus ſa liberté que la néceſſité
d'être préſent par-tout, éternel, immenſe, &c.

L'homme eſt donc, par ſa qualité d'être intelligent,
dans la néceſſité de vouloir ce que ſon jugement lui
préſente être le meilleur. S'il en était autrement, il
faudrait qu'il fût ſoumis à la détermination de quelqu'autre que lui-même, et il ne ſerait plus libre;
car vouloir ce qui ne ferait pas plaiſir, eſt une véritable contradiction; et faire ce que l'on juge le
meilleur, ce qui fait plaiſir, c'eſt être libre. A peine
pourrions-nous concevoir un être plus libre, qu'en
tant qu'il eſt capable de faire ce qui lui plaît; et tant
que l'homme a cette liberté, il eſt auſſi libre qu'il
eſt poſſible à la liberté de le rendre libre, pour me
ſervir des termes de M. *Locke.* Enfin l'*Achille* des
ennemis de la liberté eſt cet argument-ci : DIEU eſt

omni-fcient; le préfent, l'avenir, le paffé font également préfens à fes yeux : or, fi DIEU fait tout ce
que je dois faire, il faut abfolument que je me détermine à agir de la façon dont il l'a prévu. Donc nos
actions ne font pas libres; car fi quelques-unes des
chofes futures étaient contingentes ou incertaines;
fi elles dépendaient de la liberté de l'homme; en un
mot, fi elles pouvaient arriver ou n'arriver pas, DIEU
ne les pourrait pas prévoir. Il ne ferait donc pas
omni-fcient.

Il y a plufieurs réponfes à cet argument qui paraît
d'abord invincible. 1°. La préfcience de DIEU n'a
aucune influence fur la manière de l'exiftence des
chofes. Cette préfcience ne donne pas aux chofes
plus de certitude qu'elles n'en auraient, s'il n'y avait
pas de préfcience; et fi l'on ne trouve pas d'autres
raifons, la feule confidération de la certitude de la
préfcience divine, ne ferait pas capable de détruire
cette liberté; car la préfcience de DIEU n'eft pas la
caufe de l'exiftence des chofes, mais elle eft elle-même
fondée fur leur exiftence. Tout ce qui exifte aujour-
d'hui ne peut pas ne point exifter pendant qu'il
exifte; et il était hier et de toute éternité, auffi
certainement vrai que les chofes qui exiftent aujour-
d'hui devaient exifter, qu'il eft maintenant certain
que ces chofes exiftent.

2°. La fimple préfcience d'une action, avant qu'elle
foit faite, ne diffère en rien de la connaiffance
qu'on en a après qu'elle eft faite. Ainfi la préfcience
ne change rien à la certitude d'événement. Car,
fuppofé pour un moment que l'homme foit libre, et
que fes actions ne puiffent être prévues, n'y aura-t-il

1737.

pas, malgré cela, la même certitude d'événement dans la nature des chofes; et malgré la liberté, n'y a-t-il pas eu hier et de toute éternité une auffi grande certitude que je ferais une telle action aujourd'hui qu'il y en a actuellement que je fais cette action? Ainfi, quelque difficulté qu'il y ait à concevoir la manière dont la préfcience de DIEU s'accorde avec notre liberté, comme cette préfcience ne renferme qu'une certitude d'événement qui fe trouverait toujours dans les chofes, quand même elles ne feraient pas prévues; il eft évident qu'elle ne renferme aucune néceffité, et qu'elle ne détruit point la poffibilité de la liberté.

La préfcience de DIEU eft précifément la même chofe que fa connaiffance. Ainfi, de même que fa connaiffance n'influe en rien fur les chofes qui font actuellement, de même fa préfcience n'a aucune influence fur celles qui font à venir; et fi la liberté eft poffible d'ailleurs, le pouvoir qu'a DIEU de juger infailliblement des événemens libres, ne peut les faire devenir néceffaires, puifqu'il faudrait, pour cela, qu'une action pût être libre et néceffaire en même temps.

3°. Il ne nous eft pas poffible, à la vérité, de concevoir comment DIEU peut prévoir les chofes futures, à moins de fuppofer une chaîne de caufes néceffaires : car de dire avec les fcolaftiques que tout eft préfent à DIEU, non pas, à la vérité, dans fa propre mefure, mais dans une autre mefure, *non in menfurâ propriâ fed in menfurâ alienâ*, ce ferait mêler du comique à la queftion la plus importante que les hommes puiffent agiter. Il vaut beaucoup mieux avouer que les difficultés que nous trouvons à concilier la préscience de DIEU avec notre liberté, viennent de notre ignorance sur les attributs de DIEU, et non pas de l'impossibilité absolue qu'il y a entre la préscience de DIEU et notre liberté ; car l'accord de la préscience avec notre liberté n'est pas plus incompréhensible pour nous que son ubiquité, sa durée infinie déjà écoulée, sa durée infinie à venir, et tant de choses qu'il nous sera toujours impossible de nier et de connaître. Les attributs infinis de l'Être suprême sont des abîmes où nos faibles lumières s'anéantissent. Nous ne savons et nous ne pouvons savoir quel rapport il y a entre la préscience du Créateur et la liberté de la créature ; et comme dit le grand *Newton :* ,, *Ut* ,, *cæcus ideam non habet colorum , sic nos ideam non habemus* ,, *modorum quibus Deus sapientissimus sensit et intelligit* ,, *omnia ;* ,, ce qui veut dire en français : ,, De même ,, que les aveugles n'ont aucune idée des couleurs, ,, ainsi nous ne pouvons comprendre la façon dont ,, l'Être infiniment sage voit et connaît toutes ,, choses ,,.

4°. Je demanderais de plus à ceux qui, sur la considération de la préscience divine, nient la liberté de l'homme, si DIEU a pu créer des créatures libres ? il faut bien qu'ils répondent qu'il l'a pu ; car DIEU peut tout, hors les contradictions ; et il n'y a que les attributs auxquels l'idée de l'existence nécessaire de l'indépendance absolue est attachée, dont la communication implique contradiction. Or la liberté n'est certainement pas dans ce cas : car, si cela était, il serait impossible que nous nous crussions libres, comme il l'est que nous nous croyons infinis, tout-

1737.

puiſſans, &c. Il faut donc avouer que DIEU a pu créer des choſes libres, ou dire qu'il n'eſt pas tout-puiſſant, ce que, je crois, perſonne ne dira. Si donc DIEU a pu créer des êtres libres, on peut ſuppoſer qu'il l'a fait ; et ſi créer des êtres libres et prévoir leurs déter-minations était une contradiction, pourquoi DIEU, en créant des êtres libres, n'aurait-il pas pu ignorer l'uſage qu'ils feraient de la liberté qu'il leur a donnée? Ce n'eſt pas limiter la puiſſance divine, que de la borner aux ſeules contradictions. Or, créer des créatures libres, et gêner de quelque façon que ce puiſſe être leurs déterminations, c'eſt une contradiction dans les termes ; car c'eſt créer des créatures libres et non libres en même temps. Ainſi il s'enſuit néceſ-ſairement du pouvoir que DIEU a de créer des êtres libres, que, s'il a créé de tels êtres, ſa préſcience ne détruit point leur liberté, ou bien qu'il ne prévoit pas leurs actions ; et celui qui, ſur cette ſuppoſition, nierait la préſcience de DIEU ne nierait pas plus ſa toute-ſcience, que celui qui dirait que DIEU ne peut pas faire ce qui implique contradiction, ne nierait ſa toute-puiſſance.

Mais nous ne ſommes pas réduits à faire cette ſuppoſition ; car il n'eſt pas néceſſaire que je com-prenne la façon dont la préſcience divine et la liberté de l'homme s'accordent, pour admettre l'une et l'autre. Il me ſuffit d'être aſſuré que je ſuis libre, et que DIEU prévoit tout ce qui doit arriver ; car alors je ſuis obligé de conclure que ſon omni-ſcience et ſa pré-ſcience ne gênent point ma liberté, quoique je ne puiſſe point concevoir comme cela ſe fait ; de même que lorſque je me ſuis prouvé un DIEU, je ſuis

—— obligé d'admettre la création *ex nihilo*, quoiqu'il me soit impossible de la concevoir.

5°. Cet argument de la préscience de DIEU, s'il avait quelque force contre la liberté de l'homme, détruirait encore également celle de DIEU; car si DIEU prévoit tout ce qui arrivera, il n'est donc pas en son pouvoir de ne pas faire ce qu'il a prévu qu'il ferait. Or il a été démontré ci-dessus que DIEU est libre; la liberté est donc possible; DIEU a donc pu donner à ses créatures une petite portion de liberté, de même qu'il leur a donné une petite portion d'intelligence. La liberté dans DIEU est le pouvoir de penser toujours tout ce qui lui plaît, et de faire toujours tout ce qu'il veut. La liberté donnée de DIEU à l'homme, est le pouvoir faible et limité d'opérer certains mouvemens, et de s'appliquer à quelques pensées. La liberté des enfans qui ne réfléchissent jamais, consiste seulement à vouloir et à opérer certains mouvemens. Si nous étions toujours libres, nous serions semblables à DIEU. Contentons-nous donc d'un partage convenable au rang que nous tenons dans la nature : mais parce que nous n'avons pas les attributs d'un DIEU, ne renonçons pas aux facultés d'un homme.

LETTRE

# LETTRE XXXII.

## DU PRINCE ROYAL.

A Remusberg, ce 13 de novembre.

MONSIEUR,

JE vous avoue qu'il n'eſt rien de plus trompeur que de juger des hommes ſur leur réputation : l'hiſtoire du czar, que je vous envoie, m'oblige de me rétracter de ce que la haute opinion que j'avais de ce prince m'avait fait avancer. Il vous paraîtra, dans cette hiſtoire, bien différent de ce qu'il eſt dans votre imagination ; et c'eſt, ſi je peux m'exprimer ainſi, un homme de moins dans le monde réel.

Un concours de circonſtances heureuſes, des événemens favorables, et l'ignorance des étrangers, ont fait du czar un fantôme héroïque, de la grandeur duquel perſonne ne s'eſt aviſé de douter. Un ſage hiſtorien, en partie témoin de ſa vie, lève un voile indiſcret, et nous fait voir ce prince avec tous les défauts des hommes, et avec peu de vertus. Ce n'eſt plus cet eſprit univerſel qui conçoit tout, et qui veut tout approfondir ; mais c'eſt un homme gouverné par des fantaiſies aſſez nouvelles, pour donner un certain éclat, et pour éblouir : ce n'eſt plus ce guerrier intrépide, qui ne craint et ne connaît aucun péril ; mais un prince lâche, timide, et que

*Correſp. du roi de P... &c.*      Tome I.      L

1737.

fa brutalité abandonne dans les dangers. Cruel dans la paix, faible à la guerre, admiré des étrangers, haï de ses sujets ; un homme, enfin, qui a poussé le despotisme aussi loin qu'un souverain puisse le pousser, et dont la fortune a tenu lieu de sagesse : d'ailleurs, grand mécanicien, laborieux, industrieux, et prêt à tout sacrifier à sa curiosité.

Tel vous paraîtra, dans ces mémoires, le czar *Pierre I*. Et, quoiqu'on soit obligé de détruire une infinité de préjugés avant que d'avoir le cœur de se le représenter ainsi dépouillé de ses grandes qualités, il est cependant sûr que l'auteur n'avance rien qu'il ne soit pleinement en état de prouver.

On peut conclure de-là, qu'on ne saurait être assez sur ses gardes en jugeant les grands hommes. Tel qui a vu *Pompée* avec des yeux d'admiration dans l'Histoire romaine, le trouve bien différent quand il apprend à le connaître par les lettres de *Cicéron*. C'est proprement de la faveur des historiens que dépend la réputation des princes. Quelques apparences de grandes actions ont déterminé les écrivains de ce siècle en faveur du czar, et leur imagination a eu la générosité d'ajouter à son portrait ce qu'ils ont cru qui pouvait y manquer.

Il se peut qu'*Alexandre* n'ait été qu'un brigand fameux. *Quinte-Curce* a cependant trouvé le moyen, soit pour abuser de la crédulité des peuples, soit pour étaler l'élégance de son style, de le faire passer, dans l'esprit de tous les siècles, pour un des plus grands hommes que jamais la terre ait porté. Combien d'exemples ne fournissent pas les historiens d'une prédilection marquée pour la gloire de certains

princes ? Mais s'ils ont donné des exemples de leur
.bienveillance, l'hiftoire nous en fournit auffi de leur
haine et de leur noirceur. Rappelez-vous les différens
caractères attribués à *Julien*, furnommé l'*apoftat*. La
haine, la fureur, la rage de vos faints évêques, l'ont
défiguré de façon qu'à peine fes traits font recon-
naiffables dans les portraits que leur malignité en a
faits. Des fiècles entiers ont eu ce prince en horreur ;
tant le témoignage de ces impofteurs a fait impreffion
fur ces efprits. Enfin, un fage eft venu qui, s'aper-
cevant de l'artifice des moines hiftoriens, rend fes
vertus à l'empereur *Julien*, et confond la calomnie
des pères de votre Eglife.

Toutes les actions des hommes font fujettes à des
interprétations différentes. On peut répandre du
venin fur les bonnes, et donner aux mauvaifes un
tour qui les rende excufables et même louables : et
c'eft la partialité ou l'impartialité de l'hiftorien, qui
décide le jugement du public et de la poftérité.

Je vous remets entre les mains tout ce que j'ai pu
amaffer de plus curieux fur l'hiftoire que vous m'avez
demandée : ces mémoires contiennent des faits auffi
rares qu'inconnus : ce qui fait que je puis me flatter
de vous avoir fourni une pièce que vous n'auriez pu
avoir fans moi ; et j'aurai le même mérite, relativement à votre ouvrage, que celui qui fournit de bons
matériaux à un architecte fameux.

Ayez la bonté de remettre cette épître à l'incomparable *Emilie*. J'ai confacré ma mufe en travaillant
pour elle. Je lui demande une critique févère pour
récompenfe de mes peines ; et fi j'ai eu la témérité
de m'élever trop haut, ma chute ne peut être que

glorieufe; femblable à ces illuftres malheureux que leurs fottifes ont rendus célèbres. J'ajoute à tout ceci quelques autres enfans de mon loifir, que je vous prierai de corriger avec une exactitude didactique.

Donnez-moi, je vous prie, de vos nouvelles; et répondez-moi par le porteur de cette lettre. Il y a plus d'un mois que je n'ai reçu de lettres de Cirey. N'alarmez pas mon amitié en vain par les craintes où je fuis pour votre fanté. Dites-moi, du moins, je vis, je refpire. Vous me devez ces petits foins plus qu'à perfonne, puifque peu de perfonnes peuvent avoir pour vous autant d'eftime que j'en ai; et que quand même on aurait toute cette eftime, on n'aurait pourtant pas toute la reconnaiffance avec laquelle je fuis, Monfieur,

votre très-fidèlement affectionné ami,

FÉDÉRIC.

# LETTRE XXXIII.

## DU PRINCE ROYAL.

A Remusberg, le 19 de novembre.

MONSIEUR,

JE n'ai pas été le dernier à m'apercevoir des longueurs de notre correfpondance. Il y avait environ deux mois que je n'avais reçu de vos nouvelles, quand je fis partir, il y a huit jours, un gros paquet pour Cirey. L'amitié que j'ai pour vous m'alarmait

furieufement. Je m'imaginais, ou que des indifpo-
fitions vous empêchaient de me répondre, ou quelquefois même j'appréhendais que la délicateffe de
votre tempérament n'eût cédé à la violence et à
l'acharnement de la maladie. Enfin, j'étais dans la
fituation d'un avare qui croit fes tréfors en un danger
évident. Votre lettre vient fur ces entrefaites : elle
diffipe non-feulement mes craintes, mais encore elle
me fait fentir tout le plaifir qu'un commerce comme
le vôtre peut produire.

Etre en correfpondance, c'eft être en trafic de
penfées ; mais j'ai cet avantage de notre trafic, que
vous me donnez en retour de l'efprit et des vérités.
Qui pourrait être affez brute, ou affez peu intéreffé,
pour ne pas chérir un pareil commerce ? En vérité,
Monfieur, quand on vous connaît une fois, on ne
faurait plus fe paffer de vous ; et votre correfpondance
m'eft devenue comme une des néceffités indifpenfables
de la vie. Vos idées fervent de nourriture à mon efprit.

Vous trouverez, dans le paquet que je viens de
dépêcher, l'hiftoire du czar *Pierre I.* Celui qui l'a
écrite, a ignoré abfolument à quel ufage je la def-
tinais. Il s'eft imaginé qu'il n'écrivait que pour ma
curiofité ; et de-là il s'eft cru permis de parler, avec
toute la liberté poffible, du gouvernement et de l'état de
la Ruffie. Vous trouverez dans cette hiftoire des vérités
qui, dans le fiècle où nous fommes, ne fe comportent
guère avec l'impreffion. Si je ne me repofais entièrement fur votre prudence, je me verrais obligé de vous
avertir que certains faits contenus dans ce manufcrit
doivent être retranchés tout-à-fait, ou du moins trai-
tés avec tout le ménagement imaginable ; autrement

1737.

L 3

vous pourriez vous expofer au reffentiment de la cour ruffienne. On ne manquerait pas de me foupçonner de vous avoir fourni les anecdotes de cette hiftoire ; et ce foupçon retomberait infailliblement fur l'auteur qui les a compilées. Cet ouvrage ne fera pas lu ; mais tout le monde ne fe laffera point de vous admirer.

Qu'une vie contemplative eft différente de ces vies qui ne font qu'un tiffu continuel d'actions ! Un homme qui ne s'occupe qu'à penfer, peut penfer bien et s'exprimer mal ; mais un homme d'action, quand il s'exprimerait avec toutes les grâces imaginables, ne doit point agir faiblement. C'eft une pareille faibleffe qu'on reprochait au roi d'Angleterre, *Charles II*. On difait de ce prince, qu'il ne lui était jamais échappé de parole qui ne fût bien placée, et qu'il n'avait jamais fait d'action qu'on pût nommer louable.

Il arrive fouvent que ceux qui déclament le plus contre les actions des autres, font pire qu'eux lorfqu'ils fe trouvent dans les mêmes circonftances. J'ai lieu de craindre que cela ne m'arrive un jour, puifqu'il eft plus facile de critiquer que de faire, et de donner des préceptes que de les exécuter. Et après tout, les hommes font fi fujets à fe laiffer féduire, foit par la préfomption, foit par l'éclat de leur grandeur, ou foit par l'artifice des méchans, que leur religion peut être furprife, quand même ils auraient les intentions les plus intègres et les plus droites.

L'idée avantageufe que vous vous faites de moi, ne ferait-elle pas fondée fur celles que mon cher *Céfarion* vous en a données ? En vérité, on eft bien heureux d'avoir un pareil ami. Mais fouffrez que je

vous détrompe, et que je vous faſſe en deux mots
mon caractère, afin que vous ne vous y mépreniez 1737.
plus ; à condition toutefois que vous ne m'accuferez pas du défaut qu'avait votre défunt ami *Chaulieu*,
qui parlait toujours de lui-même. Fiez-vous ſur ce
que je vais vous dire.

J'ai peu de mérite et peu de ſavoir ; mais j'ai
beaucoup de bonne volonté, et un fonds inépuiſable
d'eſtime et d'amitié pour les perſonnes d'une vertu
diſtinguée, et avec cela je ſuis capable de toute la
conſtance que la vraie amitié exige. J'ai aſſez de
jugement pour vous rendre toute la juſtice que vous
méritez ; mais je n'en ai pas aſſez pour m'empêcher
de faire de mauvais vers. La Henriade et vos magnifiques pièces de poëſie m'ont engagé à faire quelque
choſe de ſemblable, mais mon deſſein eſt avorté ; et
il eſt juſte que je reçoive le correctif de celui d'où
m'était venu la ſéduction.

Rien ne peut égaler la reconnaiſſance que j'ai de
ce que vous vous êtes donné la peine de corriger
mon ode. Vous m'obligez ſenſiblement. Mais comment pourrais-je remettre la main à cette ode, après
que vous l'avez rendue parfaite ? et comment pourrais-je ſupporter mon bégaiement, après vous avoir
entendu articuler avec tant de charmes ?

Si ce n'était abuſer de votre amitié, et vous dérober
de ces momens que vous employez ſi utilement pour
le bien du public, pourrais-je vous prier de me
donner quelques règles pour diſtinguer les mots qui
conviennent aux vers de ceux qui appartiennent à
la proſe ? *Deſpréaux* ne touche point cette matière
dans ſon art poëtique, et je ne ſache pas qu'un autre

L 4

—— auteur en ait traité. Vous pourriez, Monſieur, mieux que perſonne, m'inſtruire d'un art dont vous faites l'honneur, et dont vous pourriez être nommé le père.

L'exemple de l'incomparable *Emilie* m'anime et m'encourage à l'étude. J'implore le ſecours des deux divinités de Cirey pour m'aider à ſurmonter les difficultés qui s'offrent dans mon chemin. Vous êtes mes lares et mes dieux tutélaires, qui préſidez dans mon lycée et dans mon académie.

> La ſublime Emilie et le divin Voltaire
> Sont de ces préſens précieux
> Qu'en mille ans, une fois ou deux,
> Daignent faire les Cieux pour honorer la terre.

Il n'y a que *Céſarion* qui puiſſe vous avoir communiqué les pièces de ma muſique. Je crains fort que des oreilles françaiſes n'aient guère été flattées par des ſons italiques; et qu'un art qui ne touche que le ſens, puiſſe plaire à des perſonnes qui trouvent tant de charmes dans des plaiſirs intellectuels. Si cependant il ſe pouvait que ma muſique eût eu votre approbation, je m'engagerais volontiers à chatouiller vos oreilles, pourvu que vous ne vous laſſiez pas de m'inſtruire.

Je vous prie de ſaluer de ma part la divine *Emilie*, et de l'aſſurer de mon admiration. Si les hommes ſont eſtimables de fouler aux pieds les préjugés et les erreurs, les femmes le ſont encore davantage, parce qu'elles ont plus de chemin à faire avant que d'en venir là, et qu'il faut qu'elles détruiſent plus que nous avant de pouvoir édifier. Que la marquiſe *du Châtelet* eſt louable d'avoir préféré l'amour de la vérité

aux illusions des sens, et d'abandonner les plaisirs ———
faux et passagers de ce monde, pour s'adonner entiè- 1737.
rement à la recherche de la philosophie la plus
sublime!

On ne saurait réfuter M. *Wolf* plus poliment que
vous le faites. Vous rendez justice à ce grand homme,
et vous marquez en même temps les endroits faibles
de son système; mais c'est un défaut commun à tout
système, d'avoir un côté moins fortifié que le reste.
Les ouvrages des hommes se ressentiront toujours de
l'humanité; et ce n'est pas de leur esprit qu'il faut
attendre des productions parfaites. En vain les philosophes combattront-ils l'erreur, cette hydre ne se
laisse point abattre: il y paraît toujours de nouvelles
têtes à mesure qu'on les a terrassées. En un mot, le
système qui contient le moins de contradictions, le
moins d'impertinences, et les absurdités les moins
grossières, doit être regardé comme le meilleur.

Nous ne saurions exiger, avec justice, que messieurs les métaphysiciens nous donnent une carte
exacte de leur empire. On serait bien embarrassé de
faire la description d'un pays que l'on n'a jamais vu,
dont on n'a aucune nouvelle, et qui est inaccessible.
Aussi ces messieurs ne font-ils que ce qu'ils peuvent.
Ils nous débitent leurs romans dans l'ordre le plus
géométrique qu'ils ont pu imaginer; et leurs raisonnemens, semblables à des toiles d'araignées, sont
d'une subtilité presqu'imperceptible. Si les *Descartes*,
les *Locke*, les *Newton*, les *Wolf* n'ont pu deviner le
mot de l'énigme, il est à croire, et l'on peut même
affirmer, que la postérité ne sera pas plus heureuse
que nous en ses découvertes.

Vous avez confidéré ces fyftêmes en fage ; vous en avez vu l'infuffifance, et vous y avez ajouté des réflexions très-judicieufes. Mais ce tréfor que je poffédais par procuration, eft entre les mains d'*Emilie* : je n'oferais le réclamer, malgré l'envie que j'en ai ; je me contenterai de vous en faire fouvenir modeftement pour ne pas perdre la valeur de mes droits.

En vérité, Monfieur, fi la nature a le pouvoir de faire une exception à la règle générale, elle en doit faire une en votre faveur ; et votre ame devrait être immortelle, afin que DIEU pût être le rémunérateur de vos vertus. Le Ciel vous a donné des gages d'une prédilection fi marquée, qu'en cas d'un avenir, j'ofe vous répondre de votre félicité éternelle. Cette lettre-ci vous fera remife par le miniftère de M. *Thiriot*. Je voudrais, non-feulement, que mon efprit eût des ailes pour qu'il pût fe rendre à Cirey ; mais je voudrais encore que ce moi matériel, enfin ce véritable moi-même en eût pour vous affurer de vive voix, de l'eftime infinie avec laquelle je fuis,

Monfieur,

votre très-affectionné ami,

FÉDÉRIC.

# LETTRE XXXIV.

## DE M. DE VOLTAIRE.

A Cirey, le 20 décembre.

MONSEIGNEUR,

J'AI reçu, le 12 du préfent mois, la lettre de votre
Alteffe royale du 19 novembre ; vous daignez m'aver- 1737.
tir, par cette lettre, que vous avez eu la bonté de
m'adreffer un paquet contenant des mémoires fur le
gouvernement du czar *Pierre I*, et en même temps
vous m'avertiffez, avec votre prudence ordinaire,
de l'ufage retenu que j'en dois faire. L'unique ufage
que j'en ferai, Monfeigneur, fera d'envoyer à votre
Alteffe royale l'ouvrage rédigé felon vos intentions, et
il ne paraîtra qu'après que vous y aurez mis le fceau
de votre approbation. C'eft ainfi que je veux en ufer
pour tout ce qui pourra partir de moi ; et c'eft dans
cette vue que je prends la liberté de vous envoyer
aujourd'hui, par la route de Paris, fous le couvert
de M. *Borck*, une tragédie que je viens d'achever,
et que je foumets à vos lumières. Je fouhaite que
mon paquet parvienne en vos mains plus promptement que le vôtre ne me parviendra.

Votre Alteffe royale mande que le paquet contenant le mémoire du czar, et d'autres chofes beaucoup
plus précieufes pour moi, eft parti le 10 novembre.
Voilà plus de fix femaines écoulées, et je n'en ai pas
encore de nouvelles. Daignez, Monfeigneur, ajouter

à vos bontés, celle de m'inſtruire de la voie que vous avez choiſie, et le recommander à ceux à qui vous l'avez confié. Quand votre Alteſſe royale daignera m'honorer de ſes lettres, de ſes ordres, et me parler avec cette bonté pleine de confiance qui me charme, je crois qu'elle ne peut mieux faire que d'envoyer les lettres à M. *Pidol*, maître des poſtes à Trèves; la ſeule précaution eſt de les affranchir juſqu'à Trèves; et ſous le couvert de ce *Pidol*, ſerait l'adreſſe à d'*Artiguy*, à Bar-le-Duc. A l'égard des paquets que vôtre Alteſſe royale pourrait me faire tenir, peut-être la voie de Paris, l'adreſſe et l'entremiſe de M. *Thiriot* ſeraient plus commodes.

Ne vous laſſez point, Monſeigneur, d'enrichir Cirey de vos préſens. Les oreilles de madame *du Châtelet* ſont de tous pays, auſſi bien que votre ame et la ſienne. Elle ſe connaît très-bien en muſique italienne; ce n'eſt pas qu'en général elle aime la muſique de prince. Feu M. le duc d'*Orléans* fit un opéra déteſtable nommé Panthée. Mais, Monſeigneur, vous n'êtes pour nous ni prince ni roi; vous êtes un grand homme.

On dit que votre Alteſſe royale a envoyé des vers charmans à madame de *la Popelinière*. Savez-vous bien, Monſeigneur, que vous êtes adoré en France; on vous y regarde comme le jeune *Salomon* du Nord. Encore une fois, c'eſt bien dommage pour nous que vous ſoyez né pour régner ailleurs. Un million ou moins de rente, un joli palais dans un climat tempéré, des amis au lieu de ſujets, vivre entouré des arts et des plaiſirs, ne devoir le reſpect et l'admiration des hommes qu'à ſoi-même, cela vaudrait peut-être

un royaume ; mais votre devoir eſt de rendre un jour
les Pruſſiens heureux. Ah qu'on leur porte envie !

Vous m'ordonnez, Monſeigneur, de vous préſenter quelques règles, pour diſcerner les mots de la
langue françaiſe qui appartiennent à la proſe, de
ceux qui ſont conſacrés à la poëſie. Il ſerait à ſouhaiter
qu'il y eût ſur cela des règles ; mais à peine en avons-
nous pour notre langue. Il me ſemble que les langues
s'établiſſent comme les lois : de nouveaux beſoins,
dont on ne s'eſt aperçu que petit à petit, ont donné
naiſſance à bien des lois qui paraiſſent ſe contredire.
Il ſemble que les hommes aient voulu ſe conduire
et parler au haſard. Cependant, pour mettre quelque
ordre dans cette matière, je diſtinguerai les idées, les
tours et les mots poëtiques.

Une idée poëtique ; c'eſt, comme le fait votre Alteſſe
royale, une image brillante ſubſtituée à l'idée naturelle de la choſe dont on veut parler ; par exemple,
je dirai en proſe : *Il y a dans le monde un jeune prince
vertueux et plein de talens, qui déteſte l'envie et le fanatiſme.* Je dirai en vers :

> O Minerve ! ô divine Aſtrée !
> Par vous ſa jeuneſſe inſpirée
> Suivit les Arts et les Vertus.
> L'Envie au cœur faux, à l'œil louche,
> Et le Fanatiſme farouche
> Sous ſes pieds tombent abattus.

Un tour poëtique ; c'eſt une inverſion que la
proſe n'admet point. Je ne dirai point en proſe :
*D'un maître efféminé corrupteurs politiques,* mais *corrupteurs politiques d'un prince efféminé.* Je ne dirai point :

Tel, et moins généreux, aux rivages d'Epire,
Lorſque de l'Univers il diſputait l'empire,
Confiant ſur les eaux, aux aquilons mutins,
Le deſtin de la terre et celui des Romains,
Défiant à la fois et Pompée et Neptune,
Céſar à la tempête oppoſait ſa fortune.

Ce *Céſar* à la ſixième ligne eſt un tour purement poëtique, et en proſe je commencerais par *Céſar*.

Les mots uniquement réſervés pour la poëſie, j'entends la poëſie noble, ſont en petit nombre; par exemple, on ne dira pas en proſe *courſiers* pour chevaux, *diadême* pour couronne, *empire de France* pour royaume de France, *char* pour carroſſe, *forfaits* pour crimes, *exploits* pour actions, l'*empyrée* pour le ciel, les *airs* pour l'air, *faſtes* pour regiſtre, *naguére* pour depuis peu, &c.

A l'égard du ſtyle familier; ce ſont à peu-près les mêmes termes qu'on emploie en proſe et en vers. Mais j'oſerai dire que je n'aime point cette liberté qu'on ſe donne ſouvent, de mêler dans un ouvrage qui doit être uniforme, dans une épître, dans une ſatire, non-ſeulement les ſtyles différens, mais encore les langues différentes; par exemple, celle de *Marot* et celle de nos jours. Cette bigarrure me déplaît autant que ferait un tableau où l'on mêlerait des figures de *Calot* et les charges de *Téniers* avec des figures de *Raphaël*. Il me ſemble que ce mélange gâte la langue, et n'eſt propre qu'à jeter tous les étrangers dans l'erreur.

D'ailleurs, Monſeigneur, l'uſage et la lecture des bons auteurs en a beaucoup plus appris à votre

Alteſſe royale que mes réflexions ne pourraient lui
en dire.

Quant à la Métaphyſique de M. *Wolf*, il me paraît
preſque en tout dans les principes de *Leibnitz*. Je les
regarde tous deux comme de très - grands philoſophes ; mais ils étaient des hommes, donc ils étaient
ſujets à ſe tromper. Tel qui remarque leurs fautes
eſt bien loin de les valoir : car un ſoldat peut très-
bien critiquer ſon général, ſans pour cela être capable
de commander un bataillon.

Vous me charmez, Monſeigneur, par la défiance
où vous êtes de vous-même, autant que par vos
grands talens. Madame la marquiſe *du Châtelet*,
pénétrée d'admiration pour votre perſonne, mêle
ſes reſpects aux miens. C'eſt avec ces ſentimens, et
ceux de la plus reſpectueuſe et tendre reconnaiſſance,
que je ſuis pour toute ma vie, &c.

# LETTRE XXXV.

## DE M. DE VOLTAIRE.

### Décembre.

MONSEIGNEUR,

VOTRE Alteſſe royale a dû recevoir une réponſe
de madame la marquiſe *du Châtelet* par la voie de
M. *Plet* ; mais comme M. *Plet* ne nous accuſe ni la
réception de cette lettre, ni celle d'un aſſez gros
paquet que je lui avais adreſſé, huit jours auparavant,

pour votre Alteſſe royale je prends la liberté d'écrire cette fois par la voie de M. *Thiriot.*

Je vous avais mandé, Monſeigneur, que j'avais du premier coup d'œil donné la préférence à l'*Epître ſur la retraite*, à cette deſcription aimable du loiſir occupé dont vous jouiſſez ; mais j'ai bien peur aujourd'hui de me rétracter. Je ne trouve aucune faute contre la langue dans l'épître à *Pefne*, et tout y reſpire le bon goût. C'eſt le peintre de la raiſon qui écrit au peintre ordinaire. Je peux vous aſſurer, Monſeigneur, que les ſix derniers vers, par exemple, font un chef-d'œuvre.

> Abandonne tes ſaints entourés de rayons ;
> Sur des ſujets brillans exerce tes crayons ;
> Peins-nous d'Amaryllis les grâces ingénues,
> Les Nymphes des forêts, les Grâces demi-nues ;
> Et ſouviens-toi toujours, que c'eſt au ſeul Amour
> Que ton art ſi charmant doit ſon être et le jour.

C'eſt ainſi que *Deſpréaux* les eût faits. Vous allez prendre cela pour une flatterie. Vous êtes tout propre, Monſeigneur, à ignorer ce que vous valez.

L'épître à M. *Duhan* eſt bien digne de vous : elle eſt d'un eſprit ſublime et d'un cœur reconnaiſſant. M. *Duhan* a élevé apparemment votre Alteſſe royale. Il eſt bien heureux, et jamais prince n'a donné une telle récompenſe. Je m'aperçois, en liſant tout ce que vous avez daigné m'envoyer, qu'il n'y a pas une ſeule penſée fauſſe. Je vois, de temps en temps, des petits défauts de la langue, impoſſibles à éviter : car, par exemple, comment auriez-vous deviné que *nourricier* eſt de trois ſyllabes et non pas de quatre ? que

*aient*

*aient* eſt d'une ſyllabe et non pas de deux. Ce n'eſt
pas vous qui avez fait notre langue ; mais c'eſt vous
qui penſez. *Sapere eſt principium et fons.* Un eſprit
vrai fait toujours bien ce qu'il fait. Vous daignez
vous amuſer à faire des vers français et de la muſique
italienne : vous ſaiſiſſez le goût de l'un et de l'autre.
Vous vous connaiſſez très-bien en peinture ; enfin
le goût du vrai vous conduit en tout. Il eſt impoſſible que cette grande qualité, qui fait le fond de
votre caractère, ne faſſe le bonheur de tout un peuple
après avoir fait le vôtre. Vous ſerez ſur le trône ce
que vous êtes dans votre retraite ; et vous régnerez
comme vous penſez et comme vous écrivez. Si votre
Alteſſe royale s'écarte un peu de la vérité, ce n'eſt que
dans les éloges dont elle me comble ; et cette erreur
ne vient que de ſa bonté.

L'épître que vous daignez m'adreſſer, Monſeigneur,
eſt une bien belle juſtification de la poëſie, et un
grand encouragement pour moi. Les cantiques de
*Moïſe*, les oracles des païens, tout y eſt employé à
relever l'excellence de cet art ; mais vos vers ſont le
plus grand éloge qu'on ait fait de la poëſie. Il
n'eſt pas bien ſûr que *Moïſe* ſoit l'auteur des deux
beaux Cantiques ; ni que le meurtrier d'*Urie*, l'amant
de *Bethzabée*, le roi traître aux Philiſtins et aux Iſraélites, &c. ait fait ſes pſaumes : mais il eſt ſûr que
l'héritier de la monarchie de Pruſſe fait de très-beaux
vers français.

Si j'oſais éplucher cette épître, ( et il le faut bien,
car je vous dois la vérité) je vous dirais, Monſeigneur,
que *trompette* ne rime point à *tête*, parce que *tête* eſt
long et que *pette* eſt bref, et que la rime eſt pour

l'oreille et non pour les yeux. *Défaites*, par la même raifon, ne rime point avec *conquêtes; quêtes* eft long, *faites* eft bref. Si quelqu'un voyait mes lettres il dirait: Voilà un franc pédant qui s'en va parler de brèves et de longues à un prince plein de génie. Mais le prince daigne defcendre à tout. Quand ce prince fait la revue de fon régiment, il examine le fourniment du foldat. Le grand homme ne néglige rien ; il gagnera des batailles dans l'occafion ; il fignera le bonheur de fes fujets, de la même main dont il rime des vérités.

Venons à l'ode : elle eft infiniment fupérieure à ce qu'elle était ; et je ne faurais revenir de ma fur-prife, qu'on faffe fi bien des odes françaifes au fond de l'Allemagne. Nous n'avons qu'un exemple d'un français qui fefait très-bien des vers italiens , c'était l'abbé *Regnier ;* mais il avait été long-temps en Italie ; et vous, mon Prince, vous n'avez point vu la France.

Voici encore quelques petites fautes de langage. *Je n'eus point reçu l'exiftence*, il faut dire *je n'euffe*; et *la fageffe avait pourvue*, il faut dire *pourvu*. Jamais un verbe ne prend cette terminaifon, que quand fon participe eft confidéré comme adjectif. Voici qui eft encore bien pédant; mais j'en ai déjà demandé pardon, et vous voulez favoir parfaitement une langue à qui vous faites tant d'honneur. Par exemple, on dira *la perfonne que vous avez aimée*, parce que *aimée* eft comme un adjectif de la perfonne. On dira *la fageffe dont votre ame eft pourvue*, par la même raifon; mais on doit dire : DIEU *a pourvu à former un prince qui, &c.*

Ta clémence infinie,
Dans aucun fens ne fe dénie.

*dénie* ne peut pas être employé pour dire *fe dément* ; le mot de *dénier* ne peut être mis, que pour *nier* ou *refufer*.

       Si tu me condamne à périr,

1737.

il faut abfolument dire : *Si tu me condamnes.*

       Tel qui n'eft plus ne peut fouffrir.

*Tel* fignifie toujours, en ce fens, un nombre d'hommes qui fait une chofe, tandis qu'un autre ne la fait pas. Mais ici c'eft une affaire commune à tous les hommes ; il faut mettre : *Qui n'eft plus ne faurait fouffrir*, &c.

# LETTRE XXXVI.

## DU PRINCE ROYAL.

*Réponfe fur le chapitre de la liberté.*

À Berlin, 26 décembre.

J'AI été richement dédommagé aujourd'hui du long intervalle pendant lequel je n'avais point reçu de vos lettres ; cette pofte m'en ayant apporté deux à la fois, auxquelles je vous répondrai felon l'ordre des dates.

    Rien ne m'a plus furpris que celle du 24 octobre, où vous me marquez l'alarme que M. *Thiriot* vous a donnée mal à propos. Vous pouvez être tranquille fur tout ce qu'on vous écrit, puifque vous n'êtes point du tout foupçonné d'avoir eu part au libelle qu'on a fait contre le roi, ni même d'en avoir eu connaiffance. Je vous expoferai, en peu de mots, l'affaire dont il s'agit, qui, dans le fond, n'eft qu'une bagatelle méprifable, et aucunement digne de confidération. Il y a un an qu'on vendit ici, fous le manteau, un libelle diffamatoire, attaquant la perfonne du roi, fous le titre de *Don Quichotte au chevalier des Cignes.* Les vers en font paffables, mais ce ne font que des injures rimées. Le fens contient la bile la plus venimeufe qui fût jamais. C'eft un tiffu d'anecdotes coufues avec toute la malignité poffible, et brodées d'une manière abominable. Le roi a vu cette pièce; mais fenfible uniquement à la vraie gloire et à l'approbation des gens de bien, il a fouverainement méprifé l'auteur et la production. On s'eft contenté d'en défendre la vente fous de grièves peines. De plus, on n'ignore pas où cette pièce a été fabriquée. On fait que l'auteur infame eft de ces écrivains mercenaires que l'animofité d'une cour étrangère a incités au crime; mais il eft trop au-deffous d'un roi de s'amufer à punir un miférable. Si le Créateur voulait lancer fon tonnerre fur chaque reptile qui, en fa frénéfie, pouffe l'audace jufqu'à le blafphémer, des nuages épais couvriraient continuellement la furface de la terre, et les foudres ne cefferaient de gronder dans les cieux. Croyez-vous, Monfieur, que j'aurais été le dernier à vous avertir des foupçons injurieux qu'on aurait conçus contre vous, fi le fait avait exifté? Vous me connaiffez bien mal, et vous n'avez qu'une faible idée de mon amitié. Sachez que j'ai pris fur moi le foin de votre réputation. Je fais ici l'office de votre renommée. Vous m'entendez, et vous comprenez bien que je ne prétends dire autre chofe, finon, que je me fuis chargé de défendre votre réputation contre les préjugés des ignorans, et contre la calomnie de vos envieux. Je réponds de vous corps pour corps; et j'emploie argumens, exemples, et vos ouvrages mêmes pour vous faire des profélytes. Je peux me flatter d'avoir affez bien réuffi, quoique je ne m'attribue aucun autre mérite que celui de vous avoir véritablement fait connaître de mes compatriotes. Je vous prie, Monfieur, de vous tranquillifer déformais, et d'attendre que je vous donne le fignal pour prendre l'alarme.

J'ai oublié de vous dire que l'officier dont *Thiriot* fait mention n'eft point de mon régiment, et paffe dans l'armée pour un homme peu véridique; ce qui peut d'autant plus vous ôter tout fujet d'inquiétude.

J'ai reçu votre chapitre de la Métaphyfique fur la Liberté, et je fuis mortifié de vous dire que je ne fuis pas entièrement de votre fentiment. Je fonde mon fyftême fur ce qu'on ne doit pas renoncer volontairement aux connaiffances qu'on peut acquérir par le raifonnement. Cela pofé, je fais mes efforts pour connaître de DIEU tout ce qui m'eft poffible, à quoi la voie de l'analogie ne m'eft pas d'un faible fecours. Je vois premièrement qu'un Être créateur doit être fage et puiffant. Comme fage, il a voulu, dans fon intelligence éternelle, le plan du monde; et comme tout-puiffant, il l'a exécuté.

De-là, il s'enfuit néceffairement que l'auteur de cet univers doit avoir eu un but en le créant. S'il a eu un but, il faut que tous les événemens y concourent.

M 3

Si tous les événemens y concourent, il faut que tous les hommes agiffent conformément au deffein du Créateur, et qu'ils ne fe déterminent à toutes leurs actions, que fuivant les lois immuables de fes deffeins, auxquelles ils obéiffent en les ignorant; fans quoi DIEU ferait fpectateur oifif de la nature. Le monde fe gouvernerait fuivant le caprice des hommes; et celui dont la puiffance a formé l'univers ferait inutile depuis que de faibles mortels l'ont peuplé. Je vous avoue, que puifqu'il faut opter entre faire un être paffif ou du Créateur ou de la créature, je me détermine en faveur de DIEU. Il eft plus naturel que ce DIEU faffe tout, et que l'homme foit l'inftrument de fa volonté, que de fe figurer un DIEU qui crée un monde, qui le peuple d'hommes, pour enfuite refter les bras croifés, et affervir fa volonté et fa puiffance à la bizarrerie de l'efprit humain. Il me femble voir un américain ou quelque fauvage qui voit pour la première fois une montre; il croira que l'aiguille qui montre les heures a la liberté de fe tourner d'elle-même, et il ne foupçonnera pas feulement qu'il y a des refforts cachés qui la font mouvoir; bien moins encore, que l'horloger l'a faite à deffein qu'elle faffe précifément le mouvement auquel elle eft affujettie. DIEU eft cet horloger. Les refforts dont il nous a compofés font infiniment plus fubtils, plus déliés et plus variés que ceux de la montre. L'homme eft capable de beaucoup de chofes; et comme l'art eft plus caché en nous, et que le principe qui nous meut eft invifible, nous nous attachons à ce qui frappe le plus nos fens, et celui qui fait jouer tous ces refforts échappe à nos faibles yeux; mais il n'a

pas moins eu intention de nous deſtiner préciſément
à ce que nous ſommes. Il n'a pas moins voulu que
toutes nos actions ſe rapportaſſent à un tout, qui
eſt le ſoutien de la ſociété, et le bien de la totalité du
genre humain.

Lorſqu'on regarde les objets ſéparément, il peut
arriver qu'on en conçoive des idées bien différentes,
que ſi on les enviſageait avec tout ce qui a relation
avec eux. On ne peut juger d'un édifice par un aſtra-
gale ; mais lorſqu'on conſidère tout le reſte du bâtiment, alors on peut avoir une idée préciſe et nette
des proportions et des beautés de l'édifice. Il en eſt
de même des ſyſtêmes philoſophiques. Dès qu'on
prend des morceaux détachés, on élève une tour qui
n'a point de fondement ; et qui, par conſéquent,
s'écroule de ſoi-même. Ainſi, dès qu'on avoue qu'il
y a un DIEU, il faut néceſſairement que ce DIEU
ſoit de la partie du ſyſtême, ſans quoi il vaudrait
mieux, pour plus de commodité, le nier tout à fait.
Le nom de DIEU, ſans l'idée de ſes attributs, et
principalement ſans l'idée de ſa puiſſance, de ſa
ſageſſe et de ſa préſcience, eſt un ſon qui n'a
aucune ſignification, et qui ne ſe rapporte à rien
abſolument.

J'avoue qu'il faut, ſi je puis m'exprimer ainſi,
entaſſer ce qu'il y a de plus noble, de plus élevé et
de plus majeſtueux pour concevoir, quoique très-
imparfaitement, ce que c'eſt que cet Être créateur,
cet Être éternel, cet Être tout-puiſſant, &c. Cependant j'aime mieux m'abymer dans ſon immenſité,
que de renoncer à ſa connaiſſance, et à toute l'idée
intellectuelle que je puis me former de lui.

En un mot, s'il n'y avait pas de DIEU, votre fyftême ferait l'unique que j'adopterais; mais comme il eft certain que ce DIEU eft, on ne faurait affez mettre de chofes fur fon compte. Après quoi il refte encore à vous dire que comme tout eft fondé, ou bien comme tout a fa raifon dans ce qui l'a précédé, je trouve la raifon du tempérament et de l'humeur de chaque homme dans la mécanique de fon corps. Un homme emporté a la bile facile à émouvoir; un mifanthrope a l'hypocondre enflé; le buveur, le poulmon fec; l'amoureux, le tempérament robufte, &c. Enfin, comme je trouve toutes ces chofes difpofées de cette façon dans notre corps, je conjecture de-là qu'il faut néceffairement que chaque individu foit déterminé d'une façon précife, et qu'il ne dépend point de nous de ne point être du caractère dont nous fommes. Que dirai-je des événemens qui fervent à nous donner des idées, et à nous infpirer des réfolutions? comme, par exemple, le beau temps m'invite à prendre l'air; la réputation d'un homme de bon goût, qui me recommande un livre, m'engage à le lire; ainfi du refte. Si donc on ne m'avait jamais dit qu'il y eût un *Voltaire* au monde; fi je n'avais pas lu fes excellens ouvrages; comment eft-ce que ma volonté, cet agent libre, aurait pu me déterminer à lui donner toute mon eftime? En un mot, comment eft-ce que je puis vouloir une chofe fi je ne la connais pas?

Enfin, pour attaquer la liberté dans fes derniers retranchemens, comment eft-ce qu'un homme peut fe déterminer à un choix ou à une action, fi les événemens ne lui en fourniffent l'occafion? et ces

événemens, qui eft-ce qui les dirige? ce ne peut être ———
le hafard, puifque le hafard eft un mot vide de fens.
Ce ne peut donc être que DIEU. Si donc DIEU
dirige les événemens felon fa volonté, il dirige auffi
et gouverne néceffairement les hommes; et c'eft ce
principe qui eft la bafe et comme le fondement de
la providence divine, et qui me fait concevoir la
plus haute, la plus noble, et la plus magnifique idée
qu'une créature auffi bornée que l'homme, peut fe
former d'un Être auffi immenfe que l'eft le Créateur.
Ce principe me fait connaître en DIEU un être infiniment grand et fage, n'étant point abforbé dans les
plus grandes chofes, et ne s'aviliffant point dans les
plus petits détails. Quelle immenfité n'eft pas celle
d'un DIEU qui embraffe généralement toutes chofes,
et dont la fageffe a préparé, dès le commencement
du monde, ce qu'il a exécuté à la fin des temps?
Je ne prétends pas cependant mefurer les myftères
de DIEU felon la faibleffe des conceptions humaines.
Je porte ma vue auffi loin que je puis; mais fi
quelques objets m'échappent, je ne prétends pas
renoncer à ceux que mes yeux me font apercevoir
clairement.

Peut-être qu'un préjugé, qu'une prévention, que
la flatteufe penfée de fuivre une opinion particulière
m'aveugle. Peut-être que j'avilis trop les hommes;
cela fe peut, je n'en difconviens pas. Mais fi le roi
de France était en compromis avec le roi d'Yvetot,
je fuis fûr que tout homme fenfé reconnaîtrait la
puiffance du roi *Louis XV* fupérieure à l'autre. A
plus forte raifon devons-nous nous déclarer pour la
puiffance de DIEU, qui ne peut, en aucune façon,

entrer en ligne de comparaifon avec ces êtres fugitifs que le temps produit, dont le fort fe joue, et que le temps détruit après une durée courte et paffagère.

Lorfque vous parlez de la vertu, on voit que vous êtes en pays de connaiffance; vous parlez en maître de cette matière, dont vous connaiffez la théorie et la pratique : en un mot, il vous eft facile de difcourir favamment de vous-même. Il eft certain que les vertus n'ont lieu que relativement à la fociété. Le principe primitif de la vertu eft l'intérêt, (que cela ne vous effraye point) puifqu'il eft évident que les hommes fe détruiraient les uns les autres, fans l'intervention des vertus. La nature produit naturellement des voleurs, des envieux, des fauffaires, des meurtriers : Ils couvrent toute la face de la terre ; et fans les lois qui répriment le vice, chaque individu s'abandonnerait à l'inftinct de la nature, et ne penferait qu'à foi. Pour réunir tous ces intérêts particuliers, il fallait trouver un tempérament pour les contenter tous ; et l'on convint que l'on ne fe déroberait point réciproquement fon bien, qu'on n'attenterait point à la vie de fes femblables, et qu'on fe prêterait mutuellement à tout ce qui pourrait contribuer au bien commun.

Il y a des mortels heureux, de ces ames bien nées qui aiment la vertu pour l'amour d'elle-même ; leur cœur eft fenfible au plaifir qu'il y a de bien faire. Il vous importe peu de favoir que l'intérêt ou le bien de la fociété demandent que vous foyez vertueux. Le Créateur vous a heureufement formé de façon que votre cœur n'eft point acceffible aux vices; et ce Créateur fe fert de vous comme d'un organe,

comme d'un inftrument, comme d'un miniftre, pour
rendre la vertu plus refpectable et plus aimable au    1737.
genre humain. Vous avez voué votre plume à la
vertu, et il faut avouer que c'eft le plus grand préfent qui lui ait jamais été fait. Les temples, que les
Romains lui confacrèrent fous divers titres, fervaient
à l'honorer ; mais vous lui faites des difciples. Vous
travaillez à lui former des fujets, et donnez un exemple,
par votre vie, de ce que l'humanité a de plus louable.

J'attends la Philofophie de *Newton* et l'Hiftoire de
*Louis XIV*, qui, avec *Céfarion*, me viendront le 16
de janvier. La goutte, la fièvre et l'amour ont empêché
mon petit ambaffadeur de me joindre plus tôt. Il ne
faut qu'un de ces maux pour déranger furieufement
la liberté de notre volonté. Je ne manquerai pas de
vous dire mon fentiment, avec toute la franchife
poffible, fur les ouvrages que vous avez bien voulu
m'envoyer : c'eft la marque la plus manifefte que je
puiffe vous donner de l'eftime que j'ai pour vous.
Si je vous expofe mes doutes, ce n'eft point par
arrogance, ce n'eft point non plus que j'aie une
haute opinion de mon habileté ; mais c'eft pour
découvrir la vérité. Mes doutes font des interrogations afin d'être plus foncièrement inftruit, et pour
éviter tous les obftacles qui pourraient fe rencontrer
dans une matière auffi épineufe qu'eft celle de la
métaphyfique.

Ce font-là les raifons qui m'obligent à ne vous
jamais déguifer mes fentimens. Il ferait à fouhaiter
que tout commerce pût être un trafic de vérité ; mais
combien y a-t-il d'hommes capables de l'écouter !
Une malheureufe préfomption, une pernicieufe idée

—— d'infaillibilité, une funeſte habitude de voir tout
1737. ployer devant eux, les en éloignent. Ils ne ſauraient
ſouffrir que l'écho de leurs penſées; et ils pouſſent
la tyrannie, juſqu'à vouloir gouverner auſſi deſpo-
tiquement ſur les penſées et ſur les opinions, que
les Ruſſes peuvent gouverner une troupe de ſerviles
eſclaves. Il n'y a que la ſeule vertu qui ſoit digne
d'entendre la vérité. Puiſque le monde aime l'erreur,
et qu'il veut ſe tromper, il faut l'abandonner à ſon
mauvais deſtin; et c'eſt, ſelon moi, l'hommage le
plus flatteur qu'on puiſſe rendre à quelqu'un, que
de lui découvrir ſans crainte le fond de ſes penſées.
En un mot, oſer contredire un auteur, c'eſt rendre
un hommage tacite à ſa modération, à ſa juſtice, et
à ſa raiſon.

Vous me faites naître des eſpérances charmantes.
Il ne vous ſuffit pas de m'inſtruire des matières les
plus profondes; vous penſez encore à ma récréation.
Que ne vous devrai-je pas? Il eſt ſûr que le ciel me
devait, pour mon bonheur, un homme de votre
mérite. Vous ſeul m'en valez des milliers.

Vous avez reçu à préſent une bonne quantité de
mes vers, que j'ai fait partir à la fin de novembre
pour Cirey. J'aime la poëſie à la paſſion; mais j'ai
trop d'obſtacles à vaincre pour faire quelque choſe
de paſſable. Je ſuis étranger; je n'ai point l'imagination aſſez vive, et toutes les bonnes choſes ont été
dites avant moi. Pour à préſent, il en eſt de moi
comme des vignes, qui ſe reſſentent toujours du terroir
où elles ſont plantées. Il ſemble que celui de Remuſ-
berg eſt aſſez propre pour les vers, mais que celui-ci
ne produit tout au plus que de la proſe.

1737.

Vous voudrez bien affurer l'incomparable *Emilie* de toute mon eftime : elle a défarmé mon courroux par le morceau de votre métaphyfique que je viens de recevoir. J'avais regret, je l'avoue, de trouver en elle la moindre bagatelle qui pût approcher de l'imperfection. La voilà à préfent comme je défirais qu'elle fût.

Il ferait fuperflu de vous répéter les affurances de mon eftime et de mon amitié. Je me flatte que vous en êtes convaincu, ainfi que de tous les fentimens avec lefquels je fuis,

Monfieur,

votre très-fidèlement affectionné ami,<br>FÉDÉRIC.

# LETTRE XXXVII.

## *DE M. DE VOLTAIRE.*

23 janvier.

1738.

Je reçois de Berlin une lettre du 26 décembre. Elle contient deux grands articles. Un plein de bonté, de tendreffe, et d'attention à m'accabler des bienfaits les plus flatteurs. Le fecond article eft un ouvrage bien fort de métaphyfique. On croirait que cette lettre eft de M. *Leibnitz*, ou de M. *Wolf* à quelqu'un de fes amis, mais elle eft fignée *Fédéric*. C'eft un des prodiges de votre ame, Monfeigneur ; votre Alteffe royale remplit avec moi tout ſon caractère. Elle me lave d'une calomnie; elle daigne protéger mon honneur contre l'envie , et elle donne des lumières à mon ame.

Je vais donc me jeter dans la nuit de la métaphyſique, pour oſer combattre contre les *Leibnitz*, les *Wolf*, les *Frédéric*. Me voilà, comme *Ajax*, ferraillant dans l'obſcurité; et je vous crie : Grand DIEU, rends-nous le jour , et combats contre nous!

Mais avant d'oſer entrer en lice , je vais faire tranſcrire, pour mettre dans un paquet , deux épîtres qui font le commencement d'une eſpèce de ſyſtême de morale que j'avais commencé, il y a un an. Il y a quatre épîtres de faites. Voici les deux premières. L'une roule ſur l'égalité des conditions, l'autre ſur la liberté. Cela eſt peut-être fort impertinent à moi, atome de Cirey, de dire à une tête preſque couronnée que les hommes ſont égaux, et d'envoyer des injures rimées, contre les partiſans du *fatum*, à un philoſophe qui prête un appui ſi puiſſant à ce ſyſtême de la néceſſité abſolue.

Mais ces deux témérités de ma part prouvent combien votre Alteſſe royale eſt bonne. Elle ne gêne point les conſciences. Elle permet qu'on diſpute contre elle; c'eſt l'ange qui daigne lutter contre *Iſraël*. J'en reſterai boîteux, mais n'importe ; je veux avoir l'honneur de me battre.

Pour l'égalité des conditions, je la crois auſſi fermement, que je crois qu'une ame comme la vôtre ferait également bien par-tout. Votre deviſe eſt :

*Nave ferar magnâ , et parvâ ferar unus et idem.*

Pour la liberté, il y a un peu de chaos dans cette affaire. Voyons fi les *Clarke*, les *Locke*, les *Newton* me doivent éclairer ; ou fi les *Leibnitz*, princes ou non, doivent être ma lumière. On ne peut, certainement, rien de plus fort, que tout ce que dit votre Alteffe royale pour prouver la néceffité abfolue. Je vois d'abord que votre Alteffe royale eft dans l'opinion de la raifon fuffifante de MM. *Leibnitz* et *Wolf*. C'eft une idée très-belle, c'eft-à-dire, très-vraie ; car enfin, il n'y a rien qui n'ait fa caufe, rien qui n'ait une raifon de fon exiftence. Cette idée exclut-elle la liberté de l'homme ?

1°. Qu'entends-je par liberté ? le pouvoir de penfer, et d'opérer des mouvemens en conféquence. Pouvoir très-borné, comme toutes mes facultés.

2°. Eft-ce moi qui penfe et qui opère des mouvemens ? eft-ce un autre qui fait tout cela pour moi ? Si c'eft moi, je fuis libre ; car être libre, c'eft agir. Ce qui eft paffif n'eft point libre. Eft-ce un autre qui agit pour moi ? je fuis trompé par cet autre, quand je crois être agent.

3°. Quel eft cet autre qui me tromperait ? Ou il y a un DIEU ou non. S'il eft un DIEU, c'eft lui qui me trompe continuellement. C'eft l'Être infiniment fage, infiniment conféquent, qui, fans raifon fuffi-fante, s'occupe éternellement d'erreurs oppofées direc-tement à fon effence qui eft la vérité.

S'il n'y a point de DIEU, qui eft-ce qui me trompe ? eft-ce la matière, qui d'elle-même n'a pas d'intelligence ?

4°. Pour nous prouver, malgré ce fentiment inté-rieur, malgré ce témoignage que nous nous rendons de notre liberté ; pour nous prouver, dis-je, que cette liberté n'exiſte pas, il faut néceſſairement prouver qu'elle eſt impoſſible. Cela me paraît inconteſtable. Voyons comme elle ſerait impoſſible.

5°. Cette liberté ne peut être impoſſible que de deux façons; ou parce qu'il n'y a aucun être qui puiſſe la donner, ou parce qu'elle eſt en elle-même une contradiction dans les termes, comme un quarré long eſt une contradiction. Or, l'idée de la liberté de l'homme ne portant rien en ſoi de contradictoire, reſte à voir ſi l'Être infini et créateur eſt libre; et ſi étant libre, il peut donner une petite partie de ſon attribut à l'homme, comme il lui a donné une petite portion d'intelligence.

6°. Si DIEU n'eſt pas libre, il n'eſt pas un agent: donc il n'eſt pas DIEU. Or, s'il eſt libre et tout-puiſſant, il ſuit qu'il peut donner à l'homme la liberté. Reſte donc à ſavoir quelle raiſon on aurait de croire qu'il ne nous a pas fait ce préſent.

7°. On prétend que DIEU ne nous a pas donné la liberté, parce que ſi nous étions des agens, nous ferions en cela indépendans de lui; et que ferait DIEU, dit-on, pendant que nous agirions nous-mêmes? Je réponds à cela deux choſes. 1°. Ce que DIEU fait lorſque les hommes agiſſent; ce qu'il feſait avant qu'ils fuſſent; et ce qu'il fera quand ils ne feront plus. 2°. Que ſon pouvoir n'en eſt pas moins néceſſaire à la conſervation de ſes ouvrages; et que cette communication qu'il nous a faite d'un peu de liberté, ne nuit en rien à ſa puiſſance infinie, puiſqu'elle-même eſt un effet de ſa puiſſance infinie.

8°. On objecte que nous ſommes emportés quelquefois malgré nous; et je réponds: Donc nous

ſommes

1738.

fommes quelquefois maîtres de nous. La maladie prouve la fanté, et la liberté eft la fanté de l'ame.

9°. On ajoute que l'affentiment de notre efprit eft néceffaire, que la volonté fuit cet affentiment ; donc, dit-on, on veut et on agit néceffairement. Je réponds qu'en effet on défire néceffairement ; mais défir et volonté font deux chofes très-différentes, et fi différentes, qu'un homme fage veut et fait fouvent ce qu'il ne défire pas. Combattre fes défirs eft le plus bel effet de la liberté ; et je crois qu'une des grandes fources du mal-entendu qui eft entre les hommes fur cet article, vient de ce que l'on confond fouvent la volonté et le défir.

10°. On objecte que, fi nous étions libres, il n'y aurait point de DIEU ; je crois, au contraire, que c'eft parce qu'il y a un DIEU que nous fommes libres. Car fi tout était néceffaire ; fi ce monde exiftait par lui-même, d'une néceffité abfolue, ( ce qui fourmille de contradictions) il eft certain qu'en ce cas tout s'opèrerait par des mouvemens liés néceffairement enfemble : donc il n'y aurait alors aucune liberté ; donc fans DIEU point de liberté. Je fuis bien furpris des raifonnemens échappés, fur cette matière, à l'illuftre M. *Leibnitz*.

11°. Le plus terrible argument qu'on ait jamais apporté contre notre liberté, eft l'impoffibilité d'accorder avec elle la préfcience de DIEU. Et quand on me dit : DIEU fait ce que vous ferez dans vingt ans ; donc ce que vous ferez dans vingt ans eft d'une néceffité abfolue ; j'avoue que je fuis à bout, que je n'ai rien à répondre, et que tous les philofophes qui ont voulu concilier les futurs contingens avec la

*Correfp. du roi de P... &c.*     Tome I.   N

préfcience de DIEU, ont été de bien mauvais négociateurs. Il y en a d'affez déterminés pour dire que DIEU peut fort bien ignorer des futurs contingens, à peu-près, s'il m'eft permis de parler ainfi, comme un roi peut ignorer ce que fera un général à qui il aura donné carte blanche.

Ces gens-là vont encore plus loin. Ils foutiennent que non-feulement ce ne ferait-point une imperfection dans un Être fuprême d'ignorer ce que doivent faire librement des créatures qu'il a faites libres; et qu'au contraire, il femble plus digne de l'Être fuprême de créer des êtres femblables à lui; femblables, dis-je, en ce qu'ils penfent, qu'ils veulent et qu'ils agiffent, que de créer fimplement des machines.

Ils ajouteront que DIEU ne peut faire des contradictions; et que peut-être il y aurait de la contradiction à prévoir ce que doivent faire fes créatures, et à leur communiquer cependant le pouvoir de faire le pour et le contre. Car, diront-ils, la liberté confifte à pouvoir agir ou ne pas agir: donc, fi DIEU fait précifément que l'un des deux arrivera, l'autre dès-lors devient impoffible; donc plus de liberté. Or ces gens-là admettent une liberté: donc, felon eux, en admettant la préfcience, ce ferait une contradiction dans les termes.

Enfin ils foutiendront que DIEU doit ignorer ce qu'il eft de fa nature d'ignorer; et ils oferont dire qu'il eft de fa nature d'ignorer tout futur contingent, et qu'il ne doit point favoir ce qui n'eft pas.

Ne fe peut-il pas très-bien faire, difent-ils, que du même fonds de fageffe dont DIEU prévoit à jamais les chofes néceffaires, il ignore auffi les chofes libres ? en fera-t-il moins le créateur de toutes chofes, et des agens libres, et des êtres purement paffifs ?

Qui nous a dit, continueront-ils, que ce ne ferait pas une affez grande fatisfaction pour DIEU de voir comment tant d'êtres libres, qu'il a créés dans tant de globes, agiffent librement ? Ce plaifir, toujours nouveau, de voir comment fes créatures fe fervent à tous momens des inftrumens qu'il leur a donnés, ne vaut-il pas bien cette éternelle et oifive contemplation de foi-même, affez incompatible avec les occupations extérieures qu'on lui donne.

On objecte à ces raifonneurs-là, que DIEU voit en un inftant l'avenir, le paffé et le préfent ; que l'éternité eft inftantanée pour lui ; mais ils répondront qu'ils n'entendent pas ce langage, et qu'une éternité qui eft un inftant leur paraît auffi abfurde qu'une immenfité qui n'eft qu'un point.

Ne pourrait-on pas, fans être auffi hardi qu'eux, dire que DIEU prévoit nos actions libres, à peu-près comme un homme d'efprit prévoit le parti que prendra, dans une telle occafion, un homme dont il connaît le caractère. La différence fera qu'un homme prévoit à tort et à travers, et que DIEU prévoit avec une fagacité infinie. C'eft le fentiment de *Clarke*.

J'avoue que tout cela me paraît très-hafardé, et que c'eft un aveu, plutôt qu'une folution, de la difficulté. J'avoue enfin, Monfeigneur, qu'on fait contre la liberté d'excellentes objections, mais on en fait d'auffi bonnes contre l'exiftence de DIEU ; et comme, malgré les difficultés extrêmes contre la création et

N 2

—— la providence, je crois néanmoins la création et la providence, auffi je me crois libre (jufqu'à un certain point s'entend) malgré les puiffantes objections que vous me faites.

Je crois donc écrire à votre Alteffe royale, non pas comme à un automate créé pour être à la tête de quelques milliers de marionnettes humaines, mais comme à un être des plus libres et des plus fages que DIEU ait jamais daigné créer.

Permettez-moi ici une réflexion, Monfeigneur. Sur vingt hommes, il y en a dix-neuf qui ne fe gouvernent point par leurs principes; mais votre ame paraît être de ce petit nombre, plein de fermeté et de grandeur, qui agit comme il penfe.

Daignez, au nom de l'humanité, penfer que nous avons quelque liberté; car fi vous croyez que nous fommes de pures machines, que deviendra l'amitié dont vous faites vos délices? de quel prix feront les grandes actions que vous ferez? quelle reconnaiffance vous devra-t-on des foins que votre Alteffe royale prendra de rendre les hommes plus heureux et meilleurs? comment enfin regarderez-vous l'attachement qu'on a pour vous, les fervices qu'on vous rendra, le fang qu'on verfera pour vous? Quoi! le plus généreux, le plus tendre, le plus fage des hommes, verrait tout ce qu'on ferait pour lui plaire, du même œil dont on voit des roues de moulin tourner fur le courant de l'eau, et fe brifer à force de fervir! Non, Monfeigneur, votre ame eft trop noble pour fe priver ainfi de fon plus beau partage.

Pardonnez à mes argumens, à ma morale, à ma bavarderie. Je ne dirai point que je n'ai pas été libre en difant tout cela. Non, je crois l'avoir écrit très-librement, et c'eft pour cette liberté que je demande pardon. Madame la marquife *du Châtelet* joint toujours fes refpects pleins d'admiration aux miens.

Ma dernière lettre était d'un pédant grammairien, celle-ci eft d'un mauvais métaphyficien; mais toutes feront d'un homme éternellement attaché à votre perfonne. Je fuis, &c.

# LETTRE XXXVIII.

## DU PRINCE ROYAL.

A Poftdam, le 19 janvier.

MONSIEUR,

J'ESPERE que vous aurez reçu à préfent les mémoires fur le gouvernement du czar *Pierre*, et les vers que je vous ai adreffés. Je me fuis fervi de la voie d'un capitaine de mon régiment, nommé *Pletz*, qui eft à Lunéville, et qui, apparemment, n'aura pas pu vous les remettre plutôt à caufe de quelques abfences, ou bien faute d'avoir trouvé une bonne occafion.

Je fais que je ne rifque rien en vous confiant des pièces fecrètes et curieufes. Votre difcrétion et votre prudence me raffurent fur tout ce que j'aurais à craindre. Si je vous ai averti de l'ufage que vous devez faire de ces mémoires fur la Mofcovie, mon intention n'a été que de vous faire connaître la néceffité où l'on eft d'employer quelques ménagemens en traitant des

matières de cette délicateffe. La plupart des princes
ont une paffion fingulière pour les arbres généalogi-
ques : c'eft une efpèce d'amour propre qui remonte
jufqu'aux ancêtres les plus reculés, qui les intéreffe
à la réputation non-feulement de leurs parens en
droite ligne, mais encore de leurs collatéraux. Ofer
leur dire qu'il y a, parmi leurs prédéceffeurs, des
hommes peu vertueux et par conféquent fort méprifables, c'eft leur faire une injure qu'ils ne pardonnent
jamais ; et malheur à l'auteur profane qui a eu la
témérité d'entrer dans le fanctuaire de leur hiftoire,
et de divulguer l'opprobre de leur maifon. Si cette
délicateffe s'étendait à maintenir la réputation de leurs
ancêtres du côté maternel, encore pourrait-on trouver
des raifons valables pour leur infpirer un zèle auffi
ardent ; mais de prétendre que cinquante ou foixante
aïeux aient tous été les plus honnêtes gens du monde,
c'eft renfermer la vertu dans une feule famille, et
faire une grande injure au genre humain.

J'eus l'étourderie de dire une fois affez inconfidéré-
ment, en préfence d'une perfonne, que monfieur *un
tel* avait fait une action indigne d'un cavalier : il fe
trouva, pour mon malheur, que celui dont j'avais
parlé fi librement était le coufin-germain de l'autre,
qui s'en formalifa beaucoup. J'en demandai la raifon,
on m'en éclaircit, et je fus obligé de paffer par tout
un détail généalogique, pour reconnaître en quoi
confiftait ma fottife. Il ne me reftait d'autre reffource
qu'à facrifier à la colère de celui que j'avais offenfé
tous mes parens qui ne méritaient point de l'être. On
m'en blâma fort ; mais je me juftifiai en difant que
tout homme d'honneur, tout honnête homme était

mon parent, et que je n'en reconnaissais point d'autres.

Si un particulier se sent si grièvement offensé de ce qu'on peut dire de mal de ses parens, à quel emportement un souverain ne se livrerait-il pas, s'il apprenait le mal qu'on dit d'un parent qui lui est respectable, et dont il tient toute sa grandeur?

Je me sens très-peu capable de censurer vos ouvrages. Vous leur imprimez un caractère d'immortalité auquel il n'y a rien à ajouter ; et, malgré l'envie que j'ai de vous être utile, je sens bien que je ne pourrai jamais vous rendre le service que la servante de *Molière* lui rendait, lorsqu'il lui lisait ses ouvrages.

Je vous ai dit mes sentimens sur la tragédie de Mérope qui, selon le peu de connaissance que j'ai du théâtre et des règles dramatiques, me paraît la pièce la plus régulière que vous ayez faite. Je suis persuadé qu'elle vous fera plus d'honneur qu'Alzire. Je vous prierai de m'envoyer la correction des fautes de copiste que je marque.

J'essayerai de la voie de Trèves, selon que vous me le marquez, et j'espère que vous aurez soin de vous faire remettre mes lettres de Trèves à Cirey, et d'avertir le maître de poste du soin qu'il doit prendre de cette correspondance.

Vous me parlez d'une manière qui me fait entendre qu'il ne vous serait pas désagréable de recevoir quelques pièces de musique de ma façon. Ayez donc la bonté de me marquer combien de personnes vous avez pour l'exécution, afin que, sachant leur nombre et en quoi consistent leurs talens, je puisse vous envoyer des pièces

—— propres à leur ufage. Je vous enverrais la *le Couvreur*
1738. en cantate,

Quoi ! ces lèvres charmantes , &c.

mais je crains de réveiller en vous le fouvenir d'un
bonheur qui n'eft plus. Il faut , au contraire, arracher
l'efprit de deffus des objets lugubres. Notre vie eft
trop courte pour nous abandonner au chagrin. A
peine avons-nous le temps de nous réjouir. Auffi ne
vous enverrai-je que de la mufique joyeufe.

L'indifcret *Thiriot* a trompetté dans les quatre parties
du monde que j'avais adreffé une lettre en vers à
madame de *la Popelinière*. Si ces vers avaient été
paffables , ma vanité n'aurait pas manqué de vous en
importuner au plus vîte ; mais la vérité eft qu'ils ne
valent rien. Je me fuis bien repenti de leur avoir fait
voir le jour.

Je voudrais bien pouvoir vivre dans un climat tempéré. Je voudrais bien pouvoir mériter d'avoir des
amis tels que vous , d'être eftimé des gens de bien , je
renoncerais volontiers à ce qui fait l'objet principal
de la cupidité et de l'ambition des hommes ; mais je
fens trop que fi je n'étais pas prince, je ferais bien
peu de chofe. Votre mérite vous fuffit pour être
eftimé , pour être envié , et pour vous attirer des admi-
rations. Pour moi, il me faut des titres, des armoiries
et des revenus , pour attirer fur moi le regard des
hommes.

Ah ! mon cher ami, que vous avez raifon d'être
fatisfait de votre fort ! Un grand prince étant au
moment de tomber entre les mains de fes ennemis,

vit fes courtifans en pleurs, et qui fe défefpéraient
autour de lui; il dit ce peu de paroles qui enferment 1738.
un grand fens : *Je fens à vos larmes que je fuis encore roi.*

Que ne vous dois-je point de reconnaiffance pour
toutes les peines que je vous coûte ? Vous m'inftruifez
fans ceffe, vous ne vous laffez point de me donner
des préceptes ! En vérité, Monfieur, je ferais bien
ingrat fi je ne fentais pas tout ce que vous faites
pour moi. Je m'appliquerai à préfent à mettre en
pratique toutes les règles que vous avez bien voulu
me donner ; et je vous prierai encore de ne vous point
laffer à force de me corriger.

J'ai cherché plus d'une fois pourquoi les Français,
fi amateurs des nouveautés, reffufcitaient de nos jours
le langage antique de *Marot*. Il eft certain que la
langue françaife n'était pas, à beaucoup près, auffi
polie qu'elle l'eft à préfent. Quel plaifir une oreille
bien née peut-elle trouver à des fons rudes, comme
le font ceux de ces vieux mots *oncques*, *prou*, *la chofe
publique*, *accoutremens*, &c. &c.

On trouverait étrange à Paris fi quelqu'un y parai-
fait vêtu comme du temps de *Henri IV*, quoique cet
habillement pût être tout auffi bon que le moderne.
D'où vient, je vous prie, que l'on veut parler et qu'on
aime à rajeunir la langue contemporaine de ces modes
qu'on ne peut plus fouffrir ? et ce qu'il y a de plus
extraordinaire, c'eft que cette langue eft peu entendue
à préfent, que celle qu'on parle de nos jours eft beaucoup plus correcte et beaucoup meilleure, qu'elle eft
fufceptible de toute la naïveté de celle de *Marot*, et
qu'elle a des beautés auxquelles l'autre n'ofera jamais
prétendre. Ce font-là, felon moi, des effets du

mauvais goût et de la bizarrerie des caprices. Il faut avouer que l'esprit humain est une étrange chose !

Me voilà sur le point de m'en retourner chez moi pour me vouer à l'étude, et pour reprendre la philosophie, l'histoire, la poësie et la musique. Pour la géométrie, je vous avoue que je la crains ; elle sèche trop l'esprit. Nous autres allemands ne l'avons que trop sec ; c'est un terrain ingrat qu'il faut cultiver, arroser sans cesse pour qu'il produise.

Assurez la marquise *du Châtelet* de toute mon estime ; dites à *Emilie* que je l'admire au possible. Pour vous, Monsieur, vous devez être persuadé de l'estime parfaite que j'ai pour vous. Je vous le répète encore, je vous estimerai tant que je vivrai, étant avec ces sentimens d'amitié que vous savez inspirer à tous ceux qui vous connaissent,

Monsieur,

votre très-fidèlement affectionné ami,

FÉDÉRIC.

# LETTRE XXXIX.

## *DE M. DE VOLTAIRE.*

Janvier.

MONSEIGNEUR,

Je reçois à la fois les plus agréables étrennes qu'on ait jamais reçues : deux bons gros paquets de votre Altesse royale, l'un venant par la voie de M. *Thiriot*, l'autre par celle de M. *Pletz*, capitaine dans votre

régiment, qui m'adreffe fon paquet de Lunéville. ⸻
C'eft par ce même M. *Pletz* que j'ai l'honneur de 1738.
faire réponfe à votre Alteffe royale, le même jour ou
plutôt la même nuit; car j'ai paffé une bonne partie
de cette nuit à lire vos vers que ces deux paquets
contiennent, et la profe très-inftructive fur la Ruffie.

Soyez bien sûr, Monfeigneur, que vos vers font
grand tort à cette profe, et que nous aimons mieux
quatre rimes fignées *Fédéric*, que tout le détail de
l'empire des Ruffes, et que l'hiftoire univerfelle. Ce
n'eft pas parce que ces vers louent *Emilie* et moi, ce
n'eft pas par l'honneur qu'ont ces vers français d'être
de la façon d'un héritier d'une couronne d'Allemagne;
la vérité eft qu'il y en a réellement beaucoup de très-
jolis, de très-bien faits, et du meilleur ton du monde.
Madame *du Châtelet*, qui jufqu'à préfent n'a été que
philofophe, va devenir poëte pour vous répondre.
Pour moi, je fuis fi plein de vos préfens, Monfeigneur,
que je ne fais de quoi vous parler d'abord. Nous
n'avons pu encore lire le tout que très-rapidement,
mais au premier coup d'œil nous avons donné la préférence à la petite pièce en vers de huit fyllabes, qui
eft un parallèle de votre vie retirée et libre avec celle
qu'il faudra malheureufement que vous meniez un
jour.

Je fuis perfuadé d'une chofe; dites-moi fi je me
trompe, c'eft que cet ouvrage vous a moins coûté que
les autres. Il refpire la facilité de génie, l'aifance,
les grâces : il me paraît de plus que c'eft de tous les
ftyles celui qui convient peut-être le mieux à un
prince tel que vous, parce qu'il eft plein de cette
liberté et de ces agrémens que vous répandez dans

la société qui a l'honneur de vous entourer. Ce style ne sent point le travail d'un homme trop occupé de la poësie. Les autres ouvrages ont leur prix : j'aurai l'honneur de vous en parler dans ma première lettre ; mais celui-ci sera le saint du jour. Il n'y a que très-peu de fautes qui ont échappé à la vivacité du royal écrivain, et qui sont les fautes des doigts et non de l'esprit. Par exemple :

> *J'aufe* profiter de la vie,
> Sans craindre les *tres* de l'envie.

Votre main rapide a mis là *j'aufe* pour *j'ofe*, et *tres* pour *traits*, *matein* pour *matin*, &c. Vous faites *amitié* de quatre syllabes, ce mot n'est que de trois ; vous faites *carrière* de trois syllabes, ce mot n'en a que deux. Voilà des observations telles qu'en ferait le portier de l'académie française ; mais, Monseigneur, c'est que je n'en ai guère d'autres à vous faire. Je raccommode une boucle à vos souliers, tandis que les Grâces vous donnent votre chemise et vous habillent.

Ce qui me fait encore, du moins jusqu'à présent, donner la préférence à cet ouvrage, c'est qu'il est la peinture naïve de la vie que vous menez. Il me semble que je suis de la cour de votre Altesse royale, que j'ai le bonheur de l'entendre, et de lui exposer mes doutes sur les sciences qu'elle cultive : d'ailleurs Cirey est la petite image de Remusberg ; mon héroïne vit comme mon héros. J'allais vous parler, Monseigneur, de l'épître que votre Altesse royale lui adresse ; mais je ferais trop de tort à tous deux de parler pour elle.

Digne de vous parler, digne de vous entendre,
Seule elle peut répondre à vos charmans écrits ;
    Et c'eſt à cette Thaleſtris
    D'entretenir cet Alexandre.

Que j'aurai encore de remercîmens à faire à votre
Alteſſe royale ſur la lettre à M. *Duhan*, à M. *Pene!*
Je n'oſe à peine parler des vers que vous daignez
m'adreſſer. Quelle récompenſe pour moi, Monſeigneur! quel encouragement pour mériter, ſi je
peux, vos bontés! Laiſſez-moi, s'il vous plaît, me
recueillir un peu ; ma tête eſt ivre. J'aurai l'honneur de
vous parler de tout cela quand je ſerai de ſang froid.

Pour me déſenivrer, je viens vîte à la proſe, aux
éclairciſſemens ſur la Ruſſie, que vous avez daigné
faire parvenir juſqu'à moi, et dont j'étais extrêmement en peine.

Ils ont l'air d'être écrits par un homme bien au
fait, et qui connaît bien l'intérieur du pays. Je ne
ſuis point étonné de voir dans le czar *Pierre I* les
contraſtes qui déshonorent ſes grandes qualités ; mais
tout ce que je peux dire pour excuſer ce prince, c'eſt
qu'il les ſentait. Un bourgmeſtre d'Amſterdam le
louait un jour de ce qu'il voulait réformer ſa nation :
*J'y aurai beaucoup de peine*, répondit le czar ; *mais j'ai*
*un plus grand ouvrage à entreprendre. Eh! quel eſt-il?*
dit le hollandais : *C'eſt de me réformer moi-même*, reprit
le czar. Je conviens, Monſeigneur, que c'était un
barbare ; mais enfin c'eſt un barbare qui a créé des
hommes, c'eſt un barbare qui a quitté ſon empire
pour apprendre à régner, c'eſt un barbare qui a lutté
contre l'éducation et contre la nature. Il a fondé des

villes, il a joint des mers par des canaux; il a fait connaître la marine à un peuple qui n'en avait pas d'idée, il a voulu même introduire la fociété chez des hommes infociables.

Il avait de grands défauts, fans doute; mais n'étaient-ils pas couverts par cet efprit créateur, par cette foule de projets tous imaginés pour la grandeur de fon pays, et dont plufieurs ont été exécutés? N'a-t-il pas établi les arts? n'a-t-il pas enfin diminué le nombre des moines? Votre Alteffe royale a grande raifon de détefter fes vices et fa férocité; vous haïffez dans *Alexandre*, dont vous me parlez, le meurtrier de *Clitus* ; mais n'admirez-vous pas le vengeur de la Gréce, le vainqueur de *Darius*, le fondateur d'Alexandrie? ne fongez-vous pas qu'il vengeait les Grecs de l'infolent orgueil des Perfes, qu'il fondait des villes qui font devenues le centre du commerce du monde, qu'il aimait les arts, qu'il était le plus généreux des hommes? Le czar, dites-vous, Monfeigneur, n'avait pas la valeur de *Charles XII*, cela eft vrai; mais enfin ce czar, né avec peu de valeur, a donné des batailles, a vu bien du monde tué à fes côtés, a vaincu en perfonne le plus brave homme de la terre. J'aime un poltron qui gagne des batailles.

Je ne diffimulerai pas fes fautes, mais j'élèverai le plus haut que je pourrai, non-feulement ce qu'il a fait de grand et de beau, mais ce qu'il a voulu faire. Je voudrais qu'on eût jeté au fond de la mer toutes les hiftoires qui ne nous retracent que les vices et les fureurs des rois: à quoi fervent ces regiftres de crimes et d'horreurs? qu'à encourager quelquefois un prince faible à des excès dont il aurait honte, s'il n'en voyait

des exemples. La fraude et le poifon coûteront-ils
beaucoup à un pape , quand il lira qu'*Alexandre VI* 1738.
s'eft foutenu par la fourberie , et a empoifonné fes
ennemis ?

Plût à Dieu que nous ne connuffions des princes
que le bien qu'ils ont fait! L'univers ferait heureufement trompé , et peut-être nul prince n'oferait donner
l'exemple d'être méchant et tyrannique.

Je ferai probablement obligé de parler de l'impéra-
trice *Marthe* , nommée depuis *Catherine* , et du malheureux fils de ce féroce légiflateur. Oferai-je fupplier
votre Alteffe royale de me procurer quelque connaiffance fur la vie de cette femme fingulière , fur les
mœurs et fur le genre de mort du czarovitz ? J'ai bien
peur que cette mort ne terniffe la gloire du czar.
J'ignore fi la nature a défait un grand homme d'un
fils qui ne l'eût pas imité, ou fi le père s'eft fouillé
d'un crime horrible.

*Infelix , utcumque ferent ea fata nepotes !*

Votre Alteffe royale aura-t-elle la bonté de joindre
ces éclairciffemens à ceux dont elle m'a déjà honoré?
Votre deftin eft de me protéger et de m'inftruire , &c.

## LETTRE XL.

### *DE M. DE VOLTAIRE.*

5 février.

P RINCE , cet anneau magnifique
Eſt plus cher à mon cœur qu'il ne brille à mes yeux.
L'anneau de Charlemagne et celui d'Angelique
Etaient des dons moins précieux :
Et celui d'Hans-Carvel , s'il faut que je m'explique,
Eſt le ſeul que j'aimaſſe mieux.

1738.

Votre Alteſſe royale m'embarraſſe fort , Monſeigneur, par ſes bontés ; car j'ai bientôt une autre
tragédie à lui envoyer : et quelque honneur qu'il y
ait à recevoir des préſens de votre main , je voudrais
pourtant que cette nouvelle tragédie ſervît, s'il ſe
peut , à payer la bague , au lieu de paraître en
briguer une nouvelle.

Pardon de ma poëtique inſolence, Monſeigneur ;
mais comment voulez-vous que mon courage ne ſoit
un peu enflé ? Vous me donnez votre ſuffrage : voilà,
Monſeigneur , la plus flatteuſe récompenſe; et je m'en
tiens ſi bien à ce prix , que je ne crois pas vouloir en
tirer un autre de ma Mérope. Votre Alteſſe royale me
tiendra lieu du public. Car c'eſt aſſez pour moi que
votre eſprit mâle et digne de votre rang ait approuvé
une pièce françaiſe ſans amour. Je ne ferai pas l'honneur
à notre parterre et à nos loges de leur préſenter un
ouvrage qui condamne trop ce goût frélaté et efféminé,
introduit parmi nous. J'oſe penſer, d'après le ſentiment

de

de votre Alteſſe royale que tout homme qui ne ſe ſera
pas gâté le goût par ces élégies amoureuſes que nous
nommons tragédies, ſera touché de l'amour maternel
qui règne dans Mérope ; mais nos Français ſont mal-
heureuſement ſi galans et ſi jolis, que tous ceux qui
ont traité de pareils ſujets les ont toujours ornés d'une
petite intrigue entre une jeune princeſſe et un fort
aimable cavalier. On trouve une partie quarrée toute
établie dans l'Electre de *Crébillon*, pièce remplie
d'ailleurs d'un tragique très-pathétique. L'Amaſis de
*la Grange*, qui eſt le ſujet de Mérope, eſt enjolivé
d'un amour très-bien tourné. Enfin voilà notre goût
général ; *Corneille* s'y eſt toujours aſſervi. Si *Céſar*
vient en Egypte, c'eſt pour y voir *une reine adorable; et*
*Antoine* lui répond : *Oui, Seigneur, je l'ai vue, elle eſt*
*incomparable.* Le vieux *Marcien*, le ridé *Sertorius*, ſainte
*Pauline*, Ste *Théodore* la proſtituée, ſont amoureux.

Ce n'eſt pas que l'amour ne puiſſe être une paſſion
digne du théâtre ; mais il faut qu'il ſoit tragique,
paſſionné, furieux, cruel et criminel, horrible, ſi
l'on veut, et point du tout galant.

Je ſupplie votre Alteſſe royale de lire la Mérope
italienne du marquis *Mafféi;* elle verra que, toute différente qu'elle eſt de la mienne, j'ai du moins le bonheur
de me rencontrer avec lui dans la ſimplicité du ſujet,
et dans l'attention que j'ai eue de n'en pas partager l'intérêt par une intrigue étrangère. C'eſt une occupation
digne d'un génie comme le vôtre, que d'employer
ſon loiſir à juger les ouvrages de tout pays : voilà la
vraie monarchie univerſelle ; elle eſt plus ſûre que celle
où les maiſons d'*Autriche* et de *Bourbon* ont aſpiré. Je
ne fais encore ſi votre Alteſſe royale a reçu mon

——— paquet et la lettre de madame la marquife *du Châtelet*,
1738. par la voie de M. *Plet*. Je vous quitte, Monfeigneur,
pour aller vîte travailler au nouvel ouvrage dont
j'efpère amufer, dans quelques femaines, le *Trajan*
et le *Mécène* du Nord.

Je fuis avec le plus profond refpect et la plus
tendre reconnaiffance, Monfeigneur, de votre Alteffe
royale, &c.

## LETTRE XLI.

### *DU PRINCE ROYAL.*

A Remusberg, le 4 février.

MONSIEUR,

JE fuis bien fâché que l'hiftoire du czar et mes
mauvais vers fe foient fait attendre fi long-temps.
Vous en rêvez de meilleurs que je n'en fais les yeux
ouverts ; et fi dans la foule il s'en trouve de paffables,
c'eft qu'ils feront volés ou imités d'après les vôtres.
Je travaille comme ce fculpteur qui, lorfqu'il fit la
*Vénus de Médicis*, compofa les traits de fon vifage et
les proportions de fon corps d'après les plus belles
perfonnes de fon temps. C'étaient des pièces de rapport ; mais fi ces dames lui euffent redemandé, l'une
fes yeux, l'autre fa gorge, une autre fon tour de
vifage, que ferait-il refté à la pauvre *Vénus* du
ftatuaire ?

Je vous avoue que le parallèle de ma vie et de celle
de la cour m'a peu coûté ; vous lui donnez plus de

louanges qu'il n'en mérite. C'est plutôt une relation de mes occupations qu'une pièce poétique, ornée d'images qui lui conviennent. J'ai pensé ne pas vous l'envoyer, tant j'en ai trouvé le style négligé.

J'attends, avec bien de l'impatience, les vers qu'*Emilie* veut bien se donner la peine de composer. Je suis toujours sûr de gagner au troc ; et, si j'étais cartésien, je tirerais une grande vanité d'être la cause occasionnelle des bonnes productions de la marquise. On dit que, lorsqu'on fait des dons aux princes, ils les rendent au centuple ; mais ici c'est tout le contraire : je vous donne de la mauvaise monnaie, et vous me rendez des marchandises inestimables. Qu'on est heureux d'avoir affaire à un esprit comme le vôtre ou comme celui d'*Emilie* ! C'est un fleuve qui se déborde, et qui fertilise les campagnes sur lesquelles il se répand.

Il ne me serait pas difficile de faire ici l'énumération de tous les sujets de reconnaissance que vous m'avez donnés, et j'aurais une infinité de choses à dire du Mondain, de sa défense, de l'ode à *Emilie* et d'autres pièces, et de l'incomparable Mérope. Ce sont de ces présens que vous seul êtes en état de faire.

Vous ne sauriez croire à quel point vos vers rabaissent mon amour propre ; il n'y a rien qui tienne contre eux.

Je suis dans le cas de ces espagnols établis au Mexique, qui fondent une divinité fort singulière sur la beauté de leur peau bise et de leur teint olivâtre. Que deviendraient-ils s'ils voyaient une beauté européane, un teint brillant des plus belles couleurs, une peau dont la finesse est comme celle de ces vernis qui couvrent les peintures, et laiffent entrevoir jufqu'aux traits du pinceau les plus fubtils ? Leur orgueil, ce me femble, fe trouverait fapé par le fondement ; et je me trompe fort, ou les miroirs de ces ridicules *Narciffes* feraient caffés avec dépit et avec emportement.

Vous me paraiffez fatisfait des mémoires du czar *Pierre I*, que je vous ai envoyés, et je le fuis de ce que j'ai pu vous être de quelque utilité. Je me donnerai tous les mouvemens néceffaires pour vous faire avoir les particularités des aventures de la czarine, et la vie du czarovitz que vous demandez. Vous ne ferez pas fatisfait de la manière dont ce prince a fini fes jours, la férocité et la cruauté de fon père ayant mis fin à fa trifte deftinée.

Si l'on voulait fe donner la peine d'examiner, à tête repofée, le bien et le mal que le czar a fait dans fon pays, de mettre fes bonnes et mauvaifes qualités dans la balance, de les pefer, et de juger enfuite de lui fur celles de fes qualités qui l'emporteraient, on trouverait peut-être que ce prince a fait beaucoup de mauvaifes actions brillantes, qu'il a eu des vices héroïques, et que fes vertus ont été obfcurcies et éclipfées par une foule innombrable de vices. Il me femble que l'humanité doit être la première qualité d'un homme raifonnable. S'il part de ce principe, malgré fes défauts, il n'en peut arriver que du bien. Mais, fi au contraire un homme n'a que des fentimens barbares et inhumains, il fe peut bien qu'il faffe quelque bonne action ; mais fa vie fera toujours fouillée par fes crimes.

Il eft vrai que les hiftoires font en partie les archives

de la méchanceté des hommes ; mais, en offrant le
poifon, elles offrent auffi l'antidote. Nous voyons dans   1738.
l'hiftoire quantité de méchans princes, des tyrans, des
monftres, et nous les voyons tous haïs de leurs peuples,
déteftés de leurs voifins, et en abomination dans tout
l'univers. Leur nom feul devient une injure ; et c'eft
un opprobre à la réputation des vivans que d'être
apoftrophés du nom de ces morts.

Peu de perfonnes font infenfibles à leur réputation ;
quelque méchans qu'ils foient, ils ne veulent pas
qu'on les prenne pour tels ; et, malgré qu'on en ait,
ils veulent être cités comme des exemples de vertu
et de probité, et d'hommes héroïques. Je crois qu'avec
de femblables difpofitions, la lecture de l'hiftoire, et
les monumens qu'elle nous laiffe de la mauvaife
réputation de ces monftres que la nature a produits,
ne peut que faire un effet avantageux fur l'efprit des
princes qui les lifent ; car, en regardant les vices
comme des actions qui dégradent et qui terniffent la
réputation, le plaifir de faire du bien doit paraître fi
pur, qu'il n'eft pas poffible de n'y être point fenfible.

Un homme ambitieux ne cherche point dans
l'hiftoire l'exemple d'un ambitieux qui a été détefté ;
et quiconque lira la fin tragique de *Céfar* apprendra à
redouter les fuites de la tyrannie. De plus, les hommes
fe cachent, autant qu'ils peuvent, la noirceur et la
méchanceté de leur cœur. Ils agiffent indépendamment
des exemples ; et d'ailleurs, fi un fcélérat veut autori-
fer fes crimes par des exemples, il n'a pas befoin
( ceci foit dit à l'honneur de notre fiècle ) de remonter
jufqu'à l'origine du monde pour en trouver. Le genre
humain corrompu en préfente tous les jours de plus

O 3

récens, et qui par-là même en ont plus de force. Enfin il n'y a qu'à être homme pour être en état de juger de la méchanceté des hommes de tous les siècles. Il n'est pas étonnant que vous n'ayez pas fait les mêmes réflexions.

> Ton ame, de tout temps à la vertu nourrie,
> Cherche ses alimens dans la philosophie,
> Et sut l'art d'enchaîner tous ces tyrans fougueux
> Qui déchirent les cœurs des humains malheureux.
> Tranquille au haut des cieux, où nul mortel t'égale,
> Le vice est à tes yeux comme une terre auftrale.

Mon impatience n'est pas encore contentée sur l'arrivée de *Céfarion* et du siècle de *Louis le grand*. La goutte les arrête en chemin. Il faut, à la vérité, favoir se passer des agrémens dans la vie, quoique j'espère que mon attente ne durera guère, et que ce *Jason* me rendra dans peu possesseur de cette toison d'or tant défirée et tant attendue.

Vous pouvez vous attendre, et je vous le promets, à toute la sincérité et à toute la franchise de ma part fur vos ouvrages. Mes doutes font des espèces d'inter-rogatoires qui vous obligent à la justice de m'instruire.

Je vous prie d'affurer l'incomparable *Emilie* de l'estime dont je fuis pénétré pour elle. Mais je m'aper-çois que je finis mes lettres par des falutations aux fœurs, comme St *Paul* avait coutume de conclure fes épîtres; quoique je fois perfuadé que, ni fous l'éco-nomie de l'ancienne loi, ni fous celle du nouveau teftament, il n'y eût d'iduméenne qui valût la centième partie d'*Emilie*. Quant à l'estime, l'amitié et la confidération que j'ai pour vous , elles ne finiront jamais , étant , Monfieur , votre très-fidèlement 1738. affectionné ami ,

FÉDÉRIC.

# LETTRE XLII.

## DE M. DE VOLTAIRE.

Février.

MONSEIGNEUR,

UNE maladie qui a fait le tour de la France eft enfin venue s'emparer de ma figure légère , dans un château qui devrait être à l'abri de tous les fléaux de ce monde , puifqu'on y vit fous les aufpices *divi Federici et divæ Emiliæ*. J'étais au lit lorfque je reçus à la fois deux lettres bien confolantes de votre Alteffe royale ; l'une par la voie de M. *Thiriot* , à qui votre Alteffe royale , très-jufte dans fes épithètes , donne celle de trompette , mais qui eft auffi une des trompettes de votre gloire ; l'autre lettre eft venue en droiture à fa deftination.

Toutes celles dont vous m'avez honoré , Monfeigneur , ont été autant de bienfaits pour moi ; mais la dernière eft celle qui m'a caufé le plus de joie. Ce n'eft pas fimplement parce qu'elle eft la dernière , c'eft parce que vous avez jugé des défauts de Mérope comme fi votre Alteffe royale avait paffé fa vie à fréquenter nos théâtres. Nous en parlions , la fublime *Emilie* et moi , et nous nous demandions fi cette crainte que marquait *Polifonte* au quatrième acte , fi cette langueur du vieux

O 4

bon homme *Narbas*, et ce foin de fe conferver, au cinquième, auraient déplu à votre Alteffe royale. Le courrier des lettres arriva, et apporta vos critiques; nous fûmes enchantés. Que croyez-vous que je fis fur le champ, Monfeigneur, tout malade que j'étais? vous le devinez bien : je corrigeai et ce quatrième et ce cinquième acte.

Je m'étais un peu hâté, Monfeigneur, de vous envoyer l'ouvrage. L'envie de préfenter des prémices *divo Federico*, ne m'avait pas permis d'attendre que la moiffon fût mûre ; ainfi je vous fupplie de regarder cet effai comme des fruits précoces : ils approchent un peu plus actuellement de leur point de maturité. J'ai beaucoup retouché la fin du fecond, la fin du troifième, le commencement et la fin du quatrième, et prefque la moitié du cinquième. Si votre Alteffe royale le permet, je lui enverrai ou bien une copie des quatre actes retouchés, ou bien feulement les endroits corrigés.

Je crois que M. *Thiriot* enverra bientôt à votre Alteffe royale une tragédie nouvelle, qui eft infiniment goûtée à Paris ; elle eft d'un homme à peu-près de mon âge, nommé *la Chauffée*, qui s'eft mis à compofer pour le théâtre affez tard, comme s'il avait voulu attendre que fon génie fût dans toute fa force. Il a fait déjà une comédie fort eftimée, intitulée *le Préjugé à la mode*, et une *Epître à Clio*, dont les trois quarts font un ouvrage parfait dans fon genre. J'efpère beaucoup de fa tragédie de Maximien ; ce fera un amufement de plus pour Remusberg. Il fera lu et approuvé par votre Alteffe royale ; je ne peux lui fouhaiter rien de mieux.

Vous êtes notre juge, Monfeigneur ; nous fommes comme les peuples d'Elide qui crurent n'avoir point établi des jeux honorables, fi on ne les approuvait en —— Egypte. 1738.

Votre Alteſſe royale me fait frémir en me parlant de ce que je ſoupçonnais du czar. Ah ! cet homme eſt indigne d'avoir bâti des villes : c'eſt un tigre qui a été le légiſlateur des loups.

Votre Alteſſe royale daigne me promettre la can- tate de la *le Couvreur ;* ah ! Monſeigneur, honorez donc Cirey de ce préſent ; il faut qu'une partie de nos plaiſirs nous vienne de Remusberg. Je ſerai en paradis quand mes oreilles entendront mes vers embellis par votre muſique, et chantés par *Emilie.*

Je voudrais que tous nos petits rimailleurs puſſent lire ce que votre Alteſſe royale m'a écrit ſur le ſtyle marotique, et ſur le ridicule d'exprimer en vieux mots des choſes qui ne méritent d'être exprimées en aucune langue. *Greſſet* ne tombe point dans ce défaut ; il écrit purement ; il a des vers heureux et faciles ; il ne lui manque que de la force, un peu de variété, et ſur-tout un ſtyle plus concis : car il dit d'ordinaire en dix vers ce qu'il ne faudrait dire qu'en deux ; mais votre eſprit ſupérieur ſent tout cela mieux que moi.

Je m'imagine que M. le baron de *Keyſerling* eſt enfin revenu vers ſon étoile polaire, et que *Louis XIV* et *Newton* ont ſubi leur arrêt. J'attends cet arrêt pour continuer ou pour ſuſpendre l'hiſtoire du ſiècle de *Louis XIV.*

Je ſuis avec un profond reſpect et la plus tendre reconnaiſſance, *pariter cum Emiliâ,* &c.

# LETTRE XLIII.

## DU PRINCE ROYAL.

A Remusberg, le 17 février.

MONSIEUR,

—— 1738. ON vient de me rendre votre lettre du 23 janvier, qui sert de réponse, ou plutôt de réfutation, à celle du 26 décembre que je vous avais écrite. Je me repens bien de m'être engagé trop légèrement, et peut-être inconsidérément, dans une discussion métaphysique, avec un adversaire qui va me battre à plate couture; mais il n'est plus temps de reculer lorsqu'on a déjà tant fait.

Je me souviens, à cette occasion, d'avoir été présent à une dispute où il s'agissait de la préférence que l'on devait ou à la musique française ou à l'italienne. Celui qui fesait valoir la française se mit à chanter misérablement une ariette italienne, en soutenant que c'était la plus abominable chose du monde; de quoi on ne disconvenait point. Après quoi il pria quelqu'un qui chantait très-bien en français, et qui s'en acquitta à merveille, de faire les honneurs de *Lulli*. Il est certain que, si on avait jugé de ces deux musiques différentes sur cet échantillon, on n'aurait pu que rejeter le goût italien, et au fond je crois qu'on aurait mal jugé.

La métaphysique ne serait-elle pas entre mes mains ce que cette ariette italienne était dans la bouche de ce cavalier qui n'y entendait pas grand'chose ? —— Quoi qu'il en foit, j'ai votre gloire trop à cœur pour vous céder gain de caufe, fans plus faire de réfiftance. Vous aurez l'honneur d'avoir vaincu un adverfaire intrépide, et qui fe fervira de toutes les défenfes qui lui reftent et de tout fon magafin d'argumens, avant que de battre la chamade.

Je me fuis aperçu que la différence dans la manière d'argumenter, nous éloignait le plus dans les fyftêmes que nous foutenons. Vous argumentez à *pofteriori*, et moi à *priori* ; ainfi, pour nous conduire avec plus d'ordre, et pour éviter toute confufion dans les profondes ténèbres métaphyfiques dont il faut nous débrouiller, je crois qu'il ferait bon de commencer par établir un principe certain : ce fera le pôle avec lequel notre bouffole s'orientera ; ce fera le centre où toutes les lignes de mon raifonnement doivent aboutir.

Je fonde tout ce que j'ai à vous dire fur la providence, fur la fageffe et fur la préfcience de DIEU. Ou DIEU eft fage, ou il ne l'eft pas. S'il eft fage, il ne doit rien laiffer au hafard ; il doit fe propofer un but, une fin en tout ce qu'il fait : fi DIEU eft fans fageffe, ce n'eft plus un DIEU ; c'eft un être fans raifon, un aveugle hafard, un affemblage contradictoire d'attributs qui ne peuvent exifter réellement. Il faut donc que néceffairement la fageffe, la prévoyance et la préfcience foient des attributs de DIEU ; ce qui prouve fuffifamment que DIEU voit les effets dans leurs caufes, et que, comme infiniment puiffant, fa volonté s'accorde avec tout ce qu'il prévoit. Remarquez en paffant que ceci détruit les contingens futurs ;

car l'avenir ne peut point avoir d'incertitude à l'égard de DIEU tout-puiffant, qui veut tout ce qu'il peut, et qui peut tout ce qu'il veut.

Vous trouverez bon à préfent que je réponde aux objections que vous venez de me faire. Je fuivrai l'ordre que vous avez tenu, afin que par ce parallèle la vérité en devienne plus palpable.

I. La liberté de l'homme, telle que vous la défi-niffez, ne faurait avoir, felon mon principe, une raifon fuffifante; car, comme cette liberté ne pouvait venir uniquement que de DIEU, je vais vous prouver que cela même implique contradiction, et qu'ainfi c'eft une chofe impoffible. DIEU ne peut changer l'effence des chofes : car, comme il lui eft impoffible de donner à un triangle, en tant que triangle, un quarré, de faire que le paffé n'ait pas été, auffi peu faurait-il changer fa propre effence. Or il eft de fon effence, comme un DIEU fage, tout-puiffant et con-naiffant l'avenir, de fixer les événemens qui doivent arriver dans tous les fiècles qui s'écouleront : il ne faurait donner à l'homme la liberté d'agir diamétrale-ment à ce qu'il avait voulu; de quoi il réfulte qu'on dit une contradiction, lorfqu'on foutient que DIEU peut donner la liberté à l'homme.

II. L'homme penfe, opère des mouvemens, et agit, j'en conviens, mais d'une manière fubordon-née aux inviolables lois du deftin. Tout avait été prévu par la Divinité, tout avait été réglé; mais l'homme, qui ignore l'avenir, ne s'aperçoit pas qu'en femblant agir indépendamment, toutes fes actions tendent à remplir les décrets de la Providence.

On voit la Liberté, cette efclave fi fière,
Par d'invifibles nœuds dans ces lieux prifonnière:
Sous un joug inconnu que rien ne peut brifer,
DIEU fait l'affujettir fans la tyrannifer.

LA HENRIADE.

III. Je vous avoue que j'ai été ébloui par le début de votre troifième objection. J'avoue qu'un Dieu trompeur, iffu de mon propre fyftême, me furprit; mais il faut examiner fi ce Dieu nous trompe autant qu'on veut bien le faire croire.

Ce n'eft point l'être infiniment fage, infiniment conféquent qui en impofe à fes créatures par une liberté feinte qu'il femble leur avoir donnée. Il ne leur dit point : Vous êtes libres, vous pouvez agir felon votre volonté; mais il a trouvé à propos de cacher à leurs yeux les refforts qui les font agir. Il ne s'agit point ici du miniftère des paffions, qui eft une voie entièrement ouverte à notre fujétion; au contraire, il ne s'agit que des motifs qui déterminent notre volonté. C'eft une idée d'un bonheur que nous nous figurons, ou d'un avantage qui nous flatte, et dont la repréfentation fert de règle à tous les actes de notre volonté. Par exemple, un voleur ne déroberait point s'il ne fe figurait un état heureux dans la poffeffion du bien qu'il veut ravir; un avare n'amafferait pas tréfor fur tréfor, s'il ne fe repréfentait pas un bonheur idéal dans l'entaffement de toutes fes richeffes; un foldat n'expoferait point fa vie, s'il ne trouvait fa félicité dans l'idée de la gloire et de la réputation qu'il peut acquérir, d'autres dans l'avancement, d'autres dans des récompenfes qu'ils

attendent : en un mot, tous les hommes ne se gouvernent que par les idées qu'ils ont de leur avantage
et de leur bien-être.

IV. Je crois d'ailleurs que j'ai suffisamment déve-
loppé la contradiction qui se trouve dans le système
du *franc arbitre*, tant par rapport aux perfections de
DIEU, que relativement à ce que l'expérience nous
confirme. Vous conviendrez donc avec moi que les
moindres actions de la vie découlent d'un principe
certain, d'une idée de bonheur qui nous frappe ; et
c'est ce qu'on appelle motifs raisonnables, qui sont,
selon moi, les cordes et les contrepoids qui font
agir toutes les machines de l'univers ; ce sont les
ressorts cachés dont il plaît à DIEU de se servir pour
assujettir nos actions à sa volonté suprême.

Les tempéramens des hommes et les causes occa-
sionnelles (toutes également asservies à la volonté
divine) donnent ensuite lieu aux modifications de
leurs volontés, et causent la différence si notable que
nous voyons dans les actions des hommes.

V. Il me semble que les révolutions des corps
célestes, et l'ordre auquel tous ces mondes sont assu-
jettis, pourraient nous fournir encore un argument
bien fort pour soutenir la nécessité absolue.

Pour peu qu'on ait de connaissance de l'astronomie,
on est instruit de la régularité infinie avec laquelle les
planètes font leur cours. On connaît d'ailleurs les lois
de la pesanteur, de l'attraction, du mouvement,
toutes lois inviolables de la nature. Si des corps de
cette matière, si des mondes, si tout l'univers est
assujetti à des lois fixes et permanentes, comment
est-ce que M. *Clarke*, que *Newton* viendront me dire

que l'homme, cet être fi petit, fi imperceptible en ——
comparaifon de ce vafte univers, que dis-je, ce 1738.
malheureux reptile qui rampe fur la furface de ce
globe qui n'eft qu'un point dans l'univers, cette
miférable créature aura-t-elle feule le préalable d'agir
au hafard, de n'être gouvernée par aucunes lois, et,
en dépit de fon créateur, de fe déterminer fans raifon
dans fes actions ? car qui foutient la *liberté entière* des
hommes, nie pofitivement que les hommes foient
raifonnables, et qu'ils fe gouvernent felon les principes
que j'ai allégués ci-deffus. Fauffeté évidente ; il ne faut
que vous connaître pour en être convaincu.

VI. Ayant déjà répondu à votre fixième objection,
il me fuffira de rappeler ici que D I E U ne pouvant
pas changer l'effence des chofes, ne faurait par conféquent fe priver de fes attributs.

VII. Après avoir prouvé qu'il eft contradictoire
que D I E U puiffe donner à l'homme la liberté d'agir,
il ferait fuperflu de répondre à la feptième objection,
quoique je ne puiffe m'empêcher de dire, au nom
des *Wolf* et des *Leibnitz*, aux *Clarke* et aux *Newton*,
qu'un Dieu qui entre dans la régie du monde entre
dans les plus petits détails, dirige toutes les actions
des hommes dans le même temps qu'il pourvoit aux
befoins d'un nombre innombrable de mondes, me
paraît bien plus admirable qu'un Dieu qui, à
l'exemple des nobles et des grands d'Efpagne, adon-
nés à l'oifiveté, ne s'occupe de rien. De plus, que
deviendra l'immenfité de D I E U fi, pour le foulager,
nous lui ôtons le foin des petits détails ?

Je le répète, le fyftême de *Wolf* explique les actions
des hommes conformément aux attributs de D I E U,
et à l'autorité de l'expérience.

VIII. Quant aux emportemens et aux paffions violentes des hommes, ce font des refforts qui nous frappent, puifqu'ils tombent vifiblement fous nos fens ; les autres n'en exiftent pas moins ; mais ils demandent plus d'application d'efprit et plus de méditation pour être découverts.

IX. Les défirs et la volonté font deux chofes qu'il ne faut pas confondre, j'en conviens ; mais le triomphe de la volonté fur les défirs ne prouve rien en faveur de la liberté. Ce triomphe ne prouve autre chofe finon qu'une idée de gloire qu'on fe préfente en fupprimant fes défirs. Une idée d'orgueil, quelquefois auffi de prudence, nous détermine à vaincre ces défirs ; ce qui eft l'équivalent de ce que j'ai établi plus haut.

X. Puifque fans DIEU le monde ne pourrait pas avoir été créé, comme vous en convenez, et puifque je vous ai prouvé que l'homme n'eft pas libre, il s'enfuit que, puifqu'il y a un DIEU, il y a une néceffité abfolue ; et, puifqu'il y a une néceffité abfolue, l'homme doit par conféquent y être affujetti, et ne faurait avoir de liberté.

Réfuterai-je encore le fyftême des fociniens après avoir fuffifamment établi le mien ? Dès qu'il eft démontré que DIEU ne faurait rien faire de contraire à fon effence, on en peut tirer la conféquence que tout ce qu'on peut dire pour prouver la liberté de l'homme fera toujours également faux. Le fyftême de *Wolf* eft fondé fur les attributs qu'on a démontrés en DIEU ; le fyftême contraire n'a d'autre bafe que des fuppofitions évidemment fauffes : vous comprenez que tous les autres s'écroulent d'eux-mêmes.

Pour

1738.

Pour ne rien laiffer en arrière , je dois vous faire remarquer une inconféquence qui me paraît être dans le plaifir que DIEU prend de voir agir des créatures libres. On ne s'aperçoit pas qu'on juge de toutes chofes par un certain retour qu'on fait fur foi-même : par exemple , un homme prend plaifir à voir une république laborieufe de fourmis pourvoir avec une efpèce de fageffe à fa fubfiftance ; de-là on s'imagine que DIEU doit trouver le même plaifir aux actions des hommes. Mais on ne s'aperçoit pas , en raifonnant de la forte , que le plaifir eft une paffion humaine, et que , comme DIEU n'eft pas un homme, qu'il eft un être parfaitement heureux en lui-même, il n'eft fufceptible de recevoir aucune impreffion, ni de joie, ni d'amour , ni de haine , ni de toutes les paffions qui troublent les humains.

On foutient, il eft vrai, que DIEU voit le paffé, le préfent et l'avenir ; que le temps ne le vieillit point, et que le moment d'à préfent, des mois, des années, des mille milliers d'années ne changent rien à fon être , et ne font , en comparaifon de fa durée qui n'a ni commencement ni fin , que comme un inftant , et moins encore qu'un clin d'œil.

Je vous avoue que le Dieu de M. *Clarke* m'a bien fait rire. C'eft un Dieu affurément qui fréquente les cafés , et qui fe met à politiquer avec quelques miférables nouvelliftes fur les conjonctures préfentes de l'Europe. Je crois qu'il doit être bien embarraffé à préfent pour deviner ce qui fe fera la campagne prochaine en Hongrie, et qu'il attend avec grande impatience l'arrivée des événemens, pour favoir s'il s'eft trompé dans fes conjectures ou non.

Je n'ajouterai qu'une réflexion à celles que je viens de faire ; c'est que ni le franc arbitre ni la fatalité abfolue ne difculpent pas la Divinité de fa participation au crime : car que D I E U nous donne la liberté de mal faire, ou qu'il nous pouffe immédiatement au crime, cela revient à peu-près au même ; il n'y a que du plus ou du moins. Remontez à l'origine du mal, vous ne pourrez que l'attribuer à D I E U, à moins que vous ne vouliez embraffer l'opinion des manichéens touchant les deux principes ; ce qui ne laiffe pas d'être hériffé de difficultés. Puis donc que felon nos fyftêmes D I E U eft également le père des crimes et des vertus, puifque MM. *Clarke*, *Locke* et *Newton* ne me préfentent rien qui concilie la fainteté de D I E U avec le fauteur des crimes, je me vois obligé de conferver mon fyftême ; il eft plus lié, plus fuivi. Après tout, je trouve une efpéce de confolation dans cette *fatalité abfolue*, dans cette *néceffité* qui dirige tout, qui conduit nos actions, et qui fixe les deftinées.

Vous me direz que c'eft une petite confolation que celle que l'on tire des confidérations de notre mifère et de l'immutabilité de notre fort, j'en conviens ; mais il faut bien s'en contenter faute de mieux. Ce font de ces remèdes qui affoupiffent les douleurs, et qui laiffent à la nature le temps de faire le refte.

Après vous avoir fait un expofé de mes opinions, j'en reviens comme vous à l'infuffifance de nos lumières. Il me paraît que les hommes ne font pas faits pour raifonner profondément fur les matières abftraites. D I E U les a inftruits autant qu'il eft néceffaire pour fe gouverner dans ce monde, mais non pas autant qu'il faudrait pour contenter leur curiofité.

C'eft que l'homme eft fait pour agir, et non pas pour
contempler.

Prenez-moi, Monfieur, pour tout ce qu'il vous
plaira, pourvu que vous veuillez croire que votré
perfonne eft l'argument le plus fort qu'on puiffe préfenter en faveur de notre être. J'ai une idée plus
avantageufé des hommes en vous confidérant, et
d'autant plus fuis-je perfuadé qu'il n'y a qu'un Dieu
ou quelque chofe de divin qui puiffe raffembler dans
une même perfonne toutes les perfections que vous
poffédez. Ce ne font pas des idées indépendantes qui
vous gouvernent : vous agiffez felon un principe,
felon la plus fublime raifon ; donc vous agiffez felon
une néceffité. Ce fyftême, bien loin d'être contraire
à l'humanité et aux vertus, y eft même très-favorable,
puifque, trouvant notre bonheur, notre intérêt et
notre fatisfaction dans l'exercice de la vertu, ce nous
eft une néceffité de nous porter toujours envers ce
qui eft vertueux : et comme je ne faurais n'être pas
reconnaiffant fans me rendre infupportable à moi-
même, mon bonheur, mon repos, l'idée de mon
bien-être m'obligent à la reconnaiffance.

J'avoue que les hommes ne fuivent pas toujours la
vertu ; et cela vient de ce qu'ils ne fe font pas tous la
même idée du bonheur ; que les caufes étrangères et
les paffions leur donnent lieu de fe conduire d'une
façon différente, et felon ce qu'ils croient de leur
intérêt. Le tumulte de leurs paffions fait furfeoir dans
ces momens les mûres délibérations de l'efprit et de
la raifon.

Vous voyez, Monfieur, par ce que je viens de
vous dire, que mes opinions métaphyfiques ne

renverfent aucunement les principes de la faine morale, d'autant plus que la raifon la plus épurée nous fait trouver les feuls véritables intérêts de notre confervation dans la bonne morale.

Au refte, j'en agis avec mon fyftême comme les bons enfans avec leurs pères; ils connaiffent leurs défauts et les cachent. Je vous préfente un tableau du beau côté, mais je n'ignore pas que ce tableau a un revers.

On peut difputer des fiècles entiers fur ces matières, et après les avoir, pour ainfi dire, épuifées, on en revient où l'on avait commencé. Dans peu nous en ferons à l'âne de Buridan.

Je ne faurais affez vous dire, Monfieur, jufqu'à quel point je fuis charmé de votre franchife; votre fincérité ne vous mérite pas un petit éloge. C'eft par-là que vous me perfuadez que vous êtes de mes amis, que votre efprit aime la vérité, que vous ne me la déguiferez jamais. Soyez perfuadé, Monfieur, que votre amitié et votre approbation m'eft plus flatteufe que celle de la moitié du genre humain.

Les Dieux font pour Céfar, mais Caton fuit Pompée.

Si j'approchais de la divine *Emilie*, je lui dirais comme l'ange annonciateur: Vous êtes la bénie d'entre les femmes, car vous poffédez un des plus grands hommes du monde; et je n'oferais lui dire: *Marie* a choifi le bon parti, elle a embraffé la philofophie.

En vérité, Monfieur, vous étiez bien néceffaire dans le monde pour que j'y fuffe heureux. Vous venez de m'envoyer deux épîtres qui n'ont jamais eu leurs femblables. Il fera donc dit que vous vous furpafferez toujours vous-même. Je n'ai pas jugé de ces deux 1738. épîtres comme d'un thême de philofophie ; mais je les ai confidérées comme des ouvrages tiffus de la main des Grâces.

Vous avez ravi à *Virgile* la gloire du poëme épique, à *Corneille* celle du théâtre, vous en faites autant à préfent aux épîtres de *Defpréaux*. Il faut avouer que vous êtes un terrible homme. C'eft-là cette monarchie que *Nabuchodonofor* vit en rêve, et qui engloutit toutes celles qui l'avaient précédée.

Je finis en vous priant de ne pas laiffer long-temps dépareillées les belles épîtres que vous avez bien voulu m'envoyer. Je les attends avec la dernière impatience et avec cette avidité que vos ouvrages infpirent à tous vos lecteurs.

La philofophie me prouve que vous êtes l'être du monde le plus digne de mon eftime ; mon cœur m'y engage, et la reconnaiffance m'y oblige ; jugez donc de tous les fentimens avec lefquels je fuis,

Monfieur,

votre très-fidèle ami,

FÉDÉRIC.

## LETTRE XLIV.

### DU PRINCE ROYAL.

A Remusberg, le 19 février.

MONSIEUR,

1738. JE viens de recevoir la lettre que vous m'avez écrite du .... janvier. J'y vois la bonté avec laquelle vous excufez mes fautes, et la fincérité avec laquelle vous voulez bien me les découvrir. Vous daignez quitter pour quelques momens le ciel de *Newton* et l'aimable compagnie des Mufes, pour décraffer un poëte nouveau dans les eaux bondiffantes de l'Hippocrène. Vous quittez le pinceau en ma faveur pour prendre la lime; enfin vous vous donnez la peine de m'apprendre à épeler, vous qui favez penfer. Mais je vous importunerai encore; et je crains que vous ne me preniez pour un de ces gens à qui on fait quelque charité, et qui en demandent toujours davantage.

Madame *du Châtelet* m'a adreffé des vers que j'ai admirés à caufe de leur beauté, de leur nobleffe et de leur tour original. (*) J'ai été fort étonné en même temps de voir qu'on m'y donnait du *divin*, quoique je connaiffe, par les mêmes endroits qu'*Alexandre*, que je ne fuis pas de célefte origine, et que je crains fort qu'en qualité de Dieu, mon fort ne devienne femblable à celui de cette canaille de nouveaux Dieux que *Lucien* nous dit avoir été chaffés de l'Olympe par *Jupiter*, ou bien aux faints que le fieur de *Launoy* trouva fort à

(*) Voyez l'épître XLVIII, page 105, du volume d'*Epîtres*.

propos de dénicher du paradis. Quoi qu'il en soit, j'ai
répondu en vers à madame *du Châtelet*, et je vous
prie, Monsieur, de vouloir bien donner quelques
coups de plume à cette pièce, afin qu'elle soit digne
d'être offerte à la marquise.

Je regarde cette *Emilie* comme une divinité d'ancienne date, à laquelle il n'est pas permis de parler
le langage des humains. Il faut lui parler celui des
Dieux, il faut lui parler en vers. Il est bien permis
à nous autres hommes de s'égayer quand nous nous
mêlons de parler une langue qui nous est si étrangère ;
aussi puis-je espérer que vos divinités voudront excuser les fautes que font ces pauvres mortels quand ils
se mêlent de vouloir parler comme vous.

J'attends quelque coup de foudre de la part du
*Jupiter* de Cirey, sur certaine discussion de métaphysique que j'ai osé hasarder. Je fais ce que je puis pour
m'élever aux cieux ; je remue les bras, et je crois
voler ; mais quoi que je puisse faire, je sens bien que
mon esprit n'est pas de nature à pouvoir se démêler
de toutes les difficultés qui se présentent dans cette
carrière.

Il semble que le Créateur nous a donné autant de
raison qu'il nous en faut pour nous conduire sagement
dans ce monde, et pour pourvoir à tous nos besoins ;
mais il semble aussi que cette raison ne suffit pas pour
contenter ce fond insatiable de curiosité que nous
avons en nous, et qui s'étend souvent trop loin. Les
absurdités et les contradictions qui se rencontrent de
toutes parts, donnent sans fin naissance au pyrrho-
nisme ; et, à force d'imaginer, on ne parle qu'à son
imagination. Après tout, je tiens pour une vérité

incontestable et certaine le plaisir et l'admiration que vous me causez. Ce n'est point une illusion des sens, un préjugé frivole, mais une parfaite connaissance de l'homme le plus aimable du monde.

Je m'en vais rayer toutes *les trompettes*, corriger, changer et me peiner, jusqu'à ce que vos remarques soient éludées. Mérope ne sort point de mes mains; c'est une vierge dont je garde l'honneur. Je suis avec une très-parfaite estime,

Monsieur,

votre très-fidèlement affectionné ami,

FÉDÉRIC.

# LETTRE XLV.

## *DU PRINCE ROYAL.*

A Remusberg, le 27 février.

MONSIEUR,

Vos ouvrages n'ont aucun prix : c'est une vérité dont je suis convaincu il y a long-temps. Cela n'empêche pas cependant que je ne doive vous témoigner ma reconnaissance et ma gratitude. Les bagatelles que je vous envoie ne sont que des marques de souvenir, des signes auxquels vous devez vous rappeler le plaisir que m'ont fait vos ouvrages.

Il semble, Monsieur, que les sciences et les arts vous servent par semestre. Ce quartier paraît être celui de la poésie. Comment! vous mettez la main à une nouvelle tragédie! d'où prenez-vous votre temps?

ou bien eft-ce que les vers coulent chez vous comme
de la profe? Autant de queftions, autant de problêmes.

Mérope ne fort point de mes mains. Il en revient
trop à mon amour propre d'être l'unique dépofitaire
d'une pièce à laquelle vous avez travaillé. Je la préfère à toutes les pièces qui ont paru en France, hormis
à la Mort de Céfar.

Les intrigues amoureufes me paraiffent le propre
des comédies ; elles en font comme l'effence ; elles
font le nœud de la pièce ; et comme il faut finir de
quelque manière, il femble que le mariage y foit tout
propre. Quant à la tragédie, je dirais qu'il y a des
fujets qui demandent naturellement de l'amour,
comme Titus et Bérénice, le Cid, Phèdre et Hippolyte.
Le feul inconvénient qu'il y ait, c'eft que l'amour fe
reffemble trop, et que quand on a vu vingt pièces,
l'efprit fe dégoûte d'une répétition continuelle de
fentimens doucereux, et qui font trop éloignés des
mœurs de notre fiècle. Depuis qu'on a attaché, avec
raifon, un certain ridicule à l'amour romanefque,
on ne fent plus le pathétique de la tendreffe outrée.
On fupporte le foupirant pendant le premier acte, et
on fe fent tout difpofé à fe moquer de fa fimplicité
au quatrième ou au cinquième acte ; au lieu que la
paffion qui anime Mérope eft un fentiment de la nature,
dont chaque cœur bien placé connaît la voix. On ne
fe moque point de ce qu'on fent foi-même, et de ce
qu'on eft capable de fentir. Mérope fait tout ce que
ferait une tendre mère qui fe trouverait en fa fituation.
Elle parle comme nous parle le cœur, et l'acteur ne
fait qu'exprimer ce que l'on fent.

J'ai fait écrire à Berlin pour la Mérope du marquis

*Maffei*, quoique je fois très-affuré que fa pièce n'approche pas de la vôtre. Le peuple des favans de France fera toujours invincible tant qu'il aura des perfonnes de votre ordre à fa tête. J'ofe même dire que je le redouterais infiniment plus que vos armées avec tous vos maréchaux.

Voici une ode nouvellement achevée, moins mauvaife que les précédentes. *Céfarion* y a donné lieu. Le pauvre garçon a la goutte d'une violence extrême. Il me l'écrit dans des termes qui me percent le cœur. Je ne puis rien pour lui que lui prêcher la patience; faible remède, fi vous voulez, contre des maux réels; remède cependant capable de tranquillifer les faillies impétueufes de l'efprit, auxquelles les douleurs aiguës donnent lieu.

Je m'attends de votre franchife et de votre amitié que vous voudrez bien me faire apercevoir les défauts qui fe trouvent en cette pièce. (*) Je fens que j'en fuis père, et je me fens mauvais gré de n'avoir pas les yeux affez ouverts fur mes productions :

> Tant l'erreur eft notre apanage.
> Souvent un rien nous éblouit,
> Et de l'infenfé jufqu'au fage,
> S'il juge de fon propre ouvrage,
> Par l'amour propre il eft féduit.

Vous n'oublierez pas de faire mille affurances d'eftime à la marquife *du Châtelet*, dont l'efprit ingénieux a bien voulu fe faire connaître par un petit échantillon. Ce n'eft qu'un rayon de ce foleil qui s'eft

(*) Ode fur la patience.

fait apercevoir à travers les nuages; que ne doit-ce
point être lorfqu'on le voit fans voiles? Peut-être **1738.**
faut-il que la marquife cache fon efprit, comme *Moïfe*
voilait fon vifage, parce que le peuple d'Ifraël n'en
pouvait fupporter la clarté. Quand même j'en per-
drais la vue, il faut avant de mourir que je voie cette
terre de Canaan, ce pays des fages, ce paradis ter-
reftre. Comptez fur l'eftime parfaite et l'amitié inviolable avec laquelle je fuis,

Monfieur,

votre très-affectionné ami,<br>FÉDÉRIC.

# LETTRE XLVI.

## DE M. DE VOLTAIRE.

A Cirey, 8 mars.

MONSEIGNEUR,

LE plus zélé de vos admirateurs n'eft pas le plus
affidu de vos correfpondans. La raifon en eft qu'il eft
le plus malade, et que très-fouvent la fièvre le prend
quand il voudrait paffer fes plus agréables heures à
avoir l'honneur d'écrire à votre Alteffe royale.

Nous avons reçu votre belle profe du 19 février,
et vos vers pour madame la marquife *du Châtelet*, qui
eft confondue, charmée, et qui ne fait comment
répondre à ces agaceries fi féduifantes; et avec votre
lettre du 27, l'ode fur la patience, par laquelle votre
mufe royale adoucit les maux de M. de *Keiferling*.

J'ai fait mon profit de cette ode ; elle va très-bien à mon état de langueur : le remède opère fur moi tout auffi bien que fur votre goutteux, car je me tiens tout auffi philofophe que lui. Je fens comme lui le prix de vos vers, et je trouve, comme lui, dans les lettres de votre Alteffe royale un charme contre tous les maux.

> Vous aimez Keiferling, et vous prenez le foin
>    De l'exhorter à patience ;
> Ah ! quand nous vous lifons, grâce à votre éloquence,
> D'une telle vertu nous n'avons pas befoin.

Puifque vous daignez, Monfeigneur, amufer votre loifir par des vers, voici donc la troifième épître fur le bonheur, que je prends la liberté de vous envoyer ; le fujet de cette troifième épître eft l'*envie*, paffion que je voudrais bien que votre Alteffe royale infpirât à tous les rois. Je vous envoie de mes vers, Monfeigneur, et vous m'honorez des vôtres. Cela me fait fouvenir du commerce perpétuel qu'*Héfiode* dit que la terre entretient avec le ciel : elle envoie des vapeurs, les Dieux rendent de la rofée. Grand merci de votre rofée, Monfeigneur ; mais ma pauvre terre fera inceffamment en friche. Les maladies me minent, et rendront bientôt mon champ aride ; mais ma dernière moiffon fera pour vous.

> *Extremum hunc, Arethufa, mihi concede laborem,*
>    *Pauca Federico.*

J'ai pourtant dans mon lit fait deux nouveaux actes, à la place des deux derniers de Mérope, qui m'ont paru trop languiſſans. Quand votre Alteſſe royale voudra voir le fruit de ſes avis dans ces deux nouveaux actes, j'aurai l'honneur de les lui envoyer. J'ai bien à cœur de donner une pièce tragique qui ne ſoit point enjolivée d'une intrigue d'amour, et qui mérite d'être lue ; je rendrais par-là quelque ſervice au théâtre fran- çais qui, en vérité, eſt trop galant. Cette pièce eſt ſans amour ; la première que j'aurai l'honneur d'envoyer à Remusberg méritera pour titre, *De remedio amoris*. Ce n'eſt pas que je n'aie aſſurément un profond reſpect pour l'amour et pour tout ce qui lui appar- tient ; mais qu'il ſe ſoit emparé entièrement de la tragédie, c'eſt une uſurpation de notre ſouverain ; et je proteſterai au moins contre l'uſurpation, ne pou- vant mieux faire. Voilà, Monſeigneur, tout ce que vous aurez de moi cette fois-ci pour le département poëtique ; mais le département de la métaphyſique m'embarraſſe beaucoup.

La lettre du 17 février, de votre Alteſſe royale, eſt en vérité un chef-d'œuvre. Je regarde ces deux lettres ſur la liberté comme ce que j'ai vu de plus fort, de mieux lié, de plus conſéquent ſur ces matières. Vous avez certainement bien des grâces à rendre à la nature de vous avoir donné un génie qui vous fait roi dans le monde intellectuel, avant que vous le ſoyez dans ce miſérable monde compoſé de paſſions, de grimaces et d'extérieur. J'avais déjà beaucoup de reſpect pour l'opinion de la fatalité, quoique ce ne ſoit pas la mienne ; car en nageant dans cette mer d'incertitudes, et n'ayant qu'une petite branche où je me tiens, je me donne bien de garde de reprocher à mes compa- gnons les nageurs que leur petite branche eſt trop

1738.

faible : je fuis fort aife, fi mon rofeau vient à caffer, que mon voifin puiffe me prêter le fien. Je refpecte bien davantage l'opinion que j'ai combattue, depuis que votre Alteffe royale l'a mife dans un fi beau jour ; me permettra-t-elle de lui expofer encore mes fcrupules ?

Je me bornerai, pour ne pas ennuyer le *Marc-Aurèle* d'Allemagne, à deux idées qui me frappent encore vivement, et fur lefquelles je le fupplie de daigner m'éclairer.

1°. Plus je m'examine, plus je me crois libre (en plufieurs cas) ; c'eft un fentiment que tous les hommes ont comme moi ; c'eft le principe invariable de notre conduite. Les plus outrés partifans de la fatalité abfolue fe gouvernent tous fuivant les principes de la liberté. Or je leur demande comment ils peuvent raifonner et agir d'une manière fi contradictoire, et ce qu'il y a à gagner à fe regarder comme des tourne-broches, lorfqu'on agit toujours comme un être libre ? Je leur demande encore par quelle raifon l'auteur de la nature leur a donné ce fentiment de liberté, s'ils ne l'ont point ? pourquoi cette impofture dans l'être qui eft la vérité même ? De bonne foi, trouve-t-on une folution à ce problême ? répondre que DIEU ne nous a pas dit : Vous êtes libres ; n'eft-ce pas une défaite ? DIEU ne nous a pas dit que nous fommes libres ; fans doute, car il ne daigne pas nous parler ; mais il a mis dans nos cœurs un fentiment que rien ne peut affaiblir, et c'eft-là pour nous la voix de DIEU. Tous nos autres fentimens font vrais. Il ne nous trompe point dans le défir que nous avons d'être heureux, de boire, de manger, de multiplier notre efpèce. Quand nous fentons des défirs, certainement ces défirs exiftent; quand nous fentons des plaifirs, il eft bien fûr que nous n'éprouvons pas des douleurs ; quand nous voyons, il eft bien certain que l'action de voir n'eft pas celle d'entendre ; quand nous avons des penfées, il eft bien clair que nous penfons. Quoi donc ! le fentiment de la liberté fera-t-il le feul dans lequel l'Etre infiniment parfait fe fera joué en nous fefant une illufion abfurde ? quoi ! quand je confeffe qu'un dérangement de mes organes m'ôte ma liberté, je ne me trompe pas, et je me tromperais quand je fens que je fuis libre ? Je ne fais fi cette expofition naïve de ce qui fe paffe en nous fera quelque impreffion fur votre efprit philofophe, mais je vous conjure, Monfeigneur, d'examiner cette idée, de lui donner toute fon étendue, et enfuite de la juger fans aucune acception de parti, fans même confidérer d'autres principes plus métaphyfiques qui combattent cette preuve morale ; vous verrez enfuite lequel il faudra préférer, ou de cette preuve morale qui eft chez tous les hommes, ou de ces idées métaphyfiques qui portent toujours le caractère de l'incertitude.

2°. Mon fecond fcrupule roule fur quelque chofe de plus philofophique. Je vois que tout ce qu'on a jamais dit contre la liberté de l'homme fe tourne encore avec bien plus de force contre la liberté de DIEU.

Si on dit que DIEU a prévu toutes nos actions, et que par-là elles font néceffaires, DIEU a auffi prévu les fiennes qui font d'autant plus néceffaires que DIEU eft immuable. Si on dit que l'homme ne peut agir fans *raifon fuffifante*, et que cette raifon incline fa volonté, la raifon fuffifante doit encore plus emporter la volonté de DIEU, qui eft l'être fouverainement raifonnable.

Si on dit que l'homme doit choifir ce qui lui paraît le meilleur, DIEU eſt encore plus néceſſité à faire ce qui eſt le meilleur.

Voilà donc DIEU réduit à être l'eſclave du deſtin; ce n'eſt plus un être qui ſe détermine par lui-même; c'eſt donc une cauſe étrangère qui le détermine ; ce n'eſt plus un agent; ce n'eſt plus DIEU.

Mais ſi DIEU eſt libre, comme les fataliſtes même doivent l'avouer, pourquoi DIEU ne pourra-t-il pas communiquer à l'homme un peu de cette liberté, en lui communiquant l'être, la penſée, le mouvement, la volonté, toutes choſes également inconnues? Sera-t-il plus difficile à DIEU de nous donner la liberté que de nous donner le pouvoir de marcher, de manger, de digérer? Il faudrait avoir une démonſtration que DIEU n'a pu communiquer l'attribut de la liberté à l'homme, et pour avoir cette démonſtration il faudrait connaître les attributs de la Divinité ; mais qui les connaît?

On dit que DIEU, en nous donnant la liberté, aurait fait des dieux de nous ; mais ſur quoi le dit-on? pourquoi ferais-je Dieu avec un peu de liberté, quand je ne le ſuis pas avec un peu d'intelligence? eſt-ce être Dieu que d'avoir un pouvoir faible, borné et paſſager de choiſir et de commencer le mouvement? Il n'y a pas de milieu ; ou nous ſommes des automates qui ne feſons rien et dans qui DIEU fait tout, ou nous ſommes des agens, c'eſt-à-dire, des créatures libres. Or je demande quelle preuve on a que nous ſommes de ſimples automates, et que ce ſentiment intérieur de liberté eſt une illuſion?

Toutes

Toutes les preuves qu'on apporte fe réduifent à la préfcience de DIEU. Mais fait-on précifément ce que c'eft que cette préfcience ? certainement on l'ignore. Comment donc pouvons-nous faire fervir notre ignorance des attributs fuprêmes de DIEU à prouver la fauffeté d'un fentiment réel de liberté que nous éprouvons dans nos ames ?

Je ne peux concevoir l'accord de la préfcience et de la liberté, je l'avoue; mais dois-je pour cela rejeter la liberté ? nierai-je que je fois un être penfant, parce que je ne vois point ni comment la matière peut penfer, ni comment un être penfant peut être efclave de la matière ? Raifonner ce qu'on appelle *à priori* eft une chofe fort belle, mais elle n'eft pas de la compétence des humains. Nous fommes tous fur les bords d'un grand fleuve ; il faut le remonter avant d'ofer parler de fa fource. Ce ferait affurément un grand bonheur fi on pouvait en métaphyfique établir des principes clairs, indubitables et en grand nombre, d'où découlerait une infinité de conféquences comme en mathématiques ; mais DIEU n'a pas voulu que la chofe fût ainfi. Il s'eft réfervé le patrimoine de la métaphyfique : le règne des idées pures et des effences des chofes eft le fien. Si quelqu'un eft entré dans ce partage célefte, c'eft affurément vous, Monfeigneur ; et je dirai, dans mon cœur, de votre perfonne ce que les flatteurs difent des rois, qu'ils font les images de la Divinité.

Au refte, les vers de la Henriade, que vous daignez citer, n'ont été faits que dans la vue d'exprimer uniquement que notre liberté ne nuit pas à la préfcience divine qui fait ce qu'on appelle *deftin*. Je me fuis exprimé un peu durement dans cet endroit, mais en poëſie on ne dit pas toujours préciſément ce que l'on voudrait dire ; la roue tourne et emporte fon homme par ſa rapidité.

Avant de finir fur cette matière , j'aurai l'honneur de dire à votre Alteſſe royale que les fociniens , qui nient la préſcience de D I E U fur les contingens , ont un grand apôtre qu'ils ne connaiſſent peut-être pas; c'eſt *Cicéron* , dans ſon livre de la divination. Ce grand homme aime mieux dépouiller les Dieux de la préſcience que les hommes de la liberté.

Je ne crois pas que , tout grand orateur qu'il était , il eût pu répondre à vos raiſons. Il aurait eu beau faire de longues périodes , ce ſerait des ſons contre des vérités : laiſſons-le donc avec ſes belles phraſes.

Mais que votre Alteſſe royale me permette de lui dire que les Dieux de *Cicéron* et le Dieu de *Newton* et de *Clarke* ne ſont pas de la même eſpèce ; c'eſt le dieu de *Cicéron* qu'on peut appeler un dieu raiſonnant dans les cafés fur les opérations de la campagne prochaine : car qui n'a point de préſcience n'a que des conjectures, et qui n'a que des conjectures eſt ſujet à dire autant de pauvretés que le *London's journal* ou la gazette de Hollande ; mais ce n'eſt pas là le compte de ſir *Iſaac Newton* et de *Samuel Clarke* , deux têtes auſſi philoſophiques que *Marc Tulle* était bavard.

Le docteur *Clarke* , qui a aſſez approfondi ces matières dont *Newton* n'a parlé qu'en paſſant, dit, me ſemble, avec aſſez de raiſon , que nous ne pouvons nous élever à la connaiſſance imparfaite des attributs divins que comme nous élevons un nombre quelconque à l'infini, allant du connu à l'inconnu.

Chaque manière d'apercevoir, bornée et finie. ———
dans l'homme, eſt infinie dans DIEU. L'intelligence  1738.
d'un homme voit un objet à la fois, et DIEU embraſſe
tous les objets. Notre ame prévoit par la connaiſſance
du caractère d'un homme ce que cet homme fera dans
une telle occaſion, et DIEU prévoit, par la même
connaiſſance pouſſée à l'infini, ce que cet homme
fera. Ainſi ce qui dans nous eſt ſcience de conjecture,
et qui ne nuit point à la liberté, eſt dans DIEU ſcience
certaine, tout auſſi peu nuiſible à la liberté. Cette
manière de raiſonner n'eſt pas, me ſemble, ſi ridicule.

Mais je m'aperçois, Monſeigneur, que je le ſuis
très-fort en vous ennuyant de mes idées, et en affai-
bliſſant celles des autres. Votre ſeule bonté me raſſure.
Je vois que votre cœur eſt auſſi humain que votre
eſprit eſt étendu. Je vois, par vos vers à M. de
*Keyſerling*, combien vous êtes capable d'aimer : auſſi
ma quatrième épître ſur le bonheur finira par l'amitié ;
ſans elle il n'y a point de bonheur ſur la terre.

Madame la marquiſe *du Châtelet* vous admire ſi
fort, qu'elle n'oſe vous écrire. Je ſuis donc bien
hardi, Monſeigneur, moi qui vous admire tout
autant pour le moins, et qui me répands en ces
énormes bavarderies.

Que ne puis-je vous dire :

*In publica commoda peccem,*
*Si longo ſermone morer tua tempora, Cæſar.*

Je ſuis avec un profond reſpect, un attachement,
une reconnaiſſance ſans bornes, &c.

## LETTRE XLVII.

### *DU PRINCE ROYAL.*

A Remusberg, le 28 mars.

MONSIEUR,

—— J'AI reçu votre lettre du 8 de ce mois avec quelque forte
1738. d'inquiétude fur votre fanté. M. *Thiriot* me marque
qu'elle n'était pas bonne, ce que vous me confirmez
encore. Il femble que la nature, qui vous a partagé
d'une main fi avantageufe du côté de l'efprit, ait été
plus avare en ce qui regarde votre fanté, comme fi
elle avait eu regret d'avoir fait un ouvrage achevé. Il
n'y a que les infirmités du corps qui puiffent nous
faire préfumer que vous êtes mortel ; vos ouvrages
doivent nous perfuader le contraire.

Les grands hommes de l'antiquité ne craignaient
jamais plus l'implacable malignité de la fortune
qu'après les grands fuccès. Votre fièvre pourrait être
comptée à ce prix comme un équivalent ou comme
un contrepoids de votre Mérope.

Pourrais-je me flatter d'avoir deviné les corrections
que vous voulez faire à cette pièce ? vous qui en êtes
le père, vous qui l'avez jugée en *Brutus.* Pour moi
qui ne l'ai point faite, moi qui n'y prends d'autre
intérêt que celui de l'auteur, j'ai lu deux fois la
Mérope avec toute l'attention dont je fuis capable,
fans y apercevoir de défauts. Il en eft de vos ouvrages

comme du foleil ; il faut avoir le regard très-perçant
pour y découvrir des taches.

Vous voudrez bien m'envoyer les quatre actes corrigés, comme vous me le faites efpérer, fans quoi les
ratures et les corrections rendraient mon original
embrouillé et difficile à déchiffrer.

*Defpréaux* et tous les grands poëtes n'atteignaient à
la perfection qu'en corrigeant. Il eft fâcheux que les
hommes, quelques talens qu'ils aient, ne puiffent
produire quelque chofe de bon tout d'un coup. Ils
n'y arrivent que par degrés. Il faut fans ceffe effacer,
châtier, émonder ; et chaque pas qu'on avance eft un
pas de correction.

*Virgile*, ce prince de la poëfie latine, était encore
occupé de fon Enéide lorfque la mort le furprit. Il
voulait, fans doute, que fon ouvrage répondît à ce
point de perfection qu'il avait dans l'efprit, et qui
était femblable à celui de l'orateur dont *Cicéron* nous
fait le portrait.

Vous dont on peut placer le nom à côté de celui
de ces grands hommes, fans déroger à leur réputation, vous tenez le chemin qu'ils ont tenu, pour
imprimer à vos ouvrages ce caractère d'immortalité
fi eftimable et fi rare.

La Henriade, le Brutus, la Mort de Céfar, &c.
font fi parfaits, que ce n'eft pas une petite difficulté de
ne rien faire de moindre. C'eft un fardeau que vous
partagez avec tous les grands hommes. On ne leur
paffe pas ce qui ferait bon en d'autres. Leurs ouvrages,
leurs actions, leur vie, enfin tout doit être excellent
en eux. Il faut qu'ils répondent fans ceffe à leur
réputation ; il faut, s'il m'eft permis de me fervir de

cette expreſſion, qu'ils graviſſent ſans ceſſe contre les faibleſſes de l'humanité.

Le Maximien de *la Chauſſée* n'eſt point encore parvenu juſqu'à moi. J'ai vu l'Ecole des amis qui eſt de ce même auteur, dont le titre eſt excellent, et les vers ordinaires, faibles, monotones et ennuyeux. Peut-être y a-t-il trop de témérité, à moi étranger et preſque barbare, de juger des pièces du théâtre français; cependant ce qui eſt ſec et rampant dégoûte bientôt. Nous choiſiſſons ce qu'il y a de meilleur pour le repréſenter ici. Ma mémoire eſt ſi mauvaiſe, que je fais avec beaucoup de diſcernement le triage des choſes qui doivent la remplir; c'eſt comme un petit jardin où l'on ne sème pas indifféremment toutes ſortes de femences, et qu'on n'orne que des fleurs les plus rares et les plus exquiſes.

Vous verrez, par les pièces que je vous envoie, les fruits de ma retraite et de vos inſtructions. Je vous prie de redoubler votre ſévérité pour tout ce qui vous viendra de ma part. J'ai du loiſir, j'ai de la patience, et avec tout cela rien de mieux à faire qu'à changer les endroits de mes ouvrages que vous aurez réprouvés.

On travaille actuellement à la vie de la czarine et du czarovitz. J'eſpère vous envoyer dans peu ce que j'aurai pu ramaſſer à ce ſujet. Vous trouverez dans ces anecdotes des barbaries et des cruautés ſemblables à celles qu'on lit dans l'hiſtoire des premiers céſars.

La Ruſſie eſt un pays où les arts et les ſciences n'avaient point pénétré. Le czar n'avait aucune teinture d'humanité, de magnanimité ni de vertu; il avait été élevé dans la plus craſſe ignorance; il n'agiſſait

que selon l'impulsion de ses passions déréglées : tant
il est vrai que l'inclination des hommes les porte au
mal, et qu'ils ne font bons qu'à proportion que
l'éducation ou l'expérience a pu modifier la fougue
de leur tempérament.

1738.

J'ai connu le grand maréchal de la cour, ( de Prusse)
*Printz*, qui vivait encore en 1724, et qui, sous le
règne du feu roi, avait été ambassadeur chez le czar.
Il m'a raconté que lorsqu'il arriva à Pétersbourg, et
qu'il demanda de présenter ses lettres de créance, on
le mena sur un vaisseau qui n'était pas encore lancé
du chantier. Peu accoutumé à de pareilles audiences,
il demanda où était le czar : on le lui montra qui
accommodait des cordages au haut du tillac. Lorsque
le czar eut aperçu M. de *Printz*, il l'invita de venir à
lui par le moyen d'un échelon de cordes ; et comme
il s'en excusait sur sa mal-adresse, le czar se descendit
à un cable comme un matelot, et vint le joindre.

La commission dont M. de *Printz* était chargé lui
ayant été très-agréable, le prince voulut donner des
marques éclatantes de sa satisfaction : pour cet effet
il fit préparer un festin somptueux auquel M. de *Printz*
fut invité. On y but, à la façon des Russes, de l'eau-
de-vie, et on en but brutalement. Le czar qui voulait
donner un relief particulier à cette fête, fit amener une
vingtaine de strélitz qui étaient détenus dans les prisons
de Pétersbourg, et à chaque grand verre qu'on vidait,
ce monstre affreux abattait la tête de ces misérables.
Ce prince dénaturé voulut, pour donner une marque
de considération particulière à M. de *Printz*, lui procurer, suivant son expression, le plaisir d'exercer son
adresse sur ces malheureux. Jugez de l'effet qu'une

semblable propofition dut faire fur un homme qui avait des fentimens et le cœur bien placé. De *Printz*, qui ne le cédait en fentimens à qui que ce fût, rejeta une offre qui, en tout autre endroit, aurait été regardée comme injurieufe au caractère dont il était revêtu, mais qui n'était qu'une fimple civilité dans ce pays barbare. Le czar penfa fe fâcher de ce refus, et il ne put s'empêcher de lui témoigner quelques marques de fon indignation, ce dont cependant il lui fit réparation le lendemain.

Ce n'eft point une hiftoire faite à plaifir ; elle eft fi vraie, qu'elle fe trouve dans les relations de M. de *Printz*, que l'on conferve dans les archives. J'ai même parlé à plufieurs perfonnes qui ont été dans ce temps-là à Pétersbourg, lefquelles m'ont attefté ce fait. Ce n'eft point un conte fu de deux ou trois perfonnes, c'eft un fait notoire.

De ces horribles cruautés paffons à un fujet plus gai, plus riant et plus agréable ; ce fera la petite pièce qui fuivra cette tragédie.

Il s'agit de la mufe de *Greffet*, qui à préfent eft une des premières du Parnaffe français. Cet aimable poëte a le don de s'exprimer avec beaucoup de facilité. Ses épithètes font juftes et nouvelles ; avec cela il a des tours qui lui font propres : on aime fes ouvrages, malgré leurs défauts. Il eft trop peu foigné, fans contredit ; et la pareffe, dont il fait tant l'éloge, eft la plus grande rivale de fa réputation.

*Greffet* a fait une ode fur l'amour de la patrie, qui m'a plu infiniment. Elle eft pleine de feu et de morceaux achevés. Vous aurez remarqué, fans doute, que les vers de huit syllabes réussissent mieux à ce poëte que ceux de douze.

Malgré le succès des petites pièces de *Gresset* , je ne crois pas qu'il réussisse jamais au théâtre français ou dans l'épopée. Il ne suffit pas de simples bluettes d'esprit pour des pièces de si longue haleine ; il faut de la force , il faut de la vigueur et de l'esprit vif et mûr pour y réussir : il n'est pas permis à tout le monde d'aller à Corinthe.

On copie, suivant que vous le souhaitez , la cantate de la *le Couvreur*. Je l'enverrai achever à Cirey. Des oreilles françaises , accoutumées à des vaudevilles et à des antiennes , ne seront guère favorables aux airs méthodiques et expressifs des Italiens. Il faudrait des musiciens en état d'exécuter cette pièce dans le goût où elle doit être jouée , sans quoi elle vous paraîtra tout aussi touchante que le rôle de *Brutus* récité par un acteur suisse ou autrichien.

*Césarion* vient d'arriver avec toutes les pièces dont vous l'avez chargé ; je vous en remercie mille fois ; je suis partagé entre l'amitié , la joie et la curiosité. Ce n'est pas une petite satisfaction que de parler à quelqu'un qui vient de Cirey ; que dis-je ? à un autre moi-même qui m'y transporte, pour ainsi dire. Je lui fais mille questions à la fois , je l'empêche même de me satisfaire ; il nous faudra quelques jours avant d'être en état de nous entendre. Je m'amuse bien mal à propos de vous parler de l'amitié, vous qui la connaissez si bien , et qui en avez si bien décrit les effets.

Je ne vous dis rien encore de vos ouvrages. Il me les faut lire à tête reposée pour vous en dire mon sentiment , non que je m'ingère de les apprécier ; ce ferait faire du tort à ma modeftie. Je vous expoferai mes doutes, et vous confondrez mon ignorance.

Mes falutations à la fublime *Emilie*, et mon encens pour le divin *Voltaire*. Je fuis avec une très-parfaite eftime,

Monfieur,

votre très-fidèlement affectionné ami,

FÉDÉRIC.

# LETTRE XLVIII.

## *DU PRINCE ROYAL.*

31 mars.

MONSIEUR,

JE fuis obligé de vous avertir que j'ai reçu deux jours de pofte fucceffivement les lettres de M. *Thiriot* ouvertes. Je ne jurerais pas même que la dernière que vous m'avez écrite n'ait effuyé le même fort. J'ignore fi c'eft en France, ou dans les Etats du roi mon père, qu'elles ont été victimes d'une curiofité affez mal placée. On peut favoir tout ce que contient notre correfpondance. Vos lettres ne refpirent que la vertu et l'humanité, et les miennes ne contiennent pour l'ordinaire que des éclairciffemens que je vous demande fur des fujets auxquels la plupart du monde ne s'intéreffe guère. Cependant, malgré l'innocence des chofes que contient notre correfpondance, vous favez affez ce que c'eft que les hommes, et qu'ils ne font que trop portés à mal interpréter ce qui doit être exempt de tout

blâme. Je vous prierai donc de ne point adreſſer par
M. *Thiriot* les lettres qui rouleront ſur la philoſophie
ou ſur des vers. Adreſſez-les plutôt à M. *Tronchin
du Breuil ;* elles me parviendront plus tard , mais j'en
ſerai récompenſé par leur ſûreté. Quand vous m'écrirez
des lettres où il n'y aura que des bagatelles, adreſſez-
les à votre ordinaire par M. *Thiriot* , afin que les
curieux aient de quoi ſe ſatisfaire.

*Céſarion* me charme par tout ce qu'il me dit de
Cirey. Votre hiſtoire du ſiècle de *Louis XIV* m'enchante. Je voudrais ſeulement que vous n'euſſiez point
rangé *Machiavel* , qui était un mal-honnête homme, au
rang des autres grands hommes de ſon temps. Quiconque enſeigne à manquer de parole, à opprimer ,
à commettre des injuſtices , fût-il d'ailleurs l'homme
le plus diſtingué par ſes talens , ne doit jamais occuper une place due uniquement aux vertus et aux
talens louables. *Cartouche* ne mérite point de tenir un
rang parmi les *Boileau* , les *Colbert* et les *Luxembourg.* Je
ſuis ſûr que vous êtes de mon ſentiment. Vous êtes trop
honnête homme pour vouloir mettre en honneur la
réputation flétrie d'un coquin mépriſable : auſſi ſuis-je
ſûr que vous n'avez enviſagé *Machiavel* que du côté
du génie. Pardonnez-moi ma ſincérité ; je ne la pro-
diguerais pas ſi je ne vous en croyais très-digne.

Si les hiſtoires de l'univers avaient été écrites
comme celle que vous m'avez confiée , nous ſerions
plus inſtruits des mœurs de tous les ſiècles , et moins
trompés par les hiſtoriens. Plus je vous connais , et
plus je trouve que vous êtes un homme unique.
Jamais je n'ai lu de plus beau ſtyle que celui de
l'hiſtoire de *Louis XIV.* Je relis chaque paragraphe

—— deux ou trois fois, tant j'en fuis enchanté. Toutes les lignes portent coup ; tout eſt nourri de réflexions excellentes ; aucune fauſſe penſée, rien de puérile, et avec cela une impartialité parfaite. Dès que j'aurai lu tout l'ouvrage, je vous enverrai quelques petites remarques, entre autres ſur les noms allemands qui font un peu maltraités ; ce qui peut répandre de l'obſcurité ſur cet ouvrage, puiſqu'il y a des noms qui font ſi défigurés, qu'il faut les deviner.

Je ſouhaiterais que votre plume eût compoſé tous les ouvrages qui font faits et qui peuvent être de quelque inſtruction ; ce ſerait le moyen de profiter et de tirer utilité de la lecture. Je m'impatiente quelquefois des inutilités, des pauvres réflexions, ou de la ſéchereſſe qui règnent dans certains livres ; c'eſt au lecteur à digérer de pareilles lectures. Vous épargnez cette peine à vos lecteurs. Qu'un homme ait du jugement ou non, il profite également de vos ouvrages. Il ne lui faut que de la mémoire.

Il me faut de l'application et une contention d'eſprit pour étudier vos élémens de *Newton*, ce ſe fera après Pâques, feſant une petite abſence pour prendre

*Ce que vous ſavez,*
*Avec beaucoup de bienſéance.*

Je vous expoſerai mes doutes avec la dernière franchiſe, honteux de vous mettre toujours dans le cas des Iſraélites qui ne pouvaient relever les murs de Jéruſalem qu'en ſe défendant d'une main, tandis qu'ils travaillaient de l'autre.

Avouez que mon ſyſtême eſt inſupportable ; il me l'eſt quelquefois à moi-même. Je cherche un objet

pour fixer mon efprit, et je n'en trouve encore aucun.
Si vous en favez, je vous prie de m'en indiquer qui
foit exempt de toute contradiction. S'il y a quelque
chofe dont je puiffe me perfuader, c'eft qu'il y a un
DIEU adorable dans le ciel, et un *Voltaire* prefque
auffi eftimable à Cirey.

J'envoie une petite bagatelle à madame la marquife,
que vous lui ferez accepter. J'efpère qu'elle voudra la
placer dans fes entrefols, et qu'elle voudra s'en fervir
pour fes compofitions.

Je n'ai pas pu laiffer votre portrait entre les mains
de *Céfarion*. J'ai envié à mon ami d'avoir converfé
avec vous, et de poffeder encore votre portrait. C'en
eft trop, me fuis-je dit; il faut que nous partagions
les faveurs du deftin. Nous penfons tous de même fur
votre fujet, et c'eft à qui vous aimera et vous eftimera
le plus.

J'ai prefque oublié de vous parler de vos pièces
fugitives : *La modération dans le bonheur*, *le cadenat*, *le
temple de l'Amitié*, &c.; tout cela m'a charmé. Vous
accumulez la reconnaiffance que je vous dois. Que la
marquife n'oublie pas d'ouvrir l'encrier. Soyez perfuadé que je ne regrette rien plus au monde que de
ne pouvoir vous convaincre des fentimens avec
lefquels je fuis,

Monfieur,

votre très-fidèlement affectionné ami,

FÉDÉRIC.

## LETTRE XLIX.

### *DU PRINCE ROYAL.*

A Rupin, le 19 avril.

MONSIEUR,

1738. ——— J'Y perds de toutes les façons lorſque vous êtes malade, tant par l'intérêt que je prends à tout ce qui vous touche, que par la perte d'une infinité de bonnes penſées que j'aurais reçues ſi votre ſanté l'avait permis.

Pour l'amour de l'humanité, ne m'alarmez plus par vos fréquentes indiſpoſitions ; et ne vous imaginez pas que ces alarmes ſoient métaphoriques ; elles ſont trop réelles pour mon malheur. Je tremble de vous appliquer les deux plus beaux vers que *Rouſſeau* ait peut-être faits de ſa vie :

> Et ne meſurons point au nombre des années
> La courſe des héros.

*Céſarion* m'a fait un rapport exact de l'état de votre ſanté. J'ai conſulté des médecins ſur ce ſujet : ils m'ont aſſuré, foi de médecins, que je n'avais rien à craindre pour vos jours ; mais pour votre incommodité, qu'elle ne pouvait être radicalement guérie, parce que le mal était trop invétéré. Ils ont jugé que vous deviez avoir une obſtruction dans les viſcères du bas ventre, que quelques reſſorts ſe ſont relâchés,

que des flatuofités ou une efpèce de néphrétique font
la caufe de vos incommodités. Voilà ce qu'à plus
de cent lieues la faculté en a jugé. Malgré le peu
de foi que j'ajoute à la décifion de ces meffieurs,
plus incertaine fouvent que celle des métaphyficiens,
je vous prie cependant, et cela véritablement, de
faire dreffer le *ftatum morbi* de vos incommodités,
afin de voir fi peut-être quelqu'habile médecin ne
pourrait vous foulager. Quelle joie ferait la mienne
de contribuer en quelque façon au rétabliffement
de votre fanté ! Envoyez-moi donc, je vous prie,
l'énumération de vos infirmités et de vos mifères,
en termes barbares et en langage baroque, et cela
avec toute l'exactitude poffible. Vous m'obligerez
véritablement ; ce fera un petit facrifice que vous
ferez obligé de faire à mon amitié.

Vous m'avez accufé la réception de quelques-unes
de mes pièces, et vous n'y ajoutez aucune critique.
Ne croyez point que j'aie négligé celles que vous
avez bien voulu faire de mes autres pièces. Je joins
ici la correction nouvelle de l'*ode fur l'amour de* DIEU,
ajoutée à une petite pièce adreffée à *Céfarion*. La
manie des vers me lutine fans ceffe, et je crains
que ce foit de ces maux auxquels il n'y a aucun
remède.

Depuis que l'*Apollon* de Cirey veut bien éclairer
les petits atomes de Remusberg, tout y cultive les
arts et les fciences.

Je voudrais que vous euffiez eu befoin de mon
*ode fur la patience*, pour vous confoler des rigueurs
d'une maîtreffe, et non pour fupporter vos infirmités. Il eft facile de donner des confolations de

ce qu'on ne fouffre point foi-même ; mais c'eft l'effort d'un génie fupérieur , que de triompher des maux les plus aigus , et d'écrire avec toute la liberté d'efprit du fein même des fouffrances.

Votre épître *fur l'envie* eft inimitable. Je la préfère prefque encore à fes deux jumelles. Vous parlez de l'envie comme un homme qui a fenti le mal qu'elle peut faire , et des fentimens généreux comme de votre patrimoine. Je vous reconnais toujours aux grands fentimens. Vous les fentez fi bien , qu'il vous eft facile de les exprimer.

Comment parler de mes pièces après avoir parlé des vôtres ? Ce qu'il vous plaît d'en dire , fent un tant foit peu l'ironie. Mes vers font les fruits d'un arbre fauvage ; les vôtres font d'un arbre franc. En un mot :

Tandis que l'aigle altier s'élève dans les airs ,
 L'hirondelle rafe la terre.
Philomèle eft ici l'emblême de mes vers :
Quant à l'oifeau du Dieu qui porte le tonnerre ,
 Il ne convient qu'au feul Voltaire.

Je me conforme entièrement à votre fentiment touchant les pièces de théâtre. L'amour, cette paffion charmante, ne devrait y être employé que comme des épiceries que l'on met dans certains ragoûts , mais qu'on ne prodigue pas, de crainte d'émouffer la fineffe du palais. Mérope mérite de toutes manières de corriger le goût corrompu du public, et de relever Melpomène du mépris que les colifichets de fes ornemens lui attirent. Je me repofe bien fur vous des

corrections

corrections que vous aurez faites aux deux derniers
actes de cette tragédie. Peu de chofe la rendrait parfaite : elle l'eft affurément à préfent.

*Corneille*, après lui *Racine*, enfuite *la Grange*, ont
épuifé tous les lieux communs de la galanterie et du
théâtre. *Crébillon* a mis, pour ainfi dire, les furies
fur la fcène : toutes fes pièces infpirent de l'horreur,
tout y eft affreux, tout y eft terrible. Il fallait
abfolument après-eux quitter une route ufée, pour
en fuivre une plus neuve, une plus brillante.

Les paffions que vous mettez fur le théâtre font
auffi capables que l'amour d'émouvoir, d'intéreffer et
de plaire. Il n'y a qu'à les bien traiter et les produire
de la manière que vous le faites dans la Mérope et
dans la mort de Céfar.

Le ciel te réfervait pour éclairer la France.
Tu fortais triomphant de la carrière immenfe
Que l'épopée offrait à tes défirs ardens ;
Et nouveau Thucydide, on te vit avec gloire
Remporter les lauriers confacrés à l'hiftoire.
Bientôt d'un vol plus haut, par des efforts puiffans,
Ta main fut débrouiller Newton et la nature ;
Et Melpomène enfin, languiffant fans parure,
Attend tout à préfent de tes riches préfens.

Je quitte la brillante poëfie pour m'abymer avec
vous dans le goufre de la métaphyfique ; j'abandonne le langage des dieux, que je ne fais que
bégayer, pour parler celui de la divinité même, qui
m'eft inconnu. Il s'agit à préfent d'élever le faîte du
bâtiment, dont les fondemens font très-peu folides.

*Correfp. du roi de P... &c.*        TOME I.    R

—— C'eſt un ouvrage d'araignée qui eſt à jour de tous côtés, et dont les fils ſubtils ſoutiennent la ſtructure.

Perſonne ne peut être moins prévenu en faveur de ſon opinion que je le ſuis de la mienne. J'ai diſcuté la fatalité abſolue avec toute l'application poſſible, et j'y ai trouvé des difficultés preſqu'invincibles. J'ai lu une infinité de ſyſtêmes, et je n'en ai trouvé aucun qui ne ſoit hériſſé d'abſurdités ; ce qui m'a jeté dans un pyrrhoniſme affreux. D'ailleurs je n'ai aucune raiſon particulière qui me porte plutôt pour *la fatalité abſolue* que pour *la liberté*. Qu'elle ſoit ou qu'elle ne ſoit pas, les choſes iront toujours le même train. Je ſoutiens ces ſortes de choſes tant que je puis, pour voir juſqu'où l'on peut pouſſer le raiſonnement, et de quel côté ſe trouve le plus d'abſurdités.

Il n'en eſt pas tout à fait de même de la *raiſon ſuffiſante*. Tout homme qui veut être philoſophe, mathématicien, politique ; en un mot, tout homme qui veut s'élever au-deſſus du commun des autres, doit admettre la raiſon ſuffiſante.

Qu'eſt-ce que cette raiſon ſuffiſante ? c'eſt la cauſe des événemens. Or tout philoſophe recherche cette cauſe, ce principe ; donc tout philoſophe admet la raiſon ſuffiſante. Elle eſt fondée ſur la vérité la plus évidente de nos actions. *Rien* ne ſaurait produire un être, puiſque *rien* n'exiſte pas. Il faut donc néceſſairement que les êtres, ou les événemens, aient une cauſe de leur être dans ce qui les a précédés ; et cette cauſe on l'appelle la raiſon ſuffiſante de leur exiſtence ou de leur naiſſance. Il n'y a que le vulgaire qui, ne connaiſſant point de *raiſon ſuffiſante*, attribue au *hafard* les effets dont les caufes lui font inconnues. Le *hafard* en ce fens eft le fynonyme de *rien*. C'eft un être forti du cerveau creux des poëtes, et qui, comme ces globules de favon que font les enfans, n'a aucun corps.

Vous allez boire à préfent la lie de mon nectar fur le fujet de la fatalité abfolue. Je crains fort que vous n'éprouviez, à l'explication de mon hypothèfe, ce qui m'arriva l'autre jour. J'avais lu dans je ne fais quel livre de phyfique, où il s'agiffait du mufcle céphalopharyngien. Me voilà à confulter *Furetière* pour en trouver l'éclairciffement : il dit que le mufcle céphalopharyngien eft l'orifice de l'œfophage, nommé pharynx. Ah ! pour le coup, dis-je, me voilà devenu bien habile. Les explications font fouvent plus obfcures que le texte même. Venons à la mienne.

J'avoue premièrement que les hommes ont un fentiment de liberté : ils ont ce qu'ils appellent la puiffance de déterminer leur volonté, d'opérer des mouvemens, &c. Si vous appelez ces actes, la liberté de l'homme, je conviens avec vous que l'homme eft libre. Mais fi vous appelez liberté, les raifons qui déterminent les réfolutions, les caufes des mouvemens qu'elles opèrent, en un mot, ce qui peut influer fur fes actions, je puis prouver que l'homme n'eft point libre.

Mes preuves feront tirées de l'expérience. Elles feront tirées des obfervations que j'ai faites fur les motifs de mes actions et fur celles des autres.

Je foutiens premièrement que tous les hommes fe déterminent par des raifons tant bonnes que mauvaifes; (ce qui ne fait rien à mon hypothèfe) et ces raifons ont pour fondement une certaine idée de bonheur ou de bien être. D'où vient que, lorfqu'un libraire m'apporte la Henriade et les épigrammes de *Roufſeau*, d'où vient, dis-je, que je choifis la Henriade ? C'eſt que la Henriade eſt un ouvrage parfait, et dont mon efprit et mon cœur peuvent tirer un ufage excellent, et que les épigrammes ordurières faliſſent l'imagination. C'eſt donc l'idée de mon avantage, de mon bien être, qui porte ma raifon à fe déterminer en faveur d'un de ces ouvrages préférablement à l'autre. C'eſt donc l'idée de mon bonheur qui détermine toutes mes actions. C'eſt donc le reſſort dont je dépends, et ce reſſort eſt lié avec un autre qui eſt mon tempérament ; c'eſt-là précifément la roue avec laquelle le créateur monte les reſſorts de la volonté ; et l'homme a la même liberté que le pendule. Il a de certaines vibrations ; en un mot, il peut faire des actions, &c. mais toutes aſſervies à fon tempérament, et à fa façon de penfer plus ou moins bornée.

Queſtionnez quel homme il vous plaira fur ce qu'il a fait telle ou telle action : le plus ſtupide de tous vous alléguera une raifon. C'eſt donc une raifon qui le détermine. L'homme agit donc felon une loi, et en conféquence du ton que le créateur lui a donné.

Voici donc une vérité non moins fondée fur l'expérience. Concluons donc que l'homme porte en foi le mobile qui le détermine, ou qui caufe ſes réfolutions.

Je voudrais, pour l'amour de la fatalité abfolue,

qu'on n'eût jamais cherché de fubterfuge contre la
liberté dans de faux raifonnemens. Tel eft celui que 1758.
vous combattez très-bien, et que vous détruifez
totalement. En effet rien de moins conféquent, que
nous ferions des dieux, fi nous étions libres. Il y a
beaucoup de témérité à vouloir raifonner des chofes
qu'on ne connaît point; et il y en a encore infiniment
plus de vouloir prefcrire des limites à la toute-
puiffance divine.

J'examine fimplement les vérités qui me font
connues : et de-là je conclus que, puifqu'elles font
telles, DIEU a voulu qu'elles foient. Mon raifonnement ne fait qu'enchaîner les effets de la nature avec
leur caufe primitive qui eft DIEU.

Selon ce fyftême, DIEU ayant prévu les effets des
tempéramens et des caractères des hommes, conferve
en plein fa préfcience : et les hommes ont une efpèce
de liberté, quoique très-bornée, de fuivre leurs raifonnemens ou leur façon de penfer.

Il s'agit à préfent de montrer que mon hypothèfe
ne contient rien d'injurieux ni de contradictoire
contre l'effence divine. C'eft ce que je vais prouver.

L'idée que j'ai de DIEU eft celle d'un être tout-
puiffant, très-bon, infini et raifonnable à un degré
fupérieur. Je dis que ce DIEU fe détermine en tout
par les raifons les plus fublimes, qu'il ne fait rien
que de très-raifonnable et de très-conféquent. Ceci
ne renverfe en aucune façon la liberté de DIEU :
car, comme DIEU eft la raifon même, dire
qu'il fe détermine par la raifon, c'eft dire qu'il fe
détermine par fa volonté ; ce qui n'eft en ce fens
qu'un jeu de mots. De plus, DIEU peut prévoir fes.

propres actions, puisqu'elles sont asservies à l'infini, à l'excellence de ses attributs. Elles portent toujours le caractère de la perfection. Si donc D I E U est lui-même le destin, comment en peut-il être l'esclave? Et si ce D I E U qui, selon M. *Clarke*, ne peut se tromper, si ce D I E U prévoit les actions des hommes, il faut donc nécessairement qu'elles arrivent. M. *Clarke* lui-même l'avoue sans s'en apercevoir.

Mon raisonnement se réduit à ce que D I E U étant l'excellence même, il ne peut rien faire que de très-excellent, et c'est ce qu'attestent les œuvres de la nature; c'est de quoi tous les hommes en général nous font un témoignage, et de quoi vous persuaderiez seul, s'il n'y avait que vous dans l'univers.

Cependant il faut se garder de juger du monde par parties; ce sont les membres d'un tout, où l'assortiment est nécessaire. Dire, parce qu'il y a quelques hommes malfaisans, que D I E U a tout mal fait, c'est perdre de vue la totalité, c'est considérer un point dans un ouvrage de miniature, et négliger l'effet de l'ensemble. Comptons que tout ce que nous apercevons dans la nature concourt aux vues du créateur. Si nos yeux de taupe ne peuvent apercevoir ces vues, ce défaut est dans notre nerf optique, et non pas dans l'objet que nous envisageons.

Voilà tout ce que mon imagination a pu vous fournir sur le roman de la fatalité absolue, et sur la préscience divine. Du reste je respecte beaucoup *Cicéron*, protecteur de la liberté, quoiqu'à dire vrai ses tusculanes sont, de tous ses ouvrages, celui qui me convient le mieux.

Vous anoblissez le dieu de M. *Clarke* d'une telle

façon, que je commence déjà à fentir du refpect pour
cette divinité. Si vous eufliez vécu du temps de *Moïfe*, 1738.
le dieu d'*Abraham*, d'*Ifaac* et de *Jacob* n'y aurait rien
perdu , et furement il aurait été plus digne de nos
hommages que celui que nous préfente le bègue
légiflateur des Juifs.

Je me réferve de vous parler une autre fois de votre
excellent effai de phyfique. Cet ouvrage mérite bien
d'occuper une autre lettre particulièrement deftinée
à ce fujet. Je remplirai également mes engagemens
touchant le fiècle de *Louis XIV;* et je joindrai à cette
lettre quelques confidérations fur l'état du corps
politique de l'Europe , que je vous prierai cependant
de ne communiquer à perfonne. Mon deffein était
de le faire imprimer en Angleterre comme l'ouvrage
d'un anonyme. Quelques raifons m'en ont fait différer
l'exécution.

J'attends l'épître fur l'amitié comme une pièce qui
couronnera les autres. Je fuis auffi affamé de vos
ouvrages que vous êtes diligent à les compofer.

Je fus tout furpris en vérité lorfque je vis que la
marquife *du Châtelet* me trouvait fi admirable. J'en ai
cherché la raifon fuffifante avec *Leibnitz* , et je fuis
tenté de croire que cette grande admiration de la
marquife ne vient que d'un petit grain de pareffe.
Elle n'eft pas auffi généreufe que vous de fes momens.
Je me déclare incontinent le rival de *Newton* , et
fuivant la mode de Paris, je vais compofer un libelle
contre lui. Il ne dépend que de la marquife de
rétablir la paix entre nous. Je cède volontiers à
*Newton* la préférence que l'ancienneté de connaiffance
et fon mérite perfonnel lui ont acquife , et je ne

demande que quelques mots écrits dans des momens perdus : moyennant quoi je tiens quitte la marquise de toute admiration quelconque.

J'ai fonné le tocfin mal à propos dans la dernière lettre que je vous ai écrite ; vous voudrez bien continuer votre correfpondance par M. *Thiriot*. Mon foupçon, après l'avoir éclairci, s'eft trouvé mal fondé. J'en fuis bien aife, parce que cela me procurera d'autant plus promptement vos réponfes.

Vous ne fauriez croire à quel point j'eftime vos penfées, et combien j'aime votre cœur. Je fuis bien fâché d'être le Saturne du monde planétaire dont vous êtes le foleil. Qu'y faire? mes fentimens me rapprochent de vous, et l'affection que je vous porte n'en eft pas moins fervente. Je joins à cette lettre ce que vous m'avez demandé fur la vie de la czarine et du czarovitz. Si vous fouhaitez quelque chofe de plus fur ce fujet, je m'offre de vous fatiffaire, étant à jamais,

Monfieur,

votre très-parfait et très-fidèle ami,

FÉDÉRIC.

# LETTRE L.

## DE M. DE VOLTAIRE.

Avril.

MONSEIGNEUR,

J'AI reçu de nouveaux bienfaits de votre Alteſſe royale, des fruits précieux de votre loiſir et de votre ſingulier génie. L'ode à ſa majeſté la reine votre mère, me paraît votre plus bel ouvrage. Il faut bien, quand votre cœur ſe joint à votre eſprit, qu'il en naiſſe un chef-d'œuvre. Je n'y trouve à reprendre que quelques expreſſions qui ne ſont pas tout à fait dans notre exactitude française. Nous ne diſons pas *des encens* au pluriel : nous ne diſons point, comme on dit je crois en allemand, encenſer *à* quelqu'un. Cette phraſe n'eſt en uſage que parmi quelques miniſtres réfugiés, qui tous ont un peu corrompu la pureté de la langue française. Voilà, à peu-près, tout ce que ma pédanterie grammaticale peut critiquer dans cet ouvrage charmant, que je chéris comme homme, comme poëte, comme ſerviteur bien tendrement attaché à votre auguſte perſonne.

Que je ſuis enchanté quand je vois un prince né pour régner, dire :

> *Ta clémence et ton équité,*
> *Ces limites de ta puiſſance.*

Voilà deux vers que j'admirerais dans le meilleur poëte, et qui me tranſportent dans un prince. Vous

1738.

——— faites comme *Marc-Aurèle* la fatire des cours par votre
1738. exemple et par vos écrits ; et vous avez par-deſſus lui
le mérite de dire en beaux vers, dans une langue
étrangère, ce qu'il diſait aſſez féchement dans ſa
langue propre.

Si la tendreſſe reſpectable qui a dicté cette ode ne
m'avait enlevé mon premier ſuffrage , je pourrais le
donner à l'ode. Enfin il y a plus d'imagination ; et le
mérite de la difficulté ſurmontée qu'on doit compter
dans tous les arts , eſt bien plus grand dans une ode
que dans une épître libre.

*Le printemps* eſt dans un tout autre goût : c'eſt un
tableau de *Claude Lorrain*. Il y a un poëte anglais ,
homme de mérite, nommé *Tompſon* , qui a fait les
quatre ſaiſons dans ce goût-là , en *blank verſe*, ſans
rime. Il ſemble que le même dieu vous ait inſpiré
tous deux.

Votre Alteſſe royale me permettra-t-elle de faire
ſur ce poëme une remarque qui n'eſt guère poëtique :

Et dans le vaſte cours de ſes longs mouvemens ,
La terre gravitant et roulant ſur ſes flancs ,
Approchant du ſoleil, en ſa carrière immenſe....

Voilà des vers philoſophiques , par conſéquent
leur devoir eſt d'être vrais et d'avoir raiſon. Ce n'eſt
pas ici *Joſué* qui s'accommode à l'erreur vulgaire , et
qui parle en homme très-vulgaire ; c'eſt un prince
copernicien qui parle, un prince dans les Etats de qui
*Copernic* eſt né ; car je le crois né à Thorn , et je
penſe que votre maiſon royale pourrait bien avoir des
droits ſur Thorn ; mais venons au fait. Ce fait eſt

que la terre, du printemps à l'été, s'éloigne toujours ——— du foleil, de façon qu'au milieu du cancer, elle eſt **1738.** environ d'un million de grands milles germaniques plus loin de cet aſtre qu'au milieu de l'hiver ; et que nous avons, moyennant cette inégalité dans ſon cours, huit jours d'été de plus que d'hiver. Je ſais bien qu'on a cru long-temps qu'en été nous étions plus près du foleil ; mais c'eſt une grande erreur. Il ne doit pas paraître ſingulier qu'un trente - troiſième degré de proximité de plus ne nous échauffe pas ; car je n'ai guère plus chaud à trente-deux pieds de ma cheminée qu'à trente-trois. Ce qui fait la chaleur n'eſt donc pas la proximité, mais la perpendicularité des rayons du foleil, et leur plus grande quantité réfractée de l'air ſur la terre. Or en été les rayons ſont plus approchans de la perpendicule et plus réfractés ſur notre horizon ſeptentrional, comme fait votre Alteſſe.

Je fais tout ce verbiage pour excufer mon unique critique. D'ailleurs je ne puis trop remercier votre Alteſſe royale de l'honneur qu'elle fait à notre Parnaſſe français.

J'envoie la quatrième épître par ce paquet ; je corrige la troiſième. J'aurais envoyé les trois nouveaux derniers actes de Mérope, mais on les tranfcrit.

Ce que votre Alteſſe royale a daigné me mander du czar *Pierre I* change bien mes idées. Eſt-il poſſible que tant d'horreurs aient pu ſe joindre à des deſſeins qui auraient honoré *Alexandre* ? Quoi ! policer ſon peuple et le tuer ! être bourreau, abominable bourreau, et légiſlateur ! quitter le trône pour le fouiller enfuite de crimes ! créer des hommes, et déshonorer la nature humaine ! Prince, qui faites l'honneur du

genre humain par le cœur et par l'efprit, daignez me
développer cette énigme. J'attendrai les mémoires que
vos bontés voudront bien me communiquer, et je
n'en ferai ufage que par vos ordres. Je ne continuerai
l'hiftoire de *Louis XIV*, ou plutôt de fon fiècle, que
quand vous me le commanderez. Je ne veux. . . .

( *Le refte manque.* )

## LETTRE LI.

### DE M. DE VOLTAIRE.

De Bruxelles, mai.

MONSEIGNEUR,

E N revenant de ces triftes terres, dans le voifinage
defquelles votre Alteffe royale n'a point été, j'ai
l'honneur de lui écrire pour me confoler. J'efpère que
votre Alteffe royale m'enverra long-temps fes ordres
à Bruxelles; je les recevrai beaucoup plus tôt, et plus
furement que quand ils fefaient tant de cafcades de
Paris à Bar-le-duc et à Cirey. Je recevrai au moins
vos ordres directement, dans l'efpérance qu'un jour,
avant de mourir, *videbo dominum meum à facie ad
faciem*.

Je prends la liberté d'adreffer à votre Alteffe royale
une petite relation, non pas de mon voyage, mais de
celui de M. le baron de *Gangan*. (1) C'eft une fadaife
philofophique qui ne doit être lue que comme on fe
délaffe d'un travail férieux avec les bouffonneries

( 1 ) Cet ouvrage n'a jamais été connu, du moins fous ce titre.

d'*Arlequin.* Le véritable ennemi de *Machiavel* aura-t-il ———
quelques momens pour voyager avec ce baron de 1738.
*Gangan?* Il y verra au moins un petit article plein de
vérité fur les chofes de la terre. Je compte vous préfenter bientôt un autre tribut de bagatelles poëtiques,
car je me tiens comptable de mon temps à mon vrai
fouverain. Les biens des fujets appartiennent, dit-on,
aux autres rois; mon cœur et mes momens appartiennent au mien. Madame *du Châtelet*, fon autre
fujette, et plus digne ornement de fa cour, lui préfente fes refpects, felon la permiffion qu'il nous en a
donnée. Elle ne fera ici que plaider, elle trouvera peu
de perfonnes à qui elle puiffe parler de philofophie.
Les arts n'habitent pas plus à Bruxelles que les plaifirs.
Une vie retirée et douce eft ici le partage de prefque
tous les particuliers; mais cette vie douce reffemble
fi fort à l'ennui, qu'on s'y méprend très-aifément.
L'ennui n'approchera point d'une maifon qu'*Emilie*
habite, et qui eft honorée des lettres de notre prince.
Nous fommes dans le quartier le plus retiré, dans la
rue de la groffe tour. C'eft là que nous nous entrete-
nons tous les jours de ce prince qui fera l'amour de la
terre, comme il eft le nôtre; et de M. le baron de
*Keyferling*, fi digne de lui plaire et de le voir; et du
favant M. *Jordan*, à qui je porte envie.

Je fuis avec le plus profond refpect et la plus
tendre reconnaiffance, Monfeigneur, de votre Alteffe
royale, le très-humble, &c.

# LETTRE LII.

## *DE M. DE VOLTAIRE.*

A Cirey, le 20 mai.

MONSEIGNEUR,

——— 
**1738.**

Vos jours de poſte ſont comme les jours de *Titus :* vous pleureriez ſi vos lettres n'étaient pas des bien-faits. Vos deux dernières, du 31 mars et 19 avril, dont votre Alteſſe royale m'honore, ſont de nouveaux liens qui m'attachent à elle ; et il faut bien que chacune de mes réponſes ſoit un nouveau ſerment de fidélité que mon ame, votre ſujette, fait à votre ame, ſa ſouveraine.

La première choſe dont je me ſens forcé de parler, eſt la manière dont vous penſez ſur *Machiavel.* Comment ne feriez-vous point ému de cette colère vertueuſe où vous êtes preſque contre moi, de ce que j'ai loué le ſtyle d'un méchant homme ? C'était aux *Borgia*, père et fils, et à tous ces petits princes qui avaient beſoin de crimes pour s'élever, à étudier cette politique infernale ; il eſt d'un prince tel que vous de la déteſter. Cet art, qu'on doit mettre à côté de celui des *Locuſte* et des *Brinvilliers*, a pu donner à quelques tyrans une puiſſance paſſagère, comme le poiſon peut procurer un héritage ; mais il n'a jamais fait ni de grands hommes, ni des hommes heureux : cela eſt bien certain. A quoi peut-on donc parvenir par cette

politique affreufe ? au malheur des autres et au fien
même. Voilà les vérités qui font le catéchifme de 1738.
votre belle ame.

Je fuis fi pénétré de ces fentimens, qui font vos
idées innées, et dont le bonheur des hommes doit
être le fruit, que j'oubliais prefque de rendre grâce à
votre Alteffe royale de la bonté qu'elle a de s'intéreffer
à mes maux particuliers. Mais ne faut-il pas que
l'amour du bien public marche le premier ? Vous
joignez donc, Monfeigneur, à tant de bienfaits, celui
de daigner confulter pour moi des médecins. Je ne
fais qu'une feule chofe, auffi fingulière que cette
bonté, c'eft que les médecins vous ont dit vrai. Il y
a long-temps que je fuis perfuadé que ma maladie,
s'il eft permis de comparer le mal avec le bien, eft,
tout comme mon attachement à votre perfonne, une
affaire pour la vie.

Les confolations que je goûte dans ma délicieufe
retraite et dans l'honneur de vos lettres, font affez
fortes pour me faire fupporter des douleurs encore
plus grandes. Je fouffre très-patiemment ; et quoique
les douleurs foient quelquefois longues et aiguës, je
fuis très-éloigné de me croire malheureux. Ce n'eft
pas que je fois ftoïcien, au contraire, c'eft parce que
je fuis très épicurien, parce que je crois la douleur
un mal et le plaifir un bien ; et que, tout bien compté
et bien pefé, je trouve infiniment plus de douceurs
que d'amertumes dans cette vie.

De ce petit chapitre de morale je volerai fur vos
pas, fi votre Alteffe royale le permet, dans l'abyme
de la métaphyfique. Un efprit auffi jufte que le vôtre
ne pouvait affurément regarder la queftion de la liberté

comme une chofe démontrée. Ce goût que vous avez pour l'ordre et l'enchaînement des idées, vous a repréfenté fortement DIEU comme maître unique et infini de tout : et cette idée, quand elle eft regardée feule, fans aucun retour fur nous-mêmes, femble être un principe fondamental d'où découle une fatalité inévitable dans toutes les opérations de la nature. Mais auffi une autre manière de raifonner femble encore donner à DIEU plus de puiffance, et en faire un être, fi j'ofe le dire, plus digne de nos adorations ; c'eft de lui attribuer le pouvoir de faire des êtres libres. La première méthode femble en faire le Dieu des machines, et la feconde le Dieu des êtres penfans. Or ces deux méthodes ont chacune leur force et leur faibleffe. Vous les pefez dans la balance du fage ; et malgré le terrible poids que les *Leibnitz* et les *Wolf* mettent dans cette balance, vous prenez encore ce mot de *Montagne*, *que fais-je?* pour votre devife.

Je vois plus que jamais, par le mémoire fur le czarovitz, que votre Alteffe royale daigne m'envoyer, que l'hiftoire a fon pyrrhonifme auffi bien que la métaphyfique. J'ai eu foin, dans celle de *Louis XIV*, de ne pas percer plus qu'il ne faut dans l'intérieur du cabinet. Je regarde les grands événemens de ce règne comme de beaux phénomènes dont je rends compte, fans remonter au premier principe. La caufe première n'eft guère faite pour le phyficien, et les premiers refforts des intrigues ne font guère faits pour l'hiftorien. Peindre les mœurs des hommes, faire l'hiftoire de l'efprit humain dans ce beau fiècle, et fur-tout l'hiftoire des arts, voilà mon feul objet. Je fuis bien fûr de dire la vérité quand je parlerai de *Defcartes*, de

*Corneille,*

*Corneille*, du *Pouffin*, de *Girardon*, de tant d'établiffe- —————
mens utiles aux hommes ; je ferais sûr de mentir fi je     1738.
voulais rendre compte des converfations de *Louis XIV*
et de madame de *Maintenon*.

Si vous daignez m'encourager dans cette carrière,
je m'y enfoncerai plus avant que jamais ; mais en
attendant je donnerai le refte de cette année à la
phyfique , et fur-tout à la phyfique expérimentale.
J'apprends, par toutes les nouvelles publiques, qu'on
débite mes *élémens de Newton*, mais je ne les ai point
encore vus ; il eft plaifant que l'auteur et la perfonne
à qui ils font dédiés foient les feuls qui n'aient point
l'ouvrage. Les libraires de Hollande fe font précipités,
fans me confulter, fans attendre les changemens que
je préparais ; ils ne m'ont ni envoyé le livre, ni averti
qu'ils le débitaient. C'eft ce qui fait que je ne peux
avoir moi-même l'honneur de l'adreffer à votre Alteffe
royale ; mais on en fait une nouvelle édition plus
correcte que j'aurai l'honneur de lui envoyer.

Il me femble , Monfeigneur, que ce petit *commercium
epiftolicum* embraffe tous les arts. J'ai eu l'honneur de
vous parler de morale, de métaphyfique, d'hiftoire,
de phyfique ; je ferais bien ingrat fi j'oubliais les vers.
Et comment oublier les derniers que votre Alteffe
royale vient de m'envoyer ? Il eft bien étrange que vous
puiffiez écrire avec tant de facilité dans une langue
étrangère. Des vers français font très-difficiles à faire
en France, et vous en compofez à Remusberg comme
fi *Chaulieu*, *Chapelle*, *Greffet*, avaient l'honneur de
fouper avec votre Alteffe royale.

( *Le refte manque.* )

*Correfp. du roi de P... &c.*          Tome I.     S

## LETTRE LIII.

### *DU PRINCE ROYAL.*

Mai.

MON CHER AMI,

—————
1738.

Cᴇ titre vous eſt dû, et par votre rare mérite, et par la ſincérité avec laquelle vous me faites apercevoir mes fautes. Je ſuis charmé de votre critique; je corrigerai tous les endroits que vous avez marqués; je travaillerai comme ſous vos yeux. Vos lumières et vos cenſures feront comme les canaux qui forment les jets d'eau : elles régleront l'eſſor de mon eſprit; et plus vous mettrez de ſévérité dans vos critiques, plus vous augmenterez mes obligations.

Votre quatrième épître eſt un chef-d'œuvre. *Céſarion* et moi nous l'avons lue, relue et admirée plus d'une fois. Je ne ſaurais vous dire à quel point j'eſtime vos ouvrages. La noble hardieſſe avec laquelle vous débitez de grandes vérités, m'enchante.

*Au bord de l'infini ton cours doit s'arrêter.*

Ce vers eſt peut-être le plus philoſophique qui ait jamais été fait. L'orgueil de la plupart des ſavans n'eſt pas capable de ſe ployer ſous cette vérité. Il faut avoir épuiſé la philoſophie pour en dire autant.

Vous avez un talent tout particulier pour exprimer les grands ſentimens et les grandes vérités. Je ſuis charmé de ces deux vers :

*O divine amitié , félicité parfaite,*
*Seul mouvement de l'ame où l'excès foit permis !*

Je voudrais pouvoir inculquer cette vérité dans le cœur de tous mes compatriotes et de tous les hommes. Si le genre humain penfait ainfi , nous verrions une république plus parfaite et plus heureufe que celle de *Platon*.

Cette faifon , qui eft pour moi le femeftre de mars , m'a tant fourni d'occupation qu'il m'a été impoffible de vous répondre plutôt. J'ai reçu encore la cinquième épître fur le bonheur , et je réponds à toutes ces lettres à la fois.

Pour vous parler avec ma franchife ordinaire , je vous avouerai naturellement que tout ce qui regarde *l'homme-dieu* ne me plaît point dans la bouche d'un philofophe , d'un homme qui doit (1) être au-deffus des erreurs populaires. Laiffez au grand *Corneille* , vieux radoteur et tombé dans l'enfance , le travail infipide de rimer l'imitation de JESUS-CHRIST , et ne tirez que de votre fonds ce que vous avez à nous dire. On peut parler de fables , mais feulement comme fables ; et je crois qu'il vaut mieux garder un filence profond fur les fables chrétiennes , canonifées par leur ancienneté et par la crédulité des gens abfurdes et ftupides.

Il n'y aurait qu'au théâtre où je permettrais de repréfenter quelque fragment de l'hiftoire de ce prétendu *fauveur* ; mais dans votre cinquième épître il

(1) Il s'agit de ces vers du Difcours fur la vertu : *Quand l'ennemi divin des fcribes et des prêtres, &c.*

paraît que trop de condefcendance pour les jéfuites ou la prêtraille, vous a déterminé à parler de ce ton.

Vous voyez, Monfieur, que je fuis fincère. Je puis me tromper, mais je ne faurais vous déguifer mes fentimens.

*Céfarion* a reçu avec joie et avec tranfport la lettre que vous lui avez écrite. Vous recevrez fa réponfe fous ce même couvert. Nous allons nous féparer pour un temps, puifque je fuivrai le roi au pays de Clèves. Je compte y être le mois prochain. Ayez la bonté d'adreffer vos lettres, vers cé temps, au colonel *Bork* à Véfel. J'efpère en recevoir quelques-unes pendant le féjour que j'y ferai, vu la proximité de la France. Je tournerai le vifage vers Cirey; je ferai comme les Juifs captifs à Babylone, qui fe tournaient vers le côté du temple pour faire leurs prières, et pour implorer l'affiftance divine.

Voici quelques pièces de ma façon que j'expofe au creufet. (*a*) Je crains fort qu'elles ne foutiennent pas l'épreuve. C'eft, comme vous voyez, toujours le démon des vers qui me domine. Bientôt celui des combats pourra influer fur moi. Si le fort ou le démon de la guerre me rend ennemi des Français, foyez bien perfuadé que la haine n'aura jamais d'empire fur mon efprit, et que mon cœur démentira toujours mon bras. Vous feul, Monfieur, me faites aimer votre nation. Je chérirai tendrement les habitans de Cirey, tandis que je ferai la guerre aux Français; et je dirai:

(*a*) *Le philofophe guerrier*, épître à M. *Jordan*, une autre à *Céfarion*.

. . . . . . . Mon épée
Qui du fang efpagnol eût été mieux trempée. . . .

Je vous prie de me donner de vos nouvelles le plus fouvent qu'il vous fera poffible : je fuis d'une inquiétude extrême fur tout ce qui regarde votre fanté. Nous venons de perdre ici un des plus grands hommes d'Allemagne. C'eft le fameux M. de *Beaufobre*, homme d'honneur et de probité, grand génie, d'un efprit fin et délié, grand orateur, favant dans l'hiftoire de l'Eglife et dans la littérature, ennemi implacable des jéfuites, la meilleure plume de Berlin, un homme plein de feu et de vivacité, que quatre-vingts années de vie n'avaient pu glacer, d'ailleurs fentant quelque faible pour la fuperftition, défaut affez commun chez les gens de fon métier, et connaiffant affez la valeur de fes talens pour être fenfible aux applaudiffemens et à la louange. Cette perte m'eft d'autant plus fenfible qu'elle eft irréparable. Nous n'avons perfonne qui puiffe remplacer M. de *Beaufobre*. Les hommes de fon mérite font rares, et quand la nature les féme, ils ne parviennent pas tous à la maturité.

Il m'eft parvenu une lettre qu'une dame de ce pays-ci vous a écrite. Vous aurez bien vu par fon ftyle qu'elle eft brouillée avec le fens commun. Ne jugez pas de toutes nos dames par cet échantillon, et croyez qu'il en eft dont l'efprit et la figure ne vous paraîtraient pas réprouvables. Je leur dois bien quelque mot en leur faveur, car elles répandent des charmes inexprimables dans le commerce de la vie ; en fefant même abftraction de la galanterie, elles font d'une néceffité indifpenfable dans la fociété ; fans elles toute converfation eft languiffante.

J'attends la Mérope, j'attends quelque merveille fraîchement éclofe ; j'attends des nouvelles de mon ami , une réponfe fur quelques bagatelles que j'ai fait partir pour le petit paradis de Cirey ; et toute cette attente me fait bien languir. J'ai oublié de vous dire que j'ai reçu votre *Newton* , j'entends l'édition de Hollande. Je vous ai promis de vous communiquer toutes mes réflexions ; mais le moyen ? Je n'ai pas eu depuis quatre femaines le moment de me reconnaître , et à peine puis-je vous écrire ces deux mots.

Mille amitiés à la marquife, et à tous ceux qui font affemblés à Cirey au nom de *Voltaire*. Je vous prie , ne m'oubliez point ; et foyez fermement perfuadé de l'eftime et de l'amitié avec laquelle je fuis,

Monfieur ,

votre très-fidèle ami ,

FÉDÉRIC.

# LETTRE LIV.

## DE M. DE VOLTAIRE.

A Louvain, ce 30 mai.

MONSEIGNEUR,

1738.

En partant de Bruxelles, j'ai reçu tout ce qui peut flatter mon ame et guérir mon corps, et c'eft à votre Alteffe royale que je le dois. *Deus nobis hæc munera fecit.* Vous voulez que je vive, Monfeigneur ; j'ofe dire que vous avez quelque raifon de ne pas vouloir que le plus tendre de vos admirateurs, le fidèle témoin de ce qui fe paffe dans votre belle ame, périffe fi tôt. La Henriade et moi nous vous devrons la vie. Je fuis bien plus honoré que ne le fut *Virgile. Augufte* ne fit des vers pour lui qu'après la mort de fon poëte et votre Alteffe royale fait vivre le fien et daigne honorer la Henriade d'un avertiffement de fa main. Ah ! Monfeigneur, qu'ai-je à faire de la miférable bienveillance d'un cardinal, que la fortune a rendu puiffant ? qu'ai-je befoin des autres hommes ? Plût à Dieu que je reftaffe dans l'hermitage du comte de *Loo*, où je vais fuivre *Emilie !* Nous arrivâmes avant-hier à Bruxelles. Nous voici en route ; je ne commencerai que dans quelques jours à jouir d'un peu de loifir ; dès que j'en aurai, je mettrai en ordre de quoi amufer quelques quarts d'heure mon protecteur, tandis qu'il s'occupera à ce bel ouvrage, fi digne d'un prince comme lui ; s'il daigne écrire contre

S 4

—— *Machiavel*, ce fera *Apollon* qui écrafera le ferpent
*Python*. Vous êtes certainement mon Apollon,
Monfeigneur, vous êtes pour moi le dieu de la
médecine et celui des vers; vous êtes encore *Bacchus*,
car votre Alteffe royale daigne envoyer de bon vin
à *Emilie* et à fon malade; ayez donc la bonté d'ordonner, Monfeigneur, que ce préfent de *Bacchus*
foit voituré à l'adreffe d'un de fes plus dignes favoris;
c'eft M. le duc d'*Aremberg;* tout vin doit lui être
adreffé, comme tout ouvrage vous doit hommage. Il
y a certaines cérémonies à Bruxelles, pour le vin,
dont il nous fauvera; j'efpère que je boirai avec lui,
à la fanté de mon cher fouverain, du vrai maître de
mon ame, dont je fuis plus réellement le fujet que du
roi fous lequel je fuis né. Il faut partir; je finis une
lettre que mon cœur très-bavard ne m'eût point permis
de finir fi tôt; quand je ferai arrivé, je donnerai une
libre carrière à mes remercîmens, et la digne *Emilie*
aura l'honneur d'y joindre les fiens. Je ferai ferment
de docilité au médecin dont votre Alteffe royale a eu
la bonté de m'envoyer la confultation. J'écrirai à
votre aimable favori, M. de *Keyferling;* je remplirai
tous les devoirs de mon cœur; je fuis à vos pieds,
grand Prince, *O et præfidium et dulce decus meum.* Je fuis
en courant, mais avec les fentimens les plus inébran-
lables de refpect, d'admiration, de tendre reconnaiffance,

   Monfeigneur, &c.

# LETTRE LV.

## DE M. DE VOLTAIRE.

Juin.

MONSEIGNEUR,

J'AI reçu une partie des nouvelles faveurs dont
votre Altesse royale me comble : M. *Thiriot* m'a fait
tenir le paquet où je trouve *le philosophe guerrier* et
les épîtres à MM. de *Keyserling* et *Jordan*. Vous allez
à pas de géant, et moi je me traîne avec faiblesse. Je
n'ai l'honneur d'envoyer qu'une pauvre épître : *oportet
illum crescere, me autem minui.*

1738.

> Avec quelle ardeur vous courez
> Dans tous les sentiers de la gloire !
> Seigneur, lorsque vous vous battrez,
> Il est clair que vous cueillerez
> Ces beaux lauriers de la victoire ;
> Et même vous les chanterez.
> Vous serez l'Achille et l'Homère :
> Votre esprit, votre ardeur guerrière
> Des Français se feront chérir ;
> Vous aurez le double plaisir
> Et de nous vaincre et de nous plaire.

Je demande en grâce à votre Altesse royale, qu'une
des premières expéditions de ses campagnes soit de
venir reprendre Cirey, qui a été très-injustement

détaché de Remusberg, auquel il appartient de droit. Mais à la paix, ne rendez jamais Cirey : je vous en conjure, Monfeigneur ; rendez, fi vous le voulez, Strasbourg et Metz, mais gardez votre Cirey, et furtout que le canon n'endommage point les lambris dorés et vernis, et les niches et les entrefols d'*Emilie*. Je me doute qu'il y a en chemin une écritoire pour elle. Celle dont vous avez honoré M. *Jordan*, va faire éclore d'excellens ouvrages. Si c'était un autre que *Jordan*, je dirais fur cette écritoire venue de votre main, ce que je ne fais quel turc difait à *Scanderberg :* Vous m'avez envoyé votre fabre, mais vous ne m'avez pas envoyé votre bras.

Votre épître à *Jordan* eft de la très-bonne plaifanterie : celle à *Céfarion* eft digne de votre cœur et de votre efprit : *le philofophe guerrier* répond très-bien à fon titre ; cela eft plein d'imagination et de raifon. Remarquez, je vous en fupplie, Monfeigneur, que vous ne faites que de légères fautes contre la langue et contre notre verfification. Par exemple, dans ce beau commencement :

Loin de ce féjour folitaire
Où fous les aufpices charmans
De l'amitié tendre et fincère, &c.

vous mettez *la fcience non d'orgueil enflée*.

Vous ne pouvez deviner que *fcience* eft là de trois fyllabes, et que ce *non* eft un peu dur après *fcience*. Voilà ce qu'un grammairien de l'académie françaife vous dirait ; mais vous avez ce que n'a nul académicien de nos jours, je veux dire du génie.

Je vous demande pardon, Monseigneur, mais savez-vous combien ces vers sont beaux ?

> Et le trépas qui nous poursuit
> Sous nos pas creuse notre tombe :
> L'homme est une ombre qui s'enfuit,
> Une fleur qui se fane et tombe.
> Mille chemins nous sont ouverts
> Pour quitter ce triste univers ;
> Mais la nature si féconde
> N'en fit qu'un pour entrer au monde.

Elle n'a fait qu'un *Frédéric* : puisse-t-il rester en ce monde aussi long-temps que son nom !

Je jure à votre Altesse royale que dès que vous aurez repris possession du château de Cirey, il ne sera plus question de la capucinade que vous me reprochez si héroïquement. Mais, Monseigneur, *Socrate* sacrifiait quelquefois avec les Grecs. Il est vrai que cela ne le sauva pas ; mais cela peut sauver les petits *socratins* d'aujourd'hui : *felix quem faciunt aliena pericula cautum.* Il y avait une fois un beau jeune lion qui passait hardiment auprès d'un ânon que son maître chargeait et battait : N'as-tu pas de honte, dit ce lion à l'ânon, de te laisser mettre ainsi deux paniers sur le dos ? Monseigneur, lui répondit l'ânon, quand j'aurai l'honneur d'être lion, ce sera mon maître qui portera mes paniers.

Tout ânon que je suis, voici une épître assez ferme que j'ai l'honneur de joindre à ce paquet. Je serais curieux de savoir ce qu'un *Wolf* en penserait, si *sapientissimus Wolfius* pouvait lire des vers français. Je voudrais bien avoir l'avis d'un *Jordan*, qui fera je crois un digne fucceffeur de M. de *Beaufobre;* fur-tout d'un *Céfarion*, mais fur-tout, fur-tout de votre Alteffe royale, de vous, grand Prince et grand homme, qui réuniffez tous les talens de ceux dont je parle.

Votre Alteffe royale a lu, fans doute, l'excellent livre de M. de *Maupertuis.* Un homme tel que lui fonderait à Berlin ( dans l'occafion ) une académie des fciences qui ferait au-deffus de celle de Paris.

J'ai reçu une lettre de M. de *Keyferling*, de l'*Epheflion* de Remusberg : vous avez, grand Prince, ce qui manque à ceux qui font ce que vous ferez un jour, vous avez de vrais amis.

Je fuis étonné de voir par la lettre de votre Alteffe royale, non datée, qu'elle n'a point reçu les quatre actes de la Mérope, accompagnés d'une affez longue lettre. Cependant il y a fix femaines que M. *Thiriot* m'accufa la réception du paquet, et dut le mettre à la pofte. Il y a eu quelquefois de petits dérangemens arrivés au commerce dont vous m'honorez. Je compte envoyer bientôt à votre Alteffe royale un exemplaire d'une édition plus correcte des *élémens de Newton.* Il n'y a que vous au monde, Monfeigneur, qui puiffiez allier tout cela avec la foule de vos occupations et de vos devoirs.

Madame *du Châtelet* ne ceffe d'être pénétrée pour votre perfonne d'admiration... et de regrets. Vous m'avez donné un grand titre ; je ne pourrai jamais le mériter, quoique mon cœur faffe tout ce qu'il faut pour cela. Un homme que le fameux chevalier *Sidney* avait aimé, ordonna qu'après fa mort on mît fur fa

tombe, au lieu de fon nom : *Ci gît l'ami de Sidney.* ——
Ma tombe ne pourra jamais avoir un tel honneur : 1738.
il n'y a pas moyen de fe dire l'ami de....

Je fuis, avec la plus profonde vénération et le dévouement tendre que vous daignez permettre, &c.

# LETTRE LVI.

## DU PRINCE ROYAL.

A Amatte, le 17 juin.

### MON CHER AMI,

C'EST la marque d'un génie bien fupérieur que de recevoir, comme vous faites, les doutes que je vous propofe fur vos ouvrages. Voilà donc *Machiavel* rayé de la lifte des grands hommes, et votre plume regrette de s'être fouillée de fon nom. L'abbé *Dubos*, dans fon parallèle de la poëfie et de la peinture, cite cet italien politique au nombre des grands hommes que l'Italie a produits : il s'eft trompé affurément, et je voudrais que dans tous les livres on pût rayer le nom de ce fourbe politique du nombre de ceux où le vôtre doit tenir le premier rang.

Je vous prie inftamment de continuer *le Siècle de Louis XIV.* Jamais l'Europe n'aura vu de pareille hiftoire ; et j'ofe vous affurer qu'on n'a pas même l'idée d'un ouvrage auffi parfait que celui que vous avez commencé. J'ai même des raifons qui me paraiffent plus preffantes encore pour vous prier de finir cet ouvrage.

Cette phyſique expérimentale me fait trembler. Je crains le vif argent, et tout ce que ces expériences entraînent après elles de nuiſible à la ſanté. Je ne ſaurais me perſuader que vous ayez la moindre amitié pour moi, ſi vous ne voulez vous ménager. En vérité, madame la marquiſe devrait y avoir l'œil. Si j'étais à ſa place, je vous donnerais des occupations ſi agréables, qu'elles vous feraient oublier toutes vos expériences.

Vous ſupportez vos douleurs en véritable philoſophe. Pourvu qu'on voulût ne point omettre le bien dans le compte des maux que nous avons à ſouffrir, nous trouverions que nous ne ſommes point ſi malheureux. Une grande partie de nos maux ne conſiſte que dans la trop grande fertilité de notre imagination mêlée avec un peu de rate.

Je ſuis ſi bien au bout de ma métaphyſique, qu'il me ferait impoſſible d'en dire davantage. Chacun fait des efforts pour deviner les reſſorts cachés de la nature: ne ſe pourrait-il pas que les philoſophes ſe trompaſſent tous? Je connais autant de ſyſtêmes qu'il y a de philoſophes. Tous ces ſyſtêmes ont un degré de probabilité; cependant ils ſe contrediſent tous. Les Malabares ont calculé les révolutions des globes céleſtes ſur le principe que le ſoleil tournait autour d'une haute montagne de leur pays, et ils ont calculé juſte.

Après cela qu'on nous vante les prodigieux efforts de la raiſon humaine, et la profondeur de nos vaſtes connaiſſances. Nous ne ſavons réellement que peu de choſes, mais notre eſprit a l'orgueil de vouloir tout embraſſer.

La métaphysique me parut autrefois comme un pays propre à faire de grandes découvertes : à présent elle ne me présente qu'une mer immense, et fameuse en naufrages.

*Jeune, j'aimais Ovide, à présent c'est Horace.*

La métaphysique ressemble à un charlatan : elle promet beaucoup , et l'expérience seule nous fait connaître qu'elle ne tient rien. Après avoir bien étudié les sciences, et observé l'esprit des hommes, on devient naturellement enclin au scepticisme :

*Vouloir beaucoup connaître est apprendre à douter.*

*La philosophie de Newton*, à ce que je vois, m'est parvenue plutôt qu'à son auteur. On vous a donc refusé la permission de l'imprimer à Paris ! Il paraît que je tiens ce livre de la libéralité du libraire de Hollande. Un habile algébriste de Berlin m'a parlé de quelques légères fautes de calculs, mais d'ailleurs les vrais connaisseurs en sont charmés. Pour moi, qui juge sans beaucoup de connaissance, j'aurai un jour quelques éclaircissemens à vous demander sur ce vide qui me paraît fort merveilleux , et sur le flux et reflux de la mer causé par l'attraction, sur la raison des couleurs, &c. &c. Je vous demanderai ce que *Pierrot* et *Lucas* vous demanderaient si vous vouliez les instruire sur de pareils sujets ; et il vous faudra quelque peine encore pour me convaincre.

Je ne disconviens point d'avoir aperçu quelques vérités frappantes dans *Newton* ; mais n'y aurait-il point des principes trop étendus ? du filigramme mêlé dans des colonnes d'ordre toscan ? Dès que je ferai de retour de mon voyage, je vous expoſerai tous mes doutes. Souvenez-vous que

*... Vers la vérité le doute les conduit.*

A propos de doute, je viens de lire les trois der-niers actes de la Mérope. La haine aſſociée avec la plus noire envie ne pourront à préſent trouver rien à redire contre cette admirable pièce. Ce n'eſt point parce que vous avez eu égard à ma critique, ce n'eſt point que l'amitié m'aveugle, mais c'eſt la vérité; c'eſt parce que la Mérope eſt ſans reproches. Toutes les règles de la vraiſemblance y ſont obſervées; tous les événemens y ſont bien amenés; le caractère d'une tendre mère, que ſon amour trahit, vaut tous les originaux de *Vandyck*. *Polyphonte* conſerve à préſent l'unité de ſon caractère; tout ce qu'il dit ſort de l'ame d'un tyran ſoupçonneux. *Narbas* a dans ſes conſeils la timidité ordinaire des vieillards; il reſte naturellement ſur le théâtre. *Egiſte* parle comme par-lerait *Voltaire*, s'il était à ſa place. Il a le cœur trop noble pour commettre une baſſeſſe; il a du courage, il venge les manes de ſon père; il eſt modeſte après le ſuccès, et reconnaiſſant envers ſes bienfaiteurs.

Voilà ma pièce politique telle que j'ai eu le deſſein de la faire imprimer. J'eſpère qu'elle ne ſortira point de vos mains; vous en comprendrez aiſément les conſéquences. Je vous prie de m'en dire votre ſenti-ment en gros, ſans entrer dans aucun détail des faits. Il y manque un mémoire que j'aurai dans peu, et que vous pourrez toujours y faire ajouter.

Les mémoires de l'académie que je fais venir ſeront ma tâche pour cet été et pour l'automne. Je vous
ſuis,

fuis, quoique de loin, dans mes occupations, et comme une tortue fe traîne fur les traces d'un cerf.

Le paquet dont on vous a donné avis, et que le fubftitut de M. *Tronchin* ne vous a point envoyé, contient quelques bagatelles pour la marquife. C'eft un meuble pour fon boudoir. Je vous prie de l'affurer de l'eftime que m'infpirent tous ceux qui favent vous aimer. *Céfarion* me paraît un peu touché de la marquife; il me dit : *Quand elle parlait, j'étais amoureux de fon efprit; et quand elle ne parlait pas, je l'étais de fon corps.*

Heureux font les yeux qui l'ont vue, et les oreilles qui l'ont entendue! mais plus heureux ceux qui connaiffent *Voltaire*, et qui le pofsèdent tous les jours!

Vous ne fauriez croire à quel point je m'impatiente de vous voir. Je me laffe horriblement de ne vous connaître que par les yeux de la foi. Je voudrais bien que ceux de la chair euffent auffi leur tour. Si jamais on vous enlève, foyez sûr que ce fera moi qui ferai le rôle de *Pâris*. Je fuis à jamais,

Monfieur,

votre très-fidèle ami,

FÉDÉRIC.

# LETTRE LVII.

## DE M. DE VOLTAIRE.

Juin.

MONSEIGNEUR,

1738.

QUAND j'ai reçu le nouveau bienfait dont votre Alteſſe royale m'a honoré, j'ai ſongé auſſitôt à lui payer quelques nouveaux tributs. Car quand le prince enrichit ſes ſujets, il faut bien que leurs taxes augmentent. Mais, Monſeigneur, je ne pourrai jamais vous rendre ce que je dois à vos bontés. Le dernier fruit de votre loiſir eſt l'ouvrage d'un vrai ſage, qui eſt fort au-deſſus des philoſophes; votre eſprit ſait d'autant mieux douter qu'il ſait mieux approfondir. Rien n'eſt plus vrai, Monſeigneur, que nous ſommes dans ce monde ſous la direction d'une puiſſance auſſi inviſible que forte, à peu-près comme des poulets qu'on a mis en mue pour un certain temps, pour les mettre à la broche enſuite, et qui ne comprendront jamais par quel caprice le cuiſinier les fait ainſi encager; je parie que ſi ces poulets raiſonnent, et font un ſyſtême ſur leur cage, aucun ne devinera que c'eſt pour être mangé qu'on les a mis là. Votre Alteſſe royale ſe moque avec raiſon des animaux à deux pieds qui penſent ſavoir tout; il n'y a qu'un bonnet d'âne à mettre ſur la tête d'un ſavant qui croit ſavoir bien ce que c'eſt que la dureté, la cohérence, le reſſort, l'électricité, ce qui produit les germes, les ſentimens, la faim, ce qui fait digérer, enfin qui croit connaître la matière, et qui pis eſt l'eſprit : il y a certainement des connaiſſances accordées à l'homme; nous ſavons

mefurer , calculer , pefer jufqu'à un certain point. ————
Les vérités géométriques font indubitables , est c'est
déjà beaucoup ; nous favons , à n'en pouvoir douter,
que la lune est beaucoup plus petite que la terre, que
les planètes font leur cours fuivant une proportion
réglée, qu'il ne faurait y avoir moins de trente millions
de lieues de trois mille pas , d'ici au foleil ; nous pré-
difons les éclipfes , &c. Aller plus loin est un peu
hardi, et le deffous des cartes n'est pas fait pour être
aperçu. J'imagine les philofophes à fyftêmes comme
des voyageurs curieux , qui auraient pris les dimen-
fions du férail du grand turc, qui feraient même entrés
dans quelques appartemens , et qui prétendraient fur
cela deviner combien de fois fa hauteffe a embraffé fa
fultane favorite , ou fon icoglan , la nuit précédente.

Mais, Monfeigneur, pour un prince allemand, qui
doit protéger le fyftême de *Copernic* , votre Alteffe
royale me paraît bien fceptique ; c'est céder un de
vos Etats pour l'amour de la paix ; ce font des chofes ,
s'il vous plaît , que l'on ne fait qu'à la dernière
extrémité ; je mets le fyftême planétaire de *Copernic*,
moi petit français , au rang des vérités géométriques ,
et je ne crois point que la *montagne de Malabar* puiffe
jamais le détruire.

J'honore fort meffieurs du Malabar, mais je les crois
de pauvres phyficiens. Les Chinois , auprès de qui
les Malabares font à peine des hommes , font de fort
mauvais aftronomes. Le plus médiocre jéfuite est un
aigle chez eux ; le tribunal des mathématiques de la
Chine, avec toutes fes révérences et fa barbe en pointe,
est un miférable collége d'ignorans , qui prédifent la
pluie et le beau temps , et qui ne favent pas feulement

T 2

calculer jufte une éclipfe ; mais je veux que les bar- bares du Malabar aient une montagne en pain de fucre, qui leur tient lieu de gnômon, il eft certain que leur montagne leur fervira très-bien à leur faire connaître les équinoxes, les folftices, le lever et le coucher du foleil et des étoiles, les différences des heures, les afpects des planètes, les phafes de la lune ; une boule au bout d'un bâton nous fera les mêmes effets en rafe campagne, et le fyftême de *Copernic* n'en fouffrira pas.

Je prends la liberté d'envoyer à votre Alteffe royale mon fyftême du *plaifir* ; je ne fuis point fceptique fur cette matière, car depuis que je fuis à Cirey, et que votre Alteffe royale m'honore de fes bontés, je crois le plaifir démontré.

Je m'étonne que parmi tant de démonftrations alambiquées de l'exiftence de DIEU, on ne fe foit pas avifé d'apporter le plaifir en preuve. Car, phyfique- ment parlant, le plaifir eft divin, et je tiens que tout homme qui boit de bon vin de Tokay, qui embraffe une jolie femme, qui, en un mot, a des fenfations agréables, doit reconnaître un Etre fuprême et bien- fefant ; voilà pourquoi les anciens ont fait des dieux de toutes les paffions ; mais comme toutes les paffions nous font données pour notre bien être, je tiens qu'elles prouvent l'unité d'un DIEU, car elles prou- vent l'unité de deffein. Votre Alteffe royale permet- elle que je confacre cette épître à celui que DIEU a fait pour rendre heureux les hommes, à celui dont les bontés font mon bonheur et ma gloire. Madame *du Châtelet* partage mes fentimens. Je fuis avec un profond refpect et un dévouement fans bornes,

Monfeigneur, &c.

# LETTRE LVIII.

## DU PRINCE ROYAL.

A Véſel, le 24 de juillet.

MON CHER AMI,

ME voilà rapproché de plus de ſoixante lieues de ⸺ Cirey. Il me ſemble que je n'ai plus qu'un pas à 1738. faire pour y arriver ; et je ne ſais quel pouvoir invincible m'empêche de ſatisfaire mon empreſſement pour vous voir. Vous ne ſauriez concevoir ce que me fait ſouffrir votre voiſinage : ce ſont des impatiences, ce ſont des inquiétudes, ce ſont enfin toutes les tyrannies de l'abſence.

Rapprochez, s'il ſe peut, votre méridien du nôtre : feſons faire un pas à Remusberg et à Cirey pour ſe joindre.

Que par un ſyſtême nouveau
Quelque ſavant change la terre ;
Et qu'il retranche, pour nous plaire,
Les monts, les plaines et les eaux
Qui ſéparent nos deux hameaux.

Je ſouhaiterais beaucoup que M. de *Maupertuis* pût me rendre ce ſervice. Je lui en ſaurais meilleur gré que de ſes découvertes ſur la figure de la terre, et de tout ce que lui ont appris les Lapons.

T 3

A propos de voyage, je viens de paſſer dans un pays où aſſurément la nature n'a rien épargné pour rendre les terres les plus fertiles et les contrées les plus riantes du monde ; mais il ſemble qu'elle ſe ſoit épuiſée en feſant les arbres, les haies, les ruiſſeaux qui embelliſſent ces campagnes, car aſſurément elle a manqué de force pour y perfectionner notre eſpèce.

Je m'entretiens de votre réputation avec tous ceux qui viennent ici de Hollande, et je trouve des gens qui penſent comme moi, ou je fais des proſélytes. J'ai combattu pour vous à Brunſvick contre un certain *Bomar*, bel eſprit manqué, vif, étourdi, et qui décide de tout en dernier reſſort. Ma cauſe a été triomphante, comme vous pouvez le croire ; et l'autre, confondu par la puiſſance de votre mérite, s'eſt avoué vaincu.

Ce ſont en partie les libelles infames dont vos compatriotes ſe piquent de vous affubler, qui préviennent le public, juge pour l'ordinaire injuſte et mal inſtruit. Il ſuffit qu'un homme ſoit blâmé par quelqu'un qui écrit contre lui, pour que les trois quarts du monde renouvellent ſans ceſſe les accuſations d'un rival. Le vulgaire n'examine jamais, et il aime à répéter tout ce que les autres ont dit contre un homme de grand nom.

Votre nation eſt bien ingrate et bien légère de ſouffrir que des médiſans, des plumes inconnues oſent entreprendre de flétrir vos lauriers. Eſt-ce que le nombre des grands hommes eſt ſi commun ? Serait-ce parce que vous ne donnez point de l'encenſoir à travers le viſage des dieux de la terre ? Quelques raiſons qu'ils puiſſent alléguer, il n'y en aura que de mauvaiſes. Si *Auguſte* eût ſouffert qu'on eût couvert

*Virgile* d'opprobre ; fi *Louis XIV* eût laiffé enlever ——
à *Defpréaux* fon mérite, ils auraient été moins grands 1738.
princes ; et le monarque romain et le monarque
français auraient peut-être été obligés de renoncer à
une partie de leur réputation.

C'eft une efpèce de barbarie que d'obfcurcir, ou
de laiffer étouffer le génie et les grands talens. Les
Français, en ne vous eftimant pas affez, femblent fe
trouver indignes d'être les compatriotes de l'auteur
de la Henriade et de tant d'autres chefs-d'œuvre. On
fent trop, pour peu qu'on y faffe attention, que la
plume de vos ennemis eft trempée dans le fiel de
l'envie. Ce ne font point des raifons qu'ils allèguent
contre vous, ce font des traits de malignité et de
méchanceté. Tant il eft vrai que la jaloufie et l'envie
font un brouillard qui obfcurcit aux yeux du jaloux
le mérite de fon adverfaire.

M. *Thiriot* m'a envoyé les deux lettres que vous
avez écrites, l'une fur les ouvrages de M. *Dutot*,
et l'autre fur Mérope. Ce font des chefs-d'œuvre chacune dans leur genre. Vous jugez de la poëfie en
*Horace*, et de l'art de rendre les hommes heureux en
*Agrippa* et en *Amboife*.

N'oubliez pas d'affurer la marquife de tous les
fentimens d'admiration que fon mérite m'infpire ;
je ne parle point de fa beauté, car il paraît qu'elle
eft ineffable.

Je mène depuis quelque temps une vie active et
très-active. Dans quelques femaines, la contemplative aura fon tour. On peut être heureux et dans
l'une et dans l'autre : et comment peut-on être malheureux lorfqu'on peut fe flatter d'avoir de vrais amis?

Soyez toujours le mien, Monfieur, et ne doutez jamais de l'eftime parfaite avec laquelle je fuis, Monfieur,

> votre très-fidèle ami,
>
> FÉDÉRIC.

# LETTRE LIX.

## *DU PRINCE ROYAL.*

A Loô en Hollande, le 6 d'augufte.

MON CHER AMI,

JE vous reconnais, je reconnais mon fang dans la belle *épître fur l'homme* que je viens de recevoir, et dont je vous remercie mille fois. C'eft ainfi que doit penfer un grand homme ; et ces penfées font auffi dignes de vous que la conquête de l'univers l'était d'*Alexandre*. Vous recherchez modeftement la vérité, et vous la publiez avec hardieffe lorfqu'elle vous eft connue. Non, il ne peut y avoir qu'un DIEU et qu'un *Voltaire* dans la nature. Il eft impoffible que cette nature, fi féconde d'ailleurs, recopie fon ouvrage pour reproduire votre femblable.

Il n'y a que de grandes vérités dans votre épître fur l'homme. Vous n'êtes jamais plus grand ni plus fublime que lorfque vous reftez bien ce que vous êtes. Convenez, mon cher ami, que l'on ne faurait bien être que ce que l'on eft : et vous avez tant de raifons d'être fatisfait de votre façon de penfer, que vous ne devriez jamais vous rabaiſſer en empruntant celle des autres.

Que les moines obſcurément encloîtrés, enſeveliſſent dans leur craſſeuſe baſſeſſe leur miſérable théologie; que nos deſcendans ignorent à jamais les puériles ſottiſes de la foi, du culte et des cérémonies des prêtres et des religieux. Les brillantes fleurs de la poëſie ſont proſtituées lorſqu'on les fait ſervir de parure et d'ornement à l'erreur ; et le pinceau qui vient de peindre les hommes doit effacer la Loyolade.

Je vous ſuis très-obligé, et redevable à l'infini de la peine que vous vous donnez de corriger mes fautes. J'ai une attention extrême ſur toutes celles que vous me faites apercevoir, et j'eſpère de me rendre de plus en plus digne de mon ami et de mon maître dans l'art de penſer et d'écrire.

Point de comparaiſon, je vous prie, de vos ouvrages aux miens. Vous marchez d'un pas ferme par des routes difficiles, et moi je rampe par des ſentiers battus. Dès que je ſerai de retour chez moi, ce qui pourra être à la fin de ce mois, *Céſarion* et *Jordan* voleront ſur votre épître ſur l'homme, et je vous garantis d'avance de leurs ſuffrages. Quant à *ſapientiſſimus Wolfius*, je ne le connais en aucune manière, ne lui ayant jamais parlé ni écrit; et je crois, comme vous, que la langue françaiſe n'eſt pas ſon fort.

Votre imagination, mon cher ami, nous rend conquérans à bon marché; auſſi ſoyez perſuadé que nous en aurons toute l'obligation à votre généroſité. Je ſais bien que ſi de ma vie j'allais à Cirey, ce ne ferait pas pour l'aſſiéger. Votre éloquence, plus forte que les inſtrumens deſtructeurs de Jéricho, ferait tomber les armes de mes mains. Je n'ai d'autres droits sur Cirey que ceux que doit payer la reconnaissance à une amitié désintéressée. Nouveau *Jason*, j'enlèverais la toison d'or ; mais j'enlèverais en même temps le dragon qui garde ce trésor : gare madame la marquise!

Au moins, Madame, vous ne tomberiez pas entre les mains des corsaires. En généreux vainqueur, je partagerais avec vous, ne vous en déplaise, ce M. de *Voltaire* que vous voulez posséder toute seule.

Je reviens à vous, mon cher ami. De retour de mes conquêtes, il est juste que je jouisse du quartier d'hiver ; ce sera M. de *Maupertuis* qui me le préparera. Vos idées sont excellentes sur son sujet ; j'aurais souhaité que vous eussiez ajouté à ce que vous m'écrivez : *Et nous partagerons ce soin entre nous deux.* (1)

M. *Thiriot* m'annonce une nouvelle édition de votre philosophie de *Newton*. Je me réserve de vous en remercier lorsque je l'aurai reçue. Je ne fais ce que font mes lettres ; elles doivent s'ennuyer cruellement en chemin. Il y a assurément quelque anicroche, car il y a plus de deux mois que l'encrier pour *Emilie* est parti. Le gros paquet devait vous être remis par la voie de Lunéville : je me flatte que vous l'avez à présent.

Je vous écris d'un endroit où résidait jadis un grand homme, et qu'habite maintenant le prince d'*Orange*. Le démon de l'ambition verse sur ses jours ses malheureux poisons. Ce prince, qui pourrait être le plus fortuné des hommes, est dévoré de chagrins dans son beau palais, au milieu de ses jardins et d'une cour

---

(1) Ceci nous apprend que M. de *Voltaire* a contribué à faire obtenir à *Maupertuis* son titre de président de l'académie de Berlin.

1738.

brillante. C'est dommage, en vérité ; car ce prince a d'ailleurs infiniment d'esprit , et des qualités respectables. J'ai beaucoup parlé de *Newton* avec la princesse ; de *Newton* nous avons passé à *Leibnitz* , et de *Leibnitz* à la feue reine d'Angleterre, qui , suivant ce que m'a dit le prince, était du sentiment de *Clarke*.

J'ai appris à cette cour que *s'Gravesende* n'avait point parlé de votre traduction de *Newton* de la manière dont je l'aurais souhaité. Mon Dieu ! les sentimens du cœur ne seront-ils donc jamais unis avec la grandeur , la richesse , l'esprit et les sciences ?

Je n'ai point eu de lettres pendant tout mon voyage, quelques soins que je me sois donnés ; et je ne sais ce que fait notre pauvre Parnasse délabré de Berlin.

*Jordan* grandira de deux doigts quand il apprendra la place dont vous le jugez digne : votre lettre sera du bonbon que je lui donnerai à mon retour. Si ma plume pouvait vous dire tout ce que mon cœur pense, ma lettre n'aurait point de fin.

*Le secret d'ennuyer est celui de tout dire.*

Je ne vous dirai que très-peu , mon cher ami ; pensez quelquefois à moi, lorsque vous n'aurez rien de mieux à faire : il ne faut point que je déplace quelque bonne pensée de votre esprit. Mes complimens à la marquise. Mon Dieu ! on est si distrait ici, qu'on n'est point à soi-même. Aimez-moi un peu, car j'y suis très-sensible ; et ne doutez point des sentimens d'estime avec lesquels je suis,

Monsieur,

votre très-fidèle ami,<br>F É D É R I C.

## LETTRE LX.

### *DE M. DE VOLTAIRE.*

A Cirey, le 5 d'augufte.

MONSEIGNEUR,

————
1738.
J'AI reçu la plus belle et la plus folide des faveurs de votre Alteffe royale. L'ouvrage politique m'eft enfin parvenu. Je me doutais bien que celui qui réuffit fi bien dans nos arts, excellerait dans le fien. J'étais étonné de voir en votre perfonne un métaphyficien fi fublime et fi fage, un poëte fi aimable. Je ne fuis point étonné que vous écriviez en grand prince, en vrai politique; n'eft-il pas jufte que votre Alteffe royale faffe bien fon métier? malheur à ceux qui entendent mieux les autres profeffions que la leur. Je m'en vais dire une impertinence: Je crois que fi ces *confidérations fur l'état préfent de l'Europe* avaient été imprimées fous le nom d'un membre du parlement d'Angleterre, j'aurais reconnu votre Alteffe royale; j'aurais dit: Voilà le grand prince caché fous le grand citoyen.

Il règne dans cet ouvrage, digne de fon auteur, un ftyle qui vous décèle, et j'y vois je ne fais quel air de membre de l'Empire qu'un citoyen anglais n'a guère. Un homme de la chambre des feigneurs, ou des communes, prend moins de part aux libertés germaniques; il y a encore un petit trait de bonne philofophie leibnitzienne qui eft bien votre cachet; comme il n'y a rien, dites-vous, qui n'ait une caufe fuffifante de fon exiftence, je crois que j'aurais dit à ce feul mot : Voilà mon prince philofophe, c'eft lui, il n'y en a point d'autre ; mais où je vous aurais encore plus reconnu, c'eft dans cette grandeur d'ame pleine d'humanité, qui eft la couleur dominante de tous vos tableaux.

Madame la marquife *du Châtelet* et moi nous avons relu plufieurs fois l'excellent et inftructif ouvrage dont votre Alteffe royale a daigné honorer Cirey, et que d'autres yeux n'auront point le bonheur de lire. Madame *du Châtelet* dit fans héfiter, que c'eft ce qui eft forti de vos mains de plus digne de vous. J'ofe le croire auffi ; mais la plus récente de vos faveurs eft toujours la plus chère, et je crains de me tromper fur le choix.

Serait-il permis à moi, chétif atome rampant dans un coin de ce monde, dont vos femblables, rois ou autres, font mouvoir les refforts ; ferait-il permis, dis-je, de demander à votre Alteffe royale quelques inftructions ? Je fuis de ces gens qui interrogent la Providence. Votre providence m'a trop enhardi.

Eft-ce plaifanterie ou tout de bon que votre Alteffe royale dit qu'on a fuivi le projet de M. le maréchal de *Villars*, d'unir l'empereur avec la France. Il me femble qu'il y a là un air de vérité qu'on démêle au milieu de la fine ironie dont cet endroit eft affaifonné.

En effet, qui réfifterait fi l'empereur était uni avec la France et l'Efpagne ? alors les Anglais et les Hollandais ne fe ferviraient plus de leur balance, avec laquelle ils ont voulu tenir l'équilibre de l'Europe, que pour pefer les ballots qui leur viennent des Indes.

Voici des expreffions du refpectable auteur de cet ouvrage, qui m'ont bien frappé : *La fortune qui préfide au bonheur de la France;* cela me perfuade plus que jamais que la France a joué bien heureufement à un jeu où je crois qu'elle ignorait qu'elle dût s'intéreffer, un moment avant de prendre les cartes.

J'ai ouï dire à feu M. le maréchal de *Villars*, qu'il avait fallu forcer la France à prendre les armes; que l'on avait même manqué deux fois de parole au miniftre d'Efpagne, et qu'enfin on avait été entraîné par les circonftances, piqué par le mépris que tout le confeil de l'empereur, excepté le grand prince *Eugène*, fefait ouvertement du miniftère français, et encouragé en partie par l'efpérance de voir le roi *Staniflas*, qui vous aime de tout fon cœur, fur le trône de la Pologne, où il ferait fi les vœux de la nation polonaife et les lois euffent prévalu.

Votre Alteffe royale fait que la France deftinait d'abord au roi *Staniflas* un fecours un peu plus honnête que celui de quinze cents fantaffins contre cinquante mille ruffes; mais les menaces des Anglais, et leur flotte, toute prête à nous fermer le paffage, retinrent dans le port le fameux *du Gué-Trouin*, qui comptait bien fe mefurer avec les maîtres des mers. On donna donc au roi *Staniflas* le fecours d'un pion contre une dame et une tour; et le roi, qu'on n'ofait ni fecourir ni abandonner, fut échec et mat. Depuis ce temps, la force des événemens, dont la prudence du miniftère français a profité, a donné la Lorraine à la France, felon l'ancienne vue qui avait été propofée du temps de *Louis XIV*. Il paraît que ce qu'on appelle la fortune a fait beaucoup à ce jeu-là. Les

joueurs n'ont pas mal écarté, et la rentrée a fait 1738.
gagner la partie.

Le miniftère français avait d'abord, ce femble, fi
peu d'envie de faire la guerre, qu'un an avant la
déclaration, on avait ceffé de payer les fubfides à la
Suède et au Danemarck.

J'oferais comparer la France à un homme fort
riche, entouré de gens qui fe ruinent petit à petit ;
il achète leurs biens à vil prix ; voilà à peu-près
comme ce grand corps, réuni fous un chef defpotique,
a englouti le Rouffillon, l'Alface, la Franche-Comté,
la moitié de la Flandre, la Lorraine, &c. Votre
Alteffe royale fe fouvient du ferpent à plufieurs têtes
et du ferpent à plufieurs queues : celui-ci paffa où
l'autre ne put paffer.

Oferai-je prendre la liberté de fupplier votre Alteffe
royale de daigner me dire fi c'eft un fentiment reçu
unanimement dans l'Empire que la Lorraine en foit
une province ; car il me femble que les ducs de
Lorraine ne le croyaient pas, et que même ce n'était
pas en qualité de ducs de Lorraine qu'ils avaient
féance aux diètes. Votre Alteffe royale fait que la
jurifprudence germanique eft partagée fur bien des
articles, mais votre fentiment fera mon code. Plût à
Dieu qu'il n'y eût que des ames comme la vôtre qui
fiffent des lois, on n'aurait pas befoin d'interprète :
en réfléchiffant fur tous les événemens qui fe font
paffés de nos jours, je commence à croire que tout
s'eft fait entre les couronnes, à peu-près comme je
vois fe traiter toutes les affaires entre les particuliers.
Chacun a reçu de la nature l'envie de s'agrandir ; une
occafion paraît s'offrir, un intrigant la fait valoir,

une femme gagnée par de l'argent, ou par quelque chofe qui doit être plus fort, s'oppofe à la négociation, une autre la renoue, les circonftances, l'humeur, un caprice, une méprife, une rien décide. Si la ducheffe de *Marlborough* n'avait pas jeté une jatte d'eau au nez de miladi *Masham*, et quelques gouttes fur la reine *Anne*, la reine *Anne* ne fe fût point jetée entre les bras des Toris, et n'eût point donné à la France une paix fans laquelle la France ne pouvait plus fe foutenir.

M. de *Torcy* m'a juré qu'il ne favait rien du teftament du roi d'Efpagne *Charles II;* que quand la chofe fut faite, on affembla un confeil extraordinaire à Verfailles, pour favoir fi on accepterait le teftament qui allait changer la face de l'Europe, et agrandir la maifon de Bourbon, fans agrandir la France, ou fi l'on s'en tiendrait à un traité de partage qui démembrerait la monarchie efpagnole, et qui donnerait à la France toute la Flandre et la Lorraine. Le chancelier de *Pontchartrain* fut de ce dernier avis, et le foutint avec force. *Louis XIV* et fon fils, le grand dauphin, pensèrent en pères plus qu'en rois ; le teftament fut accepté, et de-là fuivit cette funefte guerre qui ébranla la monarchie efpagnole et la monarchie françaife.

Il femble qu'il y ait un génie malin qui fe plaife à confondre toutes les efpérances des hommes, et à jouer avec la fortune des empires. Qui aurait dit, il y a quatre ans, aux Florentins : Ce fera un homme de l'Auftrafie qui fera votre prince, les eût bien étonnés.

On croit dans l'Europe que le fyftême de *Law*

en

en France avait fait couler dans les coffres du régent tout l'argent du royaume ; et je vois que cette opinion a paffé jufqu'à votre Alteffe royale ; affurément elle eft bien vraifemblable. Mais le fait eft que *Law*, qui était venu en France avec cinquante mille livres de bien, eft mort ruiné, et que feu M. le duc d'Orléans eft mort avec fept millions de dettes exigibles, que fon fils a eu bien de la peine à payer.

### *Le vrai peut quelquefois n'être pas vraifemblable.*

Ce n'eft pas que je croie que le génie plaifant, qui bouleverfe tout dans ce monde, et qui fe moque de nous, faffe toute la befogne. Les puiffances qui, par la fuite des temps, par la guerre, par les mariages, &c. font devenues plus fortes que leurs voifins, feront tout ce qu'il faudra pour les engloutir, comme le riche feigneur accable fon pauvre voifin; et c'eft-là ce qu'on appelle grande politique : c'eft-là ce que votre ame adorable appelle grande injuftice, grande horreur. Votre politique confifte à empêcher l'oppreffion. Tous les princes devraient avoir gravés, fur la table de leur confeil et fur la lame de leurs épées, ces mots par lefquels votre Alteffe royale finit : *C'eft un opprobre de perdre fes Etats, c'eft une rapacité puniffable d'envahir ceux fur lefquels on n'a point de droit.* Ce font-là les paroles d'un grand homme, et le gage de la félicité de tout un peuple.

Il faut que votre Alteffe royale pardonne une idée qui m'a paffé par la tête plus d'une fois. Quand j'ai vu la maifon d'Autriche prête à s'éteindre, j'ai dit en moi-même : Pourquoi les princes de la communion oppofée à Rome n'auraient-ils pas leur tour ? ne pourrait-il se trouver parmi eux un prince assez puissant pour se faire élire ? la Suède et le Danemarck ne pourraient-ils pas l'aider ? et si ce prince avait de la vertu et de l'argent, n'y aurait-il pas à parier pour lui ? ne pourrait-on pas rendre l'Empire alternatif comme certains évêchés qui appartiennent tantôt à un luthérien, tantôt à un romain? Je prie votre Altesse royale de me pardonner ce tome de mille et une nuits.

*Cùm canerem regés et prælia , Cynthius aurem*
*Vellit et admonuit.*

Votre Altesse royale est peut-être à présent à Clèves ou à Véfel; pourquoi faut-il que je ne sois pas sur la frontière ? Madame *du Châtelet* en avait une grande envie : elle avait même imaginé d'aller vers Trèves, pour tâcher de voir le *Salomon* du Nord. Un homme de la maison *du Châtelet* a une petite principauté entre Trèves et Juliers, que l'on pourrait vendre, et qui peut-être conviendrait à sa Majesté. Madame *du Châtelet* ferait assez la maîtresse de cette vente ; ce serait une belle occasion pour rendre ses respects au plus respectable prince de l'Europe. La reine de Saba viendrait avec un grand plaisir consulter le jeune *Salomon;* mais j'ai bien peur que cette idée si flatteuse ne soit encore pour les mille et une nuits.

Le sieur *Thiriot* nous a fait la galanterie de faire parvenir à Cirey un petit mot de votre Altesse royale, par lequel elle lui marquait que ses bontés pour moi ne sont point ébranlées par je ne sais quelles méprisables brochures qui paraissent quelquefois dans Paris contre moi, aussi-bien que contre des gens qui valent beaucoup mieux que moi. Ces brochures que le sieur

*Thiriot* envoie à votre Alteſſe royale lui donneraient
mauvaiſe opinion de l'eſprit des Français, ſi elle ne
ſavait d'ailleurs que ces miſérables ouvrages ſont le
partage de la lie du Parnaſſe, qui compoſe ces miſères
encore plus pour gagner de l'argent que par envie.
C'eſt l'intérêt qui les écrit, mais c'eſt quelquefois une
ſecrète jalouſie qui les diſtribue et qui les fait valoir.

Il eſt très-vrai que madame la marquiſe *du Châtelet*
avait compoſé un *Eſſai ſur la nature du feu*, pour le
prix de l'académie des ſciences. Il eſt très-vrai qu'elle
méritait d'avoir part au prix, et qu'elle en aurait eu à
tout autre tribunal qu'à celui qui reçoit encore les lois
de *Deſcartes*, et qui a de la foi pour les tourbillons.

Elle ne manquera pas d'avoir l'honneur d'envoyer
à votre Alteſſe royale ce mémoire que vous daignez
demander; elle eſt digne d'un tel juge; elle joint ſes
reſpects et ſes ſentimens aux miens.

Je ſuis avec la vénération, la reconnaiſſance et
l'attachement que je vous dois,

Monſeigneur,

de votre Alteſſe royale, &c.

## LETTRE LXI.

### DE M. DE VOLTAIRE.

Auguste.

1738.  Je vois toujours, Monseigneur, avec une satisfaction qui approche de l'orgueil, que les petites contradictions que j'essuie dans ma patrie indignent le grand cœur de votre Altesse royale. Elle ne doute pas que son suffrage ne me récompense bien amplement de toutes ces peines : elles sont communes à tous ceux qui ont cultivé les sciences ; et parmi les gens de lettres, ceux qui ont le plus aimé la vérité ont toujours été le plus persécutés.

La calomnie a voulu faire périr *Descartes* et *Bayle;* *Racine* et *Boileau* seraient morts de chagrin s'ils n'avaient eu un protecteur dans *Louis XIV.* Il nous reste encore des vers qu'on a faits contre *Virgile.* Je suis bien loin de pouvoir être comparé à ces grands hommes ; mais je suis bien plus heureux qu'eux ; je jouis de la paix ; j'ai une fortune convenable à un particulier, et plus grande qu'il ne la faut à un philosophe ; je vis dans une retraite délicieuse, auprès de la femme la plus respectable, dont la société me fournit toujours de nouvelles leçons. Enfin, Monseigneur, vous daignez m'aimer ; le plus vertueux, le plus aimable prince de l'Europe daigne m'ouvrir son cœur, me confier ses ouvrages et ses pensées et corriger les miennes. Que me faut-il de plus ? La fanté feule me manque ; mais il n'y a point de malade plus heureux que moi.

Votre Alteffe royale veut-elle permettre que je lui envoie la moitié du cinquième acte de Mérope, que j'ai corrigé ? et fi la pièce, après une nouvelle lecture, lui paraît digne de l'impreffion, peut-être la hafarderai-je.

Madame la marquife *du Châtelet* vient de recevoir le plan de Remusberg, deffiné par cet homme aimable, dont on fe fouviendra toujours à Cirey. Il eft bien trifte de ne voir tout cela qu'en peinture, &c.

( *Le refte manque.* )

# LETTRE LXII.

## *DE M. DE VOLTAIRE.*

Augufte.

J E fuis prefque reffufcité,
Lorfque j'ai vu cette écritoire,
L'inftrument de la vérité,
De mes plaifirs, de votre gloire.
Mais qu'il m'en doit coûter de foins!
Que l'ufage en eft difficile!
Quand on a la lance d'Achille,
Il faut être un Patrocle au moins.
Qui du beau chantre de la Thrace
Tiendrait la lyre entre fes doigts,
S'il n'avait fa force et fa grâce,

V 3

Pourrait-il animer les bois,
Adoucir l'enfer et Cerbère?
C'eft un grand ouvrage, et je crois
Qu'il ferait bien mieux de fe taire.
Mais le cas eft très-différent;
L'écritoire eft pour Emilie :
Grand Prince, elle eut votre génie
Avant d'avoir votre préfent.
Le ciel tous les deux vous réferve
Pour l'exemple de nos neveux ;
Et c'eft Mars qui, du haut des cieux,
Envoie une égide à Minerve.

Il fallait votre Alteffe royale, Monfeigneur, et *Emilie* pour me donner la force de penfer et d'écrire. J'ai été affez près d'aller voir ce royaume qu'*Orphée* charma, et dont je n'aurais voulu revenir que pour *Emilie* et pour votre perfonne.

Vous ne croiriez peut-être pas, Monfeigneur, que j'ai encore beaucoup réformé Mérope. J'avais, dans le commencement, voulu imiter le marquis *Maffei*, car j'aime paffionnément à faire valoir dans ma patrie les chefs-d'œuvre des étrangers. Mais petit à petit, à force de travailler, la Mérope eft devenue toute fran-çaife. Grâces à vos fages critiques, elle eft autant à vous qu'à moi; auffi quand je la ferai imprimer, je vous demanderai la permiffion de vous la dédier, et de mettre à vos pieds, et la pièce et mes idées fur la tragédie.

Je ne fais fi votre Alteffe royale a reçu la nou-velle édition des *Elémens de Newton.* Puifqu'elle daigne s'intéreffer affez à moi pour me mander que

M. *s'Gravefende* n'en a pas dit de bien, je lui dirai que je n'en fuis pas furpris.

Les libraires ou corfaires hollandais, impatiens de débiter cet ouvrage, fe font avifés de faire brocher les deux derniers chapitres par un métaphyficien hollandais, qui s'eft avifé de contredire les fentimens de M. *s'Gravefende* dans les deux chapitres poftiches. Il nie les deux plus beaux avantages du fyftême newtonien, l'explication des marées, et la caufe de la préceffion des équinoxes, qui vient fans difficulté de la protubérance de la terre à l'équateur. M. *s'Gravefende* eft avec raifon attaché à ces deux grands points. D'ailleurs le livre eft imprimé avec cent fautes ridicules : l'édition de France, fous le nom de Londres, eft un peu plus correcte. Les cartéfiens crient comme des fous à qui on veut ôter les tréfors imaginaires dont ils fe repaiffaient : ils fe croient appauvris fi la nature a des vides. Il femble qu'on les vole; il y en a qui fe fâchent férieufement. Pour moi je me garderai bien de me fâcher de rien, tant que *divus Fredericus et diva Emilia* m'honoreront de leurs bontés.

Nous venons d'être un peu plus inftruits de ce Beringhem : c'eft une ville entre le pays de Liége et Juliers. Si cela était à la bienféance de fa Majefté, et qu'elle daignât l'honorer du titre de fa fujette, on recevrait, comme de raifon, toutes les lois que fa Majefté daignerait prefcrire. Madame *du Châtelet* n'a pas ofé en parler à votre Alteffe royale; elle me charge d'ofer demander votre protection. Nous nous conduirons dans cette affaire par vos feuls ordres. Madame *du Châtelet* vient d'envoyer un homme fur les lieux ; c'eft un avocat de Lorraine.

V 4

Si l'affaire pouvait tourner comme je le souhaite, il ne serait pas difficile de déterminer M. le marquis *du Châtelet* à faire un petit voyage. Enfin j'ose entrevoir que je pourrais, avec toutes les bienséances possibles, duffent les gazettes en parler, venir me jeter aux pieds de votre Alteffe royale, et voir enfin ce que j'admire.

J'efpère que votre autre fujet, M. *Thiriot*, va venir pour quelques jours dans votre château de Cirey. C'eft alors que votre culte y fera parfaitement établi, et que nous chanterons des hymnes que le cœur aura dictés.

Je fuis avec le plus profond refpect, et cette tendre reconnaiffance qui augmente tous les jours, &c.

## LETTRE LXIII.

### DE M. DE VOLTAIRE.

A Cirey, augufte.

MONSEIGNEUR,

VOTRE Alteffe royale me reproche, à ce que dit M. *Thiriot*, que mes occupations font plutôt la caufe de mon filence que mes maladies. Mais, Monfeigneur, j'ai eu l'honneur d'écrire par M. *Pletz* et par M. *Thiriot*. Voici une troifième lettre, et votre Alteffe royale pourra bien ne fe plaindre que de mes importunités.

Ceci, Monfeigneur, n'eft ni belles lettres, ni vers, ni philofophie, ni hiftoire. C'eft une nouvelle liberté que j'ofe prendre avec votre Alteffe royale ; je pouffe à bout votre indulgence et vos bontés.

J'ai déjà eu l'honneur de dire un mot à votre Alteffe royale d'une petite principauté, fituée vers Liége et Juliers. Elle s'appelle Beringhem. Elle eft compofée de Ham et Beringhem. Elle appartient au marquis de *Trichâteau*, par fa mère qui était de la maifon de *Honsbrouk*.

Il y a des dettes. Madame *du Châtelet*, qui a plein pouvoir d'en difpofer, voudrait bien que ce petit coin de terre, qui ne relève de perfonne, pût convenir à fa Majefté le roi votre père. Cinq ou fix cents mille florins que la terre peut valoir, ne font que l'acceſſoire de cette affaire. Le principal ſerait que la reine de *Saba* viendrait ſur les lieux, s'il en était temps encore, pour y voir le *Salomon* de l'Europe. Votre Alteſſe royale ſait ſi je ferais du voyage. C'eſt bien alors que le pays de Juliers ferait la terre promiſe, où je verrais *ſalutare meum*. Je ne ſais peut-être ce que je dis, mais enfin j'ai imaginé que la propoſition de cette vente, étant convenable aux intérêts de ſa Majeſté, je ne feſais point en cela un crime de lèſe-politique, et que les miniſtres de ſa Majeſté ne s'y oppoſeraient pas, ſi votre Alteſſe royale le feſait propoſer ou le propoſait. Votre Alteſſe royale eſt ſuppliée de ſe faire d'abord informer de la terre, de ſes droits, et du lieu précis où elle eſt ſituée, car je n'en ſais rien.

Je n'entends rien en politique. Je ne m'entends bien que dans les ſentimens de zèle, de reſpect, d'admiration, et j'ai preſque dit de tendreſſe, avec leſquels je ſuis, &c.

M. et M^me *du Châtelet* jouiſſent à préſent de cette petite principauté, qui leur a été adjugée enſuite d'une donation qui leur a été faite par le marquis de *Trichâteau*. Mais ils ne touchent rien du revenu, qu'ils laiſſent juſqu'à fin de payement des dettes.

# LETTRE LXIV.

## DE M. DE VOLTAIRE.

A Bruxelles, ce premier feptembre.

Ce nectar jaune de Hongrie
Enfin dans Bruxelle eft venu ;
Le duc d'Aremberg l'a reçu
Dans la nombreufe compagnie
Des vins dont fa cave eft fournie ;
Et quand Voltaire en aura bu
Quelques coups avec Emilie,
Son miférable individu,
Dans fon eftomac morfondu,
Sentira renaître la vie :
La faculté, la pharmacie
N'auront jamais tant de vertu.
Adieu, monfieur de Superville;
Mon ordonnance eft du bon vin,
Frédéric eft mon médecin,
Et vous m'êtes fort inutile.
Adieu ; je ne fuis plus tenté
De vos drogues d'apothicaire,
Et tout ce qui me refte à faire,
C'eft de boire à votre fanté.

1738.

Monfeigneur, c'eft M. *Shilling* qui m'apprit, il y
a quelques jours, la nouvelle du débarquement de
ce bon vin, dans la cave du patron de cette liqueur;

—— et M. le duc d'*Aremberg* nous donnera ce divin
1738. tonneau à fon retour d'Enguien ; mais la lettre de
votre Alteffe royale , datée du 26 juin, et rendue par
ledit M. *Shilling* , vaut tout le canton de Tokai.

> O Prince aimable et plein de grâce,
> Parlez : par quel art immortel,
> Avec un goût fi naturel,
> Touchez-vous la lyre d'Horace
> De ces mains dont la fage audace
> Va confondre Machiavel?
> Le ciel vous fit expreffément
> Pour nous inftruire et pour nous plaire.
> O monarques que l'on révère,
> Grands rois, tâchez d'en faire autant;
> Mais, hélas ! vous n'y penfez guère.

Et avec toutes ces grâces légères dont votre charmante lettre eft pleine, voilà M. *Shilling* qui jure
encore que le régiment de votre Alteffe royale eft
le plus beau régiment de Pruffe, et par conféquent
le plus beau régiment du monde ; car *omne tulit
punctum* eft votre devife.

Votre Alteffe royale va vifiter fes peuples fepten-
trionaux , mais elle échauffera tous ces climats-là ; et
je fuis sûr que quand j'y viendrai, ( car j'irai fans
doute ; je ne mourrai point fans lui avoir fait ma
cour ) je trouverai qu'il fait plus chaud à Remusberg
qu'à Frefcati ; les philofophes auront beau prétendre
que la terre s'eft approchée du foleil, ils feront de
vains fyftêmes, et je faurai la vérité du fait.

Votre Alteffe royale me dit qu'il lui a fallu lire

bien des livres pour son anti-Machiavel ; tant mieux, — 
car elle ne lit qu'avec fruit ; ce sont des métaux qui 1738. 
deviendront or dans votre creuset ; il y a des discours 
politiques de *Gordon*, à la tête de sa traduction de 
*Tacite*, qui sont bien dignes d'être vus par un lecteur 
tel que mon prince ; mais d'ailleurs, quel besoin 
*Hercule* a-t-il de secours pour étouffer *Antée* ou pour 
écraser *Cacus* ?

Je vais vite travailler à achever le petit tribut que 
j'ai promis à mon unique maître ; il aura, dans 
quinze jours, le second acte de Mahomet ; le premier 
doit lui être parvenu par la même voie des sieurs 
*Gerard* et compagnie.

On a achevé une nouvelle édition de mes ouvrages 
en Hollande, mais votre Altesse royale en a beaucoup plus que les libraires n'en ont imprimé. Je ne 
reconnais plus d'autre Henriade que celle qui est 
honorée de votre nom et de vos bontés ; ce n'est 
pas moi, sûrement, qui ai fait les autres Henriades. 
Je quitte mon prince pour travailler à Mahomet, 
et je suis, &c. &c.

## LETTRE LXV.

### DU PRINCE ROYAL.

**A Remusberg, le 11 de septembre.**

MON CHER AMI,

——— 1738.

Un voyage assez long, assez fatigant, rempli de mille incidens, de beaucoup d'occupations, et encore plus de dissipations, m'a empêché de répondre à votre lettre du 5 d'auguste, que je n'ai reçue qu'à Berlin le 3 de ce mois. Il ne faut pas être moins éloquent que vous pour défendre et pour pallier aussi bien que vous le faites la conduite de votre ministère dans l'affaire de la Pologne. Vous rendriez un service signalé à votre patrie, si vous pouviez venir à bout de convaincre l'Europe que les intentions de la France ont toujours été conformes au manifeste de l'année 1733; mais vous ne sauriez croire à quel point on est prévenu contre la politique gauloise : et vous savez trop ce que c'est que la prévention.

Je me sens extrêmement flatté de l'approbation que la marquise et vous donnez à mon ouvrage : cela m'encouragera à faire mieux. Je vais vous répondre à présent sur toutes vos interrogations, charmé de ce que vous veuillez m'en faire, et prêt à vous alléguer mes autorités.

Ce n'est point un badinage, il y a du sérieux dans ce que j'ai dit du projet du maréchal de *Villars*

que le miniftère de France vient d'adopter. Cela eft
fi vrai, qu'on en eft inftruit par plus d'une voix ; 1738.
et que ce projet redoutable intrigue plus d'une puiffance. On ne verra que par la fuite des temps tout
ce qu'il entraînera de funefte. Ou je fuis bien trompé,
ou il nous préparera de ces événemens qui boule-
verfent les empires et qui font changer de face à
l'Europe.

La comparaifon que vous faites de la France à
un homme riche et prudent, entouré de voifins
prodigues et malheureux, eft auffi heureufe qu'on
en puiffe trouver ; elle met très-bien en évidence
la force des Français et la faibleffe des puiffances qui
l'environnent ; elle en découvre la raifon, et elle
permet à l'imagination de percer par les fiècles qui
s'écouleront après nous, pour y voir le continuel
accroiffement de la monarchie françaife, émané d'un
principe toujours conftant, toujours uniforme, de
cette puiffance réunie fous un chef defpotique, qui,
felon toutes les apparences, engloutira un jour tous
fes voifins.

C'eft de cette manière qu'elle tient la Lorraine,
de la défunion de l'Empire et de la faibleffe de l'empereur. Cette province a paffé de tout temps pour
un fief de l'Empire ; autrefois elle a fait une partie
du cercle de Bourgogne, démembré de l'Empire par
cette même France ; et de tout temps les ducs de
Lorraine ont eu féance aux diètes. Ils ont payé les
mois romains ; ils ont fourni dans les guerres leurs
contingens ; et ils ont rempli tous les devoirs de
princes de l'Empire. Il eft vrai que le duc *Charles* a
embraffé fouvent le parti de la France ou bien des

Efpagnols ; mais il n'était pas moins membre de
l'Empire que l'électeur de Bavière , qui commandait
les armées de *Louis XIV* contre celles de l'empereur
et des alliés.

Vous remarquez très - judicieufement que les
hommes qui devraient être les plus conféquens,
ces gens qui gouvernent les royaumes, et qui d'un
mot décident de la félicité des peuples , font quelquefois ceux qui donnent le plus au hafard. C'eft que ces
rois , ces princes , ces miniftres ne font que des
hommes comme les particuliers , et que toute la
différence que la fortune a mife entre eux et des
perfonnes d'un rang inférieur , ne confifte que dans
l'importance de leurs actions. Un jet d'eau qui
faute à trois pieds de terre et celui qui s'élance cent
pieds en l'air , font des jets d'eau également. Il n'y
a de différence que dans l'efficacité de leurs opérations. Une reine d'Angleterre , entourée d'une cour
féminine , mettra toujours dans le gouvernement
quelque chofe qui fe reffentira de fon fexe ; j'entends
des fantaifies et des caprices.

Je crois que les fermens des miniftres et des amans
font à peu-près d'égale valeur. M. de *Torcy* nous aura
dit tout ce qu'il lui aura plu ; mais je douterai toujours
des paroles d'un homme qui eft accoutumé à leur
donner des interprétations différentes. Ils font autant
de prophètes qui trouvent un rapport merveilleux
entre ce qu'ils ont dit et ce qu'ils ont voulu dire. Il
n'en a rien coûté à M. de *Torcy* de faire parler un *Pontchartrain* , un *Louis XIV* , un dauphin. Il aura fait
comme les bons auteurs dramatiques , qui font tenir

à

à chacun de leurs personnages les propos qui doivent
leur convenir.

J'avoue que j'ai été dans le préjugé presque uni-
versel sur le sujet du régent : on a dit hautement qu'il
s'était enrichi d'une manière très-considérable par les
*actions*. Un commis de *Law*, qui, dans ce temps-là,
s'était retiré à Berlin, a même assuré le roi qu'il
avait eu commission du régent de transporter des
sommes assez considérables pour être placées sur la
banque d'Amsterdam. Je suis bien aise que ce soit
une calomnie. Je m'intéresse à la mémoire du régent
de France, comme à celle d'un homme doué d'un
beau génie, et qui, après avoir reconnu le tort qu'il
vous avait fait, vous a comblé de bontés.

Je suis sûr de penser juste lorsque je me rencontre
avec vous : c'est une pierre de touche à laquelle je
peux toujours reconnaître la valeur de mes pensées.
L'humanité, cette vertu si recommandable, et qui renferme toutes les autres en elle, devrait, selon moi, être
le partage de tout homme raisonnable ; et s'il arrivait
que cette vertu s'éteignît dans tout l'univers, il faudrait encore qu'elle fût immortelle chez les princes.

Vos idées me font trop avantageuses. *Voltaire* le
politique me souhaite la couronne impériale ; *Voltaire*
le philosophe demanderait au ciel qu'il daignât me
pourvoir de sagesse, et *Voltaire* mon ami ne me sou-
haiterait que sa compagnie pour me rendre heureux.
Non, mon cher ami, je ne désire point les grandeurs ;
et, si elles ne me viennent chercher, je ne les cher-
cherai jamais.

Ce voyage projeté un peu trop tard pour ma
satisfaction, et qui peut-être ne se fera jamais pour

mon malheur, m'aurait mis au comble de la félicité. Si j'avais vu la marquife et vous, j'aurais cru avoir plus profité de ce voyage que *Clairaut* et *Maupertuis*, que *la Condamine* et tous vos académiciens qui ont parcouru l'univers, afin de trouver une ligne. Les gens d'efprit font, felon moi, la quinteffence du genre humain; et j'en aurais vu la fleur d'un coup d'œil. Je dois accufer votre efprit et celui de la divine *Emilie* de pareffe, de n'avoir point enfanté ce projet plutôt. Il eft trop tard à préfent. Je ne vois plus qu'un remède, et ce remède ne tardera guère : c'eft la mort de l'électeur Palatin. Je vous avertirai à temps. Veuille le ciel que la marquife et vous puiffiez vous trouver à cette terre où je pourrais alors furement jouir d'un bonheur plus délicieux que celui du paradis!

Je fuis indigné contre votre nation et contre ceux qui en font les chefs, de ce qu'ils ne répriment point l'acharnement cruel de vos envieux. La France fe flétrit en vous flétriffant ; et il y a de la lâcheté en elle de fouffrir cette impunité. C'eft contre quoi je crie, et ce que n'excuferont point vos généreufes paroles : *Seigneur, pardonnez-leur, car ils ne favent ce qu'ils font.*

J'aurai beaucoup d'obligation à la marquife de fa *differtation fur le feu*, qu'elle veut bien m'envoyer. Je la lirai pour m'inftruire ; et fi je doute de quelques bagatelles, ce fera pour mieux connaître le chemin de la vérité. Faites-lui, s'il vous plaît, mille affurances d'eftime.

Voici une pièce nouvellement achevée : c'eft le premier fruit de ma retraite. Je vous l'envoie, comme les païens offraient leurs prémices aux dieux. Je

vous demande en revanche de la fincérité, de la
vérité et de la hardieffe.

Je me compte heureux d'avoir un ami de votre
mérite : foyez-le toujours, je vous en prie, et ne
foyez qu'ami. Ce caractère vous rendra encore plus
aimable, s'il eft poffible, à mes yeux ; étant avec
toute l'eftime imaginable,

Mon cher ami,

votre très-fidèle
FÉDÉRIC.

# LETTRE LXVI.

## DU PRINCE ROYAL.

A Remusberg, le 14 de feptembre.

MON CHER AMI,

JE viens de recevoir dans ce moment votre lettre
du ... augufte, qui par malheur arrive après coup.
Il y a plus de quinze jours que nous fommes de
retour du pays de Clèves, ce qui rompt entièrement
votre projet.

Je reconnais tout le prix de votre amitié et des
attentions obligeantes de la marquife. Il ne fe peut
affurément rien de plus flatteur que l'idée de la divine
*Emilie*. Je crois cependant que malgré l'avantage d'une
acquifition, et l'achat d'une feigneurie, je n'aurais

X 2

—— pas joui du bonheur ineffable de vous voir tous les deux.

On aurait envoyé à Ham quelque confeiller bien pefant, qui aurait dreffé très-méthodiquement et très-fcrupuleufement l'accord de la vente, qui vous aurait ennuyé magnifiquement, et qui, après avoir ufé des formalités requifes, aurait paffé et paraphé le contrat, et pour moi, j'aurais eu l'avantage de queftionner à fon retour M. le confeiller fur ce qu'il aurait vu et entendu, qui, au lieu de me parler de *Voltaire* et d'*Emilie*, m'aurait entretenu d'arpens de terre, de droits feigneuriaux, de priviléges, et de tout le jargon des fectateurs de *Plutus*.

Je crois que fi la marquife voulait attendre jufqu'à la mort de l'électeur Palatin, dont la fanté et l'âge menacent ruine, elle trouverait plus de facilité alors à fe défaire de cette terre qu'à préfent.

J'ai dans l'efprit, fans pouvoir trop dire pourquoi, que le cas de la fucceffion viendra à exifter le printemps prochain. Notre marche au pays de Bergue et de Juliers en fera une fuite immanquable; la marquife ne pourrait-elle point, fi cela arrivait, fe rendre fur cette feigneurie voifine de ces duchés? et le digne *Voltaire* ne pourrait-il point faire une petite incurfion jufqu'au camp pruffien? J'aurais foin de toutes vos commodités; on vous préparerait une bonne maifon dans un village prochain du camp, où je ferais à portée de vous aller voir, et d'où vous pourriez vous rendre à ma tente en peu de temps, et felon que votre fanté le permettrait. Je vous prie d'y avifer, et de me dire naturellement ce que vous pourrez faire en ma faveur. Ne hafardez rien toutefois

qui puiffe vous caufer le moindre chagrin de la
part de votre cour. Je ne veux pas payer au prix de
vos défagrémens, les momens de ma félicité.

La marquife, dont je viens de recevoir une lettre,
me marque qu'elle fe flattait de ma difcrétion à
l'égard de toutes les pièces manufcrites que je tiens
de votre amitié. Je ne penfe pas que vous ayez la
moindre inquiétude fur ce fujet ; vous favez ce que
je vous ai promis, et d'ailleurs l'indifcrétion n'eft
point du tout mon défaut.

Lorfque je reçois de vos nouveaux ouvrages, je
les lis en préfence de M. *Keyferling* et de M. *Jordan*,
après quoi je les confie à ma mémoire, et je les retiens
comme les paroles de *Moïfe*, que les rois d'Ifraël
étaient obligés de fe rendre familières. Ces pièces font
enfuite ferrées dans l'arrière cabinet de mes archives,
d'où je ne les retire que pour les lire moi feul. Vos
lettres ont un même fort, et quoiqu'on fe doute de
notre commerce, perfonne ne fait rien de pofitif
là-deffus. Je ne borne point à cela mes précautions.
J'ai pourvu plus loin, et mes domeftiques ont ordre
de brûler un certain paquet, en cas que je fuffe en
danger, et que je me trouvaffe à l'extrémité.

Ma vie n'a été qu'un tiffu de chagrins, et l'école
de l'adverfité rend circonfpect, difcret et compatiffant. On eft attentif aux moindres démarches lorfqu'on
réfléchit fur les conféquences qu'elles peuvent avoir,
et l'on épargne volontiers aux autres les chagrins
qu'on a eus.

Si votre travail et votre affiduité vous empêchent
de m'écrire, je vous en dois de l'obligation, bien loin
de vous blâmer ; vous travaillez pour ma fatisfaction,

X 3

pour mon bonheur ; et quand la maladie interrompt notre correspondance , j'en accuse le destin, et je souffre avec vous.

L'ode philosophique que je viens de recevoir est parfaite , les pensées sont foncièrement vraies, ce qui est le principal ; elles ont cet air de nouveauté qui frappe, et la poësie du style, qui flatte si agréablement l'oreille et l'esprit, y brille ; je dois mes suffrages à cette ode excellente. Il ne faut point être flatteur, il ne faut être que sincère pour y applaudir.

Cette strophe , qui commence : *Tandis que des humains* , (*) &c. contient en elle un sens infini. A Paris ce serait le sujet d'une comédie ; à Londres , *Pope* en ferait un poëme épique ; et en Allemagne, mes bons compatriotes trouveraient de la matière suffisante pour en forger un in-folio bien conditionné et bien épais.

Je vous estimerai toujours également, mon cher Protée , soit que vous paraissiez en philosophe, en politique, en historien, en poëte, ou sous quelle forme il vous plaira de vous produire. Votre esprit paraît dans des sujets si différens d'une égale force, c'est un brillant qui réfléchit des rayons de toutes les couleurs, qui éblouissent également.

Je vous recommande plus que jamais le soin de votre santé , beaucoup de diète et peu d'expériences physiques. Faites-moi du moins donner de vos nouvelles, lorsque vous n'êtes pas en état de m'écrire. Vous ne m'êtes point du tout indifférent, je vous le jure. Il me semble que j'ai une espèce d'hypothèque sur vous, relativement à l'estime que je vous

(*) Ode V, vol. d'*Epitres*.

porte. Il faut que j'aie des nouvelles de mon bien, fans quoi mon imagination eft fertile à m'offrir des monftres et des fantômes pour les combattre.

N'oubliez pas de faire reffouvenir la marquife de fes adorateurs tudefques. Soyez perfuadé des fentimens avec lefquels je fuis,

Mon cher ami,

votre très-affectionné,

FÉDÉRIC.

# LETTRE LXVII.

## DU PRINCE ROYAL.

A Remusberg, le 30 de feptembre.

QUOI! des bords du fombre Elyfée,
Ta débile et mourante voix,
Par les fouffrances épuifée,
S'élève encor, chantant pour moi!
Jufque fur la fatale rade
J'entends tes fons harmonieux :
Voltaire, ta mufe malade
Vaut cent poëtes vigoureux.
De notre moderne Permeffe
Et le Virgile et le Lucrèce,
Et l'Euclide et le Varignon,
Reviens briller fur l'horizon ;
Et, par ta fcience profonde,
Eclairer les yeux éblouis
Des ignorans peuples du monde,
Lâchement aux erreurs foumis.

X 4

C'eſt l'humanité qui t'inſpire ;
Elle préſide à tes écrits,
Puiſſe-t-elle ſous ſon empire
Ranger enfin tous les eſprits !

Au moins ne vous imaginez point que j'écris ces vers pour entrer en lice avec vous. Je vous réponds en bégayant dans une langue qu'il n'appartient qu'aux Dieux et aux *Voltaires* de parler. Vous augmentez tous les jours mes appréhenſions par l'état chancelant de votre ſanté. Si le deſtin qui gouverne le monde n'a pas pu unir tous les talens de l'eſprit que vous poſſédez à un corps robuſte et ſain, comment ne nous arrive-rait-il point, à nous autres mortels, de commettre des fautes ?

J'ai reçu de Paris l'*épître ſur la modération*, changée et augmentée. Ce qui m'a beaucoup plu entre autres, c'eſt la deſcription allégorique de Cirey. La pièce a beaucoup gagné à la correction, et je vous avouerai que ce médecin qui vient, s'aſſied et s'endort, ne me plaiſait point. Ce chien qui meurt en léchant la main de ſon maître, n'eſt-il pas un peu trop bas ? n'y a-t-il pas là quelque choſe qui eſt au-deſſous des beautés dont cette épître fourmille d'ailleurs ? Je vous expoſe mes ſentimens, moins pour être critique que pour me former le goût ; ayez la bonté d'y répondre, et de me dire les vôtres.

Mérope, à en juger par les corrections que vous y avez faites, doit être une pièce achevée. Je n'y ai d'autre part que celle qu'avait le peuple d'Athènes aux ouvrages de *Phidias*, et la ſervante de *Molière* à ſes comédies. J'ai deviné les endroits que vous corrigeriez. Vous les avez non-feulement retouchés, mais vous en avez encore réformé que je n'ai pu apercevoir. Je vous fuis infiniment obligé de ce que vous voulez mettre mon nom à la tête de ce bel ouvrage ; j'aurai le fort d'*Atticus* qui fut immortalifé par les lettres que *Cicéron* lui adreffait.

*Thiriot* m'a envoyé la *Philofophie de Newton*, de l'édition de Londres ; je l'ai parcourue, mais je la relirai encore à tête repofée. De la manière dont vous m'expliquez le négoce des libraires de Hollande, il n'eft pas étonnant que *s'Gravefende* fe foit gendarmé contre votre traduction.

Ne vous paraît-il pas qu'il y ait tout autant d'incertitudes en phyfique qu'en métaphyfique? Je me vois environné de doutes de tous les côtés, et croyant tenir des vérités, je les examine et je reconnais le fondement frivole de mon jugement. Les vérités mathématiques n'en font point exemptes, ne vous en déplaife ; et lorfqu'on examine bien le pour et le contre des propofitions, on trouve même incertitude à fe déterminer : en un mot, je crois qu'il n'y a que très-peu de vérités évidentes.

Ces confidérations m'ont mené à expofer mes fentimens fur l'erreur ; je l'ai fait en forme de dialogue. Mon but eft de montrer que les fentimens différens des hommes, foit en philofophie ou en religion, ne doivent jamais aliéner en eux les liens de l'amitié et de l'humanité. Il m'a fallu prouver que l'erreur était innocente ; c'eft ce que j'ai fait. J'ai même pouffé outre, et j'ai fait apercevoir qu'une erreur qui vient de ce qu'on cherche la vérité, et de ce qu'on ne peut pas l'apercevoir, doit être louable.

1738.

—— Vous en jugerez mieux vous-même quand vous l'aurez lu ; c'est pour cet effet que je l'expose à votre critique.

Je crois qu'il ne serait point séant d'entamer à présent l'affaire de Béringhem. Nous sommes ici de jour à autre en attente de ce qui doit arriver. Vous comprenez bien que, lorsqu'on s'occupe de préparatifs d'une guerre très-sérieuse, on ne pense guère à autre chose. Je serais donc d'avis qu'il faut attendre que cette filasse soit débrouillée ; cela ne durera que peu de temps, vu la situation des affaires ; et lorsque nous serons en possession de ces duchés, il sera bien plus naturel de chercher à s'arrondir et à faire des acquisitions, comme celle de la seigneurie de Béringhem : alors mes projets pourraient avoir lieu, à cause que le roi, se trouvant dans son pays, pourrait aller lui-même pour voir si une acquisition pareille serait à sa bienséance. Je m'en rapporte d'ailleurs à ma dernière lettre, où je vous ai détaillé plus au long jusqu'où allaient mes espérances, et de quelle manière je me flattais de vous voir.

*Thiriot* doit être à présent à Cirey ; il n'y aura donc que moi qui n'y serai jamais ! Ma curiosité est bien grande pour savoir ce que vous aurez répondu à madame de *Brand ;* tout ce que j'en sais, c'est qu'il y a des vers contenus dans votre réponse ; je vous prie de me les communiquer.

La marquise aura autant de plumes (*) qu'elle en cassera ; je me fais fort de les lui fournir. J'ai déjà fait

_____
(*) Il s'agit d'une plume d'ambre envoyée à madame *du Châtelet*, et qu'elle avait cassée.

écrire en Pruffe pour en avoir, et pour ajouter ce qui pourrait être omis à l'encrier. Affurez cette unique marquife de mes attentions et de mon eftime.

Je fuis à jamais, et plus que vous ne pouvez le croire,

votre très-fidèle ami,<br>FÉDÉRIC.

# LETTRE LXVIII.

## DU PRINCE ROYAL.

A Remusberg, le 9 de novembre.

MON CHER AMI,

JE viens de recevoir une lettre et des vers que perfonne n'eft capable de faire que vous. Mais fi j'ai l'avantage de recevoir des lettres et des vers d'une beauté préférable à tout ce qui a jamais paru, j'ai auffi l'embarras de ne favoir fouvent comment y répondre. Vous m'envoyez de l'or de votre Potofe, et je ne vous renvoie que du plomb. Après avoir lu les vers affez vifs et aimables que vous m'adreffez, j'ai balancé plus d'une fois avant que de vous envoyer l'*épître fur l'humanité*, que vous recevrez avec cette lettre : mais je me fuis dit enfuite, il faut rendre nos hommages à Cirey, et il faut y chercher des inftructions et de fages corrections. Ces motifs, à ce que j'efpère, vous feront recevoir avec quelque fupport les mauvais vers que je vous envoie.

*Thiriot* vient de m'envoyer l'ouvrage de la marquife, fur le feu ; je puis dire que j'ai été étonné en le lifant ; on ne dirait point qu'une pareille pièce pût être produite par une femme. De plus, le ſtyle eſt mâle et tout à fait convenable au fujet. Vous êtes tous deux de ces gens admirables et uniques dans votre eſpèce, et qui augmentez chaque jour l'admiration de ceux qui vous connaiſſent. Je penſe fur ce fujet des chofes que votre feule modeſtie m'oblige de vous céler. Les païens ont fait des dieux qui aſſurément reſtaient bien au-deſſous de vous deux. Vous auriez tenu la première place dans l'Olympe, fi vous aviez vécu alors.

Rien ne marque plus la différence de nos mœurs de celles de ces temps reculés, que lorſqu'on compare la manière dont l'antiquité traitait les grands hommes, et celle dont les traite notre fiècle.

La magnanimité, la grandeur d'ame, la fermeté paſſent pour des vertus chimériques. On dit : oh ! vous vous piquez de faire le romain ; cela eſt hors de faifon ; on eſt revenu de ces affectations dans le fiècle d'à préfent. Tant pis. Les Romains, qui ſe piquaient de vertus, étaient des grands hommes ; pourquoi ne point les imiter dans ce qu'il ont eu de louable ?

La Gréce était fi charmée d'avoir produit *Homère*, que plus de dix villes fe difputaient l'honneur d'être fa patrie ; et l'*Homère* de la France, l'homme le plus refpectable de toute la nation eſt expofé aux traits de l'envie. *Virgile*, malgré les vers de quelques rimailleurs obfcurs, jouiſſait paifiblement de la protection de *Mécéne* et d'*Augufte*, comme *Boileau*,

*Racine* et *Corneille*, de celle de *Louis le grand*. Vous
n'avez point ces avantages, et je crois, à dire vrai,
que votre réputation n'y perdra rien. Le fuffrage
d'un fage, d'une *Emilie*, doit être préférable à celui
du trône, pour tout homme né avec un bon jugement.

Votre efprit n'eft point efclave, et votre mufe
n'eft point enchaînée à la gloire des grands. Vous en
valez mieux, et c'eft un témoignage irrévocable de
votre fincérité ; car on fait trop que cette vertu fut
de tout temps incompatible avec la baffe flatterie
qui règne dans les cours.

L'hiftoire de *Louis XIV*, que je viens de relire,
fe reffent bien de votre féjour à Cirey ; c'eft un
ouvrage excellent, et dont l'univers n'a point encore
d'exemple. Je vous demande inftamment de m'en
procurer la continuation ; mais je vous confeille en
ami de ne point le livrer à l'impreffion. La poftérité
de tous ceux dont vous dites la vérité fe liguerait
contre vous. Les uns trouveraient que vous en avez
trop dit, les autres que vous n'avez pas affez exagéré
les vertus de leurs ancêtres ; et les prêtres, cette race
implacable, ne vous pardonnerait point les petits
traits que vous leur lancez. J'ofe même dire que
cette hiftoire, écrite avec vérité et dans un efprit
philofophique, ne doit point fortir de la fphère des
philofophes. Non, elle n'eft point faite pour des
gens qui ne favent point penfer.

Vos deux lettres ont produit un effet bien différent
fur ceux à qui je les ai rendues. *Céfarion*, qui avait
la goutte, l'en a perdue de joie ; et *Jordan*, qui
fe portait bien, penfa en prendre l'apoplexie, tant
une même caufe peut produire des effets différens.

C'eft à eux à vous marquer tout ce que vous leur infpirez ; ils s'en acquitteront auffi bien et mieux que je ne pourrais le faire.

Il ne nous manque à Remusberg qu'un *Voltaire*, pour être parfaitement heureux ; indépendamment de votre abfence, votre perfonne eft pour ainfi dire innée dans nos ames. Vous êtes toujours avec nous. Votre portrait préfide dans ma bibliothèque ; il pend au-deffus de l'armoire qui conferve notre toifon d'or ; il eft immédiatement placé au-deffus de vos ouvrages, et vis-à-vis de l'endroit où je me tiens, de façon que je l'ai toujours préfent à mes yeux. J'ai penfé dire que ce portrait était comme la ftatue de *Memnon*, qui donnait un fon harmonieux lorfqu'elle était frappée des rayons du foleil ; que votre portrait animait de même l'efprit de ceux qui le regardent ; pour moi il me femble toujours qu'il paraît me dire :

*O vous donc qui brûlant d'une ardeur périlleufe*, &c. (*)

Souvenez-vous toujours, je vous prie, de la petite colonie de Remusberg, et fouvenez-vous-en pour lui adreffer de vos lettres paftorales. Ce font les confolations qui deviennent néceffaires dans votre abfence ; vous les devez à vos amis. J'efpère bien que vous me compterez à leur tête. On ne faurait du moins être plus ardemment que je fuis et que je ferai toujours,

votre très-affectionné et fidèle ami,

FÉDÉRIC.

(*) BOILEAU, Art poët.

# LETTRE LXIX.

## DE M. DE VOLTAIRE.

Octobre.

MONSEIGNEUR,

Que votre Alteſſe royale pardonne à ce pauvre ——— malade enrichi de vos bienfaits, s'il tarde trop à 1738. vous payer ſes tributs de reconnaiſſance.

Ce que vous avez compoſé ſur l'humanité vous aſſure, ſans doute, le ſuffrage et l'eſtime de madame *du Châtelet*, et vous me forceriez à l'admiration, ſi vous ne m'y aviez pas déjà tout diſpoſé. Non-ſeulement Cirey remercie votre Alteſſe royale, mais il n'y a perſonne ſur la terre qui ne doive vous être obligé. Ne connût-on de cet ouvrage que le titre, c'en eſt aſſez pour vous rendre maître des cœurs. Un prince qui penſe aux hommes, qui fait ſon bonheur de leur félicité! on demandera dans quel roman cela ſe trouve, et ſi ce prince s'appelle *Alcimédon* ou *Almanſor*, s'il eſt fils d'une fée et de quelque génie? Non, Meſſieurs, c'eſt un être réel; c'eſt lui que le ciel donne à la terre ſous le nom de *Frédéric*; il habite d'ordinaire la ſolitude de Remusberg; mais ſon nom, ſes vertus, ſon eſprit, ſes talens ſont déjà connus dans tout le monde; ſi vous ſaviez ce qu'il a écrit ſur l'humanité, le genre humain députerait vers lui pour le remercier : mais ces détails heureux ſont réſervés à Cirey, et ces faveurs ſont tenues ſecrètes.

—— Les gens qui se mêlaient autrefois de consulter les demi-dieux, se vantaient d'en recevoir des oracles: nous en recevons, mais nous ne nous en vantons pas.

Il y a, Monseigneur, une secrète sympathie qui assujettit mon ame à votre Altesse royale ; c'est quelque chose de plus fort que l'harmonie préétablie. Je roulais dans ma tête une épître sur l'humanité, quand je reçus celle de votre Altesse royale. Voilà ma tâche faite. Il y a eu, à ce que conte l'antiquité, des gens qui avaient un génie qui les aidait dans leurs grandes entreprises. Mon génie est à Remusberg. Eh ! à qui appartenait-il de parler de l'humanité, qu'à vous, grand Prince, à votre ame généreuse et tendre ; à vous, Monseigneur, qui avez daigné consulter des médecins pour la maladie d'un de vos serviteurs, qui demeure à près de trois cents lieues de vous? Ah! Monseigneur, malgré ces trois cents lieues, je sens mon cœur lié à votre Altesse royale de bien près.

Je me flatte même avec assez d'apparence que cet intervalle disparaîtra bientôt. Monseigneur l'électeur Palatin mourra s'il veut, mais les confins de Clèves et de Juliers verront au printemps prochain madame la marquise *du Châtelet*. Nous arrangerons tout pour nous trouver près de vos Etats. Je sais bien qu'en fait d'affaires, il ne faut jamais répondre de rien; mais l'espérance de faire notre cour à votre Altesse royale, de voir de près ce que nous admirons, ce que nous aimons de loin, applanira bien des difficultés. N'est-il pas vrai, Monseigneur, que votre Altesse royale donnera des sauf-conduits à madame *du Châtelet!*

mais

mais qui voudrait l'arrêter, quand on faura qu'elle fera là pour voir votre Alteffe royale, et qui m'ofera faire du mal à moi quand j'aurai l'*épître de l'humanité* à la main?

Que je fuis enchanté que votre Alteffe royale ait été contente de cet *effai fur le feu* que madame *du Châtelet* s'amufa de compofer, et qui, en vérité, eft plutôt un chef-d'œuvre qu'un effai. Sans les maudits tourbillons de *Defcartes*, qui tournent encore dans les vieilles têtes de l'académie, il eft bien fûr que madame *du Châtelet* aurait eu le prix, et cette juftice eût fait l'honneur de fon fexe et de fes juges : mais les préjugés dominent par-tout. En vain *Newton* a montré aux yeux les fecrets de la lumière; il y a de vieux romanciers phyficiens qui font pour les chimères de *Mallebranche*. L'académie rougira un jour de s'être rendue fi tard à la vérité; et il demeurera conftant qu'une jeune dame ofait embraffer la bonne philofophie quand la plupart de fes juges l'étudiaient faiblement pour la combattre opiniâtrement.

M. de *Maupertuis*, homme qui ofe aimer et dire la vérité, quoique perfécuté, a mandé hardiment, mais fecrètement, que les difcours français couronnés étaient pitoyables. Son fuffrage, joint à celui de Remusberg, font le plus beau prix qu'on puiffe jamais recevoir.

Madame *du Châtelet* fera très-flattée que votre Alteffe royale faffe lire à M. *Jordan* ce qui a plu à votre Alteffe royale. Elle eftime avec raifon un homme que vous eftimez.

Je fuis, &c.

## LETTRE LXX.

### *DU PRINCE ROYAL.*

A Remusberg, le 22 de novembre.

MON CHER AMI,

— 1738. — IL faut avouer que vous êtes un débiteur admirable ; vous ne reſtez point en arrière dans vos payemens, et l'on gagne conſidérablement au change. Je vous ai une obligation infinie de *l'épître ſur le plaiſir :* ce ſyſtême de théologie me paraît très-conforme à la divinité, et s'accorde parfaitement avec ma manière de penſer. Que ne vous dois-je point pour cet ouvrage incomparable ?

Les Dieux que nous chantait Homère
Etaient forts, robuſtes, puiſſans ;
Celui que l'on nous prêche en chaire
Eſt l'original des tyrans ;
Mais le Plaiſir, Dieu de Voltaire,
Eſt le vrai Dieu, le tendre père
De tous les eſprits bienfeſans.

On ne peut mieux connaître la différence des génies, qu'en examinant la manière dont des perſonnes différentes expriment les mêmes penſées. La comteſſe de *Plate,* dont vous devez avoir entendu parler en Angleterre, pour dire un *eunuque* le périphraſait *un homme brillanté.* L'idée était priſe d'une pierre fine

qu'on taille et qu'on brillante. Cette manière de
s'exprimer portait bien en foi le caractère de femme,
je veux dire de cet efprit inviolablement attaché aux
ajuftemens et aux bagatelles. L'homme de génie, le
grand poëte fe manifefte bien différemment par cette
noble et belle périphrafe :

*Que le fer a privé des fources de la vie.*

Outre que la penfée d'un D I E U, fervi par des
eunuques, a quelque chofe de frappant par elle-
même, elle exprime encore, avec une force mer-
veilleufe, l'idée du poëte. Cette manière de toucher
avec modeftie et avec clarté une matière auffi délicate
que l'eft celle de la mutilation, contribue beaucoup au
plaifir du lecteur. Ce n'eft point parce que cette
pièce m'eft adreffée ; ce n'eft point parce qu'il vous a
plu de dire du bien de moi, mais c'eft par fa bonté
intrinsèque que je lui dois mon approbation entière.
Je me doutais bien que le dieu des écoles ne pourrait que gagner en paffant par vos mains.

Ne croyez pas, je vous prie, que je pouffe mon
fcepticifme à outrance. Il y a des vérités que je crois
démontrées, et dont ma raifon ne me permet pas
de douter. Je crois, par exemple, qu'il n'y a qu'un
D I E U et qu'un *Voltaire* dans le monde ; je crois
encore que ce D I E U avait befoin dans ce fiècle d'un
*Voltaire* pour le rendre aimable. Vous avez lavé,
nettoyé et retouché un vieux tableau de *Raphaël*,
que le vernis de quelque barbouilleur ignorant avait
rendu méconnaiffable.

Le but principal que je m'étais propofé dans ma
*differtation fur l'erreur*, était d'en prouver l'innocence.

Y 2

—— Je n'ai point ofé m'expliquer fur le fujet de la religion, c'eft pourquoi j'ai employé plutôt un fujet philofophique. Je refpecte d'ailleurs *Copernic*, *Defcartes*, *Leibnitz*, *Newton;* mais je ne fuis point encore d'âge à prendre parti. Les fentimens de l'académie conviennent mieux à un jeune homme de vingt et quelques années que le ton décifif et doctoral. Il faut commencer par connaître pour apprendre à juger. C'eft ce que je fais; je lis tout avec un efprit impartial et dans le deffein de m'inftruire, en fuivant votre excellente leçon:

*Et vers la vérité le doute les conduit.*

J'ai lu avec admiration et avec étonnement l'ouvrage de la marquife fur le feu. Cet effai m'a donné une idée de fon vafte génie, de fes connaiffances et de votre bonheur. Vous le méritez trop bien pour que je vous l'envie. Jouiffez-en dans votre paradis, et qu'il foit permis à nous autres humains de participer à votre bonheur.

Vous pouvez affurer *Emilie* qu'elle a mis chez moi le feu en une particulière vénération, favoir, non le feu qu'elle décompofe avec tant de fagacité, mais celui de fon puiffant génie.

Serait-il permis à un fceptique de propofer quelques doutes qui lui font venus? Peut-on, dans un ouvrage de phyfique, où l'on recherche la vérité fcrupuleufement, peut-on y faire entrer des reftes de vifions de l'antiquité? J'appelle ainfi ce qui paraît être échappé à la marquife touchant l'embrâfement excité dans les forêts par le mouvement des branches.

J'ignore le phénomène rapporté dans l'article des

caufes de la congélation de l'eau ; on rapporte qu'en Suiffe il fe trouvait des étangs qui gelaient pendant l'été aux mois de juin et de juillet. Mon ignorance peut caufer mes doutes. J'y profiterai à coup sûr, car vos éclairciffemens m'inftruiront.

Après avoir parlé de vos ouvrages et de ceux de la marquife, il n'eft guère permis de parler des miens. Je dois cependant accompagner cette lettre d'une pièce qu'on a voulu que je fiffe. Le plus grand plaifir que vous puiffiez me faire, après celui de m'envoyer de vos productions, eft de corriger les miennes. J'ai eu le bonheur de me rencontrer avec vous, comme vous pourrez le voir fur la fin de l'ouvrage. Lorfqu'on a peu de génie, qu'on n'eft point fecondé d'un cenfeur éclairé, et qu'on écrit en langue étrangère, on ne peut guère fe promettre de faire des progrès. Rimer malgré ces obftacles, c'eft, ce me femble, être atteint en quelque manière de la maladie des Abdéritains.

Je vous fais confidence de toutes mes folies. C'eft la marque la plus grande de ma confiance et de l'eftime avec laquelle je fuis inviolablement,

Mon cher ami,

votre, &c.

FÉDÉRIC.

*P. S.* J'ai quelque bagatelle d'ambre pour Cirey, et j'ai du vin de Hongrie que l'on me dit être un baume pour la fanté de mon ami. Je voudrais envoyer cet emballage par Hambourg à Rouen, et de là à Paris, fous l'adreffe de *Thiriot*, car je ne crois pas qu'on trouvât aifément quelque voiturier qui voulût s'en charger.

# LETTRE LXXI.

## DU PRINCE ROYAL.

A Berlin, le 25 de décembre.

MON CHER AMI,

J'AI lu ces jours paſſés avec beaucoup de plaiſir la lettre que vous adreſſez à vos infidèles libraires de Hollande. La part que je prends à votre réputation m'a fait participer vivement à l'approbation dont le public ne ſaurait manquer de couronner votre modération.

C'eſt cette modération qui doit être le caractère propre de tout homme qui cultive les ſciences, la philoſophie, qui éclaire l'eſprit, fait faire des progrès dans la connaiſſance du cœur humain; et le fruit le plus ſolide qui en revient doit être un ſupport plein d'humanité pour les faibleſſes, les défauts et les vices des hommes. Il ſerait à ſouhaiter que les ſavans dans leurs diſputes, les théologiens dans leurs querelles, et les princes dans leurs différends, vouluſſent imiter votre modération. Le ſavoir, la véritable religion, les caractères reſpectables parmi les hommes devraient élever ceux qui en ſont revêtus au-deſſus de certaines paſſions qui ne devraient être que le partage des ames baſſes. D'ailleurs le mérite reconnu eſt comme dans un fort à l'abri des traits de l'envie. Tous les coups portés contre un ennemi inférieur déshonorent celui qui les lance.

1738.

Tel, cachant dans les airs fon front audacieux,
Le fier Atlas paraît joindre la terre aux cieux ;
Il voit fans s'ébranler la foudre et le tonnèrre,
Brifés contre fes pieds, leur faire en vain la guerre :
Tel du fage éclairé le repos précieux
N'eft point troublé des cris d'infames envieux ;
Il méprife les traits qui contre lui s'émouffent ;
Son filence prudent, fes vertus les repouffent ;
Et contre ces Titans le public outragé
Du foin de les punir doit être feul chargé.

1738.

L'art de rendre injure pour injure eft le partage
des crocheteurs. Quand même ces injures feraient
des vérités, quand même elles feraient échauffées
par le feu d'une belle poëfie, elles reftent toujours
ce qu'elles font. Ce font des armes bien placées dans
les mains de ceux qui fe battent à coups de bâton,
mais qui s'accordent mal avec ceux qui favent faire
ufage de l'épée.

Votre mérite vous a fi fort élevé au-deffus de la
fatire et des envieux, qu'affurément vous n'avez
pas befoin de repouffer leurs coups. Leur malice n'a
qu'un temps, après quoi elle tombe avec eux dans
un oubli éternel.

L'hiftoire, qui a confacré la mémoire d'*Ariftide*, n'a
pas daigné conferver les noms de fes envieux. On
les connaît auffi peu que les perfécuteurs d'*Ovide*.

En un mot, la vengeance eft la paffion de tout
homme offenfé ; mais la générofité n'eft la paffion que
des belles ames. C'eft la vôtre, c'eft elle affurément
qui vous a dicté cette belle lettre, que je ne faurais
affez admirer, que vous adreffez à vos libraires.

Y 4

1738.

Je fuis charmé que le monde foit obligé de convenir que votre philofophie eft auffi fublime dans la pratique qu'elle l'eft dans la fpéculation.

Mes tributs accompagneront cette lettre. Les diffipations de la ville, certains termes inconnus à Cirey et à Remusberg, de devoir, de refpects, de cour, mais d'une efficacité très-incommode dans la pratique, m'enlèvent tout mon temps. Vous vous en apercevrez, fans doute, car je n'ai pas feulement pu abréger ma lettre. A propos, comment fe porte *Louis XIV*? Vous allez dire : quel importun! cet *Apicius* n'eft jamais raffafié de mes ouvrages.

Affurez, je vous prie, cette déeffe qui transforma *Newton* en *Vénus*, de mes adorations ; et fi vous voyez un certain poëte philofophe, l'auteur de la Henriade et de l'épître à *Uranie*, affurez-le que je l'eftime et le confidère on ne peut pas davantage.

FÉDÉRIC.

# LETTRE LXXII.

## DE M. DE VOLTAIRE.

Décembre.

MONSEIGNEUR,

IL nous arrive dans le moment une écritoire, que madame *du Châtelet* et moi indigne comptions avoir l'honneur de préfenter à votre Alteffe royale pour fes étrennes. Le miniftre qui, felon votre très-bonne plaifanterie, eft prêt à vous prendre fouvent pour

un baſtion ou pour une contrefcarpe, vous offrirait
une coulevrine ou un mortier, mais nous autres
êtres penſans, nous préſentons en toute humilité à
notre chef, l'inſtrument avec lequel on communique
ſes penſées. Je l'ai adreſſée à Anvers ; elle part aujour-
d'hui, et d'Anvers elle doit aller à Véſel à l'adreſſe
de M. le baron de *Borck*, ou, à ſon défaut, au
commandant de la place, pour être remiſe à votre
Alteſſe royale. Ce qui m'encourage à prendre cette
liberté, c'eſt que ce petit hommage de votre ſujet,
ayant été fait à Paris, imite et ſurpaſſe le laque de
la Chine ; c'eſt un art tout nouveau en Europe, et
tous les arts vous doivent des tributs. Pardonnez-
moi donc, Monſeigneur, cet excès de témérité.

Je ſuis avec la plus tendre reconnaiſſance, l'eſtime
et l'attachement le plus inviolable et le plus profond
reſpect,

Monſeigneur,

  de votre Alteſſe royale, le très-humble, &c.

1738.

## LETTRE LXXIII.

### *DE M. DE VOLTAIRE.*

A Cirey, le premier janvier.

1739.

JEUNE Héros, efprit fublime,
 Quels vœux pour vous puis-je former?
Vous êtes bienfefant, fage, humain, magnanime;
Vous avez tous les dons, car vous favez aimer.
Puiffent les fouverains, qui gouvernent les rênes
De ces puiffans Etats gémiffans fous leurs lois,
Dans le fentier du vrai vous fuivre quelquefois;
Et, pour vous imiter, prendre au moins quelques peines!
Ce font-là tous mes vœux; ce font-là les étrennes
 Que je préfente à tous les rois.

Comme j'allais continuer fur ce ton, Monfeigneur, la lettre de votre Alteffe royale et l'épître au prince qui a le bonheur d'être votre frère, font venues me faire tomber la plume des mains. Ah! Monfeigneur, que vous avez un loifir fingulièrement employé, et que le talent extraordinaire, dans tout homme né hors de France, de faire des vers français, et plus rare encore dans une perfonne de votre rang, s'accroît et fe fortifie de jour en jour! mais que ne faites-vous point? et de la fcience des rois jufqu'à la mufique et à l'art de la peinture, quelle carrière ne rempliffez-vous pas? Quel préfent de la nature n'avez-vous pas embelli par vos foins?

Mais quoi, Monfeigneur, il eft donc vrai que votre Alteffe royale a un frère digne d'elle? C'eft un bonheur bien rare : mais s'il n'en eft pas tout à fait digne, il faudra qu'il le devienne après la belle épître de son frère aîné; voilà le premier prince qui ait reçu une éducation pareille.

Il me semble, Monseigneur, qu'il y a eu un des électeurs, vos ancêtres, qu'on surnomma le *Cicéron* de l'Allemagne; n'était-ce pas *Jean II*? Votre Altesse royale est bien persuadée de mon respect pour ce prince; mais je suis persuadé que *Jean II* n'écrivait point en prose comme *Frédéric*. Et à l'égard des vers, je défie toute l'Allemagne, et presque toute la France, de faire rien de mieux que cette belle épître :

> *O vous en qui mon cœur, tendre et plein de retour,*
> *Chérit encor le sang qui lui donna le jour !*

Cet *encor* me paraît une des plus grandes finesses de l'art et de la langue; c'est dire, bien énergiquement en deux syllabes, qu'on aime ses parens une seconde fois dans son frère.

Mais s'il plaît à votre Altesse royale, n'écrivez plus *opinion* par un *g*, et daignez rendre à ce mot les quatre syllabes dont il est composé; voilà les occasions où il faut que les grands princes et les grands génies cèdent aux pédans.

Toute la grandeur de votre génie ne peut rien sur les syllabes; et vous n'êtes pas le maître de mettre un *g* où il n'y en a point. Puisque me voici sur les syllabes, je supplierai encore votre Altesse royale d'écrire *vice* avec un *c*, et non avec deux *ss*. Avec ces petites attentions, vous serez de l'académie française quand il vous plaira; et, principauté à part, vous lui ferez bien de l'honneur; peu de ses académiciens s'expriment avec autant de force que mon Prince ; et la grande raison eſt qu'il penſe plus qu'eux. En vérité, il y a dans votre épître un portrait de la calomnie, qui eſt de *Michel-Ange*, et un de la jeuneſſe, qui eſt de l'*Albane*. Que votre Alteſſe royale redouble bien vivement l'envie que nous avons de lui faire notre cour ! Nous nous arrangeons pour partir au mois d'avril ; et il faudra que je ſois bien malheureux, ſi des frontières de Juliers je ne trouve pas un petit chemin qui me conduira aux pieds de votre Alteſſe royale. Qu'elle me permette de l'inſtruire que probablement nous reſterons une année dans ces quartiers-là, à moins que la guerre ne nous en chaſſe. Madame *du Châtelet* compte retirer tous les biens de ſa maiſon qui ſont engagés ; cela ſera long ; et il faut même eſſuyer à Vienne et à Bruxelles un procès qu'elle pourſuivra elle-même, et pour lequel elle a déjà fait des écritures avec la même netteté et la même force qu'elle a travaillé à cet ouvrage du feu ; quand même ces affaires-là dureraient deux années, n'importe ; il faudrait abandonner Cirey pour deux années ; les devoirs et les affaires ſérieuſes marchent avant tout ; et comment regretterait-on Cirey quand on ſera plus proche de Clèves et d'un pays qui ſera probablement honoré de la préſence de votre Alteſſe royale ! Ainſi peut-être, Monſeigneur, ſupplierons-nous votre Alteſſe royale de ſuſpendre l'envoi de ce bon vin dont votre généroſité veut me faire boire ; il y a apparence que j'irai boire long-temps du vin du Rhin entre Liége et Juliers. Votre Alteſſe royale eſt trop bonne ; elle a conſulté des médecins pour moi, et elle daigne m'envoyer une recette qui vaut mieux que toutes leurs ordonnances.

Ma fanté ferait rétablie,
Si je me trouvais quelque jour
Près d'un tonneau de vin d'Hongrie,
Et le buvant à votre cour;
Mais le buvant près d'Emilie.

Je fuis avec le plus profond refpect, avec admi‑
ration, avec la tendreffe que vous me permettez, &c.

# LETTRE LXXIV.

## DU PRINCE ROYAL.

A Berlin, le 8 de janvier.

### MON CHER AMI,

JE m'étais bien flatté que l'*épître fur l'humanité*
pourrait mériter votre approbation par les fentimens
qu'elle renferme; mais j'efpérais en même temps
que vous voudriez bien faire la critique de la poëfie
et du ftyle.

Je prie donc l'habile philofophe, le grand poëte,
de vouloir bien s'abaiffer encore, et de faire le gram‑
mairien rigide par amitié pour moi. Je ne me rebuterai
point de retoucher une pièce dont le fond a pu plaire
à la marquife; et par ma docilité à fuivre vos
corrections, vous jugerez du plaifir que je trouve
à m'amender.

Que mon épître fur l'humanité foit le précurfeur
de l'ouvrage que vous avez médité, je me trouverai
affez récompenfé de ce que le mien a été comme
l'aurore du vôtre. Courez la même carrière, et ne

craignez point qu'un amour propre mal entendu m'aveugle fur mes productions. L'humanité eſt un ſujet inépuiſable : j'ai bégayé mes penſées, c'eſt à vous de les développer.

Il paraît qu'on ſe fortifie dans un ſentiment lorſqu'on repaſſe en ſon eſprit toutes les raiſons qui l'appuient. C'eſt ce qui m'a déterminé de traiter le ſujet de l'humanité. C'eſt, ſelon mon avis, l'unique vertu, et elle doit être principalement le propre de ceux que leur condition diſtingue dans le monde ; un ſouverain grand ou petit doit être regardé comme un homme dont l'emploi eſt de remédier, autant qu'il eſt en ſon pouvoir, aux miſères humaines ; il eſt comme le médecin qui guérit, non pas les maladies du corps, mais les malheurs de ſes ſujets. La voix des malheureux, les gémiſſemens des miſérables, les cris des opprimés doivent parvenir juſqu'à lui. Soit par pitié pour les autres, ſoit par un certain retour ſur ſoi-même, il doit être touché de la triſte ſituation de ceux dont il voit les miſères ; et pour peu que ſon cœur ſoit tendre, les malheureux trouveront chez lui toutes ſortes de miſéricordes.

Un prince eſt, par rapport à ſon peuple, ce que le cœur eſt à l'égard de la ſtructure mécanique du corps. Il reçoit le ſang de tous les membres, et il le repouſſe juſqu'aux extrémités. Il reçoit la fidélité et l'obéiſſance de ſes ſujets, et il leur rend l'abondance, la proſpérité, la tranquillité, et tout ce qui peut contribuer à l'accroiſſement et au bien de la ſociété.

Ce ſont-là des maximes qui me ſemblent devoir naître d'elles-mêmes dans le cœur de tous les hommes :

cela fe fent, pour peu qu'on raifonne, et l'on n'a pas befoin de faire un grand cours de morale pour les apprendre. Je crois que la compaffion et le défir de foulager une perfonne qui a befoin de fecours, font des vertus innées dans la plupart des hommes. Nous nous repréfentons nos infirmités et nos misères en voyant celles des autres, et nous fommes auffi actifs à les fecourir, que nous défirerions qu'on le fût envers nous, fi nous étions dans le même cas.

Les tyrans péchent ordinairement en envifageant les chofes fous un autre point de vue; ils ne confidèrent le monde que par rapport à eux-mêmes; et pour être trop au-deffus de certains malheurs vulgaires, leurs cœurs y font infenfibles. S'ils oppriment leurs fujets, s'ils font durs, s'ils font violens et cruels, c'eft qu'ils ne connaiffent pas la nature du mal qu'ils font, et que pour ne point avoir fouffert ce mal, ils le croient trop léger. Ces fortes d'hommes ne font point dans le cas de *Mutius Scévola* qui, fe brûlant la main devant *Porfenna*, reffentait toute l'action du feu fur cette partie de fon corps.

En un mot, toute l'économie du genre humain eft faite pour infpirer l'humanité; cette reffemblance de prefque tous les hommes, cette égalité des condi-tions, ce befoin indifpenfable qu'ils ont les uns des autres, leurs misères qui ferrent les liens de leurs befoins, ce penchant naturel qu'on a pour fes fem-blables, notre confervation qui nous prêche l'humanité, toute la nature femble fe réunir pour nous inculquer un devoir qui, fefant notre bonheur, répand à chaque jours des douceurs nouvelles fur notre vie.

En voilà bien fuffifamment, à ce qu'il me paraît,

pour la morale. Il me femble que je vous vois bâiller deux fois en lifant ce terrible verbiage, et la marquife s'en impatienter. Elle a raifon, en vérité, car vous favez mieux que moi tout ce que je pourrais vous dire fur ce fujet ; et, qui plus eft, vous le pratiquez.

Nous reffentons ici les effets de la congélation de l'eau. Il fait un froid exceffif. Il ne m'arrive jamais d'aller à l'air, que je ne tremble que quelque partie nitreufe n'éteigne en moi le principe de la chaleur.

Je vous prie de dire à la marquife que je la prie fort de m'envoyer un peu de ce beau feu qui anime fon génie. Elle en doit avoir de refte, et j'en ai grand befoin. Si elle a befoin de glaçons, je lui promets de lui en fournir autant qu'il lui en faudra pour avoir des eaux glacées pendant toutes les ardeurs de l'été.

*Doctiffimus Jordanus* n'a pas vu encore l'effai de la marquife ; je ne fuis pas prodigue de vos faveurs. Il y a même des gens qui m'accufent de pouffer l'avarice jufqu'à l'excès. *Jordan* verra l'effai fur le feu, puifque la marquife y confent, et il vous dira lui-même, s'il lui plaît, ce que cet ouvrage lui aura fait fentir. Tout ce que je puis vous affurer d'avance, c'eft que tous tant que nous fommes, nous ne connaiffons point les préjugés. Les *Defcartes*, les *Leibnitz*, les *Newton*, les *Emilie* nous paraiffent autant de grands hommes qui nous inftruifent à proportion des fiècles où ils ont vécu.

La marquife aura cet avantage que fa beauté et fon fexe donnent fur le nôtre, lorfqu'il s'agit de perfuader.

Son

Son esprit persuadera
Que le profond Newton en tout est véritable ;
Mais son regard nous convaincra
D'une autre vérité plus claire et plus palpable ;
En la voyant, on sentira
Tout ce que fait sentir un objet adorable.

Si les Grâces présidaient à l'académie, elles n'auraient pas manqué de couronner l'ouvrage de leurs mains. Il paraît bien que messieurs de l'académie, trop attachés à l'usage et à la coutume, n'aiment point les nouveautés, par la crainte qu'ils ont d'étudier ce qu'ils ne savent qu'imparfaitement. Je me représente un vieil académicien qui, après avoir vieilli sous le harnois de *Descartes*, voit dans la décrépitude de sa course s'élever une nouvelle opinion. Cet homme connaît par habitude les articles de la foi philosophique, il est accoutumé à sa façon de penser, il s'en contente, et il voudrait que tout le monde en fît autant. Quoi ! voudrait-on redevenir disciple à l'âge de cinquante, de soixante ans, et être exposé à la honte d'étudier soi-même, après avoir si long-temps enseigné aux autres ; et d'un grand flambeau qu'on croit être, ne devenir qu'une faible lumière ou plutôt s'obscurcir tout à fait. Ce n'est pas ainsi qu'on l'entend. Il est plus court de décrier un nouveau système que de l'approfondir. Il y a même de la fermeté héroïque de s'opposer aux nouveautés en tous genres, et à soutenir les anciennes opinions. Un autre ordre d'esprits raisonne d'une autre manière. Ils disent dans leur simplicité : Telle opinion fut celle de nos pères, pourquoi ne ferait-elle pas la nôtre ? Valons-nous

——— mieux qu'ils ne valaient? N'ont-ils pas été heureux
1739. en fuivant les fentimens d'*Ariftote* et de *Defcartes*?
Pourquoi nous romprions-nous la tête à étudier
les fentimens des novateurs ? Ces fortes d'efprits
s'oppoferont toujours aux progrès des connaiffances;
auffi n'eft-il pas étonnant qu'elles en faffent fi peu.

Dès que je ferai de retour à Remusberg, j'irai
me jeter tête baiffée dans la phyfique ; c'eft la marquife à qui j'en ai l'obligation ; je me prépare auffi
à une entreprife bien hafardeufe et bien difficile ; mais
vous n'en ferez inftruit qu'après l'effai que j'aurai fait
de mes forces.

Pour mon malheur le roi va ce printemps en
Pruffe, où je l'accompagnerai ; le deftin veut que
nous jouïons aux barres ; et malgré tout ce que je
puis m'imaginer, je ne prévois pas encore comme
nous pourrons nous voir ; ce fera toujours trop tard
pour mes fouhaits ; vous en êtes bien convaincu, à
ce que j'efpère, comme de tous les fentimens avec
lefquels je fuis,

Mon cher ami ,

votre inviolablement affectionné ami,

FÉDÉRIC.

# LETTRE LXXV.

## DU PRINCE ROYAL.

A Berlin, le 20 de janvier.

On offrait aux dieux, dans le paganifme, les pré- —————— 1739. mices des moiffons et des récoltes; on confacrait au dieu de *Jacob* les premiers nés d'entre le peuple d'*Ifraël*; on voue aux faints patrons dans l'Eglife romaine non-feulement les prémices, non-feulement les cadets des maifons, mais des royaumes entiers, témoin l'abdication de S<sup>t</sup> *Louis* en faveur de la vierge *Marie*: pour moi je n'ai point de prémices de moiffons, point d'enfans, point de royaume à vouer; je vous confacre les prémices de ma poëfie de l'année 1739. Si j'étais païen, je vous invoque- rais fous le nom d'*Apollon*; fi j'étais juif, je vous euffe peut-être confondu avec le roi prophète et fon fils; fi j'étais papifte, vous euffiez été mon faint et mon confeffeur. N'étant rien de tout cela, je me contente de vous eftimer très-philofophiquement, de vous admirer comme philofophe, de vous chérir comme poëte, et de vous refpecter comme ami.

Je ne vous fouhaite que de la fanté, car c'eft tout ce dont vous avez befoin. Partagé d'un génie fupé- rieur, capable de vous fuffire à vous-même et de pouvoir être heureux, et, pour furcroît, poffédant *Emilie*, que mes vœux pourraient-ils ajouter à votre félicité?

Souvenez-vous que fous une zone un peu plus froide que la vôtre, dans un pays voifin de la barbarie, en un lieu folitaire et retiré du monde, habite un ami qui vous confacre fes veilles, et qui ne ceffe de faire des vœux pour votre confervation.

FÉDÉRIC.

## LETTRE LXXVI.

### DE M. DE VOLTAIRE.

A Cirey, le 18 de janvier.

MONSEIGNEUR,

VOTRE Alteffe royale eft plus *Fédéric* et plus *Marc-Auréle* que jamais. Les chofes agréables partent de votre plume avec une facilité qui m'étonne toujours. Votre inftruction paftorale eft du plus digne évêque. Vous montrez bien que ceux qui font deftinés à être rois, font en effet les oints du feigneur. Votre catéchifme eft toujours celui de la raifon et du bonheur. Heureufes vos ouailles, Monfeigneur! le troupeau de Cirey reçoit vos paroles avec la plus grande édification.

Votre Alteffe royale me confeille, c'eft-à-dire, m'ordonne de finir l'hiftoire du fiècle de *Louis XIV*. J'obéirai et je tâcherai même de l'éclaircir avec un ménagement qui n'ôtera rien à la vérité, mais qui ne la rendra pas odieufe. Mon grand but, après tout, n'eft pas l'hiftoire politique et militaire, c'eft celle des arts, du commerce, de la police, en un mot, de l'efprit humain. Dans tout cela il n'y a point de vérité dangereufe. Je ne crois donc pas devoir m'interdire une carrière fi grande et fi sûre, parce qu'il y a un petit chemin où je peux broncher ; ce qui eft entre les mains de votre Alteffe royale ne fera jamais que pour elle. Le vulgaire n'eft pas fait pour être fervi comme mon prince.

J'ai réformé l'hiftoire de *Charles XII*, fur plufieurs mémoires qui m'ont été communiqués par un ferviteur du roi *Staniflas* ; mais fur-tout, fur ce que votre Alteffe royale a daigné me faire remettre. Je n'ai pris de ces détails curieux dont vous m'avez honoré, que ce qui doit être fu de tout le monde, fans bleffer perfonne : le dénombrement des peuples, les lois nouvelles, les établiffemens, les villes fondées, le commerce, la police, les mœurs publiques. Mais pour les actions particulières du czar, de la czarine, du czarovitz, je garde fur elles un filence profond. Je ne nomme perfonne, je ne cite perfonne, non-feulement parce que cela n'eft pas de mon fujet, mais parce que je ne ferais pas ufage d'un paffage de l'évangile que votre Alteffe royale m'aurait cité, fi vous ne l'ordonniez expreffément.

Je réforme la Henriade, et je compte par le premier ordinaire foumettre au jugement de votre Alteffe royale quelques changemens que je viens d'y faire. Je corrige auffi toutes mes tragédies ; j'ai fait un nouvel acte à Brutus, car enfin il faut fe corriger et être digne de fon prince et d'*Emilie*.

Je ne fais point imprimer Mérope, parce que je n'en fuis pas encore content ; mais on veut que je faffe une tragédie nouvelle, une tragédie pleine d'amour et non de galanterie, qui faffe pleurer des femmes, et qu'on parodie à la comédie italienne. Je la fais, j'y travaille il y a huit jours; (*) on fe moquera de moi : mais en attendant je retouche beaucoup les élémens de *Newton ;* je ne dois rien oublier, et je veux que cet ouvrage foit plus plein et plus intelligible.

Je vous ai rendu, Monfeigneur, un compte exact de tous les travaux de votre fujet de Cirey ; vraiment je ne dois pas omettre la nouvelle perfécution que *Rouffeau* et l'abbé *Desfontaines* me font. Tandis que je paffe dans la retraite les jours et les nuits dans un travail affidu, on me perfécute à Paris, on me calomnie, on m'outrage de la manière la plus cruelle. Madame la marquife *du Châtelet* a cru que *Thiriot,* qui envoie fouvent ce qu'on fait contre moi à tout le monde, avait envoyé auffi à votre Alteffe royale un libelle affreux de l'abbé *Desfontaines ;* elle avait d'autant plus fujet de le croire, qu'elle en avait écrit à *Thiriot,* qu'elle lui avait mandé la vérité, et que *Thiriot* n'avait point répondu ; auffitôt voilà le cœur généreux de madame *du Châtelet,* cœur digne du vôtre, qui s'enflamme ; elle écrit à votre Alteffe royale, elle vous fait entendre des plaintes bienféantes dans fa bouche, mais interdites à la mienne. Voici le fait.

Un homme, le chevalier de *Mouhy,* qui a déjà écrit contre l'abbé *Desfontaines,* fait une petite brochure littéraire contre lui ; et, dans cette brochure, il imprime une lettre que j'ai écrite il y a deux ans. Dans cette lettre j'avais cité un fait connu ; que l'abbé *Desfontaines,* fauvé du feu par moi, avait, pour

(*) Zulime.

récompenfe , fait fur le champ un libelle contre fon
bienfaiteur, et que *Thiriot* en était témoin. Tout
1739.
cela eft la plus exacte vérité, vérité bien honteufe
aux lettres. Si *Thiriot*, dans cette occafion, craint
de nouvelles morfures de l'abbé *Desfontaines* , s'il
s'effraie plus de ce chien enragé qu'il n'aime fon ami,
c'eft ce que j'ignore; il y a long-temps que je n'ai
reçu de fes nouvelles. Je lui pardonne de ne fe point
commettre pour moi. Je fais un petit mémoire apolo-
gétique pour répondre à l'abbé *Desfontaines*. Madame
*du Châtelet* l'a envoyé à votre Alteffe royale ; je l'ai
fort corrigé depuis. Je ne dis point d'injures; l'ouvrage
n'eft point contre l'abbé *Desfontaines* , il eft pour moi ;
je tâche d'y mêler un peu de littérature, afin de ne
point fatiguer le public de chofes perfonnelles. (*)

Mais je fens que je fatigue fort votre Alteffe royale
par tout ce bavardage. Quel entretien pour un grand
prince ! Mais les Dieux s'occupent quelquefois des
fottifes des hommes, et les héros regardent des combats
de cailles.

Je fuis avec le plus profond refpect, le plus tendre,
le plus inviolable attachement,

Monfeigneur, &c.

( * ) Cet ouvrage fe trouve dans cette édition, Mélanges littér. tome I,
page 480, fous le titre de *Mémoire fur la Satire.*

## LETTRE LXXVII,

### DU PRINCE ROYAL.

A Berlin, le 27 de janvier.

. . . . . . . . . . .
. . . . . . . . .

1739.  Ces quarante et quelques vers se réduisent à vous apprendre qu'une affreuse crampe d'estomac faillit à vous priver, il y a deux jours, d'un ami qui vous est bien sincèrement attaché, et qui vous estime on ne saurait davantage. Ma jeunesse m'a sauvé : les charlatans disent que c'est leur médecine, et pour moi je crois que c'est l'impatience de vous voir avant que de mourir.

J'avais lu le soir, avant de me coucher, une très-mauvaise ode de *Rousseau*, adressée *à la postérité* : j'en ai pris la colique, et je crains que nos pauvres neveux n'en prennent la peste. C'est assurément l'ouvrage le plus misérable qui me soit de la vie tombé entre les mains.

Je me sens extrêmement flatté de l'approbation que vous donnez à la dernière épître que je vous ai envoyée. Vous me faites grand plaisir de me reprendre sur mes fautes ; je ferai ce que je pourrai pour corriger mon orthographe qui est très-mauvaise, mais je crains de ne pas parvenir si tôt à l'exactitude qu'elle exige. J'ai le défaut d'écrire trop vîte, et d'être trop paresseux pour copier ce que j'ai écrit. Je vous promets cependant de faire ce qui me fera poſſible, pour que vous n'ayez pas lieu de compoſer, dans le goût de *Lucien*, un dialogue des *lettres* qui plaident devant le tribunal de *Vaugelas*, et qui accuſent les défraudations que je leur ai faites.

1739.

Si, en ſe corrigeant, on peut parvenir à quelque habileté ; ſi, par l'application, on peut apprendre à faire mieux ; ſi les ſoins des maîtres de l'art ne ſe laſſent point à former des diſciples ; je puis eſpérer, avec votre aſſiſtance, de faire un jour des vers moins mauvais que ceux que je compoſe à préſent.

J'ai bien cru que la marquiſe *du Châtelet* était, en affaires ſérieuſes, ce qu'elle eſt en phyſique, en philoſophie, et dans la ſociété : le propre des ſciences eſt de donner une juſteſſe d'eſprit qui prévient l'abus qu'on pourrait faire de leur uſage. J'aime à entendre qu'une jeune dame a aſſez d'empire ſur ſes paſſions pour quitter tous ſes goûts en faveur de ſes devoirs ; mais j'admire encore plus un philoſophe qui ſe réſout d'abandonner la retraite et la paix en faveur de l'amitié. Ce ſont des exemples que Cirey fournira à la poſtérité, et qui feront infiniment plus d'honneur à la philoſophie que l'abdication de cette femme ſingulière qui deſcendit du trône de Suède pour aller occuper un palais à Rome.

Les ſciences doivent être conſidérées comme des moyens qui nous donnent plus de capacité pour remplir nos devoirs : les perſonnes qui les cultivent ont plus de méthode dans ce qu'ils ſont, et agiſſent plus conſéquemment. L'eſprit philoſophique établit des principes ; ce ſont les ſources du raiſonnement et la caufe des actions fenfées. Je ne m'étonne point que vous autres habitans de Cirey faffiez ce que vous devez faire ; mais je m'étonnerais beaucoup fi vous ne le fefiez pas , vu la fublimité de vos génies et la profondeur de vos connaiffances.

Je vous prie de m'avertir de votre départ pour Bruxelles , et d'avifer en même temps fur la voie la plus courte pour accélérer notre correfpondance. Je me flatte de pouvoir recevoir de vous tous les huit jours des lettres , lorfque vous ferez fi voifin de nos frontières. Je pourrai peut-être vous être de quelque utilité dans ce pays, car je connais très-particulière-ment le prince d'*Orange* , qui eft fouvent à Bréda , et le duc d'*Aremberg* , qui demeure à Bruxelles. Peut-être pourrai-je auffi , par le miniftère du prince de *Lincheftein* , abréger à la marquife les longueurs qu'on lui fera fouffrir à Bruxelles et à Vienne. Les juges de ces pays ne fe preffent point dans leurs jugemens. On dit que , fi la cour impériale devait un foufflet à quel-qu'un , il faudrait folliciter trois ans avant que d'en obtenir le payement. J'augure de-là que les affaires de la marquife ne fe termineront pas auffi vîte qu'elle le pourrait défirer.

Le vin d'Hongrie vous fuivra par-tout où vous irez. Il vous eft beaucoup plus convenable que le vin du Rhin , duquel je vous prie de ne point boire , parce qu'il eft fort mal-fain.

Ne m'oubliez pas , cher *Voltaire ;* et , fi votre fanté vous le permet , donnez-moi plus fouvent de vos nouvelles , de vos cenfures et de vos ouvrages. Vous m'avez fi bien accoutumé à vos productions , que je ne puis prefque plus revenir à celles des autres. Je

brûle d'impatience d'avoir la fin du *Siècle de Louis XIV ;* ———
cet ouvrage eft incomparable, mais gardez-vous bien 1739.
de le faire imprimer.

Je fuis avec toute l'eftime imaginable et l'amitié la
plus fincère,

Mon cher ami,

votre très-affectionné ami,

FÉDÉRIC.

# LETTRE LXXVIII.

## *DU PRINCE ROYAL.*

A Berlin, le 3 février.

MON CHER AMI,

Vous recevez mes ouvrages avec trop d'indulgence. Une prévention trop favorable à l'auteur,
vous fait excufer leur faibleffe et les fautes dont ils
fourmillent.

Je fuis comme le *Prométhée* de la fable ; je dérobe
quelquefois de votre feu divin dont j'anime mes
faibles productions. Mais la différence qu'il y a entre
cette fable et la vérité, c'eft que l'ame de *Voltaire*,
beaucoup plus grande et plus magnanime que celle
du roi des dieux, ne me condamne point au fupplice
que fouffrit l'auteur du célefte larcin. Ma fanté languiffante encore m'empêche d'exécuter les ouvrages
que je roulais dans ma tête, et le médecin, plus cruel
que la maladie même, me condamne à prendre jour-
nellement de l'exercice ; temps que je fuis obligé de
prendre fur mes heures d'étude.

Ces charlatans veulent m'interdire de m'inftruire ; bientôt ils voudront que je ne penfe plus. Mais, tout bien compté, j'aime mieux être malade de corps que d'efprit. Malheureufement l'efprit ne femble être que l'acceffoire du corps ; il eft dérangé en même temps que l'organifation de notre machine, et la matière ne faurait fouffrir fans que l'efprit ne s'en reffente également. Cette union fi étroite, cette liaifon intime, eft, ce me femble, une très-forte preuve du fentiment de *Locke.* Ce qui penfe en nous, eft affurément un effet ou un réfultat de la mécanique de notre machine animée. Tout homme fenfé, tout homme qui n'eft point imbu de prévention ou d'amour propre, doit en convenir.

Pour vous rendre compte de mes occupations, je vous dirai que j'ai fait quelques progrès en phyfique. J'ai vu toutes les expériences de la pompe pneumatique, et j'en ai indiqué deux nouvelles qui font : 1°. de mettre une montre ouverte dans la pompe, pour voir fi fon mouvement fera accéléré ou retardé, s'il reftera le même ou s'il ceffera. La feconde expérience regarde la vertu productrice de l'air. On prendra une portion de terre dans laquelle on plantera un pois, après quoi on l'enfermera dans le récipient ; on pompera l'air ; et je fuppofe que le pois ne croîtra point, parce que j'attribue à l'air cette vertu productrice et cette force qui développe les femences.

Pour vous, mon cher ami, vous m'êtes un être incompréhenfible. Je doute s'il y a un *Voltaire* dans le monde ; j'ai fait un fyftême pour nier fon exiftence. Non affurément, ce n'eft pas un homme qui fait le travail prodigieux qu'on attribue à M. de *Voltaire.* Il

y a à Cirey , une académie compofée de l'élite de
l'univers ; il y a des philofophes qui traduifent *Newton*,
il y a des poëtes héroïques , il y a des *Corneilles* ; il
y a des *Catulles*, il y a des *Thucydides ;* et l'ouvrage
de cette académie fe publie fous le nom de *Voltaire*,
comme l'action de toute une armée s'attribue au
chef qui la commande. La fable nous parle d'un
géant qui avait cent bras, vous avez mille génies.
Vous embraffez l'univers entier , comme *Atlas* qui le
portait.

Ce travail prodigieux me fait craindre , je l'avoue ;
n'oubliez point que, fi votre efprit eft immenfe, votre
corps eft très-fragile. Ayez quelque égard , je vous
prie , à l'attachement de vos amis, et ne rendez pas
votre champ aride , à force de le faire rapporter. La
vivacité de votre efprit mine votre fanté , et ce
travail exorbitant ufe trop vîte votre vie.

Puifque vous me promettez de m'envoyer les
endroits de la Henriade que vous avez retouchés , je
vous prie de m'envoyer la critique de ceux que vous
avez rayés.

J'ai le deffein de faire graver la Henriade (lorfque
vous m'aurez communiqué les changemens que vous
avez avez jugé à propos d'y faire) comme l'*Horace*
qu'on a gravé à Londres. *Knobelsdof* , qui deffine
très-bien, fera les deffins des eftampes ; l'on pourrait
y ajouter l'Ode à *Maupertuis* , les épitres morales , et
quelques-unes de vos pièces qui font difperfées en
différens endroits. Je vous prie de me dire votre
fentiment , et quelle ferait votre volonté.

Il eft indigne, il eft honteux pour la France, qu'on
vous perfécute impunément. Ceux qui font les

1739.

maîtres de la terre, doivent adminiftrer la juftice, récompenfer et foutenir la vertu contre l'oppreffion et la calomnie. Je fuis indigné de ce que perfonne ne s'oppofe à la fureur de vos ennemis. La nation devrait embraffer la querelle de celui qui ne travaille que pour la gloire de fa patrie, et qui eft prefque le feul homme qui faffe honneur à fon fiècle. Les perfonnes qui penfent jufte, méprifent le libelle diffamatoire qui paraît; elles ont en horreur ceux qui en font les abominables auteurs. Ces pièces ne fauraient attaquer votre réputation, ce font des traits impuiffans, des calomnies trop atroces, pour être crues fi légèrement.

J'ai fait écrire à *Thiriot* tout ce qui convient qu'il fache, et l'avis qu'on lui a donné touchant fa conduite fructifiera, à ce que j'efpère.

Vous favez que la marquife et moi, nous fommes vos meilleurs amis; chargez-nous, lorfque vous ferez attaqué, de prendre votre défenfe. Ce n'eft pas que nous nous en acquittions avec autant d'éloquence et de dignité que fi vous preniez ce foin vous-même. Mais tout ce que nous dirons pourra être plus fort, parce qu'un ami outré du tort qu'on fait à fon ami, peut dire beaucoup de chofes que la modération de l'offenfé doit fupprimer. Le public même eft plutôt ému par les plaintes d'un ami compatiffant qu'il n'eft attendri par l'oppreffé qui crie vengeance.

Je ne fuis point indifférent fur ce qui vous regarde, et je m'intéreffe avec zèle au repos de celui qui travaille fans relâche pour mon inftruction et pour mon agrément.

Je fuis avec tous les fentimens que vous infpirez à ———
ceux qui vous connaiffent,                                    1739.

votre très-fidèlement affectionné ami,

FÉDÉRIC.

Mes affurances d'eftime à la marquife.


# LETTRE LXXIX.

## DE M. DE VOLTAIRE.

A Cirey, le 15 de février.


MONSEIGNEUR,

J'AI reçu les étrennes. Je vous en ai donné en fujet,
et votre Alteffe royale m'en a donné en roi. Votre
lettre fans date, vos jolis vers,

> Quelque démon malicieux
> Se joue affurément du monde, &c.

ont diffipé tous les nuages qui fe répandaient fur le
ciel ferein de Cirey. Les peines viennent de Paris, et
les confolations viennent de Remusberg. Au nom
d'*Apollon*, notre maître, daignez me dire, Monfeigneur,
comment vous avez fait pour connaître fi parfaitement
des états de la vie qui femblent être fi éloignés de
votre fphère? avec quel microfcope les yeux de l'héritier d'une grande monarchie ont-ils pu démêler

toutes les nuances qui bigarrent la vie commune. Les princes ne favent rien de tout cela ; mais vous êtes homme autant que prince.

L'abbé *Alari* demandait un jour à notre roi per-miffion d'aller à la campagne pour quelques jours, et de partir fur le champ. Comment, dit le roi, eft-ce que votre carroffe à fix chevaux eft dans la cour ? Il croyait alors que tout le monde avait un carroffe à fix chevaux au moins.

Vous me feriez croire, Monfeigneur, à la métem-pfycofe. Il faut que votre ame ait été long-temps dans le corps de quelque particulier fort aimable, d'un *la Rochefoucauld* , d'un *la Bruyère.* Quelle peinture des riches accablés de leur bonheur infipide , des querelles et des chagrins qui en effet troublent les mariages les plus heureux en apparence ! mais quelle foule d'idées et d'images ! avec une petite lime de deux liards , que tout cet or-là ferait parfaitement travaillé ! Vous créez , et je ne fais plus que raboter ; c'eft ce qui fait que je n'ofe pas encore envoyer à votre Alteffe royale ma nouvelle tragédie : mais je prends la liberté de lui offrir un des petits morceaux que j'ai retouchés depuis peu dans la Henriade.

Madame la marquife *du Châtelet* vient de recevoir une lettre de votre Alteffe royale qui prouve bien que Remusberg va devenir une académie des fciences. Il faut, Monfeigneur, que j'aime bien la vérité pour convenir qu'*Emilie* fe trompe ; mais cette vérité l'emporte fur les rois et même fur les *Emilies.*

Je penfe que vous avez grande raifon, Monfeigneur, fur ce feu caufé par un vent d'oueft. Si les humains avaient attendu après *Borée* pour fe chauffer, ils auraient

*couru*

1739.

couru grand risque de mourir de froid. Les plus grands vents passant par les branches d'arbres y perdent beaucoup de leurs forces ; si ces branches sont sèches, elles tombent ; si elles sont vertes, leur froissement éternel ne produirait pas une étincelle. Le tonnerre a bien plus l'air d'avoir embrasé des forêts que le vent ; et les différens volcans dont la terre est pleine ont été nos premières fournaises.

Le mémoire d'ailleurs est plein de recherches curieuses et de pensées aussi hardies que philosophiques ; c'est le systême de *Boerhaave*, c'est celui de *Musschembroek*, c'est très-souvent celui de la nature. Notre académie a donné le prix à des gens dont l'un dit que le feu est un composé de bouteilles ( 1 ), et l'autre que c'est une machine de cylindre. Voilà le goût de notre nation ; ce qui tient au roman a la préférence sur la simple nature. Aussi ne donnerai-je point Mérope ; mais je vais donner une tragédie toute romanesque ; quand on est dans le pays d'*Arlequin*, il faut avoir un habit de toutes couleurs, avec un petit masque noir.

*Me si fata meis paterentur ducere vitam*
*Auspiciis, et sponte meâ componere curas!*

Si je vivais sous mon prince, je ne ferais pas de tels ouvrages ; je tâcherais de me conformer à sa façon mâle et vigoureuse de penser ; je ressusciterais mon feu mourant aux étincelles de son génie. Mais que

( 1 ) M. *Euler :* mais ce n'est pas à cette hypothèse de bouteilles, c'est à une fort belle formule pour la propagation du son, que l'académie donna le prix.

puis-je faire en France, malade, perfécuté, et toujours diftrait par la crainte qu'à la fin l'envie et la perfécution ne m'accablent? Le défert où je me fuis réfugié auprès de *Minerve*, qui a pris pour me protéger la figure de madame *du Châtelet*; ce défert, qui devrait être inacceffible aux perfécuteurs, n'a pu empêcher leur fureur d'y venir trouver un folitaire languiffant, qui ne vivait que pour votre Alteffe royale, pour *Emilie*, et pour l'étude.

Je fuis avec le plus profond refpect et le plus tendre attachement, &c.

## LETTRE LXXX.

### DE M. DE VOLTAIRE.

A Cirey, le 26 de février.

O nouvelle effroyable! ô trifteffe profonde!
Il était un héros nourri par les vertus,
L'efpérance, l'idole, et l'exemple du monde:
   Dieu! peut-être il n'eft plus.

Quel envieux démon, de nos malheurs avide,
Dans ces jours fortunés tranche un deftin fi beau!
A mes yeux égarés quelle affreufe Euménide
   Vient ouvrir ce tombeau!

Defcendez, accourez du haut de l'Empirée,
Dieu des arts, Dieu charmant, mon éternel appui,
Vertus qui préfidez à fon ame éclairée,
   Et que j'adore en lui.

Defcendez, refermez cette tombe entr'ouverte ;
Arrachez la victime aux deftins ennemis :
Votre gloire en dépend, fa mort eft votre perte :
    Confervez votre fils.

1739.

Jufqu'au trône enflammé de l'empire célefte
La Terre a fait monter ces douloureux accens :
Grand D I E U ! fi vous m'ôtez cet efpoir qui me refte,
    Sappez mes fondemens.

Vous le favez, grand D I E U ! languiffante, affaiblie
Sous le poids des forfaits, je gémis de tout temps ;
Fédéric me confole, il vous réconcilie
    Avec mes habitans.

Le Ciel entend la Terre, il exauce fes plaintes ;
Minerve, la Santé, les Grâces, les Amours
Revolent vers mon prince et diffipent nos craintes
    En affurant fes jours.

Rival de Marc-Aurèle, ame héroïque et tendre,
Ah ! fi je peux former le défir et l'efpoir
Que de mes jours encor le fil puiffe s'étendre,
    Ce n'eft que pour vous voir.

Je fuis né malheureux : la déteftable envie,
Le zèle impérieux des dangereux dévots,
Contre les jours ufés de ma mourante vie,
    Arment la main des fots.

Un lâche me trahit, un ingrat m'abandonne,
Il rompt de l'amitié le voile décevant :
Miférables humains, ma douleur vous pardonne ;
    Fédéric eft vivant.

Aa 2

Il les faut excuser , Monseigneur , ces vers sans esprit, que le cœur seul a dictés au milieu de la crainte où je suis encore de votre danger, dans le même temps que j'avais la joie d'apprendre votre résurrection de votre propre main.

Votre Altesse royale est donc comme le cigne du temps passé ; elle chante au bord du tombeau. Ah! Monseigneur , que vos vers m'ont rassuré ! On a bien de la vie quand l'esprit fait de ces choses - là après une crampe dans l'estomac. Mais , Monseigneur, que de bontés à la fois ! Je n'ai de protecteurs que vous et *Emilie.* Non - seulement votre Altesse royale daigne m'aimer , mais elle veut encore que les autres m'aiment. Eh, qu'importent les autres ! Après tout, je n'aurai pas la malheureuse faiblesse de rechercher le suffrage de *Vadius* , quand je suis honoré des bontés de *Fédéric;* mais le malheur est que la haine implacable des *Vadius* est souvent suivie de la persécution des *Séjans.*

Je suis en France parce que madame *du Châtelet* y est ; sans elle il y a long-temps qu'une retraite plus profonde me déroberait à la persécution et à l'envie. Je ne hais point mon pays ; je respecte et j'aime le gouvernement sous lequel je suis né ; mais je souhaiterais seulement pouvoir cultiver l'étude avec plus de tranquillité et moins de crainte.

Si l'abbé *Desfontaines* et ceux de sa trempe qui me persécutent, se contentaient de libelles diffamatoires, encore passe ; mais il n'y a point de ressorts qu'ils ne fassent jouer pour me perdre. Tantôt ils font courir des écrits scandaleux, et me les imputent ; tantôt des lettres anonymes aux ministres , des histoires forgées à plaisir par *Rousseau* , et consommées par *Desfontaines;*

de faux dévots se joignent à eux, et couvrent du zèle de la religion leur fureur de nuire. Tous les huit jours je suis dans la crainte de perdre la liberté ou la vie; et languissant dans une solitude, et dans l'impuissance de me défendre, je suis abandonné par ceux mêmes à qui j'ai fait le plus de bien, et qui pensent qu'il est de leur intérêt de me trahir. Du moins un coin de terre dans la Hollande, dans l'Angleterre, chez les Suisses, ou ailleurs, me mettrait à l'abri et conjurerait la tempête; mais une personne trop respectable a daigné attacher sa vie heureuse à des jours si malheureux : elle adoucit tous mes chagrins, quoiqu'elle ne puisse calmer mes craintes.

Tant que j'ai pu, Monseigneur, j'ai caché à votre Altesse royale la douleur de ma situation, malgré la bonté qu'elle avait elle-même d'en plaindre l'amertume : je voulais épargner à cette ame généreuse des idées si désagréables; je ne songeais qu'aux sciences qui font vos délices; j'oubliais l'auteur que vous daignez aimer; mais enfin ce serait trahir son protecteur de lui cacher sa situation. La voilà telle qu'elle est. *Horace* dit :

*Durum, sed levius fit patientiâ.*

et moi je dis :

*Durum, sed levius fit per Federicum.*

Votre Altesse royale promet encore sa protection pour les affaires que madame *du Châtelet* doit discuter vers les confins de votre souveraineté. Elle vous en remercie, Monseigneur; il n'y a qu'elle qui puisse exprimer le prix de vos bienfaits. Sera-t-il possible que votre Alteſſe royale ſoit en Pruſſe quand nous ferons près de Clèves ? J'eſpère au moins que nous y ferons ſi long-temps qu'enfin nous y verrons *ſalutare meum.*

Je ſuis avec un profond reſpect, &c.

# LETTRE LXXXI.

## *DE M. DE VOLTAIRE.*

28 février.

MONSEIGNEUR,

JE reçois la lettre de votre Alteſſe royale du 3 février, et je lui réponds par la même voie; nous avons ſur le champ répété l'expérience de la montre dans le récipient : la privation d'air n'a rien changé au mouvement qui dépend du reſſort. La montre eſt actuellement ſous la cloche ; je crois m'apercevoir que le balancier a pu aller peut - être un peu plus vîte, étant plus libre dans le vide ; mais cette accélération eſt très-peu de choſe, et dépend probablement de la nature de la montre. Quant au reſſort, il eſt évident, par l'expérience, que l'air n'y contribue en rien ; et pour la matière ſubtile de *Deſcartes*, je ſuis ſon très-humble ſerviteur. Si cette matière, ſi ce torrent de tourbillons va dans un ſens, comment les reſſorts qu'elle produirait pourraient-ils s'opérer de tous les ſens ? Et puis, qu'eſt-ce que c'eſt que des tourbillons ?

Mais que m'importe la machine pneumatique ? c'eſt votre machine, Monſeigneur, qui m'importe ;

c'eſt la ſanté du corps aimable, qui loge une ſi belle ame. Quoi ! je ſuis donc réduit à dire à votre Alteſſe royale ce qu'elle m'a ſi ſouvent daigné dire ; conſervez-vous ; travaillez moins. Vous le diſiez, Monſeigneur, à un homme dont la conſervation eſt inutile au monde ; et moi je le dis à celui dont le bonheur des hommes doit dépendre. Eſt-il poſſible, Monſeigneur, que votre accident ait eu de telles ſuites ? J'ai eu l'honneur d'écrire à votre Alteſſe royale, par M. *Pletz;* j'ai écrit auſſi en droiture ; hélas ! je ne puis être au nombre de ceux qui veillent auprès de votre perſonne. *Niſus* et *Euryalus* amuſeront peut-être plus votre convaleſcence que ne feraient des calculs. Je ne m'étonne pas que le héros de l'amitié ait choiſi un tel ſujet ; j'en attends les premières ſcènes avec impatience. *Scipion*, *Céſar*, *Auguſte* firent des tragédies, *cur non Federicus?*

Votre Alteſſe royale me fait trop d'honneur ; elle oppoſe trop de bonté à mes malheurs ; j'ai fait tant de changemens à la Henriade, que je ſuis obligé de lui envoyer l'ouvrage tout entier, avec les corrections. Si elle ordonne la voie par laquelle il faut lui faire tenir l'ouvrage qu'elle protége, elle ſera obéie. Je ſuis trop heureux, malgré mes ennemis ; je la remercie mille fois ; et tout ce que vous daignez me dire pénètre mon cœur. Que je bavarderais, ſi ma déplorable ſanté me permettait d'écrire davantage. Je ſuis à vos pieds, Monſeigneur ; je ne reſpire guère ; mais c'eſt pour *Emilie* et pour mon dieu tutélaire.

Je ſuis avec le plus profond reſpect et la plus tendre reconnaiſſance, &c.

Aa 4

# LETTRE LXXXII.

## DU PRINCE ROYAL.

A Remusberg, le 8 de mars.

MON CHER AMI,

1739.

DEPUIS la dernière lettre que je vous ai écrite, ma santé a été si languissante, que je n'ai pu travailler à quoi que ce pût être. L'oisiveté m'est un poids beaucoup plus insupportable que le travail et que la maladie. Mais nous ne sommes formés que d'un peu d'argile, et il serait ridicule au suprême degré d'exiger beaucoup de santé d'une machine qui doit, par sa nature, se détraquer souvent, et qui est obligée de s'user pour périr enfin.

Je vois, par votre lettre, que vous êtes en bon train de corriger vos ouvrages. Je regrette beaucoup que quelques grains de cette sage critique ne soient pas tombés sur la pièce que je vous ai adressée. Je ne l'aurais point exposée au soleil, si ce n'avait été dans l'intention qu'il la purifiât. Je n'attends point de louanges de Cirey, elles ne me sont point dues ; je n'attends de vous que des avis et de sages conseils. Vous me les devez assurément, et je vous prie de ne point ménager mon amour propre.

J'ai lu avec un plaisir infini le morceau de la Henriade que vous avez corrigé. Il est beau, il est superbe. Je voudrais bien, indépendamment de cela, avoir fait celui que vous retranchez. Je suis destiné, je

crois, à fentir plus vivement que les autres les
béautés dont vous ornez vos ouvrages : ces beaux
vers que je viens de lire m'ont animé de nouveau
du feu d'*Apollon*. Telle eft la force de votre génie,
qu'il fe communique à plus de deux cents lieues.
Je vais monter mon luth pour former de nouveaux
accords.

Il n'y a point lieu de douter que vous réuffirez
dans la nouvelle tragédie que vous travaillez. Lorfque
vous parlez de la gloire, on croit en entendre difcourir *Jules Céfar*. Parlez-vous de l'humanité? c'eft
la nature qui s'explique par votre organe. S'agit-il
d'amour? on croit entendre le tendre *Anacréon* ou le
chantre divin qui foupira pour *Lesbie*. En un mot
il ne vous faut que cette tranquillité d'ame que je
vous fouhaite de tout mon cœur, pour réuffir et pour
produire des merveilles en tout genre.

Il n'eft point étonnant que l'académie royale ait
préféré quelque mauvais ouvrage de phyfique à l'excellent effai de la marquife. Combien d'impertinences
ne fe font pas dites en philofophie? De quelles
abfurdités l'efprit humain ne s'eft-il point avifé dans
les écoles? Quel paradoxe refte-t-il à débiter qu'on
n'ait point foutenu? Les hommes ont toujours
penché vers le faux : je ne fais par quelle bizarrerie
la vérité les a toujours moins frappés. La prévention,
les préjugés, l'amour propre, l'efprit fuperficiel feront,
je crois, pendant tous les fiècles, les ennemis qui
s'oppoferont aux progrès des fciences; et il eft bien
naturel que des favans de profeffion aient quelque
peine à recevoir les lois d'une jeune et aimable dame
qu'ils reconnaîtraient tous pour l'objet de leur admi-

—— ration dans l'empire des grâces, mais qu'ils ne veulent point reconnaître pour l'exemple de leurs études dans l'empire des fciences. Vous rendez un hommage vraiment philofophique à la vérité : ces intérêts, ces raifons petites ou grandes, ces nuages épais qui obfcurciffent pour l'ordinaire l'œil du vulgaire, ne peuvent rien fur vous.

Il ferait à fouhaiter que les hommes fuffent tous au-deffus des corruptions de l'erreur et du menfonge; que le vrai et le bon goût ferviffent généralement de règles dans les ouvrages férieux, et dans les ouvrages d'efprit. Mais combien de favans font capables de facrifier à la vérité les préjugés de l'étude et le prix de la beauté, et les ménagemens de l'amitié ? Il faut une ame forte pour vaincre d'auffi puiffantes oppo-fitions. Les vents font très-bien, comme vous en convenez, dans la caverne d'*Eole*, d'où je crois qu'il ne faut les tirer que pour caufe.

J'ai été vivement touché des perfécutions qu'on vous a fufcitées : ce font des tempêtes qui ôtent pour un temps le calme à l'Océan, et je fouhaiterais bien d'être le Neptune de l'Enéide, afin de vous procurer la tranquillité que je vous fouhaite très-fincèrement. Souffrez que je vous rappelle ces deux beaux vers de l'*Epître à Emilie*, où vous vous faites fi bien votre leçon :

> *Tranquille au haut des cieux que Newton s'eft foumis,*
> *Il ignore en effet s'il a des ennemis.*

Laiffez au-deffous de vous, croyez-moi, cet effaim méprifable et abject d'ennemis auffi furieux qu'im-puiffans. Votre mérite, votre réputation vous fervent d'égide. C'est en vain que l'envie vous pourfuivra ; fes traits s'émousferont et fe briferont tous contre l'auteur de la Henriade , en un mot, contre *Voltaire*. De plus, fi le desfein de vos ennemis eft de vous nuire, vous n'avez pas lieu de les redouter; car ils n'y parviendront jamais; et s'ils cherchent à vous chagriner, comme cela paraît plus apparent, vous ferez très-mal de leur donner cette fatisfaction. Perfuadé de votre mérite, enveloppé de votre vertu, vous devez jouir de cette paix douce et heureufe qui eft ce qu'il y a de plus défirable en ce monde. Je vous prie d'en prendre la réfolution. Je m'y intéresfe par amitié pour vous, et par cet intérêt que je prends à votre fanté et à votre vie.

Mandez-moi, je vous prie, où, par qui, et comment je dois faire parvenir ce que je vous deftine et à la marquife. Tout eft emballé; agisfez rondement, et mandez-moi, comme je le fouhaite, ce que vous trouvez de plus expédient.

La marquife me demande fi j'ai reçu l'extrait de *Newton*, qu'elle a fait. J'ai oublié de lui répondre fur cet article. Dites-lui, je vous prie, que *Thiriot* me l'avait envoyé, et qu'il m'a charmé comme tout ce qui vient d'elle. En vérité elle en fait trop ; elle veut nous dérober à nous autres hommes tous les avantages dont notre fexe eft privilégié. Je tremble que, fi elle fe mêle de commander des armées, elle ne fasfe rougir les cendres des *Condés* et des *Turennes*. Oppofez-vous à des progrès qui nous en font encore envifager d'autres dans l'éloignement, et faites du moins qu'une forte de gloire nous refte.

*Céfarion*, qui me tient compagnie, vous asfure

mille fois de son amitié; il ne se passe point de jour que nous ne nous entretenions sur votre sujet.

Je suis rempli de projets; pour peu que ma santé revienne, vous serez inondé de mes ouvrages à Cirey, comme le fut l'Italie par l'invasion des Goths. Je vous prie d'être toujours mon juge et non pas mon panégyriste. Je suis avec l'estime la plus fervente,.

Mon cher ami ,

votre très-fidèlement affectionné ami,

FÉDÉRIC.

# LETTRE LXXXIII.

## DU PRINCE ROYAL.

A Remusberg , le 22 de mars,

MON CHER AMI,

JE me suis trop pressé de vous découvrir mes projets de physique. Il faut l'avouer, ce trait sent bien le jeune homme qui , pour avoir pris une légère teinture de physique , se mêle de proposer des problêmes aux maîtres de l'art. Passez cependant à un ignorant de vous faire une petite objection sur ce vide que vous supposez entre le soleil et nous.

Il me semble que dans le traité de la lumière, *Newton* dit que les rayons du soleil sont de la matière, et qu'ainsi il fallait qu'il y eût un vide, afin que ces rayons puissent parvenir à nous en si peu de temps. Or , comme ces rayons sont matériels, et qu'ils occupent cet espace immense, tout cet intervalle se trouve donc rempli de cette matière lumineuse; ainsi il n'y a point de vide, et la matière subtile de *Descartes*, ou l'éther, comme il vous plaira de la nommer, est remplacée par votre lumière. Que devient donc le vide? Après ceci, n'attendez plus de moi un seul mot de physique.

Je suis un volontaire en fait de philosophie; je suis très-persuadé que nous ne découvrirons jamais les secrets de la nature; et restant neutre entre les sectes, je peux les regarder sans prévention, et m'amuser à leurs dépens.

Je ne regarde point avec la même indifférence ce qui concerne la morale; c'est la partie la plus nécessaire de la philosophie, et qui contribue le plus au bonheur des hommes. Je vous prie de vouloir corriger la pièce que je vous envoie *sur la tranquillité;* ma santé ne m'a pas permis de faire grand'chose. J'ai, en attendant, ébauché cet ouvrage. Ce sont des idées croquées que la main d'un habile peintre devrait mettre en exécution.

J'attends le retour de mes forces pour commencer ma tragédie; je ferai ce que je pourrai pour réussir. Mais je sens bien que la pièce toute achevée ne sera bonne qu'à servir de papillotes à la marquise.

Je médite un ouvrage sur le prince de *Machiavel;* tout cela roule encore dans ma tête, et il faudra le secours de quelque divinité pour débrouiller ce chaos.

J'attends avec impatience la Henriade; mais je vous demande instamment de m'envoyer la critique des endroits que vous retranchez. Il n'y aurait rien de plus instructif ni de plus capable de former le goût

—— que ces remarques. Servez-vous , s'il vous plaît, de la voie de *Michelet* pour me faire tenir vos lettres; c'eſt la meilleure de toutes.

Mandez-moi , je vous prie, des nouvelles de votre ſanté; j'appréhende beaucoup que ces perſécutions et ces affaires continuelles qu'on vous fait, ne l'altèrent plus qu'elle ne l'eſt déjà. Je ſuis avec bien de l'eſtime,

Mon cher ami,

votre très-affectionné et fidèle ami,

FÉDÉRIC.

# LETTRE LXXXIV.

## *DU PRINCE ROYAL.*

A Remusberg, le 15 d'avril.

J'AI été ſenſiblement attendri du récit touchant que vous me faites de votre déplorable ſituation. Un ami à la diſtance de quelques centaines de lieues, paraît un homme aſſez inutile dans le monde; mais je prétends faire un petit eſſai en votre faveur, dont j'eſpère que vous retirerez quelque utilité. Ah! mon cher *Voltaire*, que ne puis-je vous offrir un aſile, où aſſurément vous n'auriez rien de ſemblable à ſouffrir que le font les chagrins que vous donne votre ingrate patrie. Vous ne trouveriez chez moi ni envieux, ni calomniateurs, ni ingrats; on ſaurait rendre juſtice à vos mérites, et diſtinguer parmi les hommes ce que la nature a ſi fort diſtingué parmi ſes ouvrages.

Je voudrais pouvoir foulager l'amertume de votre
condition ; et je vous affure que je penfe aux moyens
de vous fervir efficacement. Confolez - vous toujours de votre mieux , mon cher ami , et penfez
que pour établir une égalité de conditions parmi
tous les hommes, il vous fallait des revers capables
de balancer les avantages de votre génie, de vos
talens, et de l'amitié de la marquife.

C'eft dans des occafions femblables qu'il nous faut
tirer de la philofophie des fecours capables de modérer les premiers tranfports de douleur, et de calmer
les mouvemens impétueux que le chagrin excite dans
nos ames. Je fais que ces confeils ne coûtent rien à
donner, et que la pratique en eft prefque impoffible ;
je fais que la force de votre génie eft fuffifante pour
s'oppofer à vos calamités. Mais on ne laiffe point que
de tirer des confolations du courage que nous infpirent nos amis.

Vos adverfaires font d'ailleurs des gens fi méprifables, qu'affurément vous ne devez pas craindre qu'ils
puiffent ternir votre réputation. Les dents de l'envie
s'émoufferont toutes les fois qu'elles voudront vous
mordre. Il n'y a qu'à lire fans partialité les écrits
et les calomnies qu'on sème fur votre fujet pour en
connaître la malice et l'infamie. Soyez en repos, mon
cher *Voltaire*, et attendez que vous puiffiez goûter
les fruits de mes foins.

J'efpère que l'air de Flandre vous fera oublier vos
peines, comme les eaux du Léthé en effaçaient le
fouvenir chez les ombres.

J'attends de vos nouvelles pour favoir quand il
ferait agréable à la marquife que je lui envoyaffe une

lettre pour le duc d'*Aremberg*. Mon vin d'Hongrie et l'ambre languiffent de partir : j'enverrai le tout à Bruxelles, lorfque je vous y faurai arrivé.

Ayez la bonté de m'adreffer les lettres que vous m'écrirez de Cirey par le marchand *Michelet ;* c'eft la voie la plus courte. Mais fi vous m'écrivez de Bruxelles, que ce foit fous l'adreffe du général *Bork* à Vefel. Vous vous étonnerez de ce que j'ai été fi long-temps fans vous répondre ; mais vous débrouillerez facilement ce myftère quand vous faurez qu'une abfence de quinze jours m'a empêché de recevoir votre lettre qui m'attendait ici.

Je vous prie de ne jamais douter des fentimens d'amitié et d'eftime avec lefquels je fuis,

votre très-fidèle ami,

FÉDÉRIC.

# LETTRE LXXXV.

## DE M. DE VOLTAIRE.

A Cirey, le 15 d'avril.

MONSEIGNEUR,

EN attendant votre *Nifus* et *Euryale*, votre Alteffe royale effaye toujours très-bien fes forces dans fes nobles amufemens. Votre ftyle français eft parvenu à un point d'exactitude et d'élégance, que j'imagine que vous êtes né dans le Verfailles de *Louis XIV*, que *Boffuet* et *Fénélon* ont été vos maîtres d'école, et madame de *Sévigné* votre nourrice. Si vous voulez

cependant

cependant vous affervir à nos miférables règles de verfification, j'aurai l'honneur de dire à votre Alteffe royale qu'on évite autant qu'on le peut chez nos timides écrivains de fe fervir du mot *croient* en poëfie; parce que fi on le fait de deux fyllabes, il réfulte une prononciation qui n'eft pas françaife, comme fi on prononçait *croyint;* et fi on le fait d'une fyllabe, elle eft trop longue. Ainfi au lieu de dire:

*Ils croient réformer, ftupides téméraires, &c.*

les Apollons de Remusberg diront tout auffi aifément:

*Ils penfent réformer, ftupides téméraires.*

Ce qui me charme infiniment, c'eft que je vois toujours, Monfeigneur, un fond inépuifable de philofophie dans vos moindres amufemens.

Quant à cette autre philofophie plus incertaine qu'on nomme phyfique, elle entrera, fans doute, dans votre fanctuaire, et vos objections font déjà des inftructions.

Il faut bien que les rayons de lumière foient de la matière, puifqu'on les divife, puifqu'ils échauffent, qu'ils brûlent, qu'ils vont et viennent, puifqu'ils pouffent un reffort de montre expofé près du foyer de verre du prince de Heffe. Mais fi c'eft une matière précifément comme celle dont nous avons trois ou quatre notions, fi elle en a toutes les propriétés; c'eft fur quoi nous n'avons que des conjectures affez vraifemblables.

A l'égard de l'efpace que rempliffent les rayons du foleil, ils font fi loin de compofer un plein abfolu

*Correfp. du roi de P... &c.* Tome I. Bb

—— dans le chemin qu'ils traverfent, que la matière qui fort du foleil en un an ne contient peut-être pas deux pieds cubes, et ne pèfe peut-être pas deux onces.

Le fait eft que *Roëmer* a très-bien démontré, malgré les *Maraldi*, que la lumière vient du foleil à nous en fept minutes et demie ; et d'un autre côté *Newton* a démontré qu'un corps qui fe meut dans un fluide de même denfité que lui, perd la moitié de fa vîteffe, après avoir parcouru trois fois fon diamètre ; et bien-tôt perd toute fa vîteffe. Donc il réfulte que la lumière, en pénétrant un fluide plus denfe qu'elle, perdrait fa vîteffe beaucoup plus vîte, et n'arriverait jamais à nous ; donc elle ne vient qu'à travers l'efpace le plus libre.

De plus, *Bradley* a découvert que la lumière qui vient de Sirius à nous, n'eft pas plus retardée dans fon cours que celle du foleil. Si cela ne prouve pas un efpace vide, je ne fais pas ce qui le prouvera.

Votre idée, Monfeigneur, de réfuter *Machiavel* eft bien plus digne d'un prince tel que vous que de réfuter de fimples philofophes : c'eft la connaiffance de l'homme, ce font fes devoirs qui font votre étude principale ; c'eft à un prince comme vous à inftruire les princes. J'oferais fupplier, avec la dernière inftance, votre Alteffe royale de s'attacher à ce beau deffein et de l'exécuter.

Cette bonté que vous confervez, Monfeigneur, pour la Henriade ne vient, fans doute, que des idées très-oppofées au machiavélifme que vous y avez trouvées. Vous avez daigné aimer un auteur égale-ment ennemi de la tyrannie et de la rebellion. Votre Alteffe royale eft encore affez bonne pour m'ordonner de lui rendre compte des changemens que j'ai faits. ——

J'obéis.

1°. Le changement le plus considérable est celui du combat de d'*Ailly* contre son fils. Il m'a paru que cette aventure, touchante par elle-même, n'avait pas une juste étendue, qu'on n'émeut point les cœurs en ne montrant les objets qu'en passant. J'ai tâché de suivre le bel exemple que *Virgile* donne dans *Nisus* et *Euryale* : il faut, je crois, présenter les personnages assez long-temps aux yeux pour qu'on ait le temps de s'y attacher. J'aime les images rapides ; mais j'aime à me reposer quelque temps sur des choses attendrissantes.

Le second changement le plus important est au dixième chant. Le combat de *Turenne* et d'*Aumale* me semblait encore trop précipité. J'avais évité la grande difficulté qui consiste à peindre les détails ; j'ai lutté depuis contre cette difficulté, et voici les vers :

O Dieu ! cria Turenne, arbitre de mon roi, &c.

Je suis, je crois, Monseigneur, le premier poëte qui ait tiré une comparaison de la réfraction de la lumière, et le premier français qui ait peint des coups d'escrime portés, parés et détournés.

*In tenui labor, at tenuis non gloria, si quem
Numina læva sinunt, auditque vocatus Apollo.*

*Numina læva*, ce sont ceux qui me persécutent ; et *vocatus Apollo*, c'est mon protecteur de Remusberg.

Pour achever d'obéir à mon *Apollon*, je lui dirai encore que j'ai retranché ces quatre vers qui terminent le premier chant :

Sur-tout, en écoutant ces triftes aventures,
Pardonnez, grande reine, à des vérités dures
Qu'un autre eût pu vous taire, ou faurait mieux voiler,
Mais que Bourbon jamais n'a pu diffimuler.

Comme ces vérités dures dont parle *Henri IV* ne regardent point la reine *Elifabeth*, mais des rois qu'*Elifabeth* n'aimait point, il eft clair qu'il n'en doit point d'excufes à cette reine ; et c'eft une faute que j'ai laiffé fubfifter trop long-temps. Je mets donc à fa place :

Un autre, en vous parlant, pourrait avec adreffe, &c.

Voici, au fixième chant, une petite addition ; c'eft quand *Potier* demande audience :

Il élève la voix ; on murmure, on s'empreffe, &c.

J'ai cru que ces images étaient convenables au poëme épique : *ut pictura poëfis erit.*

Au feptième chant, en parlant de l'enfer, j'ajoute :

Etes-vous en ces lieux, faibles et tendres cœurs,
Qui, livrés aux plaifirs, et couchés fur des fleurs,
Sans fiel et fans fierté couliez dans la pareffe
Vos inutiles jours filés par la molleffe ?
Avec les fcélérats feriez-vous confondus,
Vous, mortels bienfefans, vous, amis des vertus,

Qui, par un feul moment de doute ou de faibleffe,
Avez féché les fruits de trente ans de fageffe ?

Voilà de quoi infpirer peut-être, Monfeigneur, un peu de pitié pour les pauvres damnés, parmi lefquels il y a de fi honnêtes gens. Mais le changement le plus effentiel à mon poëme, c'eft une invocation qui doit être placée immédiatement après celle que j'ai faite à une déeffe étrangère, nommée *la Vérité*. A qui dois-je m'adreffer, fi ce n'eft à fon favori, à un prince qui l'aime et qui la fait aimer, à un prince qui m'eft auffi cher qu'elle, et auffi rare dans le monde ? C'eft donc ainfi que je parle à cet homme adorable, au commencement de la Henriade :

Et toi, jeune héros, toujours conduit par elle,
Difciple de Trajan, rival de Marc-Aurèle,
Citoyen fur le trône, et l'exemple du Nord,
Sois mon plus cher appui, fois mon plus grand fupport :
Laiffe les autres rois, ces faux Dieux de la terre,
Porter de toutes parts ou la fraude ou la guerre :
De leurs fauffes vertus laiffe-les s'honorer ;
Ils défolent le monde, et tu dois l'éclairer.

Je demande en grâce à votre Alteffe royale, je lui demande à genoux de fouffrir que ces vers foient imprimés dans la belle édition qu'elle ordonne qu'on faffe de la Henriade. Pourquoi me défendrait-elle, à moi, qui n'écris que pour la vérité, de dire celle qui m'eft la plus précieufe ?

Je compte envoyer à votre Alteffe royale de quoi l'amufer, dès que je ferai aux Pays-Bas. Je n'ai pas laiffé de faire de la befogne, malgré mes maladies ; *Apollon-Remus* et *Emilie* me foutiennent. Madame *du Châtelet* ne fait encore ni comment remercier votre Alteffe royale, ni comment donner une adreffe pour ce bon vin d'Hongrie. Nous comptons partir au commencement de mai ; j'aurai l'honneur d'écrire à votre Alteffe royale dès que nous nous ferons un peu orientés.

Comme il faut rendre compte de tout à fon maître, il y a apparence qu'au retour des Pays-Bas nous fongerons à nous fixer à Paris. Madame *du Châtelet* vient d'acheter une maifon bâtie par un des plus grands architectes de France, et peinte par *le Brun* et par *le Sueur* (*) ; c'eft une maifon faite pour un fouverain qui ferait philofophe ; elle eft heureufement dans un quartier de Paris qui eft éloigné de tout ; c'eft ce qui fait qu'on a eu pour deux cents mille francs ce qui a coûté deux millions à bâtir et à orner ; je la regarde comme une feconde retraite, comme un fecond Cirey. Croyez, Monfeigneur, que les larmes coulent de mes yeux quand je fonge que tout cela n'eft pas dans les Etats de *Marc-Aurèle-Fédéric*. La nature s'eft bien trompée en me fefant naître bourgeois de Paris. Mon corps feul y fera ; mon ame ne fera jamais qu'auprès d'*Emilie* et de l'adorable prince dont je ferai à jamais, avec le plus profond refpect, et, fi fon Alteffe royale le permet, avec tendreffe, &c.

(*) L'hôtel Lambert.

# LETTRE LXXXVI.

## DE M. DE VOLTAIRE.

A Cirey, le 25 d'avril.

MONSEIGNEUR,

J'AI donc l'honneur d'envoyer à votre Alteſſe royale la lie de mon vin. Voici les corrections d'un ouvrage qui ne ſera jamais digne de la protection ſingulière dont vous l'honorez. J'ai fait au moins tout ce que j'ai pu ; votre auguſte nom fera le reſte. Permettez encore une fois, Monſeigneur, que le nom du plus éclairé, du plus généreux, du plus aimable de tous les princes, répande ſur cet ouvrage un éclat qui embelliſſe juſqu'aux défauts mêmes ; ſouffrez ce témoignage de mon tendre reſpect, il ne pourra point être ſoupçonné de flatterie. Voilà la ſeule eſpèce d'hommages que le public approuve. Je ne ſuis ici que l'interprète de tous ceux qui connaiſſent votre génie. Tous ſavent que j'en dirais autant de vous, ſi vous n'étiez pas l'héritier d'une monarchie.

J'ai dédié Zaïre à un ſimple négociant ; je ne cherchais en lui que l'homme. Il était mon ami, et j'honorais ſa vertu. J'oſe dédier la Henriade à un eſprit ſupérieur. Quoiqu'il ſoit prince, j'aime plus encore ſon génie que je ne révère ſon rang.

Enfin, Monſeigneur, nous partons inceſſamment, et j'aurai l'honneur de demander les ordres de votre

1739.

—— 1739.

Alteſſe royale dès que la chicane qui nous conduit, nous aura laiſſé une habitation fixe. Madame *du Châtelet* va plaider pour de petites terres, tandis que probablement vous plaiderez pour de plus grandes, les armes à la main. Ces terres font bien voiſines du théâtre de la guerre que je crains.

*Mantua væ miſeræ nimiùm vicina Cremonæ!*

Je me flatte qu'une branche de vos lauriers miſe ſur la porte du château de Beringhen, le ſauvera de la deſtruction. Vos grands grenadiers ne me feront point de mal, quand je leur montrerai de vos lettres. Je leur dirai : *non hîc in prælia veni.* Ils entendent *Virgile*, ſans doute, et s'ils voulaient piller, je leur crierais : *barbarus has ſegetes !* Ils s'enfuiraient alors pour la première fois. Je voudrais bien voir qu'un régiment pruſſien m'arrêtât ! Meſſieurs, dirais-je, ſavez-vous bien que votre prince fait graver ma Henriade, et que j'appartiens à *Emilie.* Le colonel me prierait à ſouper, mais par malheur je ne ſoupe point.

Un jour je fus pris pour un eſpion par les ſoldats du régiment de Conti ; le prince leur colonel vint à paſſer, et me pria à ſouper au lieu de me faire pendre. Mais actuellement, Monſeigneur, j'ai toujours peur que les puiſſances ne me faſſent pendre au lieu de boire avec moi. Autrefois le cardinal de *Fleuri* m'aimait, quand je le voyais chez madame la maréchale de *Villars; altri tempi, altre cure.* Actuellement c'eſt la mode de me perſécuter, et je ne conçois pas comment j'ai pu gliſſer quelques plaiſanteries dans cette lettre, au milieu des vexations qui accablent mon ame et des perpétuelles ſouffrances qui détruiſent mon corps.

Mais votre portrait, que je regarde, me dit toujours:
*Macte animo.* 1739.

> *Durum , fed levius fit patientiâ ,*
> *Quidquid corrigere eft nefas.*

J'ofe exhorter toujours votre grand génie à honorer *Virgile* dans *Nifus* et dans *Euryalus* , et à confondre *Machiavel*. C'eft à vous à faire l'éloge de l'amitié. C'eft à vous de détruire l'infame politique qui érige le crime en vertu. Le mot politique fignifie , dans fon origine primitive, *citoyen* , et aujourd'hui, grâce à notre perverfité, il fignifie *trompeur de citoyens*. Rendez-lui , Monfeigneur, fa vraie fignification. Faites con-naître, faites aimer la vertu aux hommes.

Je travaille à finir un ouvrage que j'aurai l'honneur d'envoyer à votre Alteffe royale dès que j'aurai repofé ma tête. Votre Alteffe royale ne manquera pas de mes frivoles productions, et tant qu'elles l'amuferont, je fuis à fes ordres.

Madame la marquife *du Châtelet* joint toujours fes hommages aux miens.

Je fuis avec le plus profond refpect et la plus grande vénération ,

Monfeigneur , &c.

# LETTRE LXXXVII.

## *DU PRINCE ROYAL.*

A Rupin, le 16 de mai.

MON CHER AMI;

1739. ——— J'AI reçu deux de vos lettres prefque en même-temps, et fur le point de mon départ pour Berlin, de façon que je ne puis répondre qu'en gros à toutes les deux.

Je vous ai une obligation infinie de ce que vous m'avez communiqué les changemens que vous avez faits à la Henriade. Il n'y a que vous qui foyez fupérieur à vous-même ; tous les changemens que je viens de lire font très-bons , et je ne ceffe de m'étonner de la force que la langue françaife prend dans vos ouvrages. Si *Virgile* fût né citoyen de Paris, il n'aurait pu rien faire d'approchant du *combat de Turenne*. Il y a un feu dans cette defcription qui m'enlève. Avouez-nous la vérité : vous y fûtes préfent à ce combat, vous l'avez vu de vos yeux, et vous avez écrit fur vos tablettes chaque coup d'épée porté, reçu et paré : vous avez noté chacun des geftes des champions, et par cette force fupérieure qu'ont les grands génies, vous avez lu dans leurs cœurs tout ce que penfaient ces vaillans combattans.

*Le Carache* n'eût pas mieux deffiné les attitudes difficiles de ce duel ; et *le Brun*, avec tout fon coloris, n'aurait affurément rien fait de femblable au petit portrait de la réfraction que fait l'aimable, le cher poëte philofophe.

L'endroit ajouté au chant feptième eft encore admirable et très-propre à occuper une place dans l'édition que je fais préparer de la Henriade. Mais, mon cher *Voltaire*, ménagez la race des bigots, et craignez vos perfécuteurs; ce feul article eft capable de vous faire des affaires de nouveau ; il n'y a rien de plus cruel que d'être foupçonné d'irréligion. On a beau faire tous les efforts imaginables pour fortir de ce blâme, cette accufation dure toujours; j'en parle par expérience, et je m'aperçois qu'il faut être d'une circonfpection extrême fur un article dont les fots font un point principal.

Vos vers font conformes à la raifon, ils doivent ainfi l'être à la vérité; et c'eft juftement pourquoi les idiots et les ftupides s'en formaliferont. Ne les communiquez donc point à votre ingrate patrie; traitez-la comme le foleil traite les Lapons. Que la vérité et la beauté de vos productions ne brillent donc que dans un endroit où l'auteur eft eftimé et vénéré, dans un pays enfin où il eft permis de ne point être ftupide, où l'on ofe penfer et où l'on ofe tout dire.

Vous voyez bien que je parle de l'Angleterre. C'eft-là que j'ai trouvé convenable de faire graver la Henriade. Je ferai l'avant-propos, que je vous communiquerai avant que de le faire imprimer. *Pine* compofera les tailles-douces, et *Knobeldorf* les vignettes. On ne faurait affez honorer cet ouvrage, et on n'en peut affez eftimer l'auteur refpectable. La poftérité m'aura l'obligation de la Henriade gravée, comme nous l'avons à ceux qui nous ont confervé l'Enéide, ou les ouvrages de *Phidias* et de *Praxitèle.*

Vous voulez donc que mon nom entre dans vos. ouvrages. Vous faites comme le prophète *Elie* qui, montant au ciel, à ce qu'en dit l'hiftoire, abandonna fon manteau au prophète *Elifée.* Vous voulez me faire participer à votre gloire. Mon nom fera comme ces cabanes qui fe trouvent placées dans de belles fituations ; on les fréquente à caufe des payfages qui les environnent.

Après avoir parlé de la Henriade et de fon auteur, il faudrait s'arrêter, et ne point parler d'autres ouvrages ; je dois cependant vous tenir compte de mes occupations.

C'eft actuellement *Machiavel* qui me fournit de la befogne. Je travaille aux notes fur fon *Prince*, et j'ai déjà commencé un ouvrage qui réfutera entièrement fes maximes, par l'oppofition qui fe trouve entre elles et la vertu, auffi-bien qu'avec les véritables intérêts des princes. Il ne fuffit point de montrer la vertu aux hommes, il faut encore faire agir les refforts de l'intérêt, fans quoi il y en a très-peu qui foient portés à fuivre la droite raifon.

Je ne faurais vous dire le temps où je pourrai avoir rempli cette tâche, car beaucoup de diffipations me viendront à préfent diftraire de l'ouvrage. J'efpère cependant, fi ma fanté le permet, et fi mes autres occupations le fouffrent, que je pourrai vous envoyer le manufcrit d'ici à trois mois. *Nifus* et *Euryale* attendront, s'il leur plaît, que *Machiavel* foit expédié. Je ne vas que l'allure de ces pauvres mortels qui cheminent tout doucement, et mes bras n'embraſſent que peu de matière.

Ne vous imaginez pas, je vous prie, que tout le monde ait cent bras comme *Voltaire-Briarée* : un de ſes bras ſaiſit la phyſique, tandis qu'un autre s'occupe avec la poëſie, un autre avec l'hiſtoire, et ainſi à l'infini. On dit que cet homme a plus d'une intelligence unie à ſon corps, et que lui ſeul fait toute une académie. Ah ! qu'on ſe ſentirait tenté de ſe plaindre de ſon ſort, lorſqu'on réfléchit ſur le partage inégal des talens qui nous ſont échus. On me parlerait en vain de l'égalité des conditions; je ſoutiendrai toujours qu'il y a une différence infinie entre cet homme univerſel dont je viens de parler, et le reſte des mortels.

Ce me ferait une grande conſolation, à la vérité, de le connaître; mais nos deſtins nous conduiſent par des routes ſi différentes, qu'il paraît que nous ſommes deſtinés à nous fuir.

Vous m'envoyez des vers pour la nourriture de mon eſprit, et je vous envoie des recettes pour la convaleſcence de votre corps. Elles ſont d'un très-habile médecin que j'ai conſulté ſur votre ſanté : il m'aſſure qu'il ne déſeſpère point de vous guérir; ſervez-vous de ſes remèdes, car j'ai l'eſpérance que vous vous en trouverez ſoulagé.

Comme cette lettre vous trouvera, ſelon toutes les apparences, à Bruxelles, je peux vous parler plus librement ſur le ſujet de ſon éminence (\*) et de toute votre patrie. Je ſuis indigné du peu d'égard qu'on a pour vous, et je m'emploierai volontiers pour vous

(\*) Le cardinal de *Fleuri*.

procurer du moins quelque repos. Le marquis de *la Chétardie*, à qui j'avais écrit, est malheureusement parti de Paris ; mais je trouverai bien le moyen de faire insinuer au cardinal ce qu'il est bon qu'il sache au sujet d'un homme que j'aime et que j'estime.

Le vin d'Hongrie et l'ambre partiront dès que je saurai si c'est à Bruxelles que vous fixerez votre étoile errante et la chicane. Mon marchand de vin, *Honi*, vous rendra cette lettre ; mais lorsque vous voudrez me répondre, je vous prie d'adresser vos lettres au général *Bork* à Vesel.

Le cher *Césarion*, qui est ici présent, ne peut s'empêcher de vous réitérer tout ce que l'estime et l'amitié lui font sentir sur votre sujet.

Vous marquerez bien à la marquise jusqu'à quel point j'admire l'auteur de l'*Essai sur le feu*, et combien j'estime l'amie de M. de *Voltaire*.

Je suis, avec ces sentimens que votre mérite arrache à tout le monde, et avec une amitié plus particulière encore,

votre très-fidèle ami,

FÉDÉRIC.

# LETTRE LXXXVIII.

## DU PRINCE ROYAL.

Mai.

MON CHER AMI,

Je n'ai qu'un moment à moi pour vous assurer de mon amitié, et pour vous prier de recevoir l'écritoire d'ambre et les bagatelles que je vous envoie. Ayez la bonté de donner l'autre boîte, où il y a le jeu de quadrille, à la marquise. Nous sommes si occupés ici qu'à peine a-t-on le temps de respirer. Quinze jours me mettront en situation d'être plus prolixe.

1739.

Le vin d'Hongrie ne peut partir qu'à la fin de l'été, à cause des chaleurs qui sont survenues. Je suis occupé à présent à régler l'édition de la Henriade. Je vous communiquerai tous les arrangemens que j'aurai pris là-dessus.

Nous venons de perdre l'homme le plus savant de Berlin, le répertoire de tous les savans d'Allemagne, un vrai magasin de sciences ; le célèbre M. de *la Croze* vient d'être enterré avec une vingtaine de langues différentes, la quintessence de toute l'histoire et une multitude d'historiettes dont sa mémoire prodigieuse n'avait laissé échapper aucune circonstance. Fallait-il tant étudier pour mourir au bout de quatre-vingts ans ? ou plutôt ne devait-il point vivre éternellement pour récompense de ses belles études ?

Les ouvrages qui nous reſtent de ce ſavant prodigieux ne le font pas aſſez connaître, à mon avis. L'endroit par lequel M. de *la Croze* brillait le plus, c'était, ſans contredit, ſa mémoire ; il en donnait des preuves ſur tous les ſujets, et l'on pouvait compter qu'en l'interrogeant ſur quelque objet qu'on voulût, il était préſent, et vous citait les éditions et les pages où vous trouviez tout ce que vous ſouhaitiez d'apprendre. Les infirmités de l'âge n'ont diminué en rien les talens extraordinaires de ſa mémoire, et juſqu'au dernier moment de ſa vie, il a fait amas de tréſors d'érudition que ſa mort vient d'enfouir pour jamais avec une connaiſſance parfaite de tous les ſyſtêmes philoſophiques, qui embraſſait également les points principaux des opinions juſqu'aux moindres minuties.

M. de *la Croze* était aſſez mauvais philoſophe ; il ſuivait le ſyſtême de *Deſcartes*, dans lequel on l'avait élevé, probablement par prévention et pour ne point perdre la coutume qu'il avait contractée depuis une ſeptantaine d'années d'être de ce ſentiment. Le jugement, la pénétration, et un certain feu d'eſprit qui caractériſe ſi bien les eſprits originaux et les génies ſupérieurs, n'étaient point du reſſort de M. de *la Croze* ; en revanche, une probité égale en toutes ſes fortunes le rendait reſpectable et digne de l'eſtime des honnêtes gens.

Plaignez-nous, mon cher *Voltaire* ; nous perdons de grands hommes, et nous n'en voyons pas renaître. Il paraît que les ſavans et les orangers ſont de ces plantes qu'il faut tranſplanter dans ce pays, mais que notre terrain ingrat eſt incapable de reproduire lorſque

les

les rayons arides du foleil, ou les gelées violentes des
hivers les ont une fois fait fécher. C'eſt ainſi qu'in- 1739.
fenſiblement et par degrés la barbarie s'eſt introduite
dans la capitale de l'univers, après le ſiècle heureux
des *Cicérons* et des *Virgiles*. Lorſque le poëte eſt rem-
placé par le poëte, le philoſophe par le philoſophe,
l'orateur par l'orateur, alors on peut ſe flatter de voir
perpétuer les ſciences. Mais lorſque la mort les ravit
les uns après les autres, ſans qu'on voie ceux qui
peuvent les remplacer dans les ſiècles à venir, il ne
ſemble point qu'on enterre un ſavant, mais plutôt
les ſciences.

Je ſuis avec tous les ſentimens que vous faites ſi
bien ſentir à vos amis, et qu'il eſt ſi difficile d'exprimer,

votre très-fidèle ami,

FÉDÉRIC.

# LETTRE LXXXIX.

## DE M. DE VOLTAIRE.

Mai.

Votre Alteſſe royale prend le parti des citadelles
contre *Machiavel* : il paraît que l'Empire penſe de
même, car on a tiré vraiment *douze cents* florins de
la caiſſe pour les réparations de Philisbourg, qui en
exigent, dit-on, plus de *douze mille*.

Il n'y a guère de places dans les deux Siciles :
voilà pourquoi ce pays change ſi ſouvent de maître.

_____ S'il y avait des Namur, des Valenciennes, des Tour-
1739. nay, des Luxembourg dans l'Italie :

> *Che or giù da l'Alpi non vedrei torrenti*
> *Scender d'armati ne di sangue tinta*
> *Bever l'onda del Po , gallici armenti*
> *Ne la vedrei del non suo ferro cinta ,*
> *Pugnar col braccio di straniere genti ,*
> *Per servir sempre , o vincitrice , o vinta.*

Il faudra bien qu'au printemps prochain l'empereur et les Anglais reprennent ce beau pays ; il ferait
trop long-temps sous la même domination. Ah !
Monseigneur, heureux qui peut vivre sous vos lois !

J'ai commencé, Monseigneur, à prendre de votre
poudre : ou il n'y a point de Providence, ou elle
me fera du bien. Je n'ai point d'expression pour
remercier *Marc-Aurèle* devenu *Esculape.*

Je suis avec le plus profond respect et la plus tendre
reconnaissance , &c.

# LETTRE XC.

## DE M. DE VOLTAIRE.

Le premier juin.

MONSEIGNEUR,

MA destinée est de devoir à votre Altesse royale le rétablissement de ma santé; il y a près d'un mois qu'on m'empêche d'écrire; mais enfin l'envie d'écrire à mon souverain m'a rendu des forces. Il fallait que je fusse bien mal, pour que les vers que je reçus de Berlin, datés du 26 avril, ne pussent ranimer mon corps en échauffant mon ame. Cette épître sur la nécessité de remplir le vide de l'année par l'étude, est, je crois, le meilleur ouvrage de vers qui soit sorti de mon *Marc-Aurèle* moderne.

1739.

> *C'est ainsi qu'à Berlin, à l'ombre du silence,*
> *Je consacrais mes jours aux Dieux de la science.*

Toute cette fin-là est achevée, et le reste de la pièce brille par-tout d'étincelles d'imagination. Votre raison a bien de l'esprit; mais il y a encore un de vos enfans qui m'intéresse davantage, c'est la réfutation de *Machiavel*. Je viens de la relire. Je puis encore une fois assurer votre Altesse royale que c'est un ouvrage nécessaire au genre humain. Je ne vous cacherai point qu'il y a des répétitions, et que c'est le plus bel arbre du monde qu'il faut élaguer. Je vous dis la

Cc 2

vérité, grand Prince, comme vous méritez qu'on vous la dife, et j'efpère que, quand vous ferez un jour fur le trône, vous trouverez des amis qui vous la diront. Vous êtes fait pour être unique en tout genre et pour goûter des plaifirs que les autres rois font faits pour ignorer. M. de *Keyferling* vous avertira quand par hafard vous aurez paffé une journée fans faire des heureux; et le cas arrivera rarement. Pour moi, je mettrai, en attendant, les points et les virgules à l'*Anti-Machiavel*. Je vais profiter de la permiffion que votre Alteffe royale m'a donnée. J'écris aujourd'hui à un libraire de Hollande, en attendant qu'il y ait à Berlin une belle imprimerie et une belle manufacture de papier, qui fourniffe toute l'Allemagne. Je viens d'apprendre dans le moment, qu'il y a quelques anciennes brochures imprimées contre le Prince de *Machiavel*. On m'a fait connaître le titre de trois; la première eft *Anti - Machiavel ;* la feconde, *Difcours d'Etat contre Machiavel ;* la troifième, *Fragmens contre Machiavel.*

Je ferais bien aife de les voir, afin d'en parler, s'il en eft befoin, dans ma préface; mais ces ouvrages font probablement fort mauvais, puifqu'ils font difficiles à trouver; cela ne retardera en rien l'impreffion du plus bel ouvrage que je connaiffe. Que vous y faites un portrait vrai des Français et du gouvernement de France ! Que le chapitre fur les puiffances eccléfiaftiques eft intéreffant et fort ! La comparaifon de la Hollande avec la Ruffie, les réflexions fur la vanité des grands feigneurs, qui font les fouverains en miniature, font des morceaux charmans. Je vais dans l'inftant en achever la quatrième lecture, la

plume à la main. Cet ouvrage réveille bien en moi
l'envie d'achever l'histoire du siècle de *Louis XIV;*
je suis honteux de faire tant de choses frivoles, quand
mon prince m'enseigne à en faire de solides.

Que dira de moi votre Alteffe royale? on va jouer
une tragédie nouvelle de ma façon, à Paris, et ce n'est
point Mahomet ; c'est une pièce toute d'amour ,
toute diftillée à l'eau rofe des dames françaifes. ( 1 )
Voilà pourquoi je n'ai pas ofé en parler encore à
votre Alteffe royale. Je fuis honteux de má molleffe :
cependant la pièce n'est point fans morale ; elle peint
les dangers de l'amour, comme Mahomet peint les
dangers du fanatifme. Au refte , je compte corriger
encore beaucoup ce Mahomet, et le rendre moins
indigne de vous être dédié. Je vais refondre toute la
pièce. Je veux paffer ma vie à me corriger , et à mériter
les bonnes grâces de mon adorable fouverain et
d'*Emilie.* Votre Alteffe royale a dû recevoir un peu
de philofophie de ma part, et beaucoup de la fienne.
Madame *du Châtelet* eft ce que je voudrais être, digne
de votre cour.

Je fuis avec un profond refpect et la plus vive
reconnaiffance, &c.

( 1 ) Cette pièce toute d'amour , dont il a été déjà queftion dans les
lettres précédentes , eft Zulime.

## LETTRE XCI.

### DU PRINCE ROYAL.

A Remusberg, le 26 de juin.

MON CHER AMI,

—— JE fouhaiterais beaucoup que votre étoile errante
1739. fe fixât, car mon imagination déroutée ne fait plus
de quel côté du Brabant elle doit vous chercher.
Si cette étoile errante pouvait une fois diriger vos
pas du côté de notre folitude, j'employerais affurément tous les fecrets de l'aftronomie pour arrêter
fon cours ; je me jetterais même dans l'aftrologie;
j'apprendrais le grimoire, et je ferais des invocations
à tous les dieux et à tous les diables, pour qu'ils
ne vous permiffent jamais de quitter ces contrées.
Mais, mon cher *Voltaire*, *Ulyffe*, malgré les enchan-
temens de *Circé*, ne penfait qu'à fortir de cette île,
où toutes les careffes de la déeffe magicienne n'avaient
pas tant de pouvoir fur fon cœur que le fouvenir
de fa chère *Pénélope*. Il me paraît que vous feriez
dans le cas d'*Ulyffe*, et que le puiffant fouvenir de
la belle *Emilie* et l'attraction de fon cœur auraient fur
vous un empire plus fort que mes dieux et mes
démons. Il eft jufte que les nouvelles amitiés le cèdent
aux anciennes ; je le cède donc à la marquife, toutefois à condition qu'elle maintiendra mes droits de
fecond contre tous ceux qui voudraient me les
difputer,

J'ai cru que je pourrais aller affez vîte dans ce que je m'étais propofé d'écrire contre *Machiavel ;* mais j'ai trouvé que les jeunes gens ont la tête un peu trop chaude. Pour favoir tout ce qu'on a écrit fur *Machiavel,* il m'a fallu lire une infinité de livres, et avant que d'avoir tout digéré, il me faudra encore quelque temps. Le voyage que nous allons faire en Pruffe ne laiffera pas que de caufer encore quelque interruption à mes études, et retardera la Henriade, Machiavel et Euryale.

Je n'ai point encore de réponfe d'Angleterre ; mais vous pouvez compter que c'eft une chofe réfolue, et que la Henriade fera gravée. J'efpère pouvoir vous donner des nouvelles de cet ouvrage et de l'avant-propos à mon retour de Pruffe, qui pourra être vers le 15 d'augufte.

Un prince oifif eft, felon moi, un animal peu utile à l'univers. Je veux du moins fervir mon fiècle en ce qui dépend de moi ; je veux contribuer à l'immortalité d'un ouvrage qui eft utile à l'univers ; je veux multiplier un poëme où l'auteur enfeigne le devoir des grands et le devoir des peuples, une manière de régner peu connue des princes, et une façon de penfer qui aurait anobli les dieux d'*Homère* autant que leurs cruautés et leurs caprices les ont rendus méprifables.

Vous faites un portrait vrai, mais terrible, des guerres de religion, de la méchanceté des prêtres, et des fuites funeftes du faux zèle. Ce font des leçons qu'on ne faurait affez répéter aux hommes, que leurs folies paffées devraient du moins rendre plus fages dans leur façon de fe conduire à l'avenir.

Cc 4

Ce que je médite contre le machiavélifme eft proprement une fuite de la Henriade. C'eft fur les grands fentimens de *Henri IV* que je forge la foudre qui écrafera *Céfar Borgia*.

Pour *Nifus* et *Euryale*, ils attendront que le temps et vos corrections aient fortifié ma verve.

J'envoie, par *L. Schiling* le vin d'Hongrie, fous l'adreffe du duc d'*Aremberg*. Il eft fûr que ce duc eft le patriarche des bons vivans; il peut être regardé comme père de la joie et des plaifirs : *Silène* l'a doué d'une phyfionomie qui ne dément point fon caractère, et qui fait connaître en lui une volupté aimable et décraffée de tout ce que la débauche a d'obfcénités.

J'efpère que vous refpirerez en Brabant un air plus libre qu'en France, et que la fécurité de ce féjour ne contribuera pas moins que les remèdes à la fanté de votre corps. Je vous affure qu'il m'intéreffe beaucoup, et qu'il ne fe paffe aucun jour que je ne faffe des vœux en votre faveur à la déeffe de la fanté.

J'efpère que tous mes paquets vous feront parvenus. Mandez-m'en, s'il vous plaît, quelques petits mots. On dit que les plaifirs fe font donné rendez-vous fur votre route ;

> Que la Danfe et la Comédie,
> Avec leur fœur la Mélodie,
> Toutes trois firent le deffein
> De vous efcorter en chemin,
> Suivis de leur bande joyeufe ;
> Et qu'en tous lieux leur troupe heureufe,

Devant vos pas femant des fleurs ,
Vous a rendu tous les honneurs
Qu'au fommet de la double croupe ,
Gouvernant fa divine troupe ,
Apollon reçoit des neuf fœurs.

On dit auffi

Que la Politeffe et les Grâces
Avec vous quittèrent Paris ;
Que l'Ennui froid a pris les places
De ces déeffes et des Ris ;
Qu'en cette région trompeufe,
La Politique frauduleufe
Tient le pofte de l'Equité ;
Que la timide Honnêteté ,
Redoutant le pouvoir inique
D'un prélat fourbe et defpotique ,
Ennemi de la liberté ,
S'enfuit avec la Vérité.

Voilà une gazette poëtique de la façon qu'on les fait à Remusberg. Si vous êtes friand de nouvelles , je vous en promets en profe ou en vers, comme vous les voudrez, à mon retour.

Mille affurances d'eftime à la divine *Emilie* , ma rivale dans votre cœur. J'efpère que vous tiendrez les engagemens de docilité que vous avez pris avec *Superville*. *Céfarion* vous dit tout ce qu'un cœur comme le fien penfe , lorfqu'il a été affez heureux pour connaître le vôtre ; et moi, je fuis plus que jamais

votre très-fidèle ami,
FÉDÉRIC.

1739.

## LETTRE XCII.

### DU PRINCE ROYAL.

A Berlin , le 7 de juillet.

MON CHER AMI,

——— J'AI reçu l'ingénieux *voyage du baron de Gangan* (1)
1739. à l'inftant de mon départ de Remusberg : il m'a
beaucoup amufé, ce voyageur célefte; et j'ai remarqué en lui quelque fatire et quelque malice qui lui
donne beaucoup de reffemblance avec les habitans
de notre globe, mais qu'il ménage fi bien qu'on voit
en lui un jugement plus mûr, et une imagination plus
vive qu'en tout autre être penfant. Il y a, dans ce
voyage , un article où je reconnais la tendreffe et la
prévention de mon ami en faveur de l'éditeur de la
Henriade. Mais fouffrez que je m'étonne qu'en un
ouvrage où vous rabaiffez la vanité ridicule des
mortels, où vous réduifez à fa jufte valeur ce que les
hommes ont coutume d'appeler grand ; qu'en un
ouvrage où vous abattez l'orgueil et la préfomption,
vous vouliez nourrir mon amour propre, et fournir
des argumens à la bonne opinion que je puis avoir
de moi-même.

Tout ce que je puis me dire à ce fujet peut fe
réduire à ceci ; qu'un cœur pénétré d'amitié voit
les objets d'une autre manière qu'un cœur infenfible
et indifférent.

( 1 ) C'eft vraifemblablement l'ouvrage imprimé depuis fous le titre de
*Micromégas.*

J'efpère que ma dernière lettre vous fera parvenue en compagnie du vin d'Hongrie. Votre féjour de Bruxelles n'accélérera guère notre correfpondance durant quelque temps, car je pars inceffamment pour un voyage auffi ennuyeux que fatigant. Nous parcourrons, en cinq femaines, plus de mille milles d'Allemagne; nous pafferons par des endroits peu habités, et qui me conviennent à peu-près comme le pays des Gètes, qui fervait d'exil à *Ovide*. Je vous prie de redoubler votre correfpondance, car il ne me faut pas moins que deux de vos lettres toutes les femaines pour me garantir d'un ennui infupportable.

Bruxelles et prefque toute l'Allemagne fe reffentent de leur ancienne barbarie : les arts y font peu en honneur, et par conféquent peu cultivés. Les nobles fervent dans les troupes; ou, avec des études très-légères, ils entrent dans le barreau, où ils jugent, que c'eft un plaifir. Les gentillâtres bien rentés vivent à la campagne, ou plutôt dans les bois, ce qui les rend auffi féroces que les animaux qu'ils pourfuivent. La nobleffe de ce pays-ci reffemble en gros à celle des autres provinces d'Allemagne; mais à cela près qu'ils ont plus d'envie de s'inftruire, plus de vivacité, et, fi j'ofe dire, plus de génie que la plus grande partie de la nation, et principalement que les Veftphaliens, les Franconiens, les Suabes et les Autrichiens; ce qui fait qu'on doit s'attendre un jour à voir ici les arts tirés de la roture, et habiter les palais et les bonnes maifons. Berlin principalement contient en foi ( fi je puis m'exprimer ainfi ) les étincelles de tous les arts; on voit briller le génie de tous côtés, et il ne faudrait qu'un fouffle heureux pour rendre la vie à ces fciences qui rendirent Athènes et Rome plus fameufes que leurs guerres et leurs conquêtes.

Vous devez trouver la différence de la vie de Paris et de Bruxelles bien plus fenfible qu'un autre, vous qui ne refpiriez qu'au centre des arts, vous qui aviez réuni à Cirey tout ce qu'il y a de plus voluptueux, de plus piquant dans les plaifirs de l'efprit.

La gravité efpagnole de l'archiducheffe, le cérémonial guindé de fa petite cour n'infpirera guère de vénération à un philofophe qui apprécie les chofes felon leur valeur intrinsèque ; et je fuis sûr que le baron de *Gangan* en fentira le ridicule, s'il pouffe fes voyages jufqu'à Bruxelles.

Adieu, mon cher ami ; je pars. Fourniffez-moi, je vous prie, de tout ce que votre plume produira, car mon efprit court grand rifque de mourir d'inanition, à moins que vos foins ne lui confervent la vie.

Je travaillerai, autant que le temps me le permettra, contre *Machiavel* et pour la Henriade ; et j'efpère de pouvoir vous envoyer de Kœnisberg l'avant-propos de la nouvelle édition.

Mille affurances d'eftime à la divine *Emilie*. Je ne comprends point comment on peut plaider contre elle, et de quelle nature peut être le procès qu'on lui intente. Je ne connaîtrais d'autres intérêts à difcuter avec elle que ceux du cœur.

Ménagez votre fanté; n'oubliez point que je m'intéreffe beaucoup à votre confervation, et que j'ai lié d'une manière indiffoluble mon contentement à votre profpérité.

Je fuis à jamais, mon cher ami,

votre très-fidèlement affectionné ami,<br>FÉDÉRIC.

Le médecin que je vous ai recommandé s'appelle ——
*Superville.* C'eſt un homme ſur l'expérience et le ſavoir  1739.
duquel on peut faire fond. Adreſſez-moi les lettres
que vous lui écrirez, je vous ferai tenir ſes réponſes ;
mais ſur-tout ne négligez point ſes avis, et j'ai lieu
d'eſpérer qu'on redreſſera la faibleſſe de votre tempérament, et les infirmités dont votre vie ſerait rongée.

# LETTRE XCIII.

## DE M. DE VOLTAIRE.

A Bruxelles.

MONSEIGNEUR,

*E*MILIE et moi chétif nous avons reçu, au milieu
des plaiſirs d'Enghien, le plus grand plaiſir dont nous
puiſſions être flattés. Un homme qui a eu le bonheur
de voir mon jeune *Marc-Aurèle*, nous a apporté de
ſa part une lettre charmante, accompagnée d'écritoires
d'ambre et de boîtes à jouer.

> Avec combien d'impatience
> Monſieur Gérard nous vit ſaiſir
> Ces inſtrumens de la ſcience,
> Auſſi-bien que ceux du plaiſir !
> Tout eſt de notre compétence.

Nous jouons donc, Monſeigneur, avec vos jetons,
et nous écrivons avec vos plumes d'ambre.

Cet ambre fut formé , dit-on,
Des larmes que jadis versèrent
Les sœurs du brillant Phaëton ,
Lorsqu'en pins elles se changèrent ,
Pour servir , sans doute , au bûcher
Du plus infortuné cocher
Que jamais les Dieux renversèrent.

Ces dieux renversent tous les jours de ces cochers qui se mêlent de nous conduire , et ils trouvent rarement des amis qui les pleurent.

A notre retour d'Enghien , à peine arrivons-nous à Bruxelles, qu'une nouvelle consolation m'arrive encore, et je reçois, par la voie d'Amsterdam, une lettre, du 7 juillet, de votre Altesse royale. Il paraît qu'elle connaît le pays où je suis. J'y vois beaucoup de princes et peu d'hommes, c'est-à-dire, d'hommes pensans et instruits.

Que vont donc devenir, Monseigneur, dans votre ville de Berlin, ces sciences que vous encouragez , et à qui vous faites tant d'honneur ? qui remplacera M. de *la Croze* ? ce sera , sans doute, M. *Jordan ;* il me semble qu'il est dans le vrai chemin de la grande érudition. Après tout, Monseigneur, il y aura toujours des savans; mais les hommes de génie , les hommes qui , en communiquant leur ame, rendent savans les autres ; ces fils aînés de *Prométhée*, qui s'en vont distribuant le feu céleste à des masses mal organisées, il y en aura toujours très-peu, dans quelque pays que ce puisse être. La marquise jette à présent tout son feu sur ce triste procès, qui lui a fait quitter sa douce solitude de Cirey ; et moi , je réunis mes petites

étincelles pour former quelque chose de neuf qui
puisse plaire au moderne *Marc-Aurèle.*

Je prends donc la liberté de lui envoyer ce premier
acte d'une tragédie qui me paraît, sinon dans un bon
goût, au moins dans un goût nouveau. On n'avait
jamais mis sur le théâtre la superstition et le fanatisme.
Si cet essai ne déplaît pas à mon juge, il aura le reste
acte par acte.

Je comptais avoir l'honneur de lui envoyer ce
commencement par M. de *Valori*, qui va résider
auprès de sa majesté. Il est digne, à ce qu'on dit,
d'avoir l'honneur de dîner avec le père, et de souper
avec le fils. Je l'attends de jour en jour à Bruxelles;
j'espère que ce sera un nouveau protecteur que j'aurai
auprès de votre Altesse royale.

Les mille milles d'Allemagne qu'elle va faire, retar-
deront un peu la défaite de *Machiavel*, et les instruc-
tions que j'attends de la main la plus respectable et
la plus chère. J'ignore si M. de *Keyserling* a le bonheur
d'accompagner votre Altesse royale; ou je le plains,
ou je l'envie.

J'écrirai donc à M. de *Superville*. Je n'ai de foi aux
médecins que depuis que votre Altesse royale est
l'*Esculape* qui daigne veiller sur ma santé.

*Emilie* va quitter ses avocats pour avoir l'honneur
d'écrire au patron des arts et de l'humanité.

Je suis, &c.

## LETTRE XCIV.

### *DE M. DE VOLTAIRE.*

A Bruxelles.

1739.

Lorsqu'autrefois notre bon Prométhée
Eut dérobé le feu sacré des cieux,
Il en fit part à nos pauvres aïeux;
La terre en fut également dotée,
Tout eut sa part; mais le Nord amortit
Ces feux sacrés que la glace couvrit.
Goths, Oftrogoths, Cimbres, Teutons, Vandales,
Pour réchauffer leurs espèces brutales,
Dans des tonneaux de cervoise et de vin
Ont recherché ce feu pur et divin;
Et la fumée épaisse, assoupissante,
Rabrutissait leur tête non pensante:
Rien n'éclairait ce sombre genre humain.
Christine vint, Christine l'immortelle
Du feu sacré surprit quelque étincelle;
Puis, avec elle emportant son tréfor,
Elle s'enfuit loin des antres du Nord,
Laissant languir dans une nuit obscure
Ces lieux glacés où dormait la nature.
Enfin mon prince, au haut du mont Remus,
Trouva ce feu que l'on ne cherchait plus.
Il le prit tout; mais sa bonté féconde
S'en est servi pour éclairer le monde,
Pour réunir le génie et le sens,
Pour animer tous les arts languissans;

Et

Et de plaisir la terre transportée
Nomma mon roi le second Prométhée.

Cette petite vérité allégorique vient de naître, mon
adorable Monarque, à la vue du dernier paquet de
votre Altesse royale, dans lequel vous jugez si bien
la métaphysique, et où vous êtes si aimable, si bon,
si grand en vers et en prose. Vous êtes bien mon
*Prométhée :* votre feu réveille les étincelles d'une ame
affaiblie par tant de langueurs et de maux ; j'ai
souffert un mois sans relâche. Je surpris, il y a
quelques jours, un moment pour écrire à votre
Altesse royale, et mes maux furent suspendus. Mais
je ne sais si ma lettre sera parvenue jusqu'à vous ;
elle était sous le couvert des correspondans du sieur
*David Gérard :* ces correspondans se sont avisés de
faire banqueroute ; j'ai l'honneur même d'être compris dans leur mésaventure pour quelques effets que
je leur avais confiés ; mais mon plus précieux effet,
c'est ma correspondance avec *Marc-Aurèle.* S'il n'y a
point de lettre perdue, ils peuvent perdre tout ce
qui m'appartient sans que je m'en plaigne.

J'avais l'honneur, dans cette lettre, de dire à votre
Altesse royale que je suis sur le point de rendre public
ce catéchisme de la vertu, et cette leçon des princes
dans laquelle la fausse politique et la logique des
scélérats sont confondues avec autant de force et
d'esprit. J'ai pris les libertés que vous m'avez données ; j'ai tâché d'égaler à peu-près les longueurs des
chapitres à ceux de *Machiavel* ; j'ai jeté quelques
poignées de mortier dans un ou deux endroits d'un
édifice de marbre : pardonnez-moi, et permettez-moi

de retrancher ce qui fe trouve au fujet des difputes de religion dans le chapitre XXI.

*Machiavel* y parle de l'adreffe qu'eut *Ferdinand d'Arragon* de tirer de l'argent de l'Eglife, fous le pré- texte de faire la guerre aux Maures, et de s'en fervir pour envahir l'Italie. La reine d'Efpagne vient d'en faire autant. *Ferdinand d'Arragon* pouffa encore l'hy- pocrifie jufqu'à chaffer les Maures pour acquérir le nom de bon catholique, fouiller impunément dans les bourfes des fots catholiques, et piller les Maures en vrai catholique. Il ne s'agit donc point là de difputes des prêtres, et des vénérables impertinences des théologiens de parti, que vous traitez ailleurs felon leur mérite.

Je prends donc, fous votre bon plaifir, la liberté d'ôter cette petite excrefcence à un corps admirable- ment conformé dans toutes fes parties. Je ne ceffe de vous le dire ; ce fera là un livre bien fingulier et bien utile.

Mais quoi, mon grand Prince, en fefant de fi belles chofes, votre Alteffe royale daigne faire venir des caractères d'argent, d'Angleterre, pour faire imprimer cette Henriade! le premier des beaux arts que votre Alteffe royale fait naître, eft l'imprimerie. Cet art, qui doit faire paffer vos exemples et vos vertus à la poftérité, doit vous être cher. Que d'autres vont le fuivre ! et que Berlin va bientôt devenir Athènes! mais enfin le premier qui va fleurir y renaît en ma faveur ; c'eft par moi que vous com- mencez à faire du bien.

Je fuis votre fujet, je le fuis, je veux l'être.
Je ne dépendrai plus des caprices d'un prêtre.

Non, à mes vœux ardens le Ciel fera plus doux ;
Il me fallait un fage, et je le trouve en vous.
Ce fage eft un héros, mais un héros aimable ;
Il arrache aux bigots leur mafque méprifable ;
Les arts font fes enfans, les vertus font fes Dieux.
Sur moi, du mont Remus, il a baiffé les yeux ;
Il defcend avec moi dans la même carrière,
Me ranime lui feul des traits de fa lumière.
Grands miniftres courbés du poids des petits foins,
Vous qui faites fi peu, qui penfez encor moins,
Rois, fantômes brillans qu'un fot peuple contemple,
Regardez Frédéric, et fuivez fon exemple.

Oferai-je abufer des bontés de votre Alteffe royale,
au point de lui propofer une idée que vos bienfaits
me font naître.

Votre Alteffe royale eft l'unique protecteur de la
Henriade. On travaille ici très-bien en tapifferie : fi
vous le permettiez, je ferais exécuter quatre ou cinq
pièces d'après les quatre ou cinq morceaux les plus
pittorefques dont vous daignez embellir cet ouvrage ;
la Saint-Barthelemi, *le temple du Deftin*, *le temple de
l'Amour*, *la bataille d'Ivry*, fourniraient, ce me femble,
quatre belles pièces pour quelque chambre d'un de
vos palais, felon les mefures que votre Alteffe royale
donnerait : je crois qu'en moins de deux ans cela
ferait exécuté. Je prévois que le procès de madame
*du Châtelet*, qui me retient à Bruxelles, durera bien trois
ou quatre années. J'aurai furement le temps de fervir
votre Alteffe royale dans cette petite entreprife fi elle
l'agrée. Au refte, je prévois que fi votre Alteffe royale
veut faire un jour un établiffement de tapifferie dans

fon Athènes , elle pourra aifément trouver ici des ouvriers. Il me femble que je vois déjà tous les arts à Berlin , le commerce et les plaifirs floriffans ; car je mets les plaifirs au rang des plus beaux arts.

Madame *du Châtelet* a reçu la lettre de votre Alteffe royale, et va bientôt avoir l'honneur de lui répondre. En vérité, Monfeigneur , vous avez bien raifon de dire que la métaphyfique ne doit brouiller perfonne. Il n'appartient qu'à des théologiens de fe haïr pour ce qu'ils n'entendent point. J'avoue que je mets volontiers à la fin de tous les chapitres de métaphy-fique cet *L* et cet *N* des fénateurs romains, qui figni-fiaient *non liquet*, et qu'ils mettaient fur leurs tablettes quand les avocats n'avaient pas affez expliqué la caufe. A l'égard de la géométrie , je crois que, hors une quarantaine de théorêmes qui font le fondement de la faine phyfique, tout le refte ne contient guère que des vérités difficiles , sèches et inutiles. Je fuis bien aife de n'être pas tout à fait ignorant en géo-métrie ; mais je ferais fâché d'y être trop favant, et d'abandonner tant de chofes agréables pour des com-binaifons ftériles. J'aime mieux votre *Anti-Machiavel* que toutes les courbes qu'on quarre , ou qu'on ne quarre point. J'ai plus de plaifir à une belle hiftoire qu'à un théorême qui peut être vrai fans être beau.

Comptez , Monfeigneur , que je mets encore les belles épîtres au rang des plaifirs préférables à des *finus* et à des *tangentes :* celle fur la fauffeté me charme et m'étonne ; car enfin quoique vous vous portiez mieux que moi , quoique vous foyez dans l'âge où le génie eft dans fa force , vos journées ne font pas plus longues que les nôtres. Vous êtes, fans doute ,

occupé des plans que vous tracez pour le bien de
l'efpèce humaine ; vous effayez vos forces en fecret 1739.
pour porter ce fardeau brillant et pénible qui va
tomber fur votre tête ; et avec cela, mon *Prométhée*
eft *Apollon* tant qu'il veut.

Que ce M. de *Camas* eft heureux de mériter et de
recevoir de pareils éloges ! Ce que j'aime le plus dans
cet art à qui vous faites tant d'honneur , c'eft cette
foule d'images brillantes dont vous l'embelliffez ;
c'eft tantôt le vice qui eft *un océan immenfe et plein
d'orages*, c'eft

> *Un monftre couronné de qui les fifflemens*
> *Ecartent loin de lui la vérité fi pure.*

Sur-tout je vois par-tout des exemples tirés de
l'hiftoire , je reconnais la main qui a confondu
*Machiavel.*

Je ne fais , Monfeigneur, fi vous ferez encore au
mont Remus, ou fur le trône, quand cet *Anti-Machiavel*
paraîtra. Les maladies de l'efpèce de celle du roi font
quelquefois longues. J'ai un neveu que j'aime tendrement, qui eft dans le même cas abfolument , et qui
difpute fa vie depuis fix mois.

Quelque chofe qui arrive, rien ne pourra augmenter
les fentimens du refpect, de la tendre reconnaiffance
avec laquelle j'ai l'honneur d'être, &c.

# LETTRE XCV.

## DU PRINCE ROYAL.

A Infterbourg, le 27 de juillet.

MON CHER AMI,

1739.

Nous voici enfin arrivés, après trois femaines de marche, dans un pays que je regarde comme le *non plus ultrà* du monde civilifé : c'eft une province peu connue de l'Europe, mais qui mériterait cependant de l'être davantage, parce qu'elle peut être regardée comme une création du roi mon père.

La Lithuanie pruffienne eft un duché qui a trente grandes lieues d'Allemagne de long, fur vingt de large, quoiqu'il aille en fe rétréciffant du côté de la Samogitie. Cette province fut ravagée par la pefte au commencement de ce fiècle, et plus de trois cents mille habitans périrent de maladie et de mifère. La cour, peu inftruite des malheurs du peuple, négligea de fecourir une riche et fertile province, remplie d'habitans, et féconde en toute efpèce de productions. La maladie emporta les peuples ; les champs reftèrent incultes et fe hérifsèrent de brouffailles. Les beftiaux ne furent point exempts de la calamité publique. En un mot, la plus floriffante de nos provinces fut changée dans la plus affreufe des folitudes.

*Fédéric I* mourut fur ces entrefaites, et fut enfeveli avec fa fauffe grandeur, qu'il ne fefait confifter qu'en

une vaine pompe , et dans l'étalage faſtueux de
cérémonies frivoles.

Mon père, qui lui ſuccéda, fut touché de la misère
publique. Il vint ici ſur les lieux , et vit lui-même
cette vaſte contrée , dévaſtée avec toutes les affreuſes
traces qu'une maladie contagieuſe , la diſette , et
l'avarice ſordide des miniſtres , laiſſent après eux.
Douze ou quinze villes dépeuplées , et quatre ou cinq
cents villages inhabités et incultes , furent le triſte
ſpectacle qui s'offrit à ſes yeux. Bien loin de ſe rebuter
par des objets auſſi fâcheux , il ſe ſentit pénétré de la
plus vive compaſſion et réſolut de rétablir les hommes ,
l'abondance et le commerce dans cette contrée qui
avait perdu juſqu'à la forme d'un pays.

Depuis ce temps-là il n'eſt aucune dépenſe que le
roi n'ait faite pour réuſſir dans ſes vues ſalutaires. Il
fit d'abord des règlémens remplis de ſageſſe ; il rebâtit
tout ce que la peſte avait déſolé ; il fit venir des
milliers de familles de tous les côtés de l'Europe. Les
terres ſe défrichèrent , le pays ſe repeupla, le commerce fleurit de nouveau ; et à préſent l'abondance
règne dans cette fertile contrée plus que jamais.

Il y a plus d'un demi million d'habitans dans la
Lithuanie ; il y a plus de villes qu'il y en avait ; plus
de troupeaux qu'autrefois ; plus de richeſſes et plus
de fécondité qu'en aucun endroit de l'Allemagne. Et
tout ce que je viens de vous dire n'eſt dû qu'au roi
qui , non ſeulement a ordonné , mais qui a préſidé
lui-même à l'exécution; qui a conçu les deſſeins , et
qui les a remplis lui ſeul ; qui n'a épargné ni ſoins ,
ni peines , ni tréſors immenſes , ni promeſſes , ni
récompenſes , pour aſſurer le bonheur et la vie à un

demi million d'êtres penfans qui ne doivent qu'à lui feul leur félicité et leur établiffement.

J'efpère que vous ne ferez point fâché du détail que je vous fais. Votre humanité doit s'étendre fur vos frères lithuaniens, comme fur vos frères français, anglais, allemands, &c.; et d'autant plus qu'à mon grand étonnement, j'ai paffé par des villages où l'on n'entend parler que français.

J'ai trouvé je ne fais quoi de fi héroïque dans la manière généreufe et laborieufe dont le roi s'y eft pris pour rendre ce défert habité, fertile et heureux, qu'il m'a paru que vous fentiriez les mêmes fentimens en apprenant les circonftances de ce rétabliffement.

J'attends tous les jours de vos nouvelles d'Enghien. J'efpère que vous y jouirez d'un repos parfait, et que l'Ennui, ce dieu lourd et pefant, n'ofera point paffer par les bras d'*Emilie* pour aller jufqu'à vous. Ne m'oubliez point, mon cher ami, et foyez perfuadé que mon éloignement ne fait qu'augmenter l'impatience de vous voir et de vous embraffer. Adieu,

FÉDÉRIC.

Mes complimens à la Marquife et au duc qu'*Apollon* difpute à *Bacchus*.

# LETTRE XCVI.

## *DE M. DE VOLTAIRE.*

Le 12 d'auguſte.

MONSEIGNEUR,

J'AI pris la liberté d'envoyer à votre Alteſſe royale le ſecond acte de Mahomet, par la voie des ſieurs *David Gérard* et compagnie : je ſouhaite que les Muſulmans réuſſiſſent auprès de votre Alteſſe royale, comme ils font ſur la Moldavie. Je ne puis au moins mieux prendre mon temps pour avoir l'honneur de vous entretenir ſur le chapitre de ces infidèles qui font plus que jamais parler d'eux. **1739.**

Je crois à préſent votre Alteſſe royale ſur les bords où l'on ramaſſe ce bel ambre dont nous avons, grâces à vos bontés, des écritoires, des ſonnettes, des boîtes de jeu. J'ai tout perdu au brelan quand j'ai joué avec de miſérables fiches communes ; mais j'ai toujours gagné quand je me ſuis ſervi des jetons de votre Alteſſe royale.

> C'eſt Frédéric qui me conduit,
> Je ne crains plus diſgrâce aucune ;
> Car il préſide à ma fortune,
> Comme il éclaire mon eſprit.

Je vais prier le bel aſtre de *Frédéric* de luire toujours ſur moi pendant un petit ſéjour que je vais faire à

―――― Paris avec la marquise, votre sujette. Voilà une vie bien ambulante pour des philosophes ; mais notre grand prince, plus philosophe que nous, n'est pas moins ambulant. Si je rencontre dans mon chemin quelque grand garçon haut de six pieds, je lui dirai : Allez vîte servir dans le régiment de mon prince. Si je rencontre un homme d'esprit, je lui dirai : Que vous êtes malheureux de n'être point à sa cour !

En effet, il n'y a que sa cour pour les êtres pensans ; votre Altesse royale sait ce que c'est que toutes les autres ; celle de France est un peu plus gaie depuis que son roi a osé aimer : le voilà en train d'être un grand homme, puisqu'il a des sentimens. Malheur aux cœurs durs ! DIEU bénira les ames tendres. Il y a je ne sais quoi de réprouvé à être insensible ; aussi S^te *Thérèse* définissait-elle le diable, le malheureux qui ne sait point aimer.

On ne parle à Paris que de fêtes, de feux d'artifice ; on dépense beaucoup en poudre et en fusées. On dépensait autrefois davantage en esprit et en agrémens ; et quand *Louis XIV* donnait des fêtes, c'était les *Corneille*, les *Molière*, les *Quinault*, les *Lulli*, les *le Brun* qui s'en mêlaient. Je suis fâché qu'une fête ne soit qu'une fête passagère, du bruit, de la foule, beaucoup de bourgeois, quelques diamans et rien de plus ; je voudrais qu'elle passât à la postérité. Les Romains, nos maîtres, entendaient mieux cela que nous ; les amphithéâtres, les arcs de triomphe, élevés pour un jour solennel, nous plaisent et nous instruisent encore. Nous autres, nous dressons un échafaud dans la place de Grève, où la veille on a roué quelques voleurs ; on tire des canons de l'hôtel de ville. Je

voudrais qu'on employât plutôt ces canons-là à ——
détruire cet hôtel-de-ville qui eft du plus mauvais 1739.
goût du monde, et qu'on mît, à en rebâtir un beau,
l'argent qu'on dépenfe en fufées volantes. Un prince
qui bâtit fait néceffairement fleurir les autres arts ; la
peinture, la fculpture, la gravure, marchent à la fuite
de l'architecture. Un beau fallon eft deftiné pour la
mufique, un autre pour la comédie. On n'a à Paris
ni falle de comédie ni falle d'opéra ; et, par une contradiction trop digne de nous, d'excellens ouvrages
font repréfentés fur de très-vilains théâtres. Les bonnes
pièces font en France, et les beaux vaiffeaux en
Itàlie.

Je n'entretiens votre Alteffe royale que de plaifirs,
tandis qu'elle combat férieufement *Machiavel* pour le
bonheur des hommes : mais je remplis ma vocation,
comme mon prince remplit la fienne ; je peux tout
au plus l'amufer, et il eft deftiné à inftruire la terre.

Je fuis, &c.

## L E T T R E   X C V I I.

### *D U   P R I N C E   R O Y A L.*

A Konifter, le 9 d'augufte.

1739.

Sublime auteur, ami charmant,
Vous dont la fource intariffable
Nous fournit fi diligemment
De ce fruit rare, ineftimable,
Que votre mufe hardiment,
Dans un féjour peu favorable,
Fait éclore à chaque moment:

Au fond de la Lithuanie,
J'ai vu paraître, tout brillant,
Ce rayon de votre génie
Qui confond, dans la tragédie,
Le fanatifme, en fe jouant.

J'ai vu de la philofophie,
J'ai vu le baron voyageur,
Et j'ai vu la pièce accomplie,
Où les ouvrages et la vie
De Molière vous font honneur.

A la France, votre patrie,
Voltaire, daignez épargner
Les frais que pour l'académie
Sa main a voulu deftiner.

En effet, je fuis sûr que ces quarante têtes qui font
payées pour penfer, et dont l'emploi eft d'écrire, ne $1739.$
travaillent pas la moitié autant que vous. Je fuis
certain que, fi l'on pouvait apprécier la valeur des
penfées, toutes celles de cette nombreufe fociété,
prifes enfemble, ne tiendraient pas l'équilibre aux
vôtres. Les fciences font pour tout le monde, mais
l'art de penfer eft le don le plus rare de la nature.

> Cet art fut banni de l'école;
> Des pédans il eft inconnu.
> Par l'inquifition frivole
> L'ufage en ferait défendu,
> Si le pouvoir faint de l'étole
> S'était à ce point étendu.
> Du vulgaire la troupe folle
> A penfer jufte a prétendu;
> Du vil flatteur l'encens vendu
> En a parfumé fon idole;
> Et l'ignorant a confondu
> Le froid non-fens d'une parole,
> Et l'enflure de l'hyperbole,
> Avec l'art de penfer, cet art fi peu connu.

Entre cent perfonnes qui croient penfer, il y en a
une à peine qui penfe par elle-même. Les autres
n'ont que deux ou trois idées qui roulent dans leur
cerveau, fans s'altérer et fans acquérir de nouvelles
formes; et le centième penfera peut-être ce qu'un
autre a déjà penfé; mais fon génie, fon imagination
ne fera pas créatrice. C'eft cet efprit créateur qui fait
multiplier les idées, qui faifit les rapports entre des

chofes que l'homme inattentif n'aperçoit qu'à peine ; c'eft cette force du bon fens qui fait, felon moi, la partie effentielle de l'homme de génie.

> Ce talent précieux et rare
> Ne faurait fe communiquer :
> La nature en paraît avare.
> Autant que l'on a pu compter,
> Tout un fiècle elle fe prépare
> Lorfqu'elle nous le veut donner.
> Mais vous le poffédez, Voltaire ;
> Et ce ferait vous ennuyer
> Qu'apprécier et calculer
> L'héritage de votre père.

Trois fortes d'ouvrages me font parvenus de votre plume, en fix femaines de temps. Je m'imagine qu'il y a quelque part en France une fociété choifie de génies égaux et fupérieurs, qui travaillent tous enfemble, et qui publient leurs ouvrages fous le nom de *Voltaire*, comme une autre fociété en publie fous le nom de Trévoux. Si cette fuppofition eft fenfée, je me fais trinitaire, et je commencerai à voir jour à ce myftère que les chrétiens ont cru jufqu'à préfent fans le comprendre.

Ce qui m'eft parvenu de Mahomet me paraît excellent. Je ne faurais juger de la charpente de la pièce, faute de la connaître ; mais la verfification eft, à mon avis, pleine de force, et femée de ces portraits et caractères qui font faire fortune aux ouvrages d'efprit.

Vous n'avez pas befoin, mon cher *Voltaire*, de l'éloquence de M. de *Valori ;* vous êtes dans le cas qu'on ne faurait détruire ni augmenter votre réputation.

Vainement l'envieux, desséché de fureur,
L'ennemi des humains , qu'afflige leur bonheur,
Cet infecte rampant qui naît avec la gloire,
Dont le toucher impur salit souvent l'histoire,
Sur vos vers immortels répandant ses poisons,
De vos lauriers naissans retarde les moissons.
Votre ame, à tous les arts par son penchant formée,
Par vingt ans de travaux fonda sa renommée :
Sous les yeux d'Emilie, élève de Newton ,
Vous effacez de Thou, vous surpassez Maron.

1739.

Je suis avec une estime parfaite, mon chèr *Voltaire*,
votre très-affectionné ami,

FÉDÉRIC.

Si vous voyez le duc d'*Aremberg* , faites-lui bien
mes complimens , et dites-lui que deux lignes françaises de sa main me feraient plus de plaisir que mille
lettres allemandes dans le style des chancelleries.

## LETTRE XCVIII.

### *DU PRINCE ROYAL.*

Aux haras de Pruſſe, le 15 d'auguſte.

1739.

ENFIN, hors du piége trompeur,
Enfin, hors des mains aſſaſſines
Des charlatans que notre erreur
Nourrit ſouvent pour nos ruines,
Vous quittez votre empoiſonneur :
Du tokai, des liqueurs divines
Vous ſerviront de médecines,
Et je ferai votre docteur.
Soit ; j'y conſens, ſi par avance,
Voltaire, de ma conſcience
Vous devenez le directeur.

Je ſuis bien aiſe d'apprendre que le vin d'Hongrie eſt arrivé à Bruxelles. J'eſpère apprendre bientôt de vous-même que vous en avez bu, et qu'il vous a fait tout le bien que j'en attends. On m'écrit que vous avez donné une fête charmante, à Enghien, au duc d'*Aremberg*, à madame *du Châtelet*, et à la fille du comte de *Lannoi*; j'en ai été bien aiſe, car il eſt bon de prouver à l'Europe par des exemples que le ſavoir n'eſt pas incompatible avec la galanterie.

Quelques vieux pédans radoteurs,
Dans leurs taudis toujours en cage,
Hors du monde et loin de nos mœurs,
Effarouchaient, d'un air ſauvage,

Ce

Ce peuple fou, léger, volage,
Qui turlupine les docteurs.
Le goût ne fut point l'apanage
De ces misérables rêveurs
Qui cherchent les talens du sage
Dans les rides de leurs visages,
Et dans les frivoles honneurs
D'un in-folio de cent pages.

Le peuple, fait pour les erreurs,
De tout savant crut voir l'image
Dans celle de ces plats auteurs.
Bientôt, pour le bien de la terre,
Le Ciel daigna former Voltaire :
Lors, sous de nouvelles couleurs,
Et par vos talens anoblie,
Reparut la philosophie.

En pénétrant les profondeurs
Que Newton découvrit à peine,
Et dont cent auteurs à la gêne
En vain furent commentateurs ;
En suivant les divines traces
De ces esprits universels,
Agens sacrés des immortels,
Vos mains sacrifièrent aux Grâces,
Vos fleurs parèrent leurs autels.

Pesans disciples des Saumaises,
Difféqueurs de graves fadaises,
Suivez ces exemples charmans ;
Quittez la région frivole,
Dont l'air empesé de l'école
A proscrit tous les agrémens.

*Corresp. du roi de P... &c.*     Tome I.   E e

J'attends avec bien de l'impatience les actes fuivans de Mahomet. Je m'en rapporte bien à vous, perfuadé que cette tragédie fingulière et nouvelle brillera de charmes nouveaux.

Ta mufe, en conquérant, affervit l'univers ;
La nature a payé fon tribut à tes vers.
L'Amérique et l'Europe ont fervi ton génie,
L'Afrique était domptée, il te fallait l'Afie.
Dans fes fertiles champs cours moiffonner des fleurs,
Au théâtre français combattre les erreurs,
Et frapper nos bigots, d'une main indirecte,
Sur l'auteur infolent d'une infidelle fecte.

On m'avait dit que je trouverais la défaite de *Machiavel* dans les notes politiques d'*Amelot de la Houffaye*, et dans la traduction du chevalier *Gordon* : j'ai lu ces deux ouvrages judicieux et excellens dans leur genre ; mais j'ai été bien aife de voir que mon plan était tout-à-fait différent du leur. Je travaillerai à l'exécuter dès que je ferai de retour. Vous ferez le premier qui lirez l'ouvrage, et le public ne le verra pas à moins que vous ne l'approuviez. J'ai cependant travaillé autant que me l'ont pu permettre les diftrac-tions d'un voyage, et ce tribut que la naiffance eft obligée de payer, à ce que l'on dit, à l'oifiveté et à l'ennui.

Je ferai le 18 à Berlin, et je vous enverrai de là ma préface de la Henriade, afin d'obtenir le fceau de votre approbation.

Adieu, mon cher *Voltaire ;* faites, s'il vous plaît, mes affurances d'eftime à la marquife *du Châtelet ;*

grondez un peu , je vous prie , le duc d'*Aremberg* de
fa lenteur à me répondre. Je ne fais qui de nous deux
eft le plus occupé , mais je fais bien qui eft le plus
pareffeux.

Je fuis avec toute l'affection poffible , mon cher
*Voltaire*,

votre parfait ami ,
.FÉDÉRIC.

# LETTRE XCIX.

## *DU PRINCE ROYAL.*

A Potsdam ; le 9 de feptembre.

MON CHER AMI ;

J'AI reçu deux de vos lettres à la fois ; auxquelles je
vous réponds, favoir celle du 12 d'augufte et du 17.
J'ai très-bien reçu de même le fecond acte de Mahomet,
qui me paraît fort beau ; mais , à vous parler franche-
ment , moins travaillé , moins fini que le premier. Il
y a cependant un vers , dans le premier acte , qui m'a
fait naître un doute : je ne fais fi l'ufage veut qu'on
dife *écrafer des étincelles ;* j'ai cru qu'il fallait dire
*éteindre* ou *étouffer* des étincelles. (1)

Souvenez-vous, je vous prie , de ce beau vers :

Et vers la vérité le doute les conduit.

(1) M. de *Voltaire* a depuis adopté cette correction.

E e 2

—————— Toujours fais-je bien que mes fens font affectés
1739. d'une manière bien plus aimable par les magnifiques vers de vos mufulmans, que par les maſſacres
que ces barbares font à Belgrade de nos pauvres
allemands.

QUAND, de foufre enflammés, deux nuages affreux,
Obfcurciſſant les cieux et menaçant la terre,
Agités par les vents dans leur cours orageux,
De leurs flancs entr'ouverts vomiſſant le tonnerre,
D'un choc impétueux fe frappent dans les airs,
Semblent nous abymer aux gouffres des enfers,
La nature frémit ; ce bruit épouvantable
Paraît dans le chaos plonger les élémens,
Et du monde ébranlé les fondemens durables
Craignent, en treſſaillant, pour fes derniers momens.

Ainfi, quand le démon, altéré de carnage,
Sous fes drapeaux fanglans raſſemble les humains ;
Que la deſtruction, la mort, l'aveugle rage,
Des vaincus, des vainqueurs a fixé les deſtins,
De haine et de fureur follement animées,
S'égorgent de fang froid deux puiſſantes armées ;
La terre de leur fang s'abreuve avec horreur,
L'enfer de leurs fuccès empoifonne la fource,
Le ciel au loin gémit du cri de leur clameur,
Et les flots pleins de morts interrompent leur courfe.

Ciel ! d'où part cette voix de vaincus, de trépas ?
O ciel ! quoi ! de l'enfer un monſtre abominable
Traîne ces nations dans l'horreur des combats,
Et dans le fang humain plonge leur bras coupable !

Quoi ! l'aigle des céfars, vaincu des mufulmans,
Quitte d'un vol hâté ces rivages fanglans !
De morts et de mourans les plaines font couvertes;
Le trépas qui confond toutes les nations,
Dans ce climat fatal, de leurs communes pertes
Affemble avidement les cruelles moiffons.

1739.

 Fatale Moldavie ! ô trop funeftes rives !
Que de fang des humains répandu fur vos bords,
Rougiffant de vos eaux les ondes fugitives,
Au loin portent l'effroi, le carnage et les morts !
Du trépas dévorant vos plaines empeftées
D'un mal contagieux déjà font infectées.
Par quel monftre inhumain, par quels affreux tyrans
Ces douces régions font-elles défolées,
Et tant de légions de braves combattans
Sur l'autel de la Mort font-elles immolées ?

 Tel que le mont Athos qui, du fond des enfers,
S'élevant jufqu'aux cieux, au-deffus des nuages,
Contemple avec mépris les Aquilons altiers
A l'entour de fes pieds raffembler les orages :
Tel, en fa grandeur vaine, au-deffus des humains,
Un monarque indolent maîtrife les deftins ;
Du fardeau de l'Etat il charge fon miniftre,
D'un foudre deftructeur il arme fes héros ;
L'autre, au fond d'un férail fignant l'ordre finiftre,
De fang froid de la Guerre allume les flambeaux.

 Monarques malheureux, ce font vos mains fatales
Qui nourriffent les feux de ces embrafemens :
La Haine, l'Intérêt, déités infernales,
Précipitent vos pas dans ces égaremens.

Accablés fous le poids de nombreufes provinces,
Vous en voulez encor ravir à d'autres princes !
Payez de votre fang les frais de votre orgueil ;
Laiffez le fils tranquille, et le père à fes filles ;
Qu'ainfi que les fuccès, les malheurs et le deuil
Ne touchent de l'Etat que vos feules familles.

Ce globe fpacieux qu'enferme l'univers,
Ce globe, des humains la commune patrie,
Où cent peuples nombreux, de cent climats divers,
Ne forment, raffemblés, qu'une ample colonie,
Diftingués par leurs traits, par leurs religions,
Leurs coutumes, leurs mœurs et leurs opinions,
Du Ciel, qui les forma fur un même modèle,
Reçurent tous des cœurs, et c'était pour s'aimer,
Déteftez, infenfés, votre rage cruelle :
L'amour ne pourra-t-il jamais vous défarmer ?

De leur deftin cruel mon ame eft attendrie :
Et d'un fort fi funefte aveugles artifans,
Dieu ! quel acharnement ! avec quelle furie
Les voit-on retrancher la trame de leurs ans !
Européans, Chinois, habitans de l'Afrique,
Et vous fiers citoyens des bords de l'Amérique,
Mon cœur, également ému de vos malheurs,
Condamne les combats, déplore les misères
Où vous plongent fans fin vos barbares fureurs,
Et je ne vois en vous que mon fang et mes frères.

Que l'univers enfin dans les bras de la paix,
Réprouvant fes erreurs, abandonne les armes ;
Et que l'ambition, les guerres, les procès
Laiffent le genre humain fans trouble et fans alarmes !

Qu'ils defcendent des cieux, pour remplir leurs défirs,
Ces volages enfans, les Ris et les Plaifirs,
Le Luxe fortuné, la prodigue Abondance,
Et tous ces arts heureux par qui furent polis
Memphis, Athènes, Rome, et Paris et Florence,
Dont même à votre tour vous fûtes anoblis.

1739.

Venez, arts enchanteurs, par vos heureux preftiges,
Etaler à nos yeux vos charmes tout-puiffans :
Des fujets de terreur, par vos nouveaux prodiges,
Se changent en vos mains, et plaifent à nos fens.
Tels, des gouffres profonds, inconnus du tonnerre,
Où mille affreux rochers fe cachent fous la terre,
Où roulent en grondant des orageux torrens,
Des hommes ont tiré, guidés par l'induftrie,
Ces métaux précieux, ces riches diamans,
Compagnons faftueux des grandeurs de la vie.

Ainfi, poffédant l'art des magiques accords,
Voltaire fait orner des fleurs qu'il fait éclore
Ces tragiques fujets, ces carnages, ces morts,
Que, fans ces traits favans, l'œil délicat abhorre :
C'eft là qu'on peut fouffrir ces maffacres affreux.
Les malheurs des humains ne plaifent qu'en ces jeux
Où des auteurs divins tracent à la mémoire
Les règnes déteftés de barbares tyrans,
D'un illuftre courroux la malheureufe hiftoire,
Où les crimes des morts corrigent les vivans.

Pourfuivez donc ainfi, fiers enfans de Solime,
A nous faire admirer vos triomphes heureux ;
Et bientôt, furpaffant Mithridate et Monime,
Au théâtre français attirez tous nos vœux.

Ee 4

Allez donc fur les pas de Céfar et d'Alzire,
Sous le nom de Zopire, à Paris vous produire,
Sans avoir des rivaux moins craints, moins redoutés,
Mais plus sûrs du bonheur de toucher et de plaire.
Je vois déjà briller l'éclat de vos beautés,
Couronnés des lauriers que vous cueillit Voltaire.

Je vous envoie en même temps la préface de la Henriade. Il faut fept années pour la graver; mais l'imprimeur anglais affure qu'il l'imprimera de manière qu'elle ne le cédera en rien à la beauté de fon Horace latin. Si vous trouvez quelque chofe à changer ou à corriger dans cette préface, il ne dépendra que de vous de le faire. Je ne veux point qu'il s'y trouve rien qui foit indigne de la Henriade ou de fon auteur. Je vous prie cependant de me renvoyer l'original, ou de le faire copier, car je n'en ai point d'autre.

Après un petit voyage de quelques jours qui me refte à faire, je me mettrai férieufement en devoir de combattre *Machiavel*. Vous favez que l'étude veut du repos, et je n'en ai aucun depuis trois mois; j'ai même été obligé de quitter trois fois la plume, n'ayant pas le temps d'achever cette lettre; et l'ouvrage que je me fuis propofé de faire demandant du jugement et de l'exactitude, je l'ai réfervé pour mon loifir dans ma retraite philofophique.

Je vous vois avec plaifir mener une vie prefque toute auffi errante que la mienne. *Thiriot* m'avertit de votre arrivée à Paris; j'avoue que, fi j'avais le choix des fêtes que célèbrent les Français d'aujourd'hui, et de celles qu'on célébrait du temps de *Louis XIV*, je ferais pour celles où l'efprit a plus de part que la

vue : mais je fais bien que je préférerais à toutes ces
brillantes merveilles le plaisir de m'entretenir deux    1739.
heures avec vous.

On m'interrompt encore; au diable les fâcheux!

Me voici de retour. Vous me parlez de grands
hommes et d'engagemens ; on vous prendrait pour
un enrôleur. Vous sacrifiez donc aussi aux Dieux de
notre pays ! Si l'on est à Paris dans le goût des plaisirs,
et qu'on se trompe quelquefois sur le choix, on est
ici dans le goût des *grands hommes ;* on mesure le
mérite à la toise, et l'on dirait que quiconque a le
malheur d'être né d'un demi pied de roi moins haut
qu'un géant, ne saurait avoir du bon sens, et cela
fondé sur la règle des proportions. Pour moi, je ne
sais ce qui en est; mais, selon ce qu'on dit, *Alexandre*
n'était pas grand, *César* non plus : le prince de *Condé*,
*Turenne*, milord *Marlborough*, et le prince *Eugène* que
j'ai vu, tous héros à juste titre, brillaient moins par
l'extérieur que par cette force d'esprit qui trouve des
ressources en soi-même dans les dangers, et par un
jugement exquis qui leur fesait toujours prendre avec
promptitude le parti le plus avantageux.

J'aime cependant cette aimable manie des Français;
j'avoue que j'ai du plaisir à penser que quatre cents
mille habitans d'une grande ville ne pensent qu'aux
charmes de la vie, sans en connaître presque les désa-
grémens : c'est une marque que ces quatre cents mille
hommes sont heureux.

Il me semble que tout chef de société devrait penser
sérieusement à rendre son peuple content, s'il ne le
peut rendre riche; car le contentement peut fort bien
subsister sans être soutenu par de grands biens. Un

—— homme, par exemple, qui se trouve dans un spectacle, à une fête, dans un endroit où une nombreuse assemblée de monde lui inspire une certaine satisfaction, un homme, dans ces momens-là, dis-je, est heureux, et il s'en retourne chez lui l'imagination remplie d'agréables objets qu'il laisse régner dans son ame. Pourquoi donc ne point s'étudier davantage à procurer au public de ces momens agréables qui répandent des douceurs sur toutes les amertumes de la vie, ou qui du moins leur procurent quelques momens de distraction de leurs chagrins ? Le plaisir est le bien le plus réel de cette vie ; c'est donc assurément faire du bien, et c'est en faire beaucoup, que de fournir à la société les moyens de se divertir.

Il paraît que le monde se met assez en goût des fêtes, car jusqu'au voisinage de la nouvelle Zemble et des mers hyperborées, on ne parle que de réjouissances. Les nouvelles de Pétersbourg ne sont remplies que de bals, de festins et de fêtes qu'ils y font à l'occasion du mariage du prince de *Brunswick*. Je l'ai vu à Berlin ce prince de *Brunswick*, avec le duc de *Lorraine ;* et je les ai vus badiner ensemble d'une manière qui ne sentait guère le monarque. Ce sont deux têtes que je ne sais quelle nécessité ou quelle providence paraît destiner à gouverner la plus grande partie de l'Europe.

Si la Providence était tout ce qu'on en dit, il faudrait que les *Newton* et les *Wolf*, les *Locke*, les *Voltaire*, enfin les êtres qui pensent le mieux, fussent les maîtres de cet univers ; il paraîtrait alors que cette sagesse infinie, qui préside à tous les événemens, par un choix digne d'elle, place dans ce monde les êtres les plus sages d'entre les humains pour gouverner les autres :

mais, de la manière que les chofes vont, il paraît
que tout fe fait affez à l'aventure. Un homme de
mérite n'eft point eftimé felon fa valeur; un autre
n'eft point placé dans un pofte qui lui convient ; un
faquin fera illuftré, et un homme de bien languira
dans l'obfcurité ; les rênes du gouvernement d'un
empire feront commifes à des mains novices, et des
hommes experts feront éloignés des charges. Qu'on
me dife là-deffus tout ce qu'on voudra, on ne pourra
jamais m'alléguer une bonne raifon de cette bizarrerie
des deftins.

Je fuis fâché que ma deftinée ne m'ait point placé
de manière que je puiffe vous entretenir tous les jours,
que je puiffe bégayer quelques mots de phyfique à
madame la marquife *du Châtelet*, et que le pays des
arts et des fciences ne foit pas ma patrie. Peut-être que
ce petit mécontentement de la Providence a caufé
mes plaintes; peut-être que mes doutes fe montrent
avec trop de témérité ; mais je ne penfe point cependant que ce foit tout à fait fans raifon.

Dites, je vous prie, à la belle *Emilie* que j'étudierai
cet hiver cette partie de la philofophie qu'elle protége,
et que je la prie d'échauffer mon efprit d'un rayon de
fon génie.

Ne m'oubliez point, mon cher *Voltaire* ; que les
charmes de Paris, vos amis, les fciences, les plaifirs,
les belles, n'effacent point de votre mémoire une perfonne qui devrait y être confervée à perpétuité. Je
crois y mériter une place par l'eftime et l'amité avec
laquelle je fuis à jamais, mon cher *Voltaire*,

votre très-parfait ami,

FÉDÉRIC.

# LETTRE C.

## DE M. DE VOLTAIRE.

Paris, feptembre.

MONSEIGNEUR,

1739.

J'AI reçu à Paris les deux plus grandes confolations dont j'avais befoin dans cette ville immenfe, où règnent le bruit, la diffipation, l'empreffement inutile de chercher fes amis qu'on ne trouve point ; où l'on ne vit pas pour foi-même ; où l'on fe trouve tout d'un coup enveloppé dans vingt tourbillons, plus chimériques que ceux de *Defcartes*, et moins faits pour conduire au bonheur que les abfurdités carté-fiennes ne font connaître la nature. Mes deux confolations, Monfeigneur, font les deux lettres dont votre Alteffe royale m'a honoré, du 9 et du 15 augufte, qui m'ont été renvoyées à Paris. Il a fallu d'abord en arrivant répondre à beaucoup d'objections que j'ai trouvées répandues à Paris contre les découvertes de *Newton*. Mais ce petit devoir dont je me fuis acquitté ne m'a point fait perdre de vue ce Mahomet dont j'ai déjà eu l'honneur d'envoyer les prémices à votre Alteffe royale. Voici deux actes à la fois. Si j'avais attendu que cela fût digne de vous être préfenté, j'aurais attendu trop long-temps. Je les envoie comme une preuve de mon empreffement à vous plaire ; et pour meilleure preuve, je vais les corriger. Votre Alteffe royale verra fi les horreurs que le fanatifme

entraîne, y font peintes d'un pinceau affez ferme et
affez vrai. Le malheureux *Séide*, qui croit fervir DIEU 1739.
en égorgeant fon père, n'eft point un portrait chimérique. Les *Jean Châtels*, les *Cléments*, les *Ravaillacs*
étaient dans ce cas, et ce qu'il y a de plus horrible,
c'eft qu'ils étaient tous dans la bonne foi. N'eft-ce
donc pas rendre fervice à l'humanité de diftinguer
toujours comme j'ai fait la religion de la fuperftition.
Et méritais-je d'être perfécuté pour avoir toujours
dit, en cent façons différentes, qu'on ne fait jamais
de bien à DIEU, en fefant du mal aux hommes? Il
n'y a que les fuffrages, les bontés et les lettres de votre
Alteffe royale, qui me foutiennent contre les contradictions que j'ai effuyées dans mon pays. Je regarde
ma vie comme la fête de *Damoclès* chez *Denis*. Les
lettres de votre Alteffe royale et la fociété de madame
la marquife *du Châtelet* font mon feftin et ma mufique.

> Mais de la perfécution
> Le fer, fufpendu fur ma tête,
> Corrompt les plaifirs de la fête
> Que, dans le palais d'Apollon,
> Le divin Fédéric m'apprête;
> Sans cela, ma mufe, enhardie
> Par vos héroïques chanfons,
> Prendrait une nouvelle vie,
> Et mêlerait de nouveaux fons
> Aux concerts de votre harmonie:
> Mais, quoi! fous la ferre cruelle
> De l'impitoyable vautour,
> Voit-on la tendre Philomèle
> Chanter les plaifirs et l'amour?

A peine fuis-je arrivé à Paris , qu'on a été dire à l'oreille d'un grand miniftre que j'avais compofé l'hiftoire de fa vie, et que cette hiftoire critique allait paraître dans les pays étrangers. Cette calomnie a été bientôt confondue , mais elle pouvait porter coup. Votre Alteffe royale fait ce que c'eft que le pouvoir defpotique , et elle n'en abufera jamais ; mais elle voit quel eft l'état d'un homme qu'un feul mot peut perdre. C'eft continuellement ma fituation. Voilà ce que m'ont valu vingt années confumées à tâcher de plaire à ma nation , et quelquefois peut-être à l'inftruire. Mais, encore une fois , votre Alteffe royale m'aime, et je fuis bien loin d'être à plaindre ; elle daigne faire graver la Henriade ; quel mal peut-on me faire qui ne foit au-deffous d'un tel honneur ? Je viens d'acheter un Machiavel complet exprès pour être plus au fait de la belle réfutation que j'attends avec ce que vous allez en écrire ; je ne crois pas qu'il y en ait jamais de meilleure réfutation que votre conduite. Les hommes femblent tous occupés à préfent à fe détruire, et depuis le Mogol jufqu'au détroit de Gibraltar , tout eft en guerre ; on croit que la France danfera auffi dans cette vilaine pyrrique. C'eft dans ce temps que votre Alteffe royale enfeigne la juftice avant d'exercer fa valeur. M'eft-il permis de lui demander quand je ferai affez heureux pour voir ces leçons d'équité et de fageffe ?

J'ai vu les fufées volantes qu'on a tirées à Paris, avec tant d'appareil ; mais je voudrais toujours qu'on commençât par avoir un hôtel-de-ville, de belles places, des marchés magnifiques et commodes, de belles fontaines , avant d'avoir des feux d'artifice ;

je préfère la magnificence romaine à des feux de joie; ce n'eſt pas que je condamne ceux-ci : à Dieu ne plaiſe qu'il y ait un ſeul plaiſir que je déſapprouve; mais en jouiſſant de ce que nous avons, je regrette un peu ce que nous n'avons pas.

Votre Ateſſe royale fait, ſans doute, que *Bouchardon* et *Vaucanſon* font des chefs-d'œuvres, chacun dans leur genre. *Rameau* travaille à mettre à la mode la muſique italienne. Voilà des hommes dignes de vivre ſous *Fédéric ;* mais je les défie d'en avoir autant d'envie que moi.

Je ſuis avec le plus profond reſpect et la plus tendre reconnaiſſance , de votre Alteſſe royale, &c.

# LETTRE CI.

## DU PRINCE ROYAL.

A Remusberg, le 10 d'octobre.

MON CHER AMI,

J'AVAIS cru avec le public que vous aviez reçu le meilleur accueil du monde de tout Paris , qu'on s'empreſſait de vous rendre des honneurs et de vous faire des civilités ; et que votre ſéjour dans cette ville fameuſe ne ſerait mêlé d'aucune amertume. Je ſuis fâché de m'être trompé ſur une choſe que j'avais fort ſouhaitée ; et il paraît que votre ſort , et celui de la plupart des grands hommes , eſt d'être perſécutés pendant leur vie , et adorés comme des Dieux après

—— leur mort. La vérité eſt que ce fort, quelque brillant qu'il vous peigne l'avenir, vous offre le ſeul temps dont vous pouvez jouir ſous une face peu agréable. Mais c'eſt dans ces occaſions où il faut ſe munir d'une fermeté d'ame, capable de réſiſter à la peur et à tous les fâcheux accidens qui peuvent arriver. La ſecte des ſtoïciens ne fleurit jamais davantage que ſous la tyrannie des méchans empereurs. Pourquoi ? parce que c'était alors une néceſſité, pour vivre tranquille, de ſavoir mépriſer la douleur et la mort.

Que votre ſtoïciſme, mon cher *Voltaire*, aille au moins à vous procurer une tranquillité inaltérable. Dites avec *Horace : In virtute meâ involvo.* Ah ! s'il ſe pouvait, je vous recueillerais chez moi ; ma maiſon vous ferait un aſile contre tous les coups de la fortune, et je m'appliquerais à faire le bonheur d'un homme dont les ouvrages ont répandu tant d'agrémens ſur ma vie.

J'ai reçu les deux nouveaux actes de *Zopire*. Je ne les ai lus qu'une fois ; mais je vous réponds de leur ſuccès. J'ai penſé verſer des larmes en les liſant ; la ſcène de *Zopire* et de *Séide*, celle de *Séide* et de *Palmire*, lorſque *Séide* s'apprête à commettre le parricide, et la ſcène où *Mahomet*, parlant à *Omar*, feint de condamner l'action de *Séide*, font des endroits excellens. Il m'a paru, à la vérité, que *Zopire* venait ſe confeſſer exprès ſur le théâtre pour mourir en règle, que le fond du théâtre ouvert et fermé ſentait un peu la machine ; mais je ne ſaurais en juger qu'à la ſeconde lecture. Les caractères, les expreſſions des mœurs, et l'art d'émouvoir les paſſions, y font connaître la main du grand, de l'excellent maître qui a fait cette pièce:

et

et quand même *Zopire* ne viendrait pas affez naturellement fur le théâtre , je croirais que ce ferait une
tache qu'on pourrait paffer fur le corps d'une beauté
parfaite , et qui ne ferait remarquée que par des
vieillards qui examinent avec des lunettes ce qui ne
doit être vu qu'avec faififfement , et fenti qu'avec
tranfport.

Vos fêtes de Paris n'ont fatisfait que votre vue :
pour moi, je ferais pour les fêtes dont l'efprit et tous
nos fens peuvent profiter. Il me femble qu'il y a de
la pédanterie en favoir et en plaifir ; que de choifir une
matière pour nous inftruire , un goût pour nous
divertir, c'eft vouloir retrécir la capacité que le créateur a donnée à l'efprit humain qui peut contenir plus
d'une connaiffance , et c'eft rendre inutile l'ouvrage
d'un Dieu qui paraît épicurien, tant il a eu foin de
la volupté des hommes.

> *J'aime le luxe et même la molleffe ,*
> *Et les plaifirs de toute efpèce ;*
> *Tout honnête homme a de tels fentimens.*

C'eft *Moïfe* apparemment qui dit cela ? fi ce n'eft
lui , c'eft toujours un homme qui ferait meilleur
légiflateur que ce juif impofteur , et que j'eftime
plus mille fois que toute cette nation fuperftitieufe ,
faible et cruelle.

Nous avons eu ici milord *Baltimore* et M. *Algarotti*, qui s'en retournent en Angleterre. Ce lord eft
un homme très-fenfé , qui poffède beaucoup de
connaiffances , et qui croit, comme vous, que les
fciences ne dérogent point à la nobleffe et ne dégradent point un rang illuftre.

*Corresp. du roi de P... &c.* Tome I. F f

1739.

—— J'ai admiré le génie de cet anglais comme un beau visage à travers d'un voile : il parle très-mal français, mais on aime pourtant à l'entendre parler ; et l'anglais, il le prononce si vîte qu'il n'y pas moyen de le suivre. Il appelle un russien, un animal mécanique ; il dit que Pétersbourg est l'œil de la Russie, avec lequel elle regarde les pays policés ; que si on lui éborgnait cet œil, elle ne manquerait pas de retomber dans la barbarie dont elle n'est guère sortie. Il est grand partisan de *la Soleil* ; et je ne le crois pas trop éloigné des dogmes de *Zoroastre* touchant cette planète. Il a trouvé ici des gens avec lesquels il pouvait parler sans contrainte, ce qui m'a fait composer l'épître ci-jointe, que je vous prie de corriger impitoyablement.

Le jeune *Algarotti*, que vous connaissez, m'a plu on ne saurait davantage. Il m'a promis de revenir ici aussitôt qu'il lui serait possible. Nous avons bien parlé de vous, de géométrie, de vers, de toutes les sciences, de badineries, enfin de tout ce dont on peut parler. Il a beaucoup de feu, de vivacité et de douceur ; ce qui m'accommode on ne saurait mieux. Il a composé une cantate qu'on a mise aussitôt en musique, et dont on a été très-satisfait. Nous nous sommes séparés avec regret, et je crains fort de ne revoir de long-temps dans ces contrées d'aussi aimables personnes.

Nous attendons, cette semaine, le marquis de *la Chétardie*, duquel il faudra prendre encore un triste congé. Je ne sais ce que c'est que ce monsieur *Valori*; mais j'en ai ouï parler comme d'un homme qui n'avait pas le ton de la bonne compagnie. Monsieur le cardinal aurait bien pu se passer de nous envoyer cet homme, et de nous ôter *la Chétardie*, qui eſt en tout ſens un très-aimable garçon.

Soyez ſûr qu'ici, à Remusberg, nous nous embarraſſons auſſi peu de guerre que s'il n'y en avait point dans le monde. Je travaille actuellement à *Machiavel*, interrompu quelquefois par des importuns dont la race n'eſt pas éteinte, malgré les coups de foudre que leur lança *Moliére*. Je réfute *Machiavel*, chapitre par chapitre ; il y en a quelques-uns de faits, mais j'attends qu'ils ſoient tous achevés pour les corriger. Alors vous ſerez le premier qui verrez l'ouvrage, et il ne ſortira de mes mains qu'après que le feu de votre génie l'aura épuré.

J'attends vos corrections ſur la préface de la Henriade, afin d'y changer ce que vous avez trouvé à propos ; après quoi la Henriade volera ſous la preſſe.

J'ai fait conſtruire une tour, au haut de laquelle je placerai un obſervatoire. L'étage d'en-bas devient une grotte, le ſecond une ſalle pour des inſtrumens de phyſique, le troiſième une petite imprimerie. Cette tour eſt attachée à ma bibliothéque par le moyen d'une colonade, au haut de laquelle règne une platteforme. Je vous en envoie le deſſin pour vous amuſer, en attendant que l'on conſtruiſe l'hôtel-de-ville et les marchés de Paris.

J'attends de vos nouvelles avec beaucoup d'impatience, et je vous prie de me croire de vos amis autant qu'il eſt poſſible de l'être.

FÉDÉRIC.

*Céſarion* ne veut pas que je ſois ſon interprète, il aime mieux vous écrire lui-même.

Ff 2

1739.

Quoique rien ne faurait être ajouté aux fentimens de tendreffe et à mon parfait attachement pour vous, Monfieur, il eft pourtant hors de doute que s'il avait plu à mon augufte maître de vous les dépeindre, vous en auriez été convaincu d'une manière bien plus agréable. Je fuis en favoir comme une jeune beauté paffée qui doit la plupart de fes charmes à fes ajuſte-mens. Déshabillée, vous déplairait-elle? je penſe que non, et j'oſe hardiment vous faire voir toute nue l'amitié avec laquelle je ferai toute ma vie, Monfieur, tout à vous, et votre, &c.

DE KEYSERLING.

Faites agréer, je vous en fupplie, mes affurances de reſpect à madame la Marquife. Je ferais au comble de mes fouhaits, fi à la fuite de mon adorable maître je pouvais me tranſporter à Paris, pendant que madame *du Châtelet*, M. le prince de *Naſſau*, et vous, Monfieur, contribuez à en embellir le féjour. Mais, Monfieur, jugez-moi, s'il vous plaît, par vous-même : feriez-vous difpofé à quitter madame la Marquife pour venir nous trouver à Remusberg?

# LETTRE CII.

## DE M. DE VOLTAIRE.

De Paris, le 18 octobre.

MONSEIGNEUR,

Je renvoie à votre Altesse royale le plus grand monument de vos bontés et de ma gloire. Je n'ai de véritable gloire que du jour que vous m'avez protégé, et vous y avez mis le comble par l'honneur que vous daignez faire à la Henriade. Deux véritables amis, que j'ai dans Paris, ont lu ce morceau de profe, qui vaut mieux que tous mes vers. Ils ont été prêts à verfer des larmes, quand ils ont vu qu'à peine il y a une ligne de votre main, qui ne parte d'un cœur né pour le bonheur des hommes, et d'un efprit fait pour les éclairer. Ils ont admiré avec quelle énergie votre Alteffe royale écrit dans une langue étrangère. Ils ont été étonnés du goût fingulier qu'elle a pour des chofes dont tant de nos princes ont fi peu de connaiffance. Tout cela les frappait, fans doute; mais les fentimens d'humanité qui règnent dans cet ouvrage, ont enlevé leur ame. Tout ce qu'ils peuvent faire, c'eft de garder le fecret fur cette préface; mais le garder fur le prince adorable qui penfe avec tant de grandeur et avec tant de bonté, cela eft impoffible; ils font trop émus; il faut qu'ils difent avec moi:

1739.

Ff 3

Ne verrons-nous jamais ce divin Marc-Aurèle,
Cet ornement des arts et de l'humanité,
Cet amant de la vérité,
Qui chez les rois chrétiens n'a point eu de modèle,
Et qui doit en fervir dans la poftérité!

Je n'ai rien fait de nouveau depuis les deux derniers actes de Mahomet. Me voici les mains vides devant mon maître ; mais il faut qu'il me pardonne. Tous mes maux m'ont repris. Si mes ennemis, qui m'ont perfécuté, favaient ce que je fouffre, je crois qu'ils feraient honteux de leur haine et de leur envie ; car comment envier un homme dont prefque toutes les heures font marquées par des tourmens, et pourquoi haïr celui qui n'emploie les intervalles de fes foufrances, qu'à fe rendre moins indigne de plaire à ceux qui aiment les arts et les hommes ? Madame *du Châtelet* ne part pour les Pays - Bas que vers le commencement de novembre ; et je ne crois pas que ma fanté pût me permettre de l'accompagner, quand même elle partirait plutôt. Je relis Machiavel dans le peu de temps que mes maux et mes études me laiffent. J'ai la vanité de penfer que ce qui aura le plus révolté dans cet auteur, c'eft le chapitre de *la Crudeltà*, où ce monftre ingénieux et politique ofe dire : *deve per tanto un principe non fi curare dell' infamia di crudele ;* mais fur-tout le chapitre dix-huitième : *in che modo i principi debbiano offervare la fede.* Si j'ofais dire mon fentiment devant votre Alteffe royale, qui eft affurément le juge né de ces matières par fon cœur, par fon efprit et par fon rang, je dirais que je ne trouve ni raifon, ni efprit dans ce chapitre. Ne

voilà-t-il pas une belle preuve qu'un prince doit être un
fripon, parce qu'*Achille* a été nourri, selon la fable,
par un animal moitié bête et moitié homme ! Encore
fi *Ulyſſe* avait eu un renard pour précepteur, l'allé-
gorie aurait quelque juſteſſe ; mais qu'en conclure
pour *Achille*, qui n'eſt repréſenté que comme le plus
impétueux et le moins politique des hommes ?

Dans le même chapitre, il faut être un perfide
*perchè gli uomini ſono triſti ;* et le moment d'après il
dit : *Sono tanto ſimplici gli uomini che colui che inganna
trovera ſempre chi ſi laſcera ingannare.*

Il me ſemble que le docteur du crime méritait de
tomber ainſi en contradiction.

Je n'ai point encore eu les notes d'*Amelot de la
Houſſaye ;* mais quel commentaire faut-il à mon
prince pour démêler le faux et pour confondre l'injuſte ? Béni ſoit le jour où ſes aimables mains auront
achevé un ouvrage dont dépendra le bonheur des
hommes, et qui devra être le catéchiſme des rois !

Je ne ſais pas comment, dans ce catéchiſme, le
manifeſte de l'empereur contre ſon général et contre
ſon plénipotentiaire, ſerait reçu ; mais ce n'eſt pas à
moi à porter mes vues ſi haut.

*Paſtorem, Tytire, pingues
Paſcere oportet oves, nec regum bella referre.*

J'ai reçu ici une viſite du fils de M. *Gramkan,* qui
me paraît un jeune homme de mérite, digne de vous
ſervir et d'entendre votre Alteſſe royale.

Je n'entends plus parler du voyage que M. de
*Keyſerling* devait faire à Paris, et j'ai peur de partir

1739.

sans avoir vu celui avec qui j'aurais passé les jours entiers à parler d'un prince qui fait honneur à l'humanité. Madame *du Châtelet* a écrit à votre Altesse royale.

Je suis avec le plus profond respect et la plus tendre reconnaissance, &c.

## LETTRE CIII.

### DU PRINCE ROYAL.

A Remusberg, le 6 de novembre.

#### MON CHER AMI,

J'AI été aussi mortifié de l'état infirme de votre santé que j'ai été réjoui par la satisfaction que vous me témoignez de ma préface. J'en abandonne le style à la critique de tous les *Zoïles* de l'univers; mais je me persuade en même temps qu'elle se soutiendra, puisqu'elle ne contient que des vérités, et que tout homme qui pense sera obligé d'en convenir.

Cette réfutation de *Machiavel*, à laquelle vous vous intéressez, est achevée. Je commence à présent à la reprendre par le premier chapitre, pour corriger et pour rendre, si je le puis, cet ouvrage digne de passer à la postérité. Pour ne vous point faire attendre, je vous envoie quelques morceaux de ce marbre brut, qui ne sont pas encore polis.

J'ai envoyé, il y a huit jours, l'avant-propos à la Marquise; vous recevrez tous les chapitres corrigés et dans leur ordre, lorsqu'ils feront achevés. Quoique je ne veuille point mettre mon nom à cet ouvrage, je voudrais cependant, fi le public en foupçonnait l'auteur, qu'il ne pût me faire du tort. Je vous prie, par cette confidération, de me faire l'amitié de me dire naturellement ce qu'il y faut corriger. Vous fentez que votre indulgence en ce cas me ferait préjudiciable et funefte.

Je m'étais ouvert à quelqu'un du deffein que j'avais de réfuter *Machiavel* : ce quelqu'un m'affura que c'était peine perdue, puifque l'on trouvait, dans les notes politiques d'*Amelot de la Houffaye* fur *Tacite*, une réfutation complète du Prince politique. J'ai donc lu *Amelot* et fes notes, mais je n'y ai point trouvé ce qu'on m'avait dit ; ce font quelques maximes de ce politique dangereux et déteftable qu'on réfute, mais ce n'eft pas l'ouvrage en corps.

Où la matière me l'a permis, j'ai mêlé l'enjouement au férieux, et quelques petites digreffions dans les chapitres qui ne préfentaient rien de fort intéreffant au lecteur ; ainfi les raifonnemens, qui n'auraient pas manqué d'ennuyer par leur féchereffe, font fuivis de quelque chofe d'hiftorique, ou de quelques remarques un peu critiques pour réveiller l'attention du lecteur. Je me fuis tu fur toutes les chofes où la prudence m'a fermé la bouche, et je n'ai point permis à ma plume de trahir les intérêts de mon repos.

Je fais une infinité d'anecdotes fur les cours de l'Europe, qui auraient à coup sûr diverti mes lecteurs; mais j'aurais compofé une fatire d'autant plus offenfante qu'elle eût été vraie ; et c'eft ce que je ne ferai jamais. Je ne fuis point né pour chagriner les princes, je voudrais plutôt les rendre fages et heureux. Vous

—— trouverez donc dans ce paquet cinq chapitres de
1739. *Machiavel*, le plan de Remusberg, que je vous dois
depuis long-temps, et quelques poudres qui font
admirables pour vos coliques. Je m'en fers moi-même,
et elles me font un bien infini : il les faut prendre le
foir, en fe couchant, avec de l'eau pure.

Adieu, cher ami toujours malade et toujours perfécuté ; je vous quitte pour reprendre mon ouvrage,
et noircir le caractère infame et fcélérat de l'avocat du
crime, de la même plume qui fit l'éloge de l'incomparable auteur de la Henriade ; mais elle confondra
plus facilement le corrupteur du genre humain, qu'elle
n'a pu louer le précepteur de l'humanité. C'eft une
chofe fâcheufe pour l'éloquence que, lorfqu'elle a de
grandes chofes à dire, elle foit toujours inférieure à
fon fujet.

Mes amitiés à la Marquife, mes complimens à vos
amis qui doivent être les miens, puifqu'ils font dignes
d'être les vôtres.

Je fuis avec toute l'amitié et la tendreffe poffibles,
mon cher *Voltaire*,

votre très-fidèle ami,

FÉDÉRIC.

# LETTRE CIV.

## DE M. DE VOLTAIRE.

Novembre.

Brulez votre vaisseau, vagabond Baltimore,
Qui, du détroit du Sund au rivage du Maure,
Du Bengale au Pérou, fendez le sein des mers.
Vous, jeune citoyen de ce plat univers,
Vous, de nouveaux plaisirs et de science avide,
Elève de Socrate et d'Horace et d'Euclide,
Cessez, Algarotti, d'observer les humains,
Les Phrinés de Venise et les Gitons de Rome,
Les théâtres français, les tables des Germains,
Les ministres, les rois, les héros et les saints ;
Ne vous fatiguez plus, ne cherchez plus un homme ?
Il est trouvé. Le ciel qui forma ses vertus,
    Le ciel au haut du mont Remus
A placé mon héros, l'exemple des vrais sages ;
Il commande aux esprits, il est roi sans pouvoir :
Aux pieds du mont Remus finissez vos voyages,
L'univers n'est plus rien, vous n'avez rien à voir.
Ciel ! quand arriverai-je à la montagne auguste
Où règne un philosophe, un bel esprit, un juste,
Un monarque fait homme, un Dieu selon mon cœur ?
Mont sacré d'Apollon, double front du Parnasse,
Olympe, Sinaï, Thabor, disparaissez :
Oui, par ce mont Remus vous êtes effacés,
    Autant que Frédéric efface
Et les héros préfens, et tous les Dieux passés.

1739.

J'en demande pardon, Monſeigneur, à Sinaï et à Thabor; la verve m'a emporté; j'ai dit plus que je ne devais dire. D'ailleurs, les foudres et les tonnerres du mont Sinaï n'ont point de rapport à la vie philoſophique qu'on mène au mont Remus; et la transfiguration du Thabor n'a rien à démêler avec l'uniformité de votre charmant caractère. Enfin, que votre Alteſſe royale pardonne à l'enthouſiaſme: n'eſt-il pas permis d'en avoir un peu, quand on vient de lire la belle épître dont votre muſe françaiſe a régalé milord *Baltimore*.

Je vois que mon prince a mis encore la connaiſſance de la langue anglaiſe dans ſes tréſors. *Dulces ſermones cujuſcumque linguæ.* Je crois que ce lord *Baltimore* aura été bien ſurpris de voir un prince allemand écrire en vers français à un anglais; mais que voulez-vous? je ſuis encore plus ſurpris que lui. Je n'entends rien à ce prodige de la nature. Comment ſe peut-il faire, encore une fois, qu'on écrive ſi bien dans la langue d'un pays où l'on n'a jamais été? pour Dieu, Monſeigneur, dites donc votre ſecret!

J'enverrais bien auſſi des vers à votre Alteſſe royale, ſi j'oſais: elle aurait le cinquième acte de Mahomet; mais c'eſt qu'il n'eſt pas encore tranſcrit, et pour les quatre premiers, ils ſont actuellement repolis. Si votre beau génie a été un peu content de cette faible ébauche, j'oſe eſpérer qu'elle aura encore la même indulgence pour l'ouvrage achevé. Elle ne trouvera plus certaines répétitions, certains vers lâches et découſus, qui ſont des pierres d'attente. Elle verra l'amour paternel et le ſecret de la naiſſance des enfans de *Zopire*, jouer un rôle plus grand et bien plus intéreſſant; *Zopire*, prêt à être aſſaſſiné par ſes enfans mêmes, n'adreſſe au ciel ſes prières que pour eux, et il eſt frappé de la main de ſon fils, tandis qu'il prie les Dieux de lui faire connaître ce fils même. Le fanatiſme eſt-il peint à votre gré? ai-je aſſez exprimé l'horreur que doivent inſpirer les *Ravaillac*, les *Poltrot*, les *Clément*, les *Felton*, les *Salcède*, les *Aod*, j'ai penſé dire les *Judith*. En effet, Monſeigneur, quel bon roi ferait à l'abri d'un aſſaſſinat, ſi la religion enſeignait à tuer un prince qu'on croit ennemi de DIEU?

Voilà la première tragédie où l'on ait attaqué la ſuperſtition. Je voudrais qu'elle pût être aſſez bonne pour être dédiée à celui de tous les princes qui diſtingue le mieux le culte de l'Etre infiniment bon, et l'infiniment déteſtable fanatiſme.

Je viens de voir d'autres ouvrages ſur des matières bien différentes, mais plus dignes de votre Alteſſe royale. C'eſt un cours de géométrie, par M. *Clairaut;* c'eſt un jeune homme qui fit un ouvrage ſur les courbes, à l'âge de quatorze ans, et qui a été depuis peu, comme le fait votre Alteſſe royale, meſurer la terre ſous le cercle polaire. Il traite les mathématiques comme *Locke* a traité l'entendement humain; il écrit avec la méthode que la nature emploie, et comme *Locke* a ſuivi l'ame dans la ſituation de ſes idées, il ſuit la géométrie dans la route qu'ont tenue les hommes pour découvrir par degrés les vérités dont ils ont eu beſoin : ce ſont donc en effet les beſoins que les hommes ont eu de meſurer, qui ſont chez *Clairaut* les vrais maîtres de mathématiques. L'ouvrage n'eſt pas près d'être fini; mais le commencement me paraît de la plus grande facilité, et par conſéquent très-utile.

Mais, Monseigneur, le plus utile de ces ouvrages, c'est celui que j'attends d'une main faite pour rendre les hommes heureux.

Je vais, moi chétif, me rendre aux *Elémens de Newton*, dont on demande à Paris une nouvelle édition ; mais ce travail sera pour Bruxelles. Je pars, je suis *Emilie* et madame la duchesse de *Richelieu* à Cirey ; de-là je vais en Flandres, &c.

## LETTRE CV.

### *DU PRINCE ROYAL.*

A Berlin, le 4 de décembre.

MON CHER AMI,

Vous me promettez votre nouvelle tragédie toute achevée ; je l'attends avec beaucoup de curiosité et d'impatience. J'étais déjà charmé de ce premier feu qu'avait jeté votre génie immortel, et je juge de *Zopire* achevé par la belle ébauche que j'en ai vue. C'est un S<sup>t</sup> *Jean* qui promet beaucoup de l'ouvrage qui va le suivre. Je serais content, et très-content, si de ma vie j'avais fait une tragédie, comme celle des Musulmans, sans correction ; mais il n'est pas permis à tout le monde d'aller à Athènes.

Je vous soumets les douze premiers chapitres de mon *Anti-Machiavel*, qui, quoique je les aye retouchés, fourmillent encore de fautes. Il faut que vous soyez

le père putatif de ces enfans, et que vous ajoutiez à
leur éducation ce que la pureté de la langue françaife **1739.**
demande pour qu'ils puiffent fe préfenter au public.
Je retoucherai en attendant les autres chapitres, et les
poufferai à la perfection que je fuis capable d'atteindre.
C'eft ainfi que je fais l'échange de mes faibles productions contre vos ouvrages immortels, à peu-près
comme les Hollandais qui troquent des petits miroirs
et du verre contre l'or des Américains : encore fuis-je
bien heureux d'avoir quelque chofe à vous rendre.

Les diffipations de la cour et de la ville, des com-
plaifances, des plaifirs, des devoirs indifpenfables,
et quelquefois des importuns, me diftraient de mon
travail ; et *Machiavel* eft fouvent obligé de céder la
place à ceux qui pratiquent fes maximes, et que je
réfute par conféquent. Il faut s'accommoder à ces
bienféances qu'on ne fauroit éviter, et quoi qu'on en
ait, il faut facrifier au Dieu de la coutume pour ne
point paffer pour fingulier ou pour extravagant.

Ce monfieur de *Valori*, fi long-temps annoncé par la
voix du public, fi fouvent promis par les gazettes, fi
long-temps arrêté à Hambourg, eft arrivé enfin à
Berlin. Il nous fait beaucoup regretter *la Chétardie.*
M. de *Valori* nous fait apercevoir tous les jours ce que
nous avons perdu au premier. Ce n'eft à préfent
qu'un cours théorique des guerres du Brabant, des
bagatelles et des minuties de l'armée françaife ; et je
vois fans ceffe un homme qui fe croit vis-à-vis de
l'ennemi et à la tête de fa brigade. Je crains toujours
qu'il ne me prenne pour une contrefcarpe ou pour
un ouvrage à cornes, et qu'il ne me livre mal-honnê-
tement un affaut. M. de *Valori* a prefque toujours la

migraine ; il n'a point le ton de la fociété ; il ne foupe point ; et l'on dit que le mal de tête lui fait trop d'honneur de l'incommoder , et qu'il ne le mérite point du tout.

Nous venons de faire ici l'acquifition d'un très-habile homme. Il s'appelle *Celius ;* il eft habile phyficien et très-renommé pour les expériences. On lui donne pour vingt mille écus d'inftrumens. Il achèvera , cette année , un ouvrage qui lui fera beaucoup d'honneur: c'eft une machine mécanique qui démontre parfaitement tous les mouvemens des étoiles et des planètes, felon le fyftême de *Newton.* Vous ne connaiffez peut-être pas non plus un jeune homme qui commence à paraître ; il fe nomme *Liberquin.* C'eft un génie admirable pour les mécaniques. Il a fait par l'optique des découvertes étonnantes , et il pouffe fon art à un point de perfection qui furpaffe tout ce qu'on a vu avant lui. Il reviendra ici cette automne, après avoir vu Paris. Il a paffé trois années à Londres , et il a été très-eftimé de tous les favans d'Angleterre. Je vous parlerai plus en détail fur fon chapitre , lorfque je l'aurai vu après fon retour.

Je fuis ravi de voir de ces heureufes productions de ma patrie : ce font comme des rofes qui croiffent parmi les ronces et les orties , ce font comme des bluettes de génie, qui fe font jour à travers des cendres où malheureufement les arts font enfevelis. Vous vivez en France dans l'opulence de ces arts : nous fommes ici indigens de fcience , ce qui fait peut-être que nous eftimons plus le peu que nous avons.

Vous trouverez peut-être que je bavarde beaucoup ; mais fouvenez-vous qu'il y a quatre femaines que je

ne

ne vous ai écrit, et que les pluies ne font jamais plus
abondantes qu'après une grande ftérilité.

Je vous fuis à Cirey, mon cher *Voltaire*, et je
partage avec vous vos chagrins comme vos plaifirs.
Profitez des plaifirs de ce monde, autant que vous le
pouvez ; c'eft ce qu'un homme fage doit faire.
Inftruifez-nous, mais que ce ne foit pas aux dépens
de votre fanté et de votre vie.

Quand eft-ce que les *Voltaire* et les *Emilie* voyageront
vers le Nord ? je crains fort que ce phénomène,
quoique impatiemment attendu, n'arrive pas fi tôt.
Il ne fera pas dit cependant que je mourrai avant de
vous avoir vu, duffé-je vous enlever ; j'en tenterai
l'aventure. Avouez que vous feriez bien étonné, fi
vous entendiez arriver de nuit à Cirey des gens maf-
qués, des flambeaux, un carroffe, et tout l'appareil
d'un enlèvement. Cette aventure reffemblerait un peu
à celle de la Pentecôte (\*), à la différence près qu'on ne
vous ferait d'autre mal que de vous féparer d'*Emilie* ;
j'avoue que ce ferait beaucoup. Il me femble que ni
vous ni cette *Emilie* n'êtes point nés pour la chicane,
et que tant que Paris fe trouvera fur la route de la
Marquife, fon affaire pourrait bien être jugée par
contumace.

Le pauvre *Céfarion*, accablé de goutte, n'a pas
levé fon piquet de Remusberg, et quoique je le
revendique fans ceffe, fon mal ne veut point encore
me le renvoyer. Il vous aime comme un ami, et
vous eftime comme un grand homme. Souffrez que
je lui ferve d'organe, et que je vous exprime ce que

_____

(\*) Voyez là pièce intitulée *la Baftille*, vol. de Poëmes.

1739. ———— les douleurs et l'impuiſſance dans laquelle il ſe trouve l'empêchent de vous dire lui-même.

Je ne vous parle point des riens de la ville, des nouvelles frivoles du temps et des bagatelles du jour, qui ne méritent pas de ſortir de notre horizon. Je ne devrais vous parler que de vous-même ou de la Marquiſe, mais je craindrais d'ennuyer en feſant ou le miroir ou l'écho de ce que l'on doit admirer en vous. Faites, s'il vous plaît, mes complimens à la Marquiſe, et ſoyez perſuadé que je vous aime et vous eſtime autant qu'il eſt poſſible, étant à jamais votre très-fidèle ami.

FÉDÉRIC.

# LETTRE CVI.

## DE M. DE VOLTAIRE.

Du 28 décembre.

MONSEIGNEUR,

QUE ſouhaiter à votre Alteſſe royale, cette année? Elle a tout ce qu'un prince doit avoir, et plus qu'un particulier qui aurait ſa fortune à faire par ſes talens. Non, Monſeigneur, je ne fais point de ſouhaits pour vous; j'en fais, ſi vous le permettez, pour moi; et ces ſouhaits, vous en ſavez le but, *ut videam ſalutare meum*. Je fais encore un ſouhait pour le public; c'eſt qu'il voie la réfutation que mon prince a faite du corrupteur des princes. Je reçus, il y a quelques jours, à Bruxelles les douze premiers chapitres; j'avais déjà dévoré les derniers que j'avais reçus en France.

Monfeigneur , il faut , pour le bien du monde , que cet ouvrage paraiffe ; il faut que l'on voie l'antidote préfenté par une main royale : il eft bien étrange que des princes qui ont écrit , n'aient pas écrit fur un tel fujet. J'ofe dire que c'était leur devoir , et que leur filence fur Machiavel était une approbation tacite. C'était bien la peine que *Henri VIII* d'Angleterre écrivît contre *Luther ;* c'était bien à l'*enfant Jéfus* que *Jacques I* devait dédier un ouvrage. Enfin, voici un livre digne d'un prince , et je ne doute pas qu'une édition de Machiavel , avec ce contre-poifon à la fin de chaque chapitre , ne foit un des plus précieux monumens de la littérature. Il y a très-peu de ce qu'on appelle des *fautes contre l'ufage de notre langue ;* et votre Alteffe royale me permettra de m'acquitter de ma charge , de mettre des points fur les *i.* Si votre Alteffe royale daigne condefcendre à la prière que je lui fais , fi elle donne fon tréfor au public , je lui demande en grâce qu'elle me permette de faire la préface , et d'être fon éditeur. Après l'honneur qu'elle me fait de faire imprimer la Henriade , elle ne pouvait plus m'en faire d'autre , qu'en me confiant l'édition de l'Anti-Machiavel. Il arrivera que ma fonction fera plus belle que la vôtre : la Henriade peut plaire à quelques curieux ; mais l'Anti-Machiavel doit être le catéchifme des rois et de leurs miniftres.

Vous me permettrez, Monfeigneur, de dire que, felon les remarques de madame *du Châtelet*, oferais-je ajouter, felon les miennes, il y a quelques branches de ce bel arbre qu'on pourrait élaguer, fans lui faire de tort ? Le zèle contre le précepteur des ufurpateurs et des tyrans, a dévoré votre ame généreufe ; il vous

Gg 2

a emporté quelquefois. Si c'eft un défaut, il reffemble bien à une vertu. On dit que DIEU, infiniment bon, hait infiniment le vice : cependant, quand on a dit à *Machiavel* honnêtement d'injures, on pourrait, après cela, s'en tenir aux raifons. Ce que je propofe eft aifé, et je le foumets à votre jugement. J'attendrai les ordres précis de mon maître, et je conferverai le manufcrit, jufqu'à ce qu'il permette que j'y touche et que j'en difpofe.

Ce fera dorénavant votre Alteffe royale qui m'enverra des productions françaifes; je ne fuis plus qu'un ferviteur inutile; je reçois, et je ne donne rien. Je raccommode un peu le Machiavel de l'Afie; je rabotte Mahomet dont vous avez vu les commencemens informes : je ne continuerai point ici l'hiftoire du *Siècle de Louis XIV;* j'en fuis un peu dégoûté, quoique je me fois propofé de l'écrire toute entière dans le ftyle modéré dont votre Alteffe royale a pu voir l'échantillon. D'ailleurs, je fuis ici fans mes manufcrits et fans mes livres. Je vais me remettre un peu à la phyfique. Que ne puis-je être avec les *Celius* et les hommes de mérite, que votre réputation attire déjà dans vos Etats!

On m'avait dit que le miniftre, tant annoncé, était digne de dîner et de fouper; mais je vois bien qu'il n'eft digne que de dîner. J'ai reçu une lettre d'*Algarotti*, datée de Londres, du premier octobre; elle m'a attendu trois mois à Bruxelles. Ce M. *Algarotti* eft encore tout étonné de ce qu'il a vu à Remusberg. Ah! quel prince eft-çà! dit-il; il ne revient pas de fa furprife. Et moi, Monfeigneur, et moi, pourquoi ne fuis-je pas *Algarotti*? Pourquoi M. *du Châtelet*

n'eſt-il pas *Baltimore* ? Si je n'étais auprès d'*Emilie* , je
mourrais de n'être pas auprès de vous.

Je ſuis avec le plus profond reſpect et la plus tendre reconnaiſſance , &c.

# LETTRE CVII.

## *DU PRINCE ROYAL.*

A Berlin , le 6 de janvier.

### MON CHER VOLTAIRE,

S I j'ai différé de vous écrire , c'était ſeulement pour ne point paraître les mains vides devant vous. Je vous envoie par cet ordinaire cinq chapitres de l'Anti-Machiavel , et une *ode ſur la flatterie* que mon loiſir m'a permis de faire. Si j'avais été à Remusberg , il y aurait long-temps que vous auriez eu juſqu'à la lie de mon ouvrage ; mais avec les diſſipations de Berlin , il n'eſt pas poſſible de cheminer vîte.

L'Anti-Machiavel ne mérite point d'être annoncé ſous mon nom au roi de France. Ce prince a tant de bonnes et de grandes qualités , que mes faibles écrits feraient ſuperflus pour les développer. De plus, j'écris librement , et je parle de la France comme de la Pruſſe , de l'Angleterre , de la Hollande , et de toutes les puiſſances de l'Europe. Il eſt bon que l'on ignore le nom d'un auteur qui n'écrit que pour la vérité , et qui par conſéquent ne donne point d'entraves à ſes penſées. Lorſque vous verrez la fin de l'ouvrage, vous conviendrez avec moi qu'il eft de la prudence d'enfe-velir le nom de l'auteur dans la difcrétion de l'amitié.

Je ne fuis point intéreffé, et fi je puis fervir le public, je travaillerai fans attendre de lui ni récompenfe ni louange, comme ces membres inconnus de la fociété qui font auffi obfcurs qu'ils lui font utiles.

Après mon femeftre de cour viendra mon femeftre d'étude. Je compte embraffer dans quinze jours cette vie fage et paifible qui fait vos délices; et c'eft alors que je me propofe de mettre la dernière main à mon ouvrage, et de le rendre digne des fiècles qui s'écou-leront après nous. Je compte la peine pour rien, car on n'écrit qu'un temps; mais je compte l'ouvrage que je fais pour beaucoup, car il me doit furvivre. Heureux les écrivains qui, fecondés d'une belle imagination, et toujours guidés par la fageffe, peu-vent compofer des ouvrages dignes de l'immortalité! ils feront plus d'honneur à leur fiècle que les *Phidias*, les *Praxitéles* et les *Xeuxis* n'en ont fait au leur. L'in-duftrie de l'efprit eft bien préférable à l'induftrie mécanique des artiftes. Un feul *Voltaire* fera plus d'honneur à la France que mille pédans, mille beaux efprits manqués et mille grands hommes d'un ordre inférieur.

Je vous dis des vérités que je ne faurais m'empê-cher de vous écrire, comme vous ne pourriez vous empêcher de foutenir les principes de la pefanteur ou de l'attraction. Une vérité en vaut une autre, et elles méritent toutes d'être publiées.

Les dévots fufcitent ici un orage épouvantable contre ceux qu'ils nomment *mécréans*. C'eft une folie de tous les pays que celle du faux zèle; et je fuis

perfuadé qu'elle fait tourner la cervelle des plus
raifonnables , lorfqu'une fois elle a trouvé le moyen
de s'y loger. Ce qu'il y a de plus plaifant , c'eft que
quand cet efprit de vertige s'empare d'une fociété ,
il n'eft permis à perfonne de refter neutre : on veut
que tout le monde prenne parti et s'enrôle fous la
bannière du fanatifme. Pour moi , je vous avoue que
je n'en ferai rien , et que je me contenterai de compofer quelques pfaumes pour donner bonne opinion
de mon orthodoxie. Perdez de même quelques momens , mon cher *Voltaire* , et barbouillez d'un pinceau
facré l'harmonie de quelques-unes de vos mélodieufes
rimes. *Socrate* encenfait les pénates ; *Cicéron* qui n'était
pas crédule en fefait autant. Il faut fe prêter aux
fantaifies d'un peuple futile pour éviter la perfécution
et le blâme ; car, après tout, ce qu'il y a de plus défirable en ce monde , c'eft de vivre en paix. Fefons
quelques fottifes avec les fots pour arriver à cette
fituation tranquille.

On commence à parler de *Bernard* et de *Greffet*
comme auteurs de grands ouvrages : on parle de
poëmes qui ne paraiffent point , et de pièces que je
crois deftinées à mourir incognito avant d'avoir vu
le jour. Ces jeunes poëtes font trop pareffeux pour
leur âge ; ils veulent cueillir des lauriers fans fe donner
la peine d'en chercher ; la moindre moiffon de gloire
fuffit pour les raffafier. Quelle différence de leur molleffe à votre vie laborieufe ! je foutiens que deux ans
de votre vie en valent foixante de celle des *Greffet* et
des *Bernard*. Je vais même plus loin , et je foutiens
que douze êtres penfans , et qui penfent bien , ne
fourniraient point à votre égal dans un temps donné.

Gg 4

—— Ce font-là de ces dons que la Providence ne communique qu'aux grands génies. Puiffe-t-elle vous combler
de tous fes biens, c'eft-à-dire, vous fortifier la fanté,
afin que le monde entier puiffe jouir long-temps de
vos talens et de vos productions ! Perfonne, mon
cher *Voltaire*, n'y prend autant d'intérêt que votre
ami qui eft et qui fera toujours avec toute l'eftime
qu'on ne faurait vous refufer,

votre fidèlement affectionné,

FÉDÉRIC.

# LETTRE CVIII.

## *DU PRINCE ROYAL.*

A Berlin, le 10 de janvier.

Pour avoir illuftré la France,
Un vieux prêtre ingrat t'en bannit ;
Il radote dans fon enfance :
C'eft bien ainfi que l'on punit,
Mais non pas que l'on récompenfe.

J'ai lu le *Siècle de Louis le Grand :* fi ce prince vivait,
vous feriez comblé d'honneurs et de bienfaits. Mais
dans le fiècle où nous fommes, il paraît que le bon
goût ainfi que le vieux cardinal font tombés en
enfance. Milord *Chefterfield* difait que, l'année 25, le
monde était devenu fou, je crois qu'en l'année 40 il
faudra le mettre aux petites-maifons. Après les perfécutions et les chagrins que l'on vous fufcite, il n'eft

plus permis à perfonne d'écrire ; tout fera donc criminel, tout fera donc condamnable ; il n'y aura
plus d'innocence, plus de liberté pour les auteurs.
Je vous prie cependant par tout le crédit que j'ai fur
vous, par la divine *Emilie*, d'achever, pour l'amour
de votre gloire, l'hiftoire incomparable dont vous
m'avez confié le commencement.

> Laiffe glapir tes envieux,
> Laiffe fulminer le faint père,
> Ce vieux fantôme imaginaire,
> Idole de nos bons aïeux,
> Et qui des intérêts des cieux
> Se dit ici-bas le vicaire ;
> Mais qu'on ne refpecte plus guère :
> Laiffe en propos injurieux,
> Dans leur humeur atrabilaire,
> Hurler les bigots furieux :
> Méprife la folle colère
> De l'héritier octogénaire
> Des Mazarins, des Richelieux,
> De ce doyen machiavélifte,
> De ce tuteur ambitieux,
> Dans fes difcours adroit fophifte,
> Qui fuit l'intérêt à la pifte
> Par des détours fallacieux,
> Et qui, par l'artifice, penfe
> De s'emparer de la balance
> Que foutinrent ces fiers Anglais
> Qui, pour tenir l'Europe libre,
> Ont maintenu dans l'équilibre
> L'Autrichien et le Français.

Ecris, honore ta patrie
Sans baffeffe et fans flatterie,
En dépit des fougueux accès
De ce vieux prélat en furie,
Que l'Ignorance et la Folie
Animent contre tes fuccès.

Qu'impofant filence aux miracles,
Louis détruife les erreurs;
Qu'il aboliffe les fpectacles
Qu'à Saint-Médard des impofteurs
Préfentent à leurs fectateurs;
Mais qu'il n'oppofe point d'obftacles
A ces efprits fupérieurs,
De l'univers légiflateurs,
Dont les écrits font les oracles
Des beaux efprits et des docteurs.

O toi, le fils chéri des Grâces,
L'organe de la vérité,
Toi, qui vois naître fur tes traces
L'indépendante liberté!
Ne permets point que ta fageffe,
Craignant l'orage et les hafards,
Préfère à l'inftinct qui te preffe
L'indolente et molle pareffe
Et des Greffets et des Bernards.

Quand même la bife cruelle
De fon fouffle viendrait faner
Les fleurs, production nouvelle,
Dont Flore peut fe couronner,

Le jardinier toujours fidelle,
Loin de fe laiffer rebuter,
Va de nouveau pour cultiver
Une fleur plus tendre et plus belle.

C'eft ainfi qu'il faut réparer
Le dégât que caufe l'orage ;
Voltaire, achève ton ouvrage,
C'eft le moyen de te venger.

Le confeil vous paraîtra intéreffé : j'avoue qu'il l'eft effectivement, car j'ai trouvé un plaifir infini à la lecture de l'hiftoire de *Louis XIV* ; et je défire beaucoup de la voir achevée. Cet ouvrage vous fera plus d'honneur un jour que la perfécution que vous fouffrez ne vous caufe de chagrin. Il ne faut pas fe rebuter fi aifément. Un homme de votre ordre doit penfer que l'hiftoire de *Louis XIV*, imparfaite, eft une banqueroute dans la république des lettres. Souvenez-vous de *Céfar* qui, nageant dans les flots de la mer, tenait fes commentaires d'une main fur fa tête pour les conferver à la poftérité.

Comme vous parlez de mes faibles productions après n'avoir dit qu'un mot de vos ouvrages immortels ! je dois cependant vous rendre compte de mes études. L'approbation que vous donnez aux cinq chapitres de Machiavel que je vous ai envoyés, m'encourage à finir bientôt les quatre derniers chapitres. Si j'avais du loifir vous auriez déjà tout l'Anti-Machiavel, avec des corrections et des additions ; mais je ne puis travailler qu'à bâtons rompus.

Très occupé pour ne rien faire,
Le Temps, cet être fugitif,
S'envole d'une aile légère;
Et l'âge, pefant et tardif,
Glace ce fang bouillant et vif
Qui, dans ma jeuneffe première,
Me rendait vigilant, actif.
On m'ennuie en cérémonie.
L'ordre pédant, la fymétrie,
Tiennent, en ce féjour oifif,
Lieu des plaifirs de cette vie,
Et nous encenfent fur l'autel
Des grandeurs et de la folie.
Ce facrifice ponctuel
Rendant mon ame appefantie,
Et par les refpects affoupie;
Incapable, en ce temps cruel,
De me frotter à Machiavel;
J'attends que, fuyant cette rive,
Je revole à cet heureux bord
Où la nature plus naïve,
Où la gaîté bien moins craintive,
Loin des richeffes et de l'or,
Trouvent une grâce plus vive
Dans la liberté, ce tréfor,
Que dans la grandeur exceffive
Des fortunes qu'offre le fort.

Les chapitres de *Machiavel* font copiés par un de
mes fecrétaires. Il s'appelle *Gaillard;* fa main reffemble
beaucoup à celle de *Céfarion.* Je voudrais que ce pauvre
*Céfarion* fût en état d'écrire, mais la goutte l'attaque

impitoyablement dans tous fes membres; depuis deux
mois il n'a prefque point eu de relâche.

> Malgré fes cuifantes douleurs,
> La Gaîté, le front ceint de fleurs,
> A l'entour de fon lit folâtre ;
> Mais la Goutte, cette marâtre,
> Change bientôt les ris en pleurs.
> Dans un coin, venant de Cythère,
> Triftement regardant fa mère,
> On voit le tendre Cupidon ;
> Il pleure, il gémit, il foupire
> De la perte que fon empire
> Fait du pauvre Céfarion ;
> Et Bacchus, vidant fon flacon,
> Répand des larmes de Champagne,
> Qu'un fi vigoureux champion
> Sorte boiteux de la campagne.
> Momus fe rit de leurs clameurs :
> Voilà, Meffieurs les impofteurs,
> Difait-il à ces Dieux volages,
> Voilà, dit-il, de vos ouvrages !
> Ne faites plus tant les pleureurs,
> Mais déformais foyez plus fages.

Je crois que meffieurs les Lapons nous ont fait la
galanterie de nous envoyer quelques zéphyrs échappés
de leurs cavernes ; en vérité, nous nous en ferions
très-bien paffés. Je vais écrire à *Algarotti* pour qu'il
nous envoie quelques rayons du foleil de fa patrie,
car la nature aux abois paraît avoir un befoin indifpenfable d'un petit détachement de chaleur pour lui

rendre la vie. Si ma poudre pouvait vous rendre la fanté, je donnerais dès ce moment la préférence au Dieu d'Epidaure fur celui de Delphes. Pourquoi ne puis-je contribuer à votre fatisfaction comme à votre fanté? Pourquoi ne puis-je vous rendre auffi heureux que vous méritez de l'être? Les uns dans ce monde ont le pouvoir fans la volonté, et les autres la volonté fans le pouvoir. Contentez-vous, mon cher *Voltaire*, de cette volonté et de tous les fentimens d'eftime avec lefquels je fuis,

> votre fidèle ami,
>
> FÉDÉRIC.

# LETTRE CIX.

## *DE M. DE VOLTAIRE.*

A Bruxelles, le 26 de janvier.

MONSEIGNEUR,

J'AI reçu vos chapitres de l'Anti-Machiavel et votre *ode fur la flatterie*, et votre lettre en vers et en profe que l'abbé de *Chaulieu* ou le comte *Hamilton* vous ont furement dictée. Un prince qui écrit contre la flatterie, eft auffi étrange qu'un pape qui écrirait contre l'infaillibilité. *Louis XIV* n'eût jamais envoyé une pareille ode à *Defpréaux;* et je doute que *Defpréaux* en eût envoyé autant à *Louis XIV.* Toute la grâce que je demande à préfent à votre Alteffe royale, c'eft de ne pas prendre mes louanges pour des flatteries: tout part du cœur chez moi, approbation de vos

ouvrages, remercîmens de vos bontés ; tout cela ————
m'échappe, il faut que vous me le pardonniez.

Je ne suis pas tout à fait exilé, comme on l'a mandé.

> Ce vieux madré de cardinal,
> Qui vous excroqua la Lorraine,
> N'a point de son pays natal
> Exclus ma muse un peu hautaine ;
> Mais son cœur me veut quelque mal :
> J'ai berné la pourpre romaine ;
> Du théâtre pontifical
> J'ai raillé la comique scène ;
> C'est un crime bien capital,
> Qui longue pénitence entraîne.

Le fait est pourtant que personne n'a parlé de Rome
avec plus de ménagement. Apparemment qu'il n'en
fallait point parler du tout. Il y a dans toute cette
persécution un excès de ridicule et de radotage, qui
fait que j'en ris au lieu de m'en plaindre.

Quand je vois d'un côté la cacade devant Dantzick,
l'incertitude dans mille démarches, une guerre heureuse par hasard, entreprise malgré soi et à laquelle
on a été forcé par la reine d'Espagne, la marine
négligée pendant dix ans, les rentes viagères abolies
et volées malgré la foi publique ; et que de l'autre
je vois le *sallon d'Hercule* que le bon homme regarde
comme son apothéose, je m'écrie :

> Le bon Hercule de Fleuri,
> Petit prêtre nonagénaire,
> En Hercule s'est fait portraire,
> De quoi chacun est ébahi ;

Car on fait que le fils d'Alcmène
Près de fa maîtreffe fila,
Mais jamais il ne radota
Que fur les rives de la Seine.

Je fais bien que par tout pays on voit de pareilles
misères, et même de plus grandes ; je fais bien que
fe tenir chez foi tranquillement et mettre en prifon
fes généraux qui ont fait ce qu'ils ont pu , et fes
plénipotentiaires qui ont fait une paix néceffaire et
ordonnée ; je fais bien, dis-je, que cela ne vaut pas
mieux. *Tutto 'l mondo è fatto come la noftra famiglia.*
Je conclus que puifque le monde eft ainfi gouverné,
il faut que l'Anti-Machiavel paraiffe ; il faut un
*Hippocrate* en temps de pefte. J'ai le chapitre XXXIII,
mais je n'ai pas le chapitre XXII , et votre Alteffe
royale n'a pas apparemment encore travaillé au
chapitre XXIV. Je ne fais fi elle dira quelques petits
mots fur le projet de *cacciare i barbari d'Italia :* il me
femble qu'il y a actuellement tant d'honnêtes étrangers en Italie , qu'il paraîtrait affez incivil de les
vouloir chaffer. Le cardinal *Alberoni* avait un beau
projet : c'était de faire un *corps italique* à peu-près fur
le modèle du corps germanique. Mais quand on fait
de ces projets-là, il ne faut pas être feul de fa bande,
ou bien on reffemble à l'abbé de *Saint-Pierre.*

Votre Alteffe royale a grand'raifon de trouver les
*Greffet* et les *Bernard* des pareffeux : je leur dirais
avec l'autre, au lieu de *vade, piger ad formicam , vade,
piger ad Federicum.* Cependant voilà *Greffet* qui fe
pique d'honneur , et qui donne une tragédie dont on
m'a dit beaucoup de bien ; *Bernard* me récita à Paris

un

un chant de fon *Art d'aimer*, qui me paraît plus galant
que celui d'*Ovide*.

Pour moi, Monfeigneur, je n'ofe vous envoyer le
cinquième acte de Mahomet, tant j'en fuis mécon-
tent ; mais je vous enverrai, fi cela vous amufe, la
comédie de la Dévote, et enfuite, pour varier, je
fupplierai inftamment votre Alteffe royale de jeter
les yeux fur la métaphyfique de *Newton*, que je
compte mettre au devant d'une nouvelle édition
qu'on va faire de mes Elémens.

Je n'ai pas encore eu la confolation de voir mes
ouvrages imprimés correctement : je pourrais profiter
de mon féjour à Bruxelles pour en faire une édition ;
mais Bruxelles eft le féjour de l'ignorance. Il n'y a
pas un bon imprimeur, pas un graveur, pas un
homme de lettres ; et fans madame *du Châtelet*, je ne
pourrais parler ici de littérature. De plus, ce pays ci
eft pays d'obédience : il y a un nonce du pape, et
point de *Frédéric*.

Madame *du Châtelet* vous préfente fes refpects.
Permettez, Monfeigneur, que je joigne mes complimens de condoléance à vos jolis vers fur la goutte
de M. de *Keyferling*. Je ne me porte guère mieux que
lui, mais l'efpérance de voir un jour votre Alteffe
royale me foutient.

Je fuis, &c.

# LETTRE CX.

## *DU PRINCE ROYAL.*

A Berlin, le 3 de février.

MON CHER AMI,

——— JE vous aurais répondu plutôt fi la fituation fâcheufe
1740. où je me trouve me l'avait permis. Malgré le peu de
temps que j'ai à moi , j'ai pourtant trouvé le moyen
d'achever l'ouvrage fur *Machiavel* , dont vous avez le
commencement. Je vous envoie par cet ordinaire la
fin de mon ouvrage , en vous priant de me faire part
de la critique que vous en ferez. Je fuis réfolu de
revoir et de corriger fans amour propre tout ce que
vous jugeriez indigne d'être préfenté au public. Je
parle trop librement de tous les princes pour permettre
que l'Anti-Machiavel paraiffe fous mon nom. Ainfi
j'ai réfolu de le faire imprimer , après l'avoir corrigé ,
comme l'ouvrage d'un anonyme. Faites donc main
baffe fur toutes les injures que vous trouverez fuper-
flues , et ne me paffez point de fautes contre la pureté
de la langue.

J'attends avec impatience la tragédie de Mahomet
achevée et retouchée. Je l'ai vue dans fon crépufcule:
que ne fera-t-elle point en fon midi ? Vous voilà donc
revenu à votre phyfique , et la Marquife à fes procès.
En vérité, mon cher *Voltaire*, vous êtes déplacés tous
les deux. Nous avons mille phyficiens en Europe,

et nous n'avons point de poëte ni d'hiftorien qui
approche de vous. On voit en Normandie cent mar- 1740.
quifes plaider , et pas une qui s'applique à la philofophie. Retournez , je vous prie , à l'hiftoire de
*Louis XIV*, et faites venir de Cirey vos manufcrits
et vos livres pour que rien ne vous arrête. *Valori* dit
qu'on vous a exilé de France , comme ennemi de la
religion romaine , et j'ai répondu qu'il en avait
menti.

Mes défirs font pour Remusberg, comme les vôtres
pour Cirey. Je languis d'y retourner faluer mes pénates.
Le pauvre *Céfarion* eft toujours malade ; il ne peut
vous répondre.

> Prefque trois mois de maladie
> Valent un fiècle de tourmens ;
> Par les maux fon ame engourdie
> Ne voit, ne connaît plus que la douleur des fens.

> Les charmans accords de ta lyre,
> Mélodieux , forts et touchans ,
> Ont fur fes efprits plus d'empire
> Qu'Hippocrate , Galien , et leurs médicamens.

> Mais , quelque Dieu qui nous infpire ,
> Tout en eft vain fans la fanté ;
> Quand le corps fouffre le martyre,
> L'efprit ne peut non plus écrire
> Que l'aigle s'envoler , privé de liberté.

Confolez-vous , mon cher *Voltaire*, par vos charmans ouvrages ; vous m'accuferez d'en être infatiable,

———— mais je fuis dans le cas de ces perfonnes qui, ayant beaucoup d'acide dans l'eftomac, ont befoin d'une nourriture plus fréquente que les autres.

Je fuis bien aife qu'*Algarotti* ne perde point le fouvenir de Remusberg. Les perfonnes d'efprit n'y feront jamais oubliées, et je ne défefpère pas de vous y voir. Nous avons vu ici un petit ours en pompons : c'eft une princeffe ruffe qui n'a de l'humanité que l'ajuftement ; elle eft petite-fille du prince *Cantemir*.

Rendez, s'il vous plaît, ma lettre à la Marquife, et foyez perfuadé que l'eftime que j'ai pour vous ne finira jamais.

FÉDÉRIC.

# LETTRE CXI.

## *DE M. DE VOLTAIRE.*

MONSEIGNEUR,

ON vous dit à Rupin rendu,
Sauvé de la foule importune
Du courtifan trop affidu
Et des attraits de la Fortune,
Entre les bras de la Vertu.

Les gazettes difent que votre Alteffe royale y fait faire un manége ; apparemment qu'il y aura une place pour le cheval *Pégafe*, qui me paraît un des chevaux de votre écurie que vous montez le plus

fouvent. Vous vous étonnez , Monfeigneur , que ma
faible fanté m'ait laiffé affez de forces pour faire
quelques ouvrages médiocres ; et moi, je fuis bien
plus furpris que la fituation où vous avez été fi long-
temps, ait pu vous laiffer dans l'efprit affez de liberté
pour faire des chofes fi fingulières ; faire des vers
quand on n'a rien à faire, ne m'effraie point ; mais
en faire de fi bons et dans une langue étrangère ;
quand on eft dans une crife fi violente , cela eft fort
au-deffus de mes forces.

> Tantôt votre mufe badine
> Dans un conte folâtre et rit ;
> Tantôt fa morale divine
> Eclaire et forme notre efprit.
> Je vois là votre caractère ;
> Vous êtes fait affurément
> Pour l'agréable et pour le grand,
> Pour nous gouverner , pour nous plaire :
> Il eft gens dans le miniftère
> De qui je n'en dirais pas tant.

Je n'ai point ici les ouvrages de *Boileau ;* mais je
me fouviens qu'il traduifit en deux vers , le vers
d'*Horace* ,

> *Tantalus à labris fitiens fugientia captat*
> *Flumina.*

Vous , le *Boileau* des princes , vous le traduifez
en un feul ; eh tant mieux ! cela en eft bien plus fort
et plus énergique. J'aime à vous voir *imperatoriam*
*brevitatem.*

Hh 3

Ce n'eſt pas là le ſtyle qu'en général on reproche aux Allemans. Or, à préſent que j'ai eu l'honneur de vous prouver en paſſant que vous aviez ce petit avantage ſur *Boileau*, il n'eſt plus ſurprenant que je vous diſe, Monſeigneur, en toute humilité, qu'il y a dans votre épître pluſieurs vers que je ferais bien glorieux d'avoir faits. Votre Alteſſe royale entend l'art de s'exprimer autant que celui d'être heureux dans toutes les ſituations. On dit ici ſa majeſté entièrement rétablie. Les vœux de votre cœur vertueux ſont exaucés.

Vous direz toujours comme *Horace* :

*Nave ferar magnâ, an parvâ ferar, unus et idem.*

   Les plaiſirs, l'amitié, l'étude,
   Vous ſuivront dans la ſolitude.
Du haut du mont Remus vous inſtruirez les rois;
Le véritable trône eſt par-tout où vous êtes.
Les arts et les vertus, dans vos douces retraites,
Parlent par votre bouche, et nous donnent des lois;
Vous régnez ſur les cœurs, et ſur-tout ſur vous-même.
Faut-il à votre front un autre diadême?
A la laide coquette il faut des ornemens,
A tout petit eſprit des dignités, des places;
   Le nain monte ſur des échaſſes:
Que de nains couronnés paraiſſent des géans!
   Du nom de héros on les nomme;
Le ſot s'en éblouit, l'ambitieux les ſert,
Le ſage les évite, il n'aime qu'un grand homme,
   Ce grand homme eſt à Remusberg.

J'ai fait partir, Monseigneur, pour cette délicieuse retraite un gros paquet qui vaut mieux que tout ce que je pourrais envoyer à votre Alteffe royale. C'eft la philofophie leibnitzienne d'une françaife devenue allemande par fon attachement à *Leibnitz*, et bien plus encore, par celui qu'elle a pour vous.

Voici le temps où j'aurais une grande envie de voir un fecond tome des fentimens d'un certain membre du parlement d'Angleterre fur les affaires de l'Europe; il me femble que celles d'Angleterre, de Suède et de Ruffie méritent bien l'attention de ce digne citoyen. Voilà la Suède, de menaçante qu'elle était autrefois, devenue mefurée; la voilà embarraffée de fa liberté, et indécife entre l'argent d'Angleterre et celui de France, comme l'âne de *Buridan* entre deux mefures d'avoine. Mais le citoyen dont je parle ne me donnera-t-il aucune permiffion fur l'Anti-Machiavel? S'il veut en gratifier le public, il y a fi peu de chofe à faire, il n'y a plus que la befogne d'éditeur; votre génie a fait tout ce qu'il faut. Le refte ne peut s'ajufter que quand on confrontera le texte de Machiavel pour le mettre vis-à-vis de la réponfe, afin d'en faire un volume qui ne foit pas trop gros.

J'attends vos ordres pour tout, excepté pour vous admirer.

Il eft bien douloureux que la goutte prenne à la main de M. de *Keyferling*, quand il eft près de donner de fes nouvelles.

Ce Keyferling charmant, l'honneur de votre empire,
    A dès long-temps gagné mon cœur;
    Je fens à la fois fa douleur
Et le chagrin de ne pouvoir le lire.

Souffrez , Monseigneur , que la Henriade vous remercie encore de l'honneur que vous lui faites. Elle dit humblement avec *Stace :*

*Nec tu divinam Aeneida tenta,*
*Sed longè sequere, et vestigia semper adora.*

Je ne suis point si difficile ;
Ce serait pour moi trop d'honneur ,
Si je marchais après Virgile
Chez mon prince et chez l'imprimeur.

Je suis avec le plus profond respect et la plus tendre reconnaissance , &c.

# LETTRE CXII.

## DE M. DE VOLTAIRE.

Le 23 février.

MONSEIGNEUR,

JE ne reçus que le 20 le paquet de votre Altesse royale, du 3 , dans lequel je vis enfin la corniche de l'édifice où chaque souverain devrait souhaiter d'avoir mis une pierre.

Vous me permettez, vous m'ordonnez même de vous parler avec liberté, et vous n'êtes pas de ces princes qui, après avoir voulu qu'on leur parlât librement , sont fâchés qu'on leur obéisse. J'ai peur au contraire que dorénavant votre goût pour la vérité ne soit mêlé d'un peu d'amour propre.

J'aime et j'admire tout le fond de l'ouvrage, et je
pars de là pour dire hardiment à votre Alteffe royale
qu'il me paraît qu'il y a quelques chapitres un peu
longs; *tranfverfo calamo fignum* y remédiera bien vîte,
et cet or en filière, devenu plus compact, en aura
plus de poids et de brillant.

Vous commencez la plupart des chapitres par
dire ce que *Machiavel* prétend dans fon chapitre que
vous réfutez; mais fi votre Alteffe royale a intention
qu'on imprime le Machiavel et la réfutation à côté,
ne pourra-t-on pas en ce cas fupprimer ces annonces
dont je parle, lefquelles feraient abfolument néceffaires fi votre ouvrage était imprimé féparément. Il
me femble encore que quelquefois *Machiavel* fe
retranche dans un terrain, et votre Alteffe royale le
bat dans un autre; au troifième chapitre, par
exemple, il dit ces abominables paroles: *Si à a notare
che gli uomini fi debbono o vezzegiare o fpeguere perchè
fi vendicano delle leggieri offefe, delle gravi non poffono.*

Votre Alteffe royale s'attache à montrer combien
tout ce qui fuit de cet oracle de fatan eft odieux.
Mais le maudit florentin ne parle que de l'utile.
Permettriez-vous qu'on ajoutât à ce chapitre un petit
mot pour faire voir que *Machiavel* même ne devait
pas regarder ces menaces comme juftifiées par l'événement? car de fon temps même, un *Sforze* ufurpateur avait été affaffiné dans Milan, un autre ufurpateur
du même nom était à Loches dans une cage de fer;
un troifième ufurpateur, notre *Charles VIII*, avait été
obligé de fuir de l'Italie qu'il avait conquife; le tyran
*Alexandre VI* mourut empoifonné de fon propre poifon; *Céfar Borgia* fut affaffiné. *Machiavel* était entouré

d'exemples funeſtes au crime. Votre Alteſſe royale
en parle ailleurs : voudrait-elle en parler en cet
endroit ? n'eſt-ce pas la place véritable ? je m'en rapporte à vos lumières.

C'eſt à *Hercule* à dire comme il faut s'y prendre
pour étouffer *Antée*.

Je préſente à mon prince ce petit projet de préface
que je viens d'eſquiſſer. S'il lui plaît , je le mettrai
dans ſon cadre ; et après les derniers ordres que je
recevrai , je préparerai tout pour l'édition du livre
qui doit contribuer au bonheur des hommes.

M. de *Valori* me fait bien de l'honneur de
croire qu'on me traite comme *Socrate* et comme
*Ariſtote*, et qu'on me perſécute pour avoir ſoutenu la
vérité contre la folle ſuperſtition des hommes. Je
tâcherai de me conduire de façon que je ne ſois
point le martyr de ces vérités dont la plupart des
hommes ſont fort indignes. Ce ſerait vouloir attacher
des ailes au dos des ânes , qui me donneraient des
coups de pied pour récompenſe.

Je fais copier le Mahomet que votre Alteſſe royale
demande. Je ne ſais ſi cette pièce ſera jamais repré-
ſentée ; mais que m'importe ? C'eſt pour ceux qui
penſent comme vous que je l'ai faite , et non pour
nos badauds qui ne connaiſſent que des intrigues
d'amour , baptiſées du nom de tragédie.

Je crois que votre Alteſſe royale aura inceſſamment celle de *Greſſet* : on dit qu'il y a de très-beaux
vers.

Madame la marquiſe *du Châtelet* vous fait bien ſa
cour. Elle abrége tout *Volfius* : c'eſt mettre l'univers
en petit.

J'aime mieux voir le monde dans une fphère de ———
deux pieds de diamètre que de voyager de Paris à 1740.
Quito et à Pékin.

Ma mauvaife fanté ne m'a pas permis d'achever
encore le précis de la métaphyfique de *Newton*, et
les nouveaux élémens où je travaille. Je fouffre les
trois quarts du jour, et l'autre quart je fais bien peu
de befogne. Dès que je ferai quitte de cette métaphyfique, et que j'aurai un peu de relâche à mes
maux, foyez très-sûr, Monfeigneur, que j'obéirai à
vos ordres, et que j'achèverai le *Siècle de Louis XIV;*
il me plaît en ce qu'il a quelqu'air de celui que
vous ferez naître. Pour le fiècle du cardinal, je n'y
toucherai pas. C'eft affez qu'il vive un fiècle entier.
Il n'y a pas long-temps qu'un neveu de *Chauvelin*
écrivit à cet ambitieux folitaire que notre cardinal
dépériffait, et qu'il mettait du rouge pour cacher le
livide de fon teint. Le cardinal qui le fut, fit frotter
fes joues par ce neveu, et lui montra que fon rouge
venait de fa fanté.

La malheureufe goutte ne quittera-t-elle point
M. de *Keyferling!*

Je fuis, &c.

# LETTRE CXIII.

## *DU PRINCE ROYAL.*

A Berlin , le 26 février.

### MON CHER VOLTAIRE ,

——— Je ne puis répondre qu'en deux mots à la lettre la
1740. plus fpirituelle du monde que vous m'avez écrite.
La fituation où je me trouve me retrécit fi fort l'efprit
que je perds prefque la faculté de penfer.

> Aux portes de la Mort, un père à l'agonie,
>   Affailli de cruels tourmens ,
> Me préfente Athropos prête à trancher fa vie.
> Cet afpect douloureux eft plus fort fur mes fens
>   Que toute ma philofophie.

> Tel que d'un chêne énorme un faible rejeton
> Languit, manquant de féve et de fa nourriture,
> Quand des vents furieux l'arbre fouffrant l'injure
>   Sèche du fommet jufqu'au tronc :

> Ainfi je fens en moi la voix de la nature
> Plus éloquente encor que mon ambition ;
> Et, dans le trifte cours de mon affliction,
> De mon père expirant je crois voir l'ombre obfcure :
>   Je ne vois que la fépulture
> Et le funefte inftant de fa deftruction.

Oui, j'apprends, en devenant maître,
  La fragilité de mon être :
Recevant les grandeurs, j'en vois la vanité.
Heureux ! si j'eus vécu sans être transplanté,
  De ce climat doux et tranquille
  Où prospérait ma liberté,
Dans ce terrain scabreux, raboteux, difficile,
  De machiavélisme infecté.

Loin des folles grandeurs de la cour, de la ville,
  De l'éblouissante clarté
  Du trône et de la majesté,
  Loin de tout cet éclat fragile,
Je leur eus préféré mon studieux asile,
Mon aimable repos et mon obscurité. ( 1 )

Vous voyez par ces vers que le cœur est plein de ce
dont la bouche abonde ; je suis sûr que vous compa-
tissez à ma situation et que vous y prenez une véritable
part. Envoyez-moi, je vous prie, votre Dévote,
votre Mahomet, et généralement tout ce que vous
croyez capable de me distraire. Assurez la Marquise
de mon estime, et soyez persuadé que dans quelque
situation que le sort me place, vous ne verrez d'autre
changement en moi que quelque chose de plus

_____

( 1 ) On a déjà vu que le Prince royal fesait des vers lorsqu'il était
attaqué d'une crampe dans l'estomac ; il en fait ici dans le moment où la
mort prochaine de son père semblait exiger d'autres soins. On sait que,
dans les circonstances les plus cruelles de la guerre de 1756., il envoya à
M. de *Voltaire* des vers remplis de sentimens stoïques. Ce pouvoir de se
distraire des grandes inquiétudes ou des grandes affaires, en se livrant à
une occupation profonde, n'appartient qu'à des ames très-fortes ; et c'est
pour elles une ressource nécessaire, sans laquelle elles ne pourraient peut-
être résister à la violence de leurs passions.

efficace réuni à l'eftime et à l'amitié que j'ai et que j'aurai toujours pour vous. *Vale.*

FÉDÉRIC.

Je penfe mille fois à l'endroit de la Henriade qui regarde les courtifans de *Valois :*

*Ses courtifans en pleurs, autour de lui rangés,* &c.

J'enverrai dans peu la Henriade en Angleterre pour la faire imprimer. Tout eft achevé et réglé pour cet effet.

# LETTRE CXIV.

## DE M. DE VOLTAIRE.

A Bruxelles, le 10 mars.

QUOI! tout prêt à tenir les rênes d'un empire,
Vous feul vous redoutez ce comble des grandeurs
    Que tout l'univers défire!
Vous ne voyez qu'un père, et vous verfez des pleurs!
Grand Dieu! qu'avec amour l'Europe vous contemple,
Vous qui du feul devoir avez rempli les lois,
Vous fi digne du trône, et peut-être d'un temple,
Aux fils des fouverains vous immortel exemple,
Vous qui ferez un jour l'exemple des bons rois!
Hélas! fi votre père, en ces momens funeftes,
    Pouvait lire dans votre cœur;

Dieu! qu'il remercîrait les puiffances céleftes !
A fes derniers momens quel ferait fon bonheur !
Qu'il périrait content de vous avoir fait naître !
Qu'en vous laiffant au monde, il laiffe de bienfaits !
Qu'il fe repentirait..... Mais j'en dis trop peut-être ;
Je vous admire, et je me tais.

Je ne m'attendais pas, Monfeigneur, à cette lettre du 26 février que j'ai reçue le 9 mars : celle - ci partira lundi 14 , parce que ce fera le jour de la pofte d'Amfterdam.

J'ignore actuellement votre fituation , mais je ne vous ai jamais tant aimé et tant admiré. Si vous êtes roi, vous allez rendre beaucoup d'hommes heureux ; fi vous reftez prince royal , vous allez les inftruire. Si je me comptais pour quelque chofe , je défirerais pour mon intérêt que vous reftaffiez dans votre heureux loifir , et que vous puffiez encore vous amufer à écrire de ces chofes charmantes qui m'enchantent et qui m'éclairent. Etant roi, vous n'allez être occupé qu'à faire fleurir les arts dans vos Etats , à faire des alliances fages et avantageufes , à établir des manufactures, à mériter l'immortalité. Je n'entendrai parler que de vos travaux et de votre gloire ; mais probablement je ne recevrai plus de ces vers agréables, ni de cette profe forte et fublime qui vous donnerait bien une autre forte d'immortalité , fi vous vouliez. Un roi n'a que vingt-quatre heures dans la journée : je les vois employées au bonheur des hommes ; et je ne vois pas qu'il puiffe y avoir une minute de réfervée pour le commerce littéraire dont votre Alteffe royale m'a honoré avec tant de bonté. N'importe : je vous

—————— fouhaite un trône , parce que j'ai l'honnêteté de pré-
1740. férer la félicité de quelques millions d'hommes à la
fatisfaction de mon individu.

J'attends toujours vos derniers ordres fur le Machiavel ; je compte que vous ordonnerez que je faffe
imprimer la traduction de *la Houffaye* à côté de votre
réfutation. Plus vous allez réfuter Machiavel par votre
conduite, plus j'efpère que vous permettrez que
l'antidote préparé par votre plume foit imprimé.

J'ai eu l'honneur d'envoyer Mahomet à votre
Alteffe royale ; On tranfcrit cette Dévote ; fi elle
vient dans un temps où elle puiffe amufer votre
Alteffe royale , elle fera fort heureufe , finon elle
attendra un moment de loifir pour être honorée de
vos regards.

J'ai une fingulière grâce à demander à votre Alteffe
royale : c'eft , tout franc , qu'elle me loue un peu
moins dans la préface qu'elle a daigné faire à la
Henriade. Vous m'allez trouver bien infolent de
vouloir modérer vos bontés , et il ferait plaifant que
*Voltaire* ne voulût pas être loué par fon prince : je
veux l'être, fans doute, j'ai cette vanité au plus haut
degré ; mais je vous demande en grâce de me permettre de retrancher quelques chofes que je fens bien
que je ne mérite guère. Je fuis comme un courtifan
modéré ( fi vous en trouvez) qui vous dirait : Donnez-moi un peu de grandeur , mais ne m'en donnez
pas trop , de peur que la tête ne me tourne.

Je remercie du fond de mon cœur votre Alteffe
royale d'avoir changé l'idée d'une gravure contre
celle d'une belle impreffion ; cela fera mieux, et je
jouirai plutôt de l'honneur ineftimable que vous

daignez

daignez me faire. Je ne me promets point une vie ————
aufli longue que le ferait l'entreprife d'une gravure 1740.
de la Henriade. J'emploierai bientôt le temps que la
nature veut encore me laiffer, à achever le *Siècle de
Louis XIV*.

Madame *du Châtelet* a écrit à votre Alteffe royale
avant que j'euffe reçu votre lettre du 26 ; elle eft
devenue toute leibnitzienne ; pour moi, j'arrange les
pièces du procès entre *Newton* et *Leibnitz*, et j'en fais
un petit précis qui pourra, je crois, fe lire fans
contention d'efprit.

Grand Prince, je vous demande mille pardons
d'être fi bavard dans le temps que vous devez être
très-occupé : roi, ou prince, vous êtes toujours mon
roi, mais vous avez un fujet fort babillard.

Je fuis, &c.

# LETTRE CXVI.

## DU PRINCE ROYAL.

A Berlin, le 18 mars.

### MON CHER VOLTAIRE,

Vous m'avez obligé véritablement par votre fincérité, et par les remarques que vous m'aidèz à faire
fur ma réfutation. Vous deviez vous attendre naturellement à recevoir du moins quelques chapitres
corrigés, et c'était bien mon intention ; mais je fuis
dans une crife fi épouvantable qu'il me faut plutôt

——— penfer à réfuter *Machiavel* par ma conduite que par
mes écrits. Je vous promets cependant de tout corriger
dès que j'aurai quelques momens dont je pourrai
difpofer. A peine ai-je pu parcourir le prophète
fanatique de l'Afie. Je ne vous en dis point mon
fentiment, car vous favez qu'on ne faurait juger
d'ouvrages d'efprit qu'après les avoir lus à tête repofée.

Je vous envoie quelques petites bagatelles en vers
pour vous prouver que je remplis, en me délaffant
avec *Calliope*, le peu de vide qu'ont à préfent mes
journées.

Je fuis très-fatisfait de la réfolution dans laquelle
je vous vois d'achever le *Siècle de Louis XIV*. Cet
ouvrage doit être entier pour la gloire de notre fiècle,
et pour lui donner un triomphe parfait fur tout ce
que l'antiquité a produit de plus eftimable.

On dit que votre cardinal éternel deviendra pape:
il pourrait en ce cas faire peindre fon apothéofe au
dôme de l'églife de Saint-Pierre à Rome. Je doute à la
vérité de ce fait, et je m'imagine que le timon du
gouvernement de France vaut bien les clefs moitié
rouillées de St *Pierre*. *Machiavel* pourrait bien le
difputer à St *Paul*, et M. de *Fleuri* pourrait trouver
plus convenable à fa gloire de duper les cabinets des
princes compofés de gens d'efprit, que d'en impofer
à la canaille fuperftitieufe et orthodoxe de l'Eglife
catholique:

Vous me ferez grand plaifir de m'envoyer votre
Dévote et votre métaphyfique. Je n'aurai peut-être
rien à vous rendre; mais je me fonde fur votre
générofité, et j'efpère que vous voudrez bien me
faire crédit pour quelques femaines; après quoi

*Machiavel*, et peut-être encore quelques autres riens,
pourront m'acquitter envers vous.

Voici une lettre de *Céfarion* dont la fanté fe fortifie
de jour en jour. Nous parlons tous les jours de nos
amis de Cirey : je les vois en efprit, mais je ne les
vois jamais fans fouhaiter quelque réalité à ce rêve
agréable dont l'illufion me tient même lieu de plaifir.

Adieu, mon cher *Voltaire ;* faites une ample pro-
vifion de fanté et de force : foyez-en auffi économe
que je fuis prodigue envers vous des fentimens
d'eftime et d'amitié avec lefquels vous me trouverez
toujours

votre très-fidèle ami,

FÉDÉRIC.

# LETTRE CXVII.

## DU PRINCE ROYAL.

A Berlin, le 23 mars.

Ne crains point que les Dieux, ni le fort, ni l'empire,
Me faffent pour le fceptre abandonner la lyre ;
Que d'un cœur trop léger, et d'un efprit coquet,
Je préfère aux beaux arts l'orgueil et l'intérêt.
Je vois des mêmes yeux l'ambition humaine,
Qu'au confeil de Priam on vit la belle Hélène.
L'appareil des grandeurs ne peut me décevoir,
Ni cacher la rigueur d'un févère devoir.

Les beaux arts ont pour moi l'attrait d'une maîtreffe,
La trifte royauté, de l'hymen la rudeffe.
J'aurais fu préférer l'état heureux d'amant
A celui qu'un époux remplit fi triftement ;
Mais le fil dont Clotho traça les deftinées,
Ce fil lia nos mains du fort prédeftinées :
Ainfi, de mes deftins n'étant point artifan,
Je foufcris à fes lois, et je fuis le torrent.

Mon amitié n'eft point femblable au baromètre
Qu'un air rude ou plus doux fait monter ou décraître.
Un vain nom peut flatter ces efprits engagés
Dans la vulgaire erreur des faibles préjugés ;
Mais le mortel fenfé, que la raifon éclaire,
Au ciel des immortels n'oublîra point Voltaire :
Dépouillant la grandeur, l'ennui, la royauté
Chérira tes écrits tant que, fa liberté
Excitant de tes chants l'harmonieux ramage,
Ta voix l'éveillera par un doux gazouillage ;
Et, quittant les Valpols, les Birens, les Fleuris ;
Ira, pour refpirer, dans ces prés fi fleuris
Où les bords fortunés du fécond Hippocrène
De fon feu languiffant ranimeront la veine.

C'eft bien ainfi que je l'entends, et quel que puiffe
être mon fort, vous me verrez partager mon temps
entre mon devoir, mon ami et les arts. L'habitude
a changé l'aptitude que j'avais pour les arts en tempérament. Quand je ne puis ni lire ni travailler, je
fuis comme ces grands preneurs de tabac, qui meu-
rent d'inquiétude et qui mettent mille fois la main
à la poche lorfqu'on leur a ôté leur tabatière. La

décoration de l'édifice peut changer fans altérer en ——
rien les fondemens ni les murs : c'eft ce que vous
pourrez voir en moi , car la fituation de mon père
ne nous laiffe aucune efpérance de guérifon. Il me
faut donc préparer à fubir ma deftinée.

La vie privée conviendrait mieux à ma liberté
que celle où je dois me plier. Vous favez que j'aime
l'indépendance , et qu'il eft bien dur d'y renoncer
pour s'affujettir à un pénible devoir. Ce qui me
confole eft l'unique penfée de fervir mes concitoyens
et d'être utile à ma patrie. Puis-je efpérer de vous
voir ? ou voulez-vous cruellement me priver de
cette fatisfaction ? Cette idée confolante règne dans
mon efprit , comme celle du Meffie régnait chez la
nation hébraïque.

Je corrigerai encore la préface de la Henriade ;
mais vous ne trouverez pas mauvais que j'y laiffe
des vérités qui ne reffemblent à des louanges que
parce que bien des gens les prodiguent mal à propos.
Je change actuellement quelques chapitres du Machiavel, mais je n'avance guère dans la fituation où
je fuis. Mahomet que j'admire , tout fanatique qu'il
eft , doit vous faire beaucoup d'honneur. La conduite de la pièce eft remplie de fageffe ; il n'y a rien
qui choque la vraifemblance ni les règles du théâtre ;
les caractères font parfaitement bien foutenus. La fin
du troifième acte et le quatrième entier m'ont ému
jufqu'à me faire répandre des larmes. Comme philofophe, vous favez perfuader l'efprit; comme poëte,
vous favez toucher le cœur; et je préférerais prefque
ce dernier talent au premier, puifque nous fommes
tous nés fenfibles , mais très-peu raifonnables.

Vous m'envoyez une écritoire;
Mais c'eſt le moins lorſqu'on écrit :
Pour mon plaiſir et pour ma gloire,
Il eût fallu, Voltaire, y joindre votre eſprit.

Je vous en fais mes remercîmens, ainſi qu'à la Marquiſe à laquelle je vous prie d'offrir cette boîte travaillée à Berlin , et d'une pierre qu'on trouve à Remusberg. Comme je crains , mon cher ami, que vous n'ayez plus de moi la mémoire auſſi fraîche qu'à Cirey, je vous envoie mon portrait qui, je l'eſpère, ne quittera jamais votre doigt.

Si je change de condition , vous en ſerez inſtruit des premiers. Plaignez-moi, car je vous aſſure que je ſuis effectivement à plaindre ; aimez-moi toujours, car je fais plus de cas de votre amitié que de vos reſpects. Soyez perſuadé que votre mérite m'eſt trop connu pour ne vous pas donner en toutes les occaſions des marques de la parfaite eſtime avec laquelle je ſerai toujours

votre très-fidèle ami,
FÉDÉRIC.

# LETTRE CXVIII.

## DE M. DE VOLTAIRE.

A Bruxelles, le 6 avril.

MONSEIGNEUR,

J'AI reçu le paquet du 18 mars dont votre Alteffe —— royale m'a honoré. Vous êtes fait affurément pour 1740. les chofes uniques, et c'en eft une que, dans la crife où vous avez été, vous ayez pu faire des chofes qui demandent le plus grand recueillement d'efprit. Tout ce que vous dites fur la patience eft d'un grand héros et d'un grand génie : c'eft une des plus belles chofes que vous ayez daigné m'envoyer. En vous remerciant, Monfeigneur, des bonnes leçons que je vois là pour moi,

> Je la dois, fans doute, exercer
> Cette vertu de patience ;
> Les dévots ont fu m'y forcer :
> Quand on a pu les courroucer,
> Il faut en faire pénitence.
> Ces meffieurs, prêchant la douceur,
> Imitent fort bien le Seigneur ;
> Ils font friands de la vengeance.

La traduction de l'ode *Rectiùs vives*, *Licini*, fait voir qu'il y a des *Mécènes* qui font eux-mêmes des *Horaces*. Vous n'avez pas voulu rendre exactement,

Ii 4

*Auream quifquis mediocritatem*
*Diligit, tutus caret obfoleti*
*Sordibus tecti, caret invidendâ*
*Sobrius aulâ.*

Vous fentez fi bien ce qui eft propre à notre langue, et les beautés de la latine, que vous n'avez pas traduit *obfoleti tecti* qui ferait très-bas en français.

*Loin de la grandeur faftueufe,*
*La frugale fimplicité*
*N'en eft que plus délicieufe.*

Ces expreffions font bien plus nobles en français : elles ne peignent pas comme le latin, et c'eft-là le grand malheur de notre langue qui n'eft pas affez accoutumée aux détails. Au refte nous fefons *médiocrité* de cinq fyllabes ; fi vous voulez abfolument n'en mettre que trois, quatre, les princes font les maîtres.

La fin de l'épître à M. *Jordan* eft un engagement de rendre les hommes heureux : vous n'avez pas befoin de le promettre ; j'en crois votre caractère fans avoir befoin de votre parole.

Voici quelques pièces, moitié profe, moitié vers, pour payer mon tribut à celui qui m'enrichit toujours. L'épître à M. de *Maurepas*, l'un de nos fecrétaires d'Etat, eft bien pour votre Alteffe royale autant que pour lui, car il me femble que c'eft bien là le goût de votre Alteffe royale de protéger également tous les arts ; et je fuis bien sûr que fi quelqu'un avait fait le livre édifiant de *Marie à la coque*, vous ne lui donneriez point l'archevêché de ——— Sens pour récompenfe avec cent mille livres de rente, tandis qu'on laiffe dans la misère des hommes de vrais talens.

Je ne fais fi votre Alteffe royale aura reçu certaine écritoire envoyée à Véfel par la pofte, cachetée aux armes de la princeffe de *la Tour*, et adreffée à M. le général *Bork* ou au commandant de Véfel pour faire tenir en diligence : votre Alteffe royale m'a envoyé de quoi boire, et moi je prends la liberté d'envoyer de quoi écrire.

> Donner un cornet pour du vin
> N'eft pas grande reconnaiffance ;
> Mais ce cornet fera, je penfe,
> Eclore quelque œuvre divin
> Qui vaudra tous les vins de France.

Je me flatte que votre Alteffe royale me pardonne ces exceffives libertés. J'attends fes derniers ordres fur la réfutation du docteur des miniftres ; il y a très-peu de chofe à réformer, et je crois toujours qu'il eft avantageux pour le genre humain que cet antidote foit public.

Je fais tranfcrire mon petit expofé de la métaphy-fique de *Newton* et de *Leibnitz*. Le paquet fera gros : puis-je l'adreffer à Véfel ? j'attends vos ordres auxquels je me conformerai toute ma vie, car vous favez que *Minerve*, *Apollon* et la Vertu m'ont fait votre fujet. Madame *du Châtelet* aura l'honneur d'envoyer à votre Alteffe royale quelque chofe qui la dédommagera de l'ennui que je pourrai lui caufer.

Je fuis, &c.

# LETTRE CXIX.

## DU PRINCE ROYAL.

A Berlin, le 15 avril.

MON CHER VOLTAIRE,

1740.

Votre Dévote (1) eft venue le plus à propos du monde. Elle eft charmante, les caractères bien foutenus, l'intrigue bien conduite, le dénouement naturel. Nous l'avons lue *Céfarion* et moi avec beaucoup de plaifir, et fouhaitant beaucoup de la voir repréfenter ici en préfence de fon auteur, de cet ami que nous défirons tant de voir. Mon amphibie vous fait des complimens de ce que, tout malade que vous êtes, vous travaillez plus et mieux que tant d'auteurs pleins de fanté. Je ne conçois rien à votre être très-particulier, car chez nous autres mortels, l'efprit fouffre toujours des langueurs du corps : la moindre chofe me rend incapable de penfer. Mais votre efprit fupérieur à fes organes triomphe de tout. Puiffe-t-il triompher de la mort même !

Vous lirez, s'il vous plaît, un petit conte, affez mal tourné, que je vous envoie, et une épître où je me fuis avifé de parler très-férieufement à une forte de gens qui ne font guère d'humeur à régler leur conduite fur la morale des poëtes. Machiavel

(1) La Prude ou la Gardeufe de caffette, Théâtre, tom. VII, p. 251.

suivra quand il pourra ; vous voudrez bien attendre
que j'aye le temps d'y mettre la dernière main.

Le monde est si tracassier ici, si inquiet, si turbulent,
qu'il n'est presque pas possible d'échapper à ce mal
épidémique : tout ce que je puis faire quelquefois,
c'est de rimer des sottises. Je m'attends de me trouver
bientôt dans une assiette plus tranquille ; je reprendrai
des occupations plus sérieuses, et qui demandent de
la réflexion. A présent voilà une malheureuse suite
de fêtes qu'il faut essuyer, malgré que l'on en ait, et
des discours très-inconséquens qu'il faut entendre et
même applaudir. Je fais ce manége à contre-cœur,
haïssant tout ce qui est hypocrisie et fausseté.

*Algarotti* m'écrit que *Pinne* n'a pas encore achevé
son impression de *Virgile*, et que la Henriade serait
pendue au croc en attendant l'Enéide. J'en ai fort
grondé, car il me semble que

> Virgile, vous cédant la place
> Qu'il obtint jadis au Parnasse,
> Vous devait bien le même honneur
> Chez maître Pinne, l'imprimeur.

Vous voyez, mon cher *Voltaire*, la différence qu'il
y a entre les décrets d'*Apollon* et les fantaisies d'un
imprimeur. Je soutiens la gloire de ce Dieu en accé-
lérant la publication de votre ouvrage. J'espère de
réduire bientôt les caprices de cet anglais en satisfesant
son avidité intéressée.

Assurez, je vous prie, la marquise *du Châtelet* de
mes attentions. Ménagez la santé d'un homme que
je chéris, et n'oubliez jamais qu'étant mon ami,

——— vous devez apporter tous vos foins à me conferver
1740. le bien le plus précieux que j'aye reçu du ciel.
Donnez-moi bientôt des nouvelles de votre convalefcence, et comptez que, de toutes celles que je puis
recevoir, celles-là me feront les plus agréables.
Adieu, je fuis tout à vous.

FÉDÉRIC.

## LETTRE CXX.

### DU PRINCE ROYAL.

A Berlin, le 26 avril.

MON CHER VOLTAIRE,

LES galions de Bruxelles m'ont apporté des tréfors
qui font pour moi au-deffus de tout prix. Je m'étonne
de la prodigieufe fécondité de votre Pérou qui paraît
inépuifable. Vous adouciffez les momens les plus
amers de ma vie. Que ne puis-je contribuer également
ment à votre bonheur! dans l'inquiétude où je fuis,
je ne me vois ni le temps ni la tranquillité d'efprit
pour corriger Machiavel. Je vous abandonne mon
ouvrage, perfuadé qu'il s'embellira entre vos mains;
il faut votre creufet pour féparer l'or de l'alliage.

Je vous envoie une épître *fur la néceffité de cultiver
les arts*; vous en êtes bien perfuadé, mais il y a bien
des gens qui penfent différemment. Adieu, mon
cher *Voltaire*; j'attends de vos nouvelles avec impatience; celles de votre fanté m'intéreffent autant que

celles de votre efprit. Affurez la Marquife de mon
eftime, et foyez perfuadé qu'on ne faurait être plus  1740.
que je ne le fuis,

votre très-fidèle ami,

FÉDÉRIC.

# LETTRE CXXI.

## DE M. DE VOLTAIRE.

Avril.

MONSEIGNEUR,

VOTRE idée m'occupe le jour et la nuit. Je rêve
à mon prince comme on rêve à fa maîtreffe.

*Tempus erat quo prima quies mortalibus ægris*
*Incipit, et dono Divûm gratiſſima ſerpit :*
*In ſomnis ecce antè oculos pulcherrimus heros*
*Viſus adeſſe mihi. . . . .*

Je vous ai vu fur un trône d'argent maffif que
vous n'aviez point fait faire, et fur lequel vous
montiez avec plus d'affliction que de joie.

Plus frappé de la trifte vue
D'un père expirant devant vous,
Que de la brillante cohue
Qui s'empreffait à vos genoux.

Beaucoup de courtifans qui avaient négligé de

venir voir fon Alteffe royale à Remusberg, venaient en foule faluer fa Majefté à Berlin.

> Je remarquais tout l'étalage
> Et l'air de ces nouveaux venus :
> Ce font feigneurs de haut lignage,
> Car ils defcendent de Janus,
> Ayant tous un double vifage.

Ils pourraient même venir auffi par femmes du prophète *Elifée* qui, au rapport de la très-Sainte Ecriture, avait un efprit double, de quoi plufieurs prêtres ont hérité auffi-bien qu'eux.

> Plein de douceur et de prudence,
> Mon grand prince, avec complaifance,
> Voyait près de fon trône admis
> Ceux qui, par trop d'obéiffance,
> Jadis furent fes ennemis :
> Ils éprouvent tous fa clémence ;
> Mais il diftinguait fes amis,
> Ils éprouvent fa bienfefance.

Les *Antonins*, les *Titus*, les *Trajan*, les *Julien* defcendaient du ciel pour voir ce triomphe.

> Tous ces héros du nom romain
> N'ont plus qu'un mépris fouverain
> Pour la malheureufe Italie ;
> Ils s'étonnent que leur génie
> Ne fe retrouve qu'à Berlin.

Il ne tenait qu'à eux d'être à l'élection d'un pape, mais les cardinaux et le Saint-Esprit ne font pas faits pour les *Titus* et les *Marc-Aurèle*. La Vérité que ces héros aiment, n'eft guère au conclave; elle était près de ce trône d'argent.

> Mon héros, d'un air de franchife,
> L'y fit affeoir à fon côté;
> Elle était honteufe et furprife
> De fe voir tant de liberté.

Elle fait bien que le trône n'eft guère plus fa place que le conclave, et qu'à cette pauvre exilée n'appartient pas tant d'honneur. Mais *Frédéric* la raffurait comme une perfonne de fa connaiffance.

> Le florentin Machiavel,
> Voyant cette fille du Ciel,
> S'en retourna tout au plus vîte
> Au fond du manoir infernal,
> Accompagné d'un cardinal,
> D'un miniftre et d'un vieux jéfuite.

Mais *Frédéric* ne voulut pas que *Machiavel* eût ofé paraître devant lui fans faire amende honorable au genre humain en la perfonne de fon protecteur. Il le fit mettre à genoux.

> Et l'italien confondu
> Fit fa pénitence publique,
> En avouant que la vertu
> Eft la meilleure politique.

—— Toutes les Vertus fe mirent alors à careffer le
1740. vainqueur de *Machiavel.*

La fage Libéralité,
Qui récompenfe avec juftice,
Enchaînait avec fermeté
La folle Prodigalité
Et la méprifable Avarice.
Le Devoir, le Travail févère
Semblaient régner dans ce féjour;
Mais les Jeux, l'Amour et fa mère
N'étaient point bannis de la cour.
Pour tous également affable,
Il les embraffait tour à tour;
Il favait maîtrifer l'Amour,
Et rendre le Travail aimable.

Cependant Mars et la Politique montraient le
plan de Berg et de Juliers, et mon héros tirait
fon épée, prêt à la remettre dans le fourreau pour
le bonheur de fes fujets et pour celui du monde; les
beaux arts venaient de tous côtés rendre hommage
à leur protecteur; la Mufique, la Peinture, l'Elo-
quence, l'Hiftoire, la Phyfique, travaillaient fous fes
yeux; il préfidait à tout, et femblait né pour tous
ces arts, comme pour celui de gouverner et de plaire.
Un théâtre s'élevait, une académie fe formait; non
pas telle que celle des jetonniers français,

Ces gens doctement ridicules,
Parlant de rien, nourris de vent,
Et qui pèfent fi gravement
Des mots, des points et des virgules.

C'était

C'était une académie dans le goût de celle des ——
fciences et de la fociété de Londres. Enfin, tout ce 1740.
qu'il y a de bon, de beau, de vrai, de jufte, d'aimable, était raffemblé fur ce trône. Je n'ai point oublié
mon fonge comme ce fou de la Sainte-Ecriture qui
menaçait de faire mourir fes confeillers d'Etat, s'ils ne
devinaient fon rêve qu'il avait oublié. Je m'en fouviens très-bien, et il ne me faut ni *Daniel* ni *Jofeph*
pour l'expliquer.

> Non, non, ce n'eft point un menfonge
> Qui trompa mon cœur enchanté ;
> Chez tous les autres rois mon rêve eft un vain fonge ;
> Chez vous, mon rêve eft vérité.

Dans ma dernière lettre j'avais déjà reproché à mon
fouverain d'avoir fait *médiocrité* de quatre fyllabes ;
*médiocrité* eft de cinq, et mon prince l'avait fait de
quatre ; énorme faute, et l'une des plus grandes qu'il
fera jamais.

# LETTRE CXXII.

## DU PRINCE ROYAL.

A Remusberg, le 3 mai.

MON CHER VOLTAIRE,

—— 1740. Il faut avouer que vos rêves valent les veilles de beaucoup de gens d'esprit ; non point parce que je suis le sujet de vos vers, mais parce qu'il n'est guère possible de dire de plus jolies choses et de plus galantes sur un plus mince sujet.

> Ce dieu du Goût dont tu peignis le temple,
> Voulant lui-même éclairer l'univers,
> Et nous donner son immortel exemple,
> A, sous ton nom, sans doute, fait ces vers.

Je le crois effectivement, et c'est vous qui nous abusez.

> L'aimable, le divin Voltaire
> Ecrit, mais il ne fait pas tout ;
> L'on assure qu'au dieu du Goût
> Il ne sert que de secrétaire.

Dites-nous un peu si c'est la vérité, et comment votre état vous permet d'accorder tant d'imagination et tant de justesse, tant de profondeur et tant de légèreté,

Tant de favoir, tant de génie,
Melpomène avec Uranie,
Euclide armé de fon compas,
Et les grâces qui fur tes pas
S'empreffent autour d'Emilie;
Les ris badins, les ris moqueurs,
Avec les doctes profondeurs
De l'immenfe philofophie.

Ce fera, je crois, une énigme pour les fiècles futurs, et le défefpoir de ceux qui voudront être favans et aimables après vous.

Votre rêve, mon cher *Voltaire*, quoique très-avantageux pour moi, m'a paru porter le caractère véritable des rêves qui ne reffemblent jamais parfaitement à la vérité. Il y manque beaucoup de chofes pour l'accomplir, et il me femble qu'un efprit prophétique aurait pu y ajouter ceci :

L'ange protecteur de Berlin,
Voulant y porter la fcience,
Cherche, parmi le genre humain,
Un fage en qui fa confiance
Des beaux arts remît le deftin.
Il ne chercha point dans la France
Ce radoteur, vieille éminence,
Qu'un peuple rongé par la faim,
Ou quelque auteur manquant de pain,
Affez groffièrement encenfe;
Mais, loin de ce prélat romain,
Il trouva l'aimable Voltaire
Que Minerve même inftruifait,

Kk 2

Tenant en ſes mains notre ſphère,
Qui ſagement examinait,
Et tout rigidement peſait
Au poids que, d'une main ſévère,
La Vérité lui fourniſſait.
Ah! dit l'ange, c'eſt mon affaire.

Cet ange, ou ce génie de la Pruſſe, n'en reſta
pas là ; il voulait, à quelque prix que ce fût, vous
engager à vous mettre à la tête de cette nouvelle
académie dont le rêve fait mention. Je lui dis que
nous n'en étions pas encore où nous en croyons être :

Car que peut une académie
Contre l'appât de la beauté ?
Le poids ſeul que donne Emilie
Entraîne tout de ſon côté.

L'ange tenait ferme ; il prétendait prouver que le
plaiſir de connaître était préférable à celui de jouir.

Mais finiſſons, ceci ſuffit ;
Car Deſpréaux ſagement dit,
Qu'un bavard qui prétend tout dire,
Franc ignorant dans l'art d'écrire,
Laſſe un lecteur qu'il étourdit.

Du génie heureux de la Pruſſe je paſſe à l'ange
gardien de Remusberg, dont la protection s'eſt mani-
feſtée dans le terrible incendie qui a réduit en cendres
la plus grande partie de la ville. Le château a été
ſauvé ; cela n'eſt point étonnant, votre portrait y
était enfermé.

Ce palladium le fauva
D'une affreufe flamme en furie,
(Ondoyante, ardente ennemie,
Qui bientôt le bourg confuma;)
Car au château l'on conferva,
Et toujours l'on y révéra
De vous l'image tant chérie.
Mais le Troyen qui négligea
D'un dieu la célefte effigie,
Vit fa négligence punie;
Bientôt le Grégeois apporta
La femence de l'incendie
Par lequel Ilion brûla.

Ce palladium eft placé dans le fanctuaire du château, dans la bibliothéque où les fciences et les arts lui tiennent compagnie et lui fervent de cadre :

Et les fages de tous les temps,
Les beaux efprits et les favans
L'honorent dans cette chapelle;
De fes ouvrages excellens
On voit le monument fidelle,
De fes écrits tous les fragmens,
Et la Henriade immortelle.

## LETTRE CXXIII.

### *DU PRINCE ROYAL.* (1)

A Remusberg, le 18 mai.

1740.

JE vois dans vos difcours la puiffante évidence,
Et d'un autre côté la brillante apparence;
Par tous deux ébranlé, féduit également
Je demeure indécis dans mon aveuglement.

L'homme eft né pour agir, il eft libre, il eft maître,
Mais fes fens limités ne fauraient tout connaître ;
Ses organes groffiers confondent les objets :
L'atome n'eft point vu de fes yeux imparfaits,
Et les trop vaftes corps à fes regards échappent;
Les tubes vainement dans les cieux les rattrapent.
Pour tout connaître enfin nous ne fommes pas faits,
Mais devinons toujours, et foyons fatisfaits.

Voilà tout le jugement que je puis faire entre la
Marquife et M. de *Voltaire.* Quand je lis vôtre Métaphyfique, je m'écrie, j'admire et je crois. Lorfque je
lis les Inftitutions phyfiques de la Marquife, je me

(1) Le commencement de cette lettre a rapport au *Traité de métaphy-*
*fique*, imprimé dans cette édition, tome Ier, *Philofophie*, dans lequel M. de
*Voltaire* difcute quelques principes de *Leibnitz*, foutenus par madame *du*
*Châtelet* dans fes *Inftitutions phyfiques.*

fens ébranlé , et je ne fais fi je me fuis trompé ou fi
je me trompe. En un mot, il faudrait avoir une intelligence auffi fupérieure aux vôtres, que vous êtes au-
deffus des autres êtres penfans, pour dire qui de vous
a deviné le mot de l'énigme. J'avoue humblement
que je refpecte beaucoup la *raifon fuffifante*, mais que
je la croirais d'un ufage infiniment plus sûr , fi nos
connaiffances étaient auffi étendues qu'elle l'exige.
Nous n'avons que quelques idées des attributs de la
matière et des lois de la mécanique, mais je ne doute
point que l'éternel architecte n'ait une infinité de
fecrets que nous ne découvrirons jamais , et qui par
conféquent rendent l'ufage de la *raifon fuffifante*
infuffifant entre nos mains. J'avoue d'un autre côté
que ces êtres fimples qui penfent, me paraiffent bien
métaphyfiques , et que je ne comprends rien au vide
de *Newton* , et très-peu à l'efpace de *Leibnitz*. Il me
paraît impoffible aux hommes de raifonner fur les
attributs et fur les actions du Créateur , fans dire des
pauvretés. Je n'ai de DIEU aucune autre idée que
d'un être fouverainement bon.

Je ne fais pas fi fa liberté implique contradiction
avec la raifon fuffifante , ou fi des lois coéternelles à
fon exiftence rendent fes actions néceffaires et affu-
jetties à leur détermination ; mais je fuis très-convaincu
que tout eft affez bien dans ce monde, et que fi DIEU
avait voulu faire de nous des métaphyficiens , il nous
aurait affurément communiqué des lumières et des
connaiffances infiniment fupérieures aux nôtres.

Il eft fâcheux pour les philofophes qu'ils foient
obligés de rendre raifon de tout. Il faut qu'ils ima-
ginent lorfqu'ils manquent d'objets palpables. Avec

tuot cela je fuis obligé de vous dire que je fuis très-fatisfait de votre traité de métaphyfique. C'eſt le *Pitt* ou le *grand Sancy* (*), qui dans leur petit volume renferment des tréfors immenſes. La folidité du raifonnement et la modération de vos jugemens devraient fervir d'exemple à tous les philofophes, et à tous ceux qui fe mêlent de difcuter des vérités. Le défir de s'inſtruire paraît leur objet naturel, et le plaifir de fe chicaner en devient trop fouvent la fuite malheureuſe.

Je voudrais bien me trouver dans la fituation paifible et tranquille où vous me croyez. Je vous affure que la philofophie me paraît plus charmante et plus attrayante que le trône ; elle a l'avantage d'un plaifir folide ; elle l'emporte fur les illufions et les erreurs des hommes ; et ceux qui peuvent la fuivre dans le pays de la vertu et de la vérité, font très-condamnables de l'abandonner pour celui des vices et des preſtiges.

> Sorti du palais de Circé,
> Loin des cris de la multitude,
> Je me croyais débarraſſé
> Des périls au fein de l'étude ;
> Plus qu'alors je fuis menacé
> D'une trifte viciffitude,
> Et par le fort je fuis forcé
> D'abandonner ma folitude.

C'eſt ainfi que dans le monde les apparences font fort trompeuſes. Pour vous dire naturellement ce

(*) Deux diamans très-connus.

qui

qui en eft, je dois vous avertir que le langage des ——
gazettes eft plus menteur que jamais, et que l'amour 1740.
de la vie et l'efpérance font inféparables de la nature
humaine : ce font-là les fondemens de cette prétendue
convalefcence dont je fouhaiterais beaucoup de voir la
réalité. Mon cher *Voltaire*, la maladie du roi eft une
complication de maux dont les progrès nous ôtent
tout efpoir de guérifon : elle confifte dans une
hydropifie et une étifie formelle dans tout le corps.
Les fymptômes les plus fâcheux de cette maladie font
des vomiffemens fréquens qui affaibliffent beaucoup
le malade. Il fe flatte, et croit fe fauver par les efforts
qu'il fait de fe montrer en public. C'eft-là ce qui
trompe ceux qui ne font pas bien informés du véritable état des chofes.

On n'a jamais ce qu'on défire ;
Le fort combat notre bonheur;
L'ambitieux veut un empire,
L'amant veut poffeder un cœur,
Un autre après l'argent foupire,
Un autre court après l'honneur.

Le philofophe fe contente
Du repos, de la vérité ;
Mais, dans cette fi jufte attente,
Il eft rarement contenté.
Ainfi, dans le cours de ce monde,
Il faut foufcrire à fon deftin ;
C'eft fur la raifon que fe fonde
Notre bonheur le plus certain.

Ceint du laurier d'Horace, ou ceint du diadême,
Toujours d'un pas égal tu me verras marcher,
Sans me tourmenter ni chercher
Le repos fouverain qu'au fond de mon cœur même.

C'eft la feule chofe qui me refte à faire, car je prévois avec trop de certitude qu'il n'eft plus en mon pouvoir de reculer; c'eft en regrettant mon indépendance que je la quitte; et déplorant mon heureufe obfcurité, je fuis forcé de monter fur le grand théâtre du monde.

Si j'avais cette liberté d'efprit que vous me fuppofez, je vous enverrais autre chofe que de mauvais vers; mais apprenez que ce ne font pas là les derniers, et que vous êtes encore menacé d'une nouvelle épître. Encore une épître! direz-vous. Oui, mon cher *Voltaire*, encore une épître! il en faut paffer par-là.

A propos de vers, j'ai vu une tragédie de *Greffet*, intitulée *Edouard*. La verfification m'en a paru heureufe, mais il m'a femblé que les caractères étaient mal peints. Il faut étudier les paffions pour les mettre en action; il faut connaître le cœur humain, afin qu'en imitant fon reffort, l'automate du théâtre reffemble et agiffe conformément à la nature. *Greffet* n'a point puifé à la bonne fource, autant qu'il me paraît. Les beautés de détail peuvent rendre fa tragédie fupportable à la lecture, mais elles ne fuffifent pas pour la foutenir à la repréfentation.

Autre eft la voix d'un perroquet,
Autre eft celle de Melpomène.

Celui qui a lâché ce lardon à *Greffet* n'a pas mal ——
attrapé fes défauts. Il y a je ne fais quoi de mou et
de languiffant dans le rôle d'*Edouard* qui ne peut
guère infpirer que de l'ennui à l'auditeur.

Ennuyé des longueurs du fieur *Pinne*, j'ai pris la
réfolution de faire imprimer la Henriade fous mes
yeux. Je fais venir exprès la plus belle imprimerie à
caractères d'argent qu'on puiffe trouver en Angleterre.
Tous nos artiftes travaillent aux eftampes et aux
vignettes. Quoi qu'il en coûte, nous produirons un
chef-d'œuvre digne de la matière qu'il doit préfenter
au public.

> Je ferai votre Renommée ;
> Ma main, de fa trompette armée,
> Publîra dans tout l'univers,
> Vos vertus, vos talens, vos vers.

Je crains que vous ne me trouviez aujourd'hui,
finon le plus importun, au moins le plus bavard des
princes. C'eft un des petits défauts de ma nation,
que la longueur ; on ne s'en corrige pas fi vîte. Je
vous en demande excufe, mon cher *Voltaire*, pour
moi et pour mes compatriotes. Je fuis cependant
plus excufable qu'eux, car j'ai tant de plaifir à
m'entretenir avec vous que les heures me paraiffent
des momens. Si vous voulez que mes lettres foient
plus courtes, foyez moins aimable, ou felon le
paragraphe XII de *Leibnitz*, cela implique contradiction : donc, &c.

Aimez-moi toujours un peu, car je fuis jaloux
de votre eftime, et foyez bien perfuadé que vous ne

———— pouvez faire moins fans beaucoup d'ingratitude pour
1740. celui qui eft avec admiration

votre très-fidèle ami ,

FÉDÉRIC.

*Fin du Tome premier.*